Best Time

白 马 时 光

丁墨

著

百花洲文艺出版社

图书在版编目（CIP）数据

美人为馅.2/ 丁墨著. — 南昌：百花洲文艺出版社，2021.9
ISBN 978-7-5500-4225-4

Ⅰ.①美… Ⅱ.①丁… Ⅲ.①长篇小说—中国—当代 Ⅳ.① I247.5

中国版本图书馆 CIP 数据核字（2021）第 059101 号

美人为馅 2
MEIREN WEI XIAN 2

丁墨 著

出 版 人	章华荣
出 品 人	李国靖
特约监制	何亚娟　夏　童
责任编辑	黄文尹　程昌敏
特约策划	何亚娟
特约编辑	张　丝　甜木酒
营销编辑	于文燕
封面绘图	starry 阿星
内文绘图	客小北
封面设计	小茜设计 Minigian Designstudio/QQ:310094811
版式设计	赵梦菲
出版发行	百花洲文艺出版社
社　　址	南昌市红谷滩区世贸路 898 号博能中心 I 期 A 座 20 楼
邮　　编	330038
经　　销	全国新华书店
印　　刷	三河市金元印装有限公司
开　　本	880mm×1230mm　1/32
印　　张	10.5
字　　数	312 千字
版　　次	2021 年 9 月第 1 版第 1 次印刷
书　　号	ISBN 978-7-5500-4225-4
定　　价	45.00 元

赣版权登字：05-2021-148
版权所有，侵权必究
发行电话　0791-86895108　　　　网　址　http://www.bhzwy.com
图书若有印装错误，影响阅读，可向承印厂联系调换。

目录 / CONTENTS

- 001　第一章　跟我回家
- 018　第二章　携手相期
- 032　第三章　推理之魂
- 048　第四章　师兄湳柏
- 063　第五章　初见疑云
- 079　第六章　他的面目
- 103　第七章　画中之画
- 121　第八章　模仿杀人
- 139　第九章　弃爱半生
- 156　第十章　辛佳的梦
- 170　第十一章　金风玉露

186	第十二章	我的悲哀
209	第十三章	永不放手
222	第十四章	请君入瓮
244	第十五章	机关算尽
259	第十六章	姐姐你好

目 录　　　　　　　　　　　CONTENTS

273	第十七章	为你而来
283	第十八章	初次交锋
296	第十九章	天荒地老
307	第二十章	L的献舞
322	第二十一章	推理之神

第一章
跟我回家

太阳很亮,周遭的喇叭依旧在响。白锦曦抱着韩沉,看着车辆不断从旁边驶过。不少人探头出来看他们。不远处的路口,一名交警正快步跑过来。

白锦曦的眼泪慢慢地止住了。

她刚才哭,完全是下意识的反应。听到韩沉讲出那句话,看到他眼中的泪光,她的大脑还没把因果逻辑捋顺,一种难以言喻的剧痛便袭上心头。眼泪,也随之掉了下来。

而现在,她的情绪渐渐平静下来。一个不可思议的结论,就这么清晰地浮现在她的脑海里。

可是……怎么可能?

她知道他有一个未婚妻。后来也能猜出,他这些年一直在找的人,应该就是那个未婚妻。但她从来没把这个人,跟自己联系在一起。

可现在,韩沉却说了跟她梦中未婚夫相同的话。

她突然又想起最初跟韩沉相遇的情形。他坐在素色夜总会的屏风后,身影孤傲而静漠;他将她压在身下,眼睛里仿佛浸着霜雪……她心里其实比谁都清楚,那样一个桀骜不驯的他,却从一开始,就吸引了她的视线。

也想起曾经两人在楼顶奔跑那天,她突如其来的模糊记忆和悲痛。

还想起她远在江城时,透过视频设备看着他,脑子里却突然响起的那个声音:无论你走到哪里,我都能在人群中找到你。

…………

一直以为，他只是令她想起了另一个人。可如果……那个人，就是他呢？

她心头猛烈地一震。可是重重疑云依旧占据心头，她只能慢慢转头，望着他的侧脸。

"……为什么？"

这一切，到底是为什么？

韩沉缓缓地松开了她，但依然握住她的双肩，隔着很近的距离凝视着她。

这时交警已经走到车旁，敲了敲窗："怎么回事？"

韩沉慢慢地吐了口气，看她一眼，放开她的肩。

"没事，我马上开走。"他的嗓音依旧有点哑。

交警便点点头，退开了。

白锦曦望着他，没出声。

他又转头看着她，单手搭在方向盘上，另一只手，却握住了她的手。

"先回家。"他说。

"嗯。"

路虎重新驶上主道。

一路，他都没有说话，眼睛看着前方，不知在想什么。但抓住她的那只手，始终没有放。而白锦曦也是心乱如麻，疑团越来越多，越想越觉得难以置信，一时却无法理清头绪。

很快就开到了警局附近。右侧是条岔路口，通往警员宿舍。白锦曦的眼睛一直望着窗外，忽然发觉车没有拐弯，而是直接往前开去。

"走错了，右拐。"她提醒。

韩沉的脸上没什么表情："没走错，你的家不在那里。"

白锦曦一时竟说不出话来。

韩沉将车停在小区楼下，白锦曦这才看到车头被撞瘪了一块。韩沉却根本看都没看一眼，拉着她就上了楼。

推开门，一室寂静。

韩沉松开她的手,先走了进去,将钥匙丢在茶几上。

白锦曦也走进去,下意识地抬头四处看了看。

很简单的两居室,装饰素雅、色调偏冷。门口只有一双男士拖鞋,沙发上丢着一件他的衬衣。

显然他已独居很久。

这时韩沉脱掉外套,丢在了沙发上。白锦曦有太多问题要问,心跳如鼓地望着他的背影。他却突然转身,望着她,走了过来。

"韩沉这到底……"

他直接抱住了她,低头就吻了下来。

"呜……"她含糊地抗议,"别亲了……先说清楚……"

可韩沉根本不理她。像是带着某种执拗而爆发的情绪,这个吻比之前每一次都要用力,都要凶狠。他一直抱着她,从玄关吻到客厅,撞偏了椅子,又撞到了茶几,最后抱着她倒在了沙发上。

白锦曦被他吻得天旋地转,呼吸都有些艰难,嘴唇和舌头也不像是自己的了。

"疼……"她呜咽出声。

韩沉仿佛这才清醒了一些,抬起头,终于放过了她的唇。可他只看了她一眼,又将脸埋进她的衣领里,亲了起来。

"疼疼疼疼……啊!"白锦曦尖叫了一声。

因为韩沉在她脖子下方咬了一口。

他居然咬了她一口!

她疼得整个人都抖了一下,完全蒙了。韩沉却终于松开了她,坐了起来,往沙发里一靠,长长地吐了口气。

白锦曦难以置信地看着锁骨下方那个鲜红的齿印,刚要张嘴骂人,手忽然被他抓住了。

她一抬头,却看到他仰着头,抬起另一只手,用手背挡住了眼睛。

然后他笑了。

白锦曦到了嘴边的"神经病"三字,忽然就骂不出来了。

因为他脸上真的是那种很开心很开心的笑。以前,她从来没见他露出过这样的笑容。

看着这样的他，白锦曦的心狠狠一软，还很疼。

心疼。

她心头纷乱如麻地坐在他身旁，任由他拖起自己的手，送到唇边，一下下地亲着。

心里有那么多疑问，可鬼使神差，第一个问出口的问题却是——

"韩沉……要是你搞错了怎么办啊？"

韩沉放下了搭在眼睛上的那只手，转头望着她，黑眸清亮。

"不可能错。我们都跟五年前的案件有关，都失忆了，都记得相同一句承诺。而且……"他顿了顿，"我们都对彼此感觉强烈。这么多的巧合，就不是巧合——只有我们俩曾经相爱才解释得通。'排除所有不合理的情况，剩下的结果，不管看起来多么不可信，也是事实的真相。'"

"可是我根本没离开过K省，难道你曾经到过江城？"她紧蹙眉头。

韩沉沉默了片刻。

要告诉她实情吗？

告诉她，你很可能根本就不是白锦曦，没人知道你叫什么名字。你以为意外死去的父母，根本就不是你父母，而是用以掩饰你身份的牺牲品。你一直懵懵懂懂顶替着另一个人的身份活着，而真正的白锦曦很可能已经遭遇不测。你乐观开朗度过的这几年，全是某些势力一手营造的假象。

不，不要。

至少，不是现在。

沉吟片刻，他开口："有可能我以前到过K省，我们相爱了。因为失忆，才失去对方。至于其他问题，我想很可能跟当年的案子有关。那也正是我们需要查明的东西。你先不要想太多，这些我一定会查清楚。但你是我未婚妻这点，不需要再怀疑。"

他这么说，白锦曦倒是又信了几分。

她想到的可能性是，假设她和韩沉相爱是不被人知晓的，又同时卷入当年的案件里，而案件可能又有保密因素，才会导致他们天各一方。这样逻辑上就说得通了。

至于赵梓旭……

难怪她对这个人感觉那么淡,估计是谈过几天恋爱,但是感情根本不深吧。

这么想,才更加合情合理,符合赵梓旭给她的感觉。

她抬头看着韩沉。

这个颠覆性的事实来得太突然,她到现在还有些恍惚,依旧存在很多疑虑,甚至情感上也难以完全接受和相信。可望着他的脸,想着刚刚两人异口同声说出那句承诺的那一幕,她能清楚感觉到从心底深处冒出来的熟悉的疼痛感。

她其实很清楚,这比任何客观事实,都有说服力。

她在梦中思念了那么久的人,令她每每想起就情难自抑的男人,就站在她眼前。

竟然就是……韩沉?!

甘甜、喜悦、酸楚……渐渐盖过心头所有疑虑和困惑,越积越多,越来越浓烈。

所以她可以相信这个事实吗?她就是他的未婚妻……

那么自始至终,他们中间,根本就没有第二个人?他心里,从来没有过第二个人?

他那么傻,那么执着地一直在找她?

"所以……"她深吸一口气,慢慢地开口,"你找你的未婚妻,找了五年?"

韩沉看她一眼,靠了过来,搂着她的肩膀,低头道:"是找你找了五年。"

白锦曦的心软得一塌糊涂,眼泪一下子掉了下来。

韩沉低头,轻轻吻去她的泪水。一室宁静,只有两人的呼吸声纠葛缠绕着。

过了一会儿,韩沉忽然又开口了:"白锦曦,我和你都失忆了。我却一直记得有这个人存在,每一年每一天都在找你。为什么你却从来没想起过我,以为我就是那个蠢货赵梓旭?"

白锦曦还眼泪汪汪的,万万没想到他会忽然问这个。脑子里模模糊糊滑过一个念头——他记得有她,她却完全不记得。那只能说明,他用情比她深……

这话却绝对不会说出口。只是看着韩沉幽沉的眼,难保他不是这么想的。

"把你以后的每一分每一秒,都补偿给我。"他盯着她,静静地说。

白锦曦心头一颤,一时竟不知说什么好。

这时白锦曦的手机却响了,进了短信。

她拿起一看,是周小篆:小白!你在哪里?我已经把你的行李送到宿舍了,你还不回来开门?

到底是今天震撼太大,她擦掉眼泪,鼻子酸酸地拿着手机站起来:"那我先回去……"话还没说完,手机就被韩沉夺去了,他看着她说:"你还要回哪里?"

白锦曦微愣:"可是……"

就算两人是未婚夫妻,她还没缓过劲来,也一点记不起过去,突然就要住在他这里……这让她脑子有点蒙。

"韩沉,这个……你再给我点时间,我完全没有心理准备。"

韩沉沉默了一会儿,站了起来,双手插进裤兜里:"走也成,我搬到你宿舍去。"

白锦曦无语。

他搬到她的单身宿舍去……当着整个省厅的面……

看着他漆黑的眼,她完全不怀疑如果她执意要走,他真的做得出来。

两人对视片刻,白锦曦脑海里倏地浮现他刚才靠在沙发上挡着眼睛笑的样子。

"好吧,我住过来就是了。"她轻声说。

韩沉看着她,慢慢地笑了,拿起她的手机。白锦曦以为他要给周小篆回短信,谁知道他拨号,放到了耳朵边。

"你干什么?"白锦曦想要抢手机,他却轻巧避开。

"小篆,把锦曦的行李送到我家来。"他言简意赅,然后挂断电话。

白锦曦觉得自己今天经受的冲击实在太多了,一波接着一波。前一分钟她还被他感动得痛哭流涕，现在脸却陡然红了："就算我是你未婚妻，你怎么能就这么告诉周小篆？其他人会怎么想？"

"管他们怎么想。"

白锦曦张了张嘴，觉得自己已经完全跟不上他的节奏了。憋了半天，她最后憋出句："韩沉！我不是你的未婚妻吗？你怎么能对未婚妻这么横？"

韩沉看她一眼，点了根烟，坐了下来。

"这世上求而不得的人那么多，还不是都得受着。一辈子挺一挺也就过去了。"他说。

白锦曦微怔，这是她说过的话。

"我已经做好了挺一辈子的准备。"他说，"但是你回来了。"

他讲完之后，就低头静静地抽烟。白锦曦微怔之后，心却又慢慢地软了。

因为她回来了。

所以才这么高兴，所以才这么横，不许她再离开吗……

静默片刻，她坐回沙发上，伸手搂住他的脖子。韩沉立刻放下烟抱住了她，而她抬头吻了上去。

对于韩沉来说，为这一天已经等了太长时间。白锦曦是他未婚妻这件事，也是心里早就有了谱。

可对白锦曦而言呢？

浴室里的水声淅沥地响着，白锦曦一个人抱着双腿坐在沙发上，望着这个陌生的男性住所，发呆。

这就要，跟人同居了？

理智和逻辑已经接受，但是情感还在梦游中。

不过她向来是个豁达的人，既然已经答应了他，想想也就懒得纠结了。而且她也对过去发生的事，非常好奇。跟韩沉待在一起，或许能更快地帮彼此恢复记忆也说不定。

而且，他多可怜啊……

正想着，就听到门铃声响起。

白锦曦心事重重地走过去打开门，迎面就看到周小篆无比震惊、无比紧张的表情。

白锦曦看到他，也傻了，这才想起韩沉叫他送行李这一茬。于是想都没想，她当着他的面，砰的一声直接就摔上了门。

想着周小篆刚才的表情，她下意识地低头望去。这一望才发现不妥！她还穿着医院的病号服和拖鞋，被韩沉亲了一夜加刚才一上午，头发乱糟糟的。她摸摸嘴唇，感觉已经肿了。而敞开的领口里，锁骨下方，还有个新鲜醒目的齿印……

白锦曦的脸倏地热起来，听着身后浴室里的水声还响着，连忙把衣领扣好，平复了呼吸，这才故作镇定地把门打开。

周小篆一脸委屈地望着她。

白锦曦干脆恶人先告状："怎么了？你这是什么眼神？干吗这么看我？"

周小篆悲愤道："难道真的是我想的那样？这么快，你就被……"

白锦曦的脸更热了，一把抢过他手里的衣物袋："你脑子里都在想什么？就是咬了一口而已！"

周小篆道："就是咬了一口……而已？"他觉得他的脑子已经转不过来了，向来高冷酷帅的韩神，咬了小白一口？

白锦曦也觉得这个对话无法再继续下去了，索性将衣物袋往屋里一丢，抄手看着他："小篆，现在没办法跟你解释太多。我们……是在一起。但住在一起是为了查案！T说的那件大案。这件事你不要告诉任何人，记住了？谢了，没事我关门了。"

"啊？"

"砰！"白锦曦直接把门又关上了，长长地松了口气。

罪过罪过，她再一次用气势，压制住了周小篆。

浴室中，韩沉已经关掉了喷头，拿了块毛巾在擦头发。听到外头两人零零碎碎的交谈声，他只是淡淡一笑。

他将毛巾扔在一旁，套上一条长裤，刚要拧开门把手，动作倒是一顿。

一人独居，他早已习惯洗完澡就这么出去。今天有她在，忘了再拿件上衣进来。

不过他也就只在门边停顿了一秒钟,拉开门,直接走了出去。

白锦曦靠在门上,一抬头,就看到了韩沉。

她的眼神顿时飘了飘,下意识地就扭头转向一边。

"我也去洗了。"她飞快地从袋里翻出换洗衣服和毛巾,从他身边走了过去。她关上浴室的门,又打了个反锁,莫名地有点想笑。

现在他是她的男朋友,她失而复得的未婚夫。想到这一点,她的心又变得沉沉浮浮。但到底还是开心起来,前所未有的发自肺腑的巨大甘甜和喜悦——就像他刚才一样。

她忍不住在浴室里转了个圈,晃到了花洒下,哼着歌洗起澡来。

韩沉回卧室穿好衬衣,就走到沙发上坐下,点了根烟。

临近中午,一室灿烂的明亮。浴室的水声,淅淅沥沥,隐隐还有不成调子的哼歌声。沙发旁的地上,放着她橘红色的手提袋。茶几上,丢着她白色的手机。

原本冷清寂静的家,突然就多了她的气息和痕迹。

他抬头,就这么一直看着浴室的门。

看着看着,他又慢慢地笑了。

白锦曦洗完澡出来,就看到韩沉坐在对面,手里夹着根烟,安静地看着她。他的头发还没全干,湿湿地贴着。白皙的皮肤上仿佛也有微润的水汽,那双眼显得格外漆黑。衬衫第一颗纽扣没扣,领口微敞,露出脖子。

帅得不成样子。

"过来亲一下。"他突然就开口。

白锦曦被他如此直接的邀约震了一下,断然拒绝:"不行!我要去把衣服洗了。"

她转头看了看,走向阳台上的洗衣机。一眼就看到韩沉换下来的衣服丢在旁边的一个盆子里。

她忽然就思维发散了,随口问道:"韩沉,小篆他们的袜子、内衣和外衣都不分开洗。你应该不这样吧?"

韩沉轻轻吸了口烟,看着玻璃窗外那道倩影。

袜子、内裤、外衣一起洗？这种事他从小就不能忍受。

不过……

"这些为什么要分开洗？"他语气平淡地问。

然后果然就看到白锦曦很嫌弃地看了他一眼。

"男刑警果然都是一样的。"她感叹，"我还以为你会有点节操呢。算了，我一起洗了啊。"

韩沉含着烟笑了，语气却依旧漫不经心地道："随便。"

既然决定同居了，自然要了解一下居住环境。白锦曦把衣服洗上，一进客厅，就见韩沉熄灭了烟头起身。

白锦曦莫名地就有点紧张，赶紧快步走进书房："我参观一下。"

韩沉也不吭声，走过来搂住她的腰，陪着一起看。

书房十分干净整洁，卧室也是明亮宽敞。但白锦曦转了一圈，很快就意识到一个问题。

一个她早该想到，但是因为之前情绪太过起伏而忽略的问题。

只有……一张床啊。

从卧室走出来，见韩沉神色淡然，她也就没吭声，想了想说："我饿了，去吃饭吧。顺便再买点东西。"

午饭就在小区旁边的一家饭馆吃的。

韩沉大概经常来，因为几个服务员看到他带了个女孩来，表情都很是惊讶。白锦曦坐下很久了，还感觉她们时不时地朝这边张望。

这人……

白锦曦看着对面低头点菜的韩沉，慢慢地喝着杯子里的茶。

他还真是招女人喜欢啊。

等到这顿饭吃完，那些服务员就更惊讶了，连白锦曦也有些受宠若惊。因为韩沉虽然话不多，但对她真的是非常体贴入微。

服务员上了道滚烫的铁板牛柳，他会抬手敲敲桌子："放过来，别杵她跟前。"等温度合适了，再移到她面前。

菜都上齐了，她一看很高兴："都是我喜欢吃的。"

他眉都不抬："就是照你喜好点的。"

她的茶杯空了，自己还没注意，他已经扬手招来服务员；后来服务员赠送了果盘，她刚要开动，就被他拦了，转头就告诉服务员："撤走吧。她这几天不能吃生冷的。"

"……"

服务员笑着把水果端走了。白锦曦知道她误会了，以为韩沉是考虑到她的大姨妈，其实是因为她的伤刚好。

白锦曦低头又喝了口水，笑了。她单手托着下巴望着他："喂，韩沉，你进入角色还挺快的嘛。我都有点不适应了。"

韩沉单手搭在椅背上，看她一眼，端起茶杯："那是自然。我从来没脱离过这个角色，不像你。"

白锦曦一口水差点呛在喉咙里，心虚地不吭声了。

下午超市人还挺多，白锦曦推了个购物车，韩沉揽着她的腰。

要买的东西实在太多：新床单、新被罩；拖鞋、盆子、洗发水、沐浴液……为什么不直接把宿舍的东西搬过来呢？白锦曦有自己的小主意：一是她时不时还可以回宿舍住，掩盖跟韩沉同居的事实；二是这件事决定得太突然，万一哪天住得不高兴了，未婚夫她也不搭理他，直接跑回宿舍就行。

她选购的时候，韩沉就在一旁静静地陪着。顶多偶尔抬手阻止她："这个家里有，不用买了。"

"哦。"

购物车里很快就塞满了东西。

结账的时候，韩沉站在收银台前，掏出钱包。白锦曦就闲闲散散地推着车在一旁等。

结果就看到了不远处的辛佳。

白锦曦愣住了。

辛佳也推了个车，站在相隔十余米的货架旁。粉色上衣、雪纺长裙，看着跟仙女似的。辛佳看着她和韩沉的方向，脸上没有一丝表情。

白锦曦以前就听人八卦过，辛佳追韩沉，从北京追到岚市。连房子，都买在离韩沉家不远的小区。今天会在超市遇到她,也不意外了。

又或者,不是偶遇呢?

白锦曦与她对视片刻,忽然笑了。她举起一只手,朝辛佳挥了挥。

然后看到她脸色一变。

白锦曦转过头,不再看她。

喊,神经病。

韩沉似乎并没注意到这边的状况。他结完账,就将钱包塞回怀中,然后转身将她的腰一搂,两人走出了超市。

因为在超市采购花了挺长时间,回到家已经是傍晚了。

韩沉将几大袋东西拎进屋,白锦曦提着一小袋速冻食品,走到冰箱前蹲下,一样样往里放。

放着放着,脑子里又冒出一个念头——虽说现在两人是情侣,感觉已经是板上钉钉的事。但是万一哪天出了岔子,冒出另一个女人才是他的未婚妻怎么办?

默默地想了一会儿,她发现无解。

用力伸手将冷冻筐往里一推——她都已经放开一切跟他在一起了,他要是搞错了另有所爱,那他真的可以去死了!

这么想着,她又豁然开朗了,站了起来。

腰间忽然一紧,温热的气息骤然逼近。韩沉从背后搂住了她,将头搁在她的肩膀上。

静静地,没有动。

白锦曦心头软绵绵的,这么安静地相拥了一会儿,她开口却是酷酷的:"让开啦,我要去铺床。"

韩沉松开手:"好。"

白锦曦一转头,就看到他眼中极淡的笑意。心头就是一抖。

"你笑什么?"她戒备地问,"是铺我的床,你睡沙发。是你要求我跟你住在一起,我答应了。我没答应其他事,你可别乱想,我说了,我接受这件事还得时间。"

韩沉看她一眼："铺床吧。"径直先走进了卧室。

他这样不置可否，让白锦曦心里有点惴惴不安。不过想想他应该也不会对她做什么，于是也就跟了进去。

新床单洗了才能用。韩沉从柜子里拿出一套卧具，丢给她，自己走到阳台去抽烟了。浅蓝色条纹床单，依旧是很男性化的风格。

很快就铺好了，到底是累了一天，白锦曦往床上一躺，看着天花板，还感觉今天一天像在做梦。

刚躺没多久，她就见韩沉走了进来。她双手枕在脑后望着他。他脱了鞋，直接在她身旁躺下，伸手搂住她的肩膀，让她靠在他怀里。

两人一时都没说话。

过了一会儿，她开口："韩沉，我们就这么……在一块了？"

她一抬头，就看到他笑了笑，低下头，乌黑的眼在很近的距离望着她。

"我们在一块了。"

明明是很简单地重复她的话，但他低沉轻慢的嗓音，却叫她心弦一颤。

然后他的唇又压了下来。

过了许久，他才松开她，白锦曦又被吻得迷迷瞪瞪的，只觉得整个人仿佛都被他的气息塞满，甘甜又柔软。

尽管还没能想起以前的事。可这些年，还是第一次感觉到，这样满溢得几乎不真实的幸福。

她喜欢他，他也喜欢她。他们分分秒秒都想待在一起。

这时韩沉从怀中掏出钱包："有个东西给你看。"

白锦曦好奇地看过去。

然后就看到他从夹层里，摸出了一枚戒指。

"这是我失忆醒来后，一直戴在手上的。"

白锦曦微怔。

那是一枚很朴素的银色戒指，表面还有些划痕。内环上似乎还刻着字。她接过一看，是一行英文：H&S Forever love。

H？

韩沉的韩，首字母简写？

可是 S？

白锦曦，BJX……不对啊。

韩沉也注意到她的表情，静默了一瞬。

现在还不知道她的真实姓名，只知道 S 或许代表她名字的首字母。

他找了个理由："我的英文名字是 Herman，这应该是英文首字母。你还记得自己以前的英文名吗？"

白锦曦哦了一声，摇头。

内心却如同惊涛骇浪般翻滚起来。

因为她想起了那条项链。

如果说之前她信自己是韩沉的未婚妻，信了九成。那现在，她起码信了九成九……

韩沉看着她的表情，眼中情绪也有些动容了。

"你也有一个这样的戒指，对不对？"

他抓住她的手指。

其实她是否有这个戒指，他之前并不抱太大希望。因为她的身份既然被篡改，这样重要的东西，很可能也被人拿走了。

白锦曦搂住了他的脖子。

"戒指我没有，但是……"她伸手从他衣领里，把那条项链挑了出来，"我只有这条项链。"她轻咳了一声，"陨石，是我那天瞎说的。我四年前醒来的时候，据说这条项链的吊坠……就攥在我手里，医生都拉不开。后来我去找人检测过，说成分是铂金，因为遭受高温和冲撞，才导致变形，我不知道这个原来是不是戒指，里面有没有刻字……"

话没说完，韩沉已低头，狠狠地吻住了她。

"干得漂亮。"他咬着她的耳朵说，"你要是早点说实话，说不定我们还能提前几天相认。"

白锦曦心头酸得不行，可又被他咬得全身发麻，生怕他又像白天那样重重咬一口，连忙求饶："我错了我错了。我哪知道那是跟你相认的信物啊。而且你看，那时候我还不知道你是你呢，就把这么重要的东西送给了你……"

这话大概是成功取悦了身上的男人。韩沉终于松开了她,但还是趴在她身上,低头看着她。

"把戒指替我戴上。"他说。

白锦曦听话地拿起他一只手,将戒指也拿起来。

"戴哪个手指头?"她问。

"中指。"

"哦。"

很快就戴好了。可他还压在她身上不下去,伸手捧住了她的脸,一眨不眨地盯着她。

"项链先放在我这里,找人检测下,看是否能尽可能地还原。"他说。

"嗯。"白锦曦全身都有些燥热,看了看门口,"我要睡了,你出去吧。"

韩沉看她一眼,翻身下来。白锦曦心头一喜,谁知他根本没下床,而是从背后抱住了她的腰。

白锦曦全身一颤:"你干什么?去沙发睡啊。"

"不去。"他淡淡地答。

白锦曦万万没想到,他能浑蛋到这个地步——之前她提出要求时,他还不吭声。她以为他应该会答应。谁知道现在他居然直接拒绝?!拒绝从她的床上离开?

白锦曦转身就想推他,结果一把就被他抓住了双手。

"别再乱动。"他盯着她,呼吸喷在她脸上,"再乱动我就真的不保证,会不会对你做什么。"

白锦曦僵住了。

她又不是傻子,两人贴在一起这么久,当然能感觉到他身体某个部位的变化。

她转过身去,背对着他,不吭声了。

韩沉环着她的腰,从背后看着她。

看着她白皙的侧脸和脖子,看着她纤细的腰,还有裸露的双足。最后,目光落在她的胸前,起伏而饱满的线条,就在他的手掌上方不远处。

呼吸变得略有些低促,扣在她腰上的五指,也稍稍加重力道。

刚要把手覆上去，却听到她变得平缓均匀的呼吸声。韩沉微微抬起头，看着她的脸："锦曦？"

没有回应。她的眉头轻轻舒展，睫毛安静地覆住眼睛，白皙的手指抓住枕头。显然已经睡着了。

韩沉又躺了下来，淡淡地笑了。

看来是累坏了。

她就是这么能折磨他。他的身体某处已绷得像要着火，她却这么快就在他怀里安然入睡。

这么静了一会儿，他替她盖好被子，然后起身，去浴室冲了个冷水澡。

过了一阵从浴室出来，倒是半点睡意都无，他只点了根烟，坐在床边，静静地望着她。

这些年，他几乎已经不奢望能找到她，甚至以为她可能已经死了。

而现在，能够看到她重回自己的身边，看到她躺在一臂之遥的地方，即使什么都不做，对他来说，其实也已经足够。

静默半晌，他低下头，在她额头轻轻一吻，然后走出去，带上了门。

墙上时钟刚指向十点，他走到窗边，掏出手机。

电话是打给霖市公安局副局长季白。这个人算是他的发小，虽然近些年彼此都忙，季白也已离开北京多年，彼此联络很少，但君子之交淡如水。如果论韩沉信得过的人，季白一定在其中。而且季家在北京也很有背景，如果他执意要追查当年的案子，能帮他的，或许也只有季白。

"三哥。"韩沉喊道，因季白在家中排行老三。

"请你帮我查一些资料。我想要五年前，北京所有凶杀案的资料。包括死亡人数、死者详细资料、死因、案件侦破情况。"

季白一口答应下来。

挂了电话，韩沉靠在窗边，看着璀璨而寂静的城市。

以前，所有人都告诉他，未婚妻不存在。而他虽然执意寻找她，但并不清楚，当年是否发生了案件。现在，T的遗言和白锦曦的存在，已经验证了一切。

既然以前的领导、同事和家人，都对案件绝口不提，那只有一个可能——

这宗案件已经被官方封存,列为绝密也不无可能。他现在想要直接查这个案子,必然无从下手。

但是,尽管案件被封存,但受害者的存在,人口被谋杀死亡,却是任何机关、任何人都不可能抹杀的。而从 T 当时的话语来看:"我是当年的连环杀手之一",很有可能,当年这个案件的受害者数目还不少。警方即使出于保密考虑,也不可能篡改受害者情况和死亡原因。

所以,他从受害者入手,如果能圈定那起案件的受害者,就有可能逆向追踪出那起案件的真相。

沉思一会儿,他转头,遥遥望着房间里安睡的女人。

S,无论面临多大阻力,我都会查清真相,将罪犯绳之以法。

并且,再也不会让你遭遇颠沛流离,再也不会让你离开我身边。

第二章
携手相期

教室里,电风扇哗哗地在头顶吹着。

这节课是毛概,白锦曦跟大多数男生一样,趴在桌上呼呼大睡。旁边有人戳戳她的胳膊:"美女,4班的班草托人给你带了封情书。快看啊!"

白锦曦睡得糊里糊涂,脆生生地答道:"让他滚蛋,本美女已经有主了。"

教室里陡然一静,正在讲课的老教授也呆了呆。

然后响起炸雷般的哄笑声!

白锦曦后知后觉地爬起来,就看到无数张笑得快要抽搐的脸以及……教授恼羞成怒的表情。

"你!"教授指着她的鼻子,"给我站到外面去!警校生还敢谈恋爱,反了!"

白锦曦立马满脸委屈困惑:"没谈啊,教授。我说的主儿,是人民警察事业啊!我早已决定把青春献给这份事业了。"

周围哄笑声更大。

她还是被教授轰了出去。

这么大的人了,还被罚站。白锦曦站在走廊里,不太好意思地摸了摸鼻子。这时,就听到教室后排有人在吹口哨。

白锦曦会意,转头望去,就看到一身警服的韩沉,从走廊那头走了过来。

"哟!那位主儿来了。"有人促狭地小声喊道。

白锦曦横了他一眼,立马对着玻璃捋了捋头发、整理了衣领,然后一脸正色地看着韩沉走近。

韩沉远远看到被罚站的她,眼里闪过似有似无的笑意。他走到她面前时,神色却很淡定:"同学,你在这里干什么?"

锦曦答:"我在这里看风景哪。警察同志,你来警校干什么,是有案子要查吗?"

韩沉眼中笑意更深,面色却依旧清淡如玉:"嗯。有宗案子要请教教授。先走了。"

他礼貌地朝她点了点头,便朝走廊另一头走去。

白锦曦望着他的背影消失。过了一会儿,她看教室里的教授没注意,直接猫下腰,跑了。

刚跑到走廊拐角,就被一只手拽进了一间房间里。这是体能训练室,这个时间点里面没有人。

韩沉摘下警帽丢在桌上,将她扣在门上就吻了起来。

"韩沉……"她软软糯糯地喊了一声。

"嗯?"他低声答。

"你怎么又跑到学校来了?不是说好周末才见面吗?"

"想你了,难道我还忍着?"

夏日凉风寂寂,偌大的教室里,只有两人含糊的说话声、低笑声和呼吸声。

…………

白锦曦缓缓地睁开眼,看到浅灰色的天花板。

眼角,有残留的泪。

她转头,望着身旁还在熟睡的男人。

是因为昨天的相认,刺激了沉眠已久的记忆吗?

我竟然终于清楚地梦见了你,韩沉。

原来我们真的曾经,那么骄傲而热烈地相爱过。

床头的闹钟,刚指向六点。他穿着睡衣,朝她的方向侧卧着,一只手还搭在她腰上。睡梦中只显得眉目安详,没有半点横劲和冷傲。与梦中那个温雅又肆意的年轻男人,是那么的相似。

白锦曦探头过去，轻轻地在他脸颊一吻。

清晨寒气深重，她轻手轻脚地起床洗漱，见他还没醒，就从床头柜上拿起他的烟，点了一根，坐在床边，抽了起来。

韩沉说，应该是他到过K省，他们相爱过。

可到底是怎样的案子，才会严重到抹去他们两个的经历？而所有人，都讳莫如深？

她陷入沉思。

直觉告诉她，当年的隐情，是一片深重而危险的迷雾。你看不清，也猜不透。

但是无论前路多艰难，她也一定要跟他联手查清楚。

是什么，是谁，造成了他们这么多年的错失和分离？

韩沉醒来时，看到的就是这样一幕。

白锦曦坐在他身畔，眼眶还有些发红，指间夹着支烟，心事重重地抽着。他伸手一拉，她就跌入怀中。

"怎么了？"他的手指轻抚她的脸。

白锦曦安静了一瞬。

有些话，只要说出口，就会令人热泪盈眶。

"韩沉……"她转头望着他，"我梦见我们了。过去的我们。"

韩沉用那深黑的眼，静静地望着她。

然后低头吻了下来。

"梦见了什么？"他低声在她耳边问。

白锦曦把梦中的情形复述了一遍。

却令韩沉沉默良久，然后吻得更凶。

过了一阵，他才松开她。两人一时安静着，都没说话。

忽然间白锦曦手里一轻，却是韩沉把烟取走了，含进他嘴里。

"所以……梦里认清我是你的正主了？"他嗓音轻慢地道。

白锦曦被他逗笑了，伸手推他一把："去你的！"

时间尚早，白锦曦靠在他肩上，看他继续抽那支烟。到底烟瘾刚被点着,还没满足呢。她馋馋地看着他:"烟还我,你自己去点一支嘛。"

韩沉的鼻翼间喷出淡淡的烟雾,转头看了她一眼。

然后将烟递到她嘴边。

白锦曦就着他的手,美美地吸了一口。然后他又抽了一口。

白锦曦心里甜甜的,觉得大清早这么被他搂着,你一口我一口地抽烟,感觉真不错。

这时却听他说:"来,最后一口。"他将烟头又喂进她嘴里。

白锦曦看那烟还剩半截呢,吸了一口,她问:"什么最后一口?"

"你这辈子,最后一口烟。"他将烟含住,松开她起身。

白锦曦陡然一愣,立马从床上爬起来:"韩沉,你是什么意思?"

"戒烟。"他言简意赅,开始换衬衣。

白锦曦哪里肯干啊。虽然她也会有意识地克制,但要完全戒掉哪里舍得?

"这你可管不着。"她跳下床,刚落地,就被韩沉拉回怀里。

"是吗?"他低头看着她,"刚认清了正主,现在就不认账了?抽烟伤身,这件事由不得你。"

白锦曦又好气又好笑,他还教育她抽烟伤身?眼珠一转看着他手里的烟头,义正词严地答:"那你就错了。所谓上梁不正下梁歪,我抽烟肯定是当年被你耳濡目染。要我戒烟?有本事你自己先戒了,否则别管我。"

她说这话,是有十足的把握。因为韩沉烟瘾多大啊,一天起码一包。要他戒烟,那还不跟杀了他似的难受?

谁知韩沉听完后沉默了,又抬手吸了两口,将手里的残烟抽完,按灭在烟灰缸里,然后长长地喷出口烟雾,直接喷在她脸上。白锦曦差点被呛到,瞪他一眼。他却透过烟雾看着她。

"行,一起戒。"

他答应得这么干脆,白锦曦完全愣住了。

"你不抽烟了?真的假的?你以为戒烟那么容易啊?"

他拿起桌上还剩大半包的烟,还有火柴,在手里一起掂了掂:"是不容易,但我跟你不一样。"

白锦曦问:"什么不一样?"

他看她一眼,将烟和火柴直接扔进了垃圾桶:"我就认正主的话。我戒不戒烟,你一句话。"

这么直白还有点肉麻的情话,却叫白锦曦心头一颤。顿时她也有些冲动了,脱口而出:"好!我也认!我们一起戒烟。"

韩沉看着她,慢慢地笑了。

过了一会儿他去洗漱了,白锦曦低头又看看垃圾桶里的香烟,想了想,又捡了出来。

这烟多贵啊,扔掉可惜,她决定废物利用,转赠给唠叨。

车开到距离省厅不远的位置时,白锦曦拍了拍韩沉的手:"我在这里下车,走过去。"

韩沉双手搭着方向盘,眉都没皱一下,答:"直接跟我过去。领导那边我去说。"

白锦曦哪里肯干啊?她知道以韩沉的性子,并非故意高调。而是以他一贯我行我素的横劲,既然找回了未婚妻,其他人、其他事他哪里还会在乎?

但是她在乎啊。她可不想就这么成为舆论焦点,能避开的麻烦,干吗不避?

于是她转头盯着他:"韩沉,你答应我,这件事暂时保密。咱俩刚在一起,干吗惹得满城风雨,也打扰我们是不是?小篆那边我昨天已经封口了,今天不要再告诉别人了。"

韩沉的手指搭在方向盘上敲啊敲,没说话。

白锦曦探身过去,在他脸上亲了一下,放软声音道:"韩沉……你就听我一次。"

他这才侧眸看她一眼,抬手解开了衬衣顶端的纽扣。

"以前是不是也这么会撒娇?"他轻声道。

白锦曦的脸上顿时一热:"谁撒娇了,赶紧停车!"

韩沉到底还是在路口提前把她放下了。

白锦曦一路警惕地左顾右盼，神色淡定地跟路上的同事打招呼。等她踏进办公室时，就看到韩沉已经坐下在看报纸了。就冷面在，唠叨和周小篆还没到。

白锦曦特别自然地走进去："老大早！冷面早！"

韩沉的脸依旧在报纸后："嗯。"

冷面照旧无声，只朝她点点头。

白锦曦对这个局面很满意。

过了一会儿，她起身去泡茶，眼睛一瞟，就看到韩沉的杯子还空着。心想他今天这么顺从配合，她也得安抚安抚。于是她走过去拿起他的杯子："老大，我帮你一起泡了。"

韩沉抬眸看她一眼。

两人目光交错，白锦曦心弦微颤，抿了抿唇，走了。

但是她高估了自己的耐热力，端了两杯茶，就感觉手背和拇指被热气烘得发烫。她快步走到他桌旁，赶紧把两杯都放下。

韩沉一抬头，就看到她微蹙眉头，将两只手都举到唇边，呵着气。灯光下，她的脸白皙细腻，纤白的手指透着红润，也不知是不是被烫的。

韩沉脑子里一下就冒出昨晚她在他怀里，被他亲吻得脸色酡红的模样。心头微微一荡，他放下报纸，握住了她的手指。

"烫着了？"

白锦曦眼睛都直了，瞟一眼对面的冷面，拼命朝韩沉打眼色。韩沉却继续握着她的手，轻轻给她揉了揉。

"没事，冷面知道。"

白锦曦全身一僵，脸却陡然更红了。

她转头看着冷面。

冷面轻咳了一声，到底还是笑了，露出两个浅浅的小酒窝。

"随意。"他用两个字表明态度。

白锦曦被他俩自然而然的默契弄得一阵羞窘。那她刚才还一副正义凛然的模样，当着冷面跟韩沉划清界限？

太讨厌了！

她甩开韩沉的手,端起自己的茶,跑回座位。

下一刻,白锦曦就将手搭在冷面桌子边缘,威胁他:"不许告诉任何人啊!"她抬头看一眼韩沉,他根本就没往这边看,不关心!

冷面笑了笑:"不会。"

白锦曦这才满意,咬着自己还有些发红的手指,也开始看报纸。

过了一会儿,周小篆来了。一走进来,就看了看她,又看看韩沉,脸色相当复杂,还有点闷闷的委屈。白锦曦也不含糊,立马起身,把他拐到了无人的茶水间去,一顿密谈。

过了十多分钟,两人谈完了。

周小篆的表情和心情都彻底变了。

兴奋、激动、感动、心疼……就像自己谈了一场荡气回肠的生死之恋!白锦曦的表情还很淡定,他则是一脸坚毅地走了出来,拍拍白锦曦的肩膀,然后突然就走到韩沉桌前,把白锦曦吓了一跳,拉都拉不回来。

"老大!"他郑重地开口,"以后我就是你的坚定拥护者!请放一百二十个心!我会站在你这边!"

白锦曦无奈地抬手,揉了揉自己的额头。

冷面跟没听到似的,继续忙自己的。

韩沉抬眸看他一眼,又看了看白锦曦,倒是笑了:"谢了。"

这时,唠叨也来办公室一阵了。看到这场景,摸不着头脑,问:"小篆,你受什么刺激了?干吗突然向老大表白?那我可也要表白了啊!"

白锦曦朝周小篆递个眼色,让他赶紧收敛。可周小篆却满脸悲怆地看一眼唠叨:"你根本不懂!"

"……"

作为全场唯一一个不知情的人,唠叨伸手挠了挠头,表示困惑。

却没人理他,大家各归各位,开始干活。尤其周小篆今天看起来特别有斗志,哗哗哗地翻着资料,就像铆着股劲似的。

过了一会儿,白锦曦突然想起来,口袋里还有韩沉丢掉的半包烟。她掏出来,丢到唠叨桌上。

因是上好的苏烟,大家都知道是韩沉抽的。于是她懒洋洋地说:"老大给了我一包烟,分你一半。"

其他人都没往这边看。哪知唠叨拿起那半盒皱皱巴巴的烟,突然得意扬扬地笑出了声。

"嘿嘿嘿……给你分了一包这么多啊……"他拉开抽屉,赫然露出两条包装精致的苏烟,"这是老大刚刚给我的,两条!整整两条!"

白锦曦一愣,转眸看向韩沉。他也眸光幽淡地看着她,那意思是:不是你让我戒烟吗?

唠叨是多喜欢炫耀的人啊,看看小白,又抚摸了一下抽屉里的烟:"小白,看来你在老大心中没什么地位嘛!哈哈哈!别嫉妒哦!"

白锦曦看着他满面红光的样子,忽然扑哧一声,笑了出来。

旁边的冷面也勾起唇角笑了笑。周小篆还沉浸在情绪中,只是用看白痴的目光看着唠叨。

过了一会儿,低头工作的韩沉也慢慢地笑了。

一上午的时间很快过去。中午大家刚要下楼吃饭,韩沉却被秦文泷打电话叫走了。

唠叨看着他的背影,一拍大腿,对大家说:"坏了。秦老大最爱吃,每到饭点除非十万火急的事,否则打扰不了他。这个时间叫咱老大去,怕是又有大事。"

其他人还真没观察出"秦文泷最爱吃"这个规律,半信不信的。

结果他们刚在食堂坐下,冷面就接到了韩沉的电话:"南城区发生了三起连环杀人案。马上出发。"

下午两点。

偏僻的公路上,一辆车也看不到。唯独几辆警车,停在路边草丛里。

白锦曦跟着韩沉等人下了车,抬头就看到前方林中,阳光透过繁密树冠照射下来,而地面上,荆棘丛生。

一行人穿过封锁线,有刑警跑过来,递给他们手套和脚套。白锦曦戴好后,转头就见韩沉从口袋里掏出那副黑色手套,在往手上戴。

他的手修长而骨节分明,戴上黑手套后,整个人气质更加凸显。白锦曦对这副手套"爱慕"已久,现在可以名正言顺地表达了!她趁周围没人注意,凑到他身边低声说:"喂,我也想要这种手套。"

韩沉正用右手将左手手套紧了紧。闻言他眉都没抬,继续调整手套。

"你要什么都给你。这是一个朋友做的,回家给他打电话。"

白锦曦心头倏地一甜。

五个人继续朝前走,就见前方大树下,围着几个刑警和鉴定人员。

而其中最醒目的那人……

徐司白。

白锦曦微愣,但也没有太意外。只是没想到他这么快就又回到了岚市,并且直接出现在凶案现场。

他穿着浅蓝色工作服,戴着头套、手套,正从口袋里掏出口罩戴上。高高瘦瘦的身材、白皙清俊的容颜,站在一堆刑警里,显得非常安静。

秦文泷早到现场了,就站在他身侧,看到黑盾组众人,拍了拍他的肩膀。

徐司白转头望过来。

清澈目光掠过一周,最后落在白锦曦身上。

白锦曦冲他点头示意。

他戴着口罩,看不到脸,但是也朝她点了点头。

"这位是徐司白,你们都认识。"秦文泷介绍道,"他今天正式来省厅报到了,直接被我拉到这儿来了。以后就这样,他平时会待在鉴证科,单独有个办公室,找他出马的案子多着呢。但是只要你们黑盾组有案子,他会优先协助。"

唠叨、冷面、周小篆都跟徐司白打招呼,他一一点头。

秦文泷又拍拍韩沉的肩:"我对你不赖吧,这么牛的法医,专门给你们留着。"

韩沉看徐司白一眼,伸手:"辛苦。"

徐司白伸手与他交握:"分内的事。"

两人松开手,就都没再说话。白锦曦的目光还在徐司白身上打转,心想这样也好,他性格孤傲,自己一个办公室更自在……正想着,忽然就感觉身旁的韩沉在看自己。

她转头也看着他。

他的目光漆黑无比,叫人有点看不透。

白锦曦用眼神示意:怎么了?

他却神色平淡地转过脸去,不再看她。

白锦曦微怔。下意识地看了一眼不远处的徐司白,隐隐能感觉出韩沉的不悦是为了什么。

这令她又有点想笑,不过也无暇深想,抬起头,跟众人一起看着树下的尸体。

只看一眼,神色就沉寂下来。

女人躺在树根旁,穿着一套护士服,戴着护士帽,脚上是一双精致的黑色细跟皮鞋。脸上妆是花的,两团黑色眼影被泪水冲开,看起来跟鬼似的。护士服明显有点大也有点旧,并不合身。脖子上一圈青紫勒痕,裸露的手臂和小腿上也有多处伤痕。衣服上沾染了很多血迹,腹部和胸口都有利器刺穿的伤口。

身旁,还丢了个黑塑料袋。

宛如一朵鲜艳饱满的花,被人掐捏得伤痕累累,最终折断碾碎。

现在这具尸体还是徐司白的。他在尸体旁蹲下,开始仔仔细细地查看每一处伤口。

"手腕、脚踝都有长时间捆绑造成的瘀伤。"

"脖子上的勒痕是三四次重复形成的,但均不致命。"

"左肋、右腹、两处膝关节,同一重物击打的痕迹,造成粉碎性骨折。初步估计为棒状物。"

"致命伤是胸腹的利器刺穿,造成失血过多死亡。"

"尸斑已开始融合,全身尸僵,角膜轻度浑浊,再结合尸温……死亡时间在14 ~ 17小时前,即昨晚九点至十二点间。"

他动作很快,查看每一处伤势的同时,口里便讲出结论。白锦曦和周小篆已见怪不怪,韩沉和冷面不动声色,唠叨却已啧啧有声。

"名法医就是名法医!今天总算见识了!"

最后,他却忽然摘下口罩,低头,白玉般的侧脸,缓缓靠近尸体的脸。

眼看嘴唇都要碰到尸体了，吓得白锦曦和周小篆都瞪大了眼。

他却骤然伸手，扒开尸体的嘴，看了看，又闻了闻。

直起身子，他转头看着众人，眼眸清亮："红酒。死者濒临死亡前曾饮酒。"

众人恍然。

唠叨道："怎么还喝酒呢？"

"被逼的。"韩沉嗓音淡漠地道。

众人都是一静。

"除了致命伤，其他伤口是在死前造成的，还是死后？"白锦曦发问。

"全部为死前伤。"徐司白看着她答。

白锦曦哦了一声，眼睛依旧盯着尸体。

徐司白摘下手套和头套，交给身后的助手小姚，说："我的现场工作结束了，傍晚前给你们详细的鉴定报告。"

韩沉点点头。

唠叨和周小篆也客气地向他点头致谢。

白锦曦正全神贯注地盯着尸体，压根没听到他的话。徐司白朝她的方向看了一眼，带着小姚转身走了。

"真是变态啊！"唠叨感叹，"虐得真狠！"

白锦曦蹲在尸体旁，盯着她几乎没有一丝血色的脸，点了点头。

是的，真是变态。

极尽虐待和折磨，凶手曾经长时间跟被害者待在一起，最终才结束她的生命。

仔细观察，死者二十八九岁，拥有姣好的面容，只是脸上的瘀肿和伤口，几乎令她的脸变了形。她侧卧在树下，双膝蜷起一个比较小的角度，整个人就以这个姿势僵硬着。今天早间下过小雨，她的护士服上也有些泥水溅染的痕迹。

"钱包、钥匙、手机、身份证！"一旁的唠叨打开那黑色塑料袋，原来里面装的竟然是死者的随身物品和一套衣物。

"周似锦，二十九岁。"周小篆拿起她的身份证，"这里还有工作证！

×××商务公司会计主管,是个白领啊。"

唠叨继续点着袋子里的东西:"纸巾、湿巾、口红、粉底……还有防狼喷雾呢!"

白锦曦则拿起衣物看了看,是件做工精良的名牌风衣,和一条黑色修身长裙。白锦曦放到鼻子下闻了闻,有很轻微的汗味。与尸体身上那双皮鞋,倒是很相称。

又在现场勘查了一会儿,白锦曦一抬头,却发现韩沉不知道去哪儿了。

发现尸体的位置,距离公路并不远。穿过一片树林,再爬上一个小山坡,就是蜿蜒的县级公路。

白锦曦这么走出去,就看到韩沉一个人立在公路旁,双手插在裤兜里,正在举目眺望。

"看什么呢?"她凑过去,循着他的视线望去。只见陈尸点外围不远,就是更密集的树林,另外就是起伏的山丘,挡住了视线。再往后,应该就是森林了。

韩沉没答,而是收回视线,看着她。

"犯罪心理方面,有什么结论?"

白锦曦拍拍手上的泥灰,摘下手套塞进口袋里,面色沉静地答:"根据小篆刚才拿到的资料,上个月、大上个月发现的另外两名受害者,也是在CBD金融区上班的白领,几乎是以相同的方式被折磨死亡。所以,这是一个非常典型的有组织能力的变态连环杀手。"

韩沉挑眉,没出声。

白锦曦继续说道:"这种有组织能力的罪犯,人格特点是非常鲜明的:高智商、冷酷、残忍、麻木不仁。

"他选择的对象是白领。她们相对普通女性,更为独立,安全意识也更高。但罪犯能够将她们成功诱拐或绑架,说明他具有很强的犯罪策划能力和自信心,智商也不会低。所以,他很可能拥有不错的职业和收入。

"他的标记行为是:长时间囚禁、折磨和虐待受害者。三四次濒临窒息,身体各种的击打伤痕,因为在慢慢折磨受害者的过程中,他能获得极大的快感；他还给受害者换上了护士服，逼她喝酒。这应当是他性幻想的一部分。我想他肯定还跟受害者进行了'玩耍'和'交谈'。所以，他很可能没有精神科方面的疾病，但是他的整个精神状态是畸形和病态的。

"目前还没有其他方面的资料，只能初步推测他的年龄在 25～40 岁，因为这是绝大多数精神病态作案的年龄段。

"精神病态一般会呈现周期性的犯罪冲动，目前看来这个周期是一个月。冲动完，他又会融入正常人的生活。

"精神病态的形成几乎都与童年时冷漠的家庭环境有关。他的家庭不一定贫穷，很可能条件还不错，但必然存在很大的家庭矛盾。

"他缺乏同情心，也感受不到太多情感。跟家人的关系必然很淡薄，也不会有真正意义上的朋友。他的病态程度已经很深，但又拥有良好的外部条件掩饰。所以，他是个非常非常危险的罪犯。"

讲完之后，她自己愣住了。

奇怪……这一番话，这些理论，好像是自己跳进她的脑子里，很快就融会贯通。而她自己也觉得很自然、很熟悉，并且对这番话很有感觉，仿佛看到一个看似衣冠楚楚，实则嗜杀成性的男人，站在人群中，寻觅着他的猎物。

似乎从上一次 T 的案件起，这种连环杀人案件，就格外能激发她的思维和潜在的知识记忆。

莫非她失忆那段时间，专门研究过连环杀人案？

很有可能。

她看向韩沉："我说完了。"

"嗯。"他看着她，轻声答，"有点道理。"

白锦曦道："喂，你以前不是说犯罪心理是最没用的东西吗？现在终于放弃你的迂腐观点了？"

韩沉静静地注视着她。

"不是迂腐。"他嗓音轻慢地道。

"那是什么？"

他又静了一瞬，那眸色越发墨黑深沉。

"我四年前醒来后,就下意识地反感和排斥犯罪心理。"他顿了顿,"也非常讨厌女警察。"

白锦曦一怔,扯了扯嘴角:"哦……难怪你第一次见面就打我、绑我!"

韩沉眼中滑过淡淡的笑意,上前一步,在很近的距离低头看着她。

"现在原因清楚了。我所厌恶的,是缺少了你的犯罪心理。"

白锦曦心头突地一跳。

他的语气很平淡,她却只觉得一股热流瞬间淌遍自己的胸腔。

过了一会儿,她感觉到他的目光依旧停在自己脸上,于是转头望着他。

"怎么了?"

今天阳光温煦,他穿的是灰色夹克,更衬得脸色白皙、眼眸漆黑。他看她一眼,没答,而是拧开手里的矿泉水瓶,喝了一口。

白锦曦瞬间福至心灵:"你馋烟了对不对?忍住!"

韩沉放下水瓶:"我不馋烟。"

白锦曦一怔,他却看她一眼,忽然抬手,大拇指在她唇上一滑而过。

"馋这个。"

白锦曦的脸倏地一热,转头看着一边。

过了一会儿,就见秦文泷大步流星地走了过来:"韩沉!有什么发现?"

韩沉很自然而然地将矿泉水瓶丢给白锦曦,白锦曦也自然而然地接过,拧开喝了一口。同时心想,这种连环随机杀人,传统刑侦一般很难有突破口的啊。且听他怎么说。

这时就听韩沉答道:"锦曦有一些重要结论。我有两个发现。另外,现场还少了一样东西。"

第三章
推理之魂

"罪犯开一辆 SUV 抵达抛尸现场；他将尸体丢在这里，就是希望警方发现；现场少的，是被害人的手提包。"

韩沉说完这三点，秦文泷和白锦曦都安静下来。

白锦曦望着他的侧脸。第二点和第三点她瞬间就懂了。黑塑料袋里那么多零碎物品，却少了装它们的包——哪个白领女士随身不带包呢？

而她刚才跟着韩沉一起眺望地形，就发现了，抛尸点距离公路不远。再往里走一小段，就能将尸体藏在更隐蔽的树林或山丘后。但是凶手没有，说明他希望尸体尽快被发现。

可是 SUV？现场并没有留下车轮印，他是怎么推理得出的？

结果韩沉再一次展现了他对细节观察入微的能力。

他说："现场没有血迹和其他痕迹，说明死者是在其他地方被害，然后被搬运到这里；她的死亡时间是昨晚九点到十二点，今早的雨是五点多下的，而尸体上已经有雨水痕迹。说明将她杀死后不久，凶手就开车到这里抛尸。

"人刚死的时候，身体比较柔软；过一段时间，就会出现尸僵现象。尸僵一旦形成，短时间内很难再改变尸体形状。观察尸体，有一个小角度的蜷缩，必然是在搬运过程中发生尸僵形成的。所以凶手开的，不会是普通型轿车，因为普通轿车的后备厢更狭窄，会让尸体蜷缩角度更大；也不会是厢式面包车，因为车厢空间足够，就不需要将尸体专门摆放成蜷缩姿势，而且还是这种侧卧的姿势。"

韩沉的推论，很快就得到了证实。

这天下午，黑盾组对比了前两名受害者的资料，她们的确都是在距离公路不远的位置被人发现的。而且现场物品清单里，唯独都少了女士手提包。

此外，因为抛尸点偏僻，都没有采集到监控。但是通过对第三名受害者周似锦工作单位同事和大厦保安的访谈，了解到她是从上周五下班后就失踪的。并且失踪前几天，有人在单位附近，看到她上过一辆黑色SUV。但是目击者没注意看车的型号和号码。

"反正是辆好车。"目击者这么说，"在CBD开的，能不是好车吗？"

CBD区车流量大，一时也无法从监控中筛出嫌疑车辆。而且据黑盾组推断，凶手很可能走CBD附近居民区中的小路，避开了摄像头。

而前两名受害者，因为已经相隔一两个月，并没有找到类似的目击者。据亲友证实，三名受害者互相都不认识。

汇总了这些情况后，韩沉和秦文泷决定，首先继续深入排查三名受害者的日常人际关系，寻找她们更多的共同点以及是否有人与她们三个都有过交集。

傍晚时分。

徐司白从书案前抬头，就看到窗外已暮色弥漫，省厅大院里灯火稀疏。与江城警局是不一样的景致，却同样地宁静。

"徐老师，报告已经完成了。"小姚走到他桌前。

"嗯。"徐司白点头，"给他们送过去吧。"

小姚却没动，笑了笑："我打电话让锦曦姐自己过来取吧。"

徐司白微微一怔，终究还是垂下眼眸，没说话。

小姚怎么会不懂自家BOSS的心思呢？他立马跑回座位，拿起电话。那头的白锦曦一口答应下来，说马上到。小姚就将打印好的报告往徐司白桌上一放："徐老师，我家里还有事，先回去了啊。你一会儿帮我给锦曦姐。

说完也不等徐司白回答，拿起外套就跑了出去，还不忘把办公室的门大大地敞开着，让徐司白可以清楚地看到门外的走廊。

室内重新恢复宁静。

徐司白坐了一会儿，便抬头看向走廊。

很快就看到白锦曦出现在楼梯拐角。他放下手里的笔，安静地凝望着她。

她一边走，一边在打电话，大概是说到了什么开心事，忽然露出甜甜的笑。然后她脚步顿住，一只手抓住栏杆，身子就这么原地转动，左摇右晃起来。

徐司白忍不住笑了。

她讲了大概有两三分钟，才挂掉电话。然而她没有马上把手机放回口袋，而是拿在手里。她嘴角的笑意仍在，神色却变得安静而温柔。她忽然就低头，在屏幕上轻轻吻了一下，这才把手机塞进兜里，不紧不慢地朝这边走来。

徐司白看着她走近。

有那么一刹那，感觉情绪难以自抑，眼泪瞬间浸湿。他转头避开她的视线，看向一片白花花的墙壁。过了一会儿他才回头，面色恢复平静，勉强露出微笑，看着她走进来。

白锦曦刚才的确是在跟韩沉通话。他带队外出了，今晚都不一定回来。所以白锦曦打算等会儿就回宿舍睡觉，也方便她随时出动。

一抬头，她就见徐司白坐在桌后，神色温和地看着她。

她抿唇一笑，直接走过去，跳上他对面的桌子坐着，拿起报告："有什么重要发现吗？"

徐司白站起来，走到她身旁，两人肩并着肩，一起看。

"受害者的胃中，除了残余的红酒，还检测出牛肉和鳕鱼。"他说。

白锦曦恶寒地吸了口气："又吃又喝的，真是没有最变态，只有更变态。"

徐司白点点头，目光专注地盯着她手里的报告，继续说道："酒是进口的罗曼尼洛克干红，肉是上好的雪花牛排和银鳕鱼。另外，我看了前两名受害者的尸检报告，检测出的是一些海鲜和十年陈酿的茅台。"

白锦曦思索片刻，笑了笑："有意思。"

她将报告一合，从桌上滑下来，一拍他的肩膀："谢了！这份报告，真是非常有价值啊。"

徐司白微微一笑。

白锦曦又看了看他简单而整洁的办公室，点头说："这儿环境不错。我现在回宿舍，一起走吗？"徐司白初来乍到，跟她一样也是住在单位宿舍。

谁知徐司白静了一瞬，答："你先走吧，我等一下小姚。"

白锦曦走出他的办公室，到了楼梯拐角，下意识地回头，就见他依旧站在屋中，背对着她，正在脱身上的白大褂。只穿了白衬衣、黑色长裤的身影，在灯下显得格外清瘦高挑。他就这么静静地站着，不知在想什么，过了一会儿，才拿下衣帽架上的外套，穿在身上。然后关了灯，从办公室里走了出来。

白锦曦立马把头缩回来，快步朝楼下走去。

子夜，白锦曦躺在宿舍的单人床上，望着天花板，脑海中浮现的却是徐司白之前一个人站在办公室里的样子。

心里很不舒服。

徐司白是她珍而重之的朋友。这几年两人一起并肩工作、一起破案，几乎也是一起生活。他性格孤僻冷傲，唯独对她关怀甚重，她也尽量在人前照顾不太合群的他。两人间从无男女暧昧，但是她能感觉到彼此的知心知意、肝胆相照，就像兄弟手足一样。

可现在……

沉默良久，她重重地叹了口气，翻身把脸埋进枕头里。

她只希望，他能转过弯。今后两人的情分，依旧不要变。

反正她对他，永远都不会变。

天刚蒙蒙亮，白锦曦就醒了。这时外面还很静，她起床洗漱后，也没换衣服，就穿着睡衣窝在单人床上看卷宗。

忽然间,听到有人敲门。

"咚咚、咚咚。"均匀平稳。

这个点,也不知道是谁找她。

"来了。"她跳下床拉开门,结果一眼就看到韩沉站在门口。

天还暗着,他的轮廓仿佛也沾染着清晨的冷意。灰色夹克衣领拉到了脖子上,那双眼却是沉沉湛湛地望着她。

锦曦道:"……你怎么来了?"

"来洗澡。"韩沉直接越过她,走了进来。

白锦曦赶紧左右看了看,走廊里没人,这才放心地把门关上。

刑警经常跑现场,又经常在办公室熬夜,所以平时都常备换洗衣物。只不过他以前肯定是在冷面或唠叨的宿舍顺便洗个澡,今天却跑到她这里来了。

他一进屋,就站住了,眼睛四处看了一圈,像是在打量她的小窝。白锦曦心中哀叹一声,马上抢到他前面去,把沙发上丢的内衣、内裤、丝袜,桌上的几包卫生巾、半包没吃完的话梅等,全收了起来,直接丢进一格抽屉里。她这才神色自若地转头看着他:"去洗吧,沐浴液和洗发水里面都有。"

韩沉看着她,眉眼间有淡淡的笑意。

"慌什么?我不嫌弃。"

白锦曦也笑了:"去你的!我这叫温馨、洒脱、随意!哪像你的家,冷冷冰冰整整洁洁,没点烟火气!"

韩沉进洗手间了。

白锦曦抓紧时间,又把屋里收拾了一遍。等她刚把一袋垃圾丢到门外,就听吱呀一声,他推门走了出来。他已经换了干净的衬衣和长裤,头发微湿,衬衫的头两颗纽扣都没扣,显出几分随意。

白锦曦在小沙发里坐下,看着他:"要不要睡一会儿?"

他在她身旁坐下:"靠一会儿就好。"

单身宿舍面积本就狭窄,两人挤在小沙发上,他又生得人高腿长,立马显得整个空间都逼仄起来。他一只手搭在她肩上,将她搂进了怀里。

白锦曦靠在他肩头问："查得怎么样？"

"工作量比较大，还需要时间。"

白锦曦点点头："嗯。"

他又低头看着她："你的画像进展得怎么样？"

正好问中白锦曦发愁的事，她脆生生地叹了口气，答："画像我基本做出来了。可是，就算我能推断他的年龄、喜好、性格、社会阶层，掌握了他的大致轮廓。但是整个岚市，符合这个轮廓的人可能有成千上万。我还没找到有效的方法，将他从人群中筛选出来。"

韩沉静默片刻，答："这就是我不信任犯罪心理的原因。你们总是先做假设，假设出嫌疑犯'最可能'的'画像'，然后再去人群中寻找这个人。你们的推理结论永远不是唯一的，而是一种'概率'。但我们不是。我们是依据准确、没有偏差的证据和事物的客观逻辑，排除所有不可能的因素，得出唯一正确的答案。"

白锦曦被他说得沉默下来，刚要反驳说"概率只要足够准确，就能极大地提高破案效率"，话到嘴边，突然反应过来，抬头牢牢地盯着他。

"你不是说……以前讨厌犯罪心理，是因为没有我吗？原来你是真的讨厌犯罪心理！"

韩沉眸色一怔，显然也反应过来。

可他多浑蛋的人啊，什么也没说，看她一眼，忽然就低头用力吻住了她的唇。

白锦曦道："呜……你这个骗子……"

"没有骗你……"他咬着她的唇低声哄道，"我没有讨厌犯罪心理，只是指出它的弊端……"

吻着吻着，白锦曦也软了下来，安静地承受着他的吻。只是不知怎的，就被他抱着，两人一起倒在床上。单人床发出吱呀、吱呀的响声，白锦曦伸手推他："会塌的！"韩沉根本不理，捉住她乱晃的双手，低头继续吻。

天边已经冒出微光，屋内也渐渐明亮起来。她穿的是棉质长袖睡衣，宽宽松松的。韩沉只要一低头，就能看到她领口白皙如玉的皮肤和被单薄布料包裹的饱满曲线。

他已经肖想了有好几天的曲线。

亲了一会儿,他的手移到她的腰间,隔着衣物轻轻揉着捏着。白锦曦被他揉得全身都麻了,低声呜咽道:"你手往哪儿放呢!松手啊!"

韩沉含着她的唇唔了一声,手直接撩开她睡衣下摆,往上探去。

白锦曦全身一僵,只觉得屋子里每一缕空气,都变得燥热起来。而她每一寸皮肤,都变得微微发痒。两个人谁也没出声,只是伴随着他大手的游移,她的身躯微微起伏着、颤抖着。而他的唇也从她脸上移开,深埋进她的脖子里,轻轻地咬着,手却揉得更加娴熟和温柔。

…………

过了许久,他才松开她坐起来,靠在墙边,抬手搭着额头,又笑了。而白锦曦面色酡红地转过身去,胡乱地将睡衣的扣子扣上,可脖子上的吻痕,遮都遮不住,今天上班要怎么办才好……

"锦曦。"他忽然喊她。

白锦曦的脸和身体都还在发烫,讪讪地转身,却撞上他漆黑如墨的双眼以及他的脸上也有的浅浅的红晕。也不知是屋内的热气熏的,还是因为吻了太久。

"你有没有梦到过我们……"他轻声问。

他话没说透,白锦曦却懂了,红着脸坚决地摇头:"没有,真没有。"

"我梦到过。"

白锦曦微愣,看着他的眼睛。

"好几次。"他说。

白锦曦的脸顿时更热了,只觉得他此刻的目光仿佛能穿透衣物,直接把她看得一干二净。她也不知道说什么好,只好抓起枕头砸向他:"浑蛋!"

韩沉一把接住枕头,同时扣住她的手,就这么近在咫尺地盯着她。

"你早就是我的人了。"他缓缓地说,眼睛里仿佛有星辰的光,"可现在,我却像个愣头青一样,想要一点点打动你的心。"

白锦曦心弦轻轻一颤,只觉得整个人仿佛都要融进他那双眼睛里去。

"韩沉……"她低喃一声,伸手钩住他的脖子,再次吻住了他。

"不亲了。"他握住她的手,"再亲我就真着火了。"

白锦曦轻轻地嗯了一声，靠在他怀里没有动。

他单手搂住她的腰，另一只手拿起床畔的卷宗。

"既然你找不到突破口，就再读一次。"他说。

"哦。"白锦曦起身，想要接过卷宗，他的手却躲过。

"我来读。"

白锦曦求之不得，舒舒服服地靠在他肩膀上，闭上眼，听了起来。

韩沉抱着怀中温软的躯体，看着她安静倾听的容颜，静默片刻，又抬头，看着窗外。

窗外，天空已呈现清浅的蓝。阳光从云层中透射出来，飞鸟停在对面的树枝上，仿佛也看到了屋中的他，发出清脆的鸣叫。

"三处现场，均未发现明显脚印和车轮印……"

"尸体皆呈现小角度蜷缩，可以推断凶手作案流程稳定一致，用同一辆车运送尸体……"

"胃中的残余物，是在死前2~3小时食用的……"

他的嗓音低沉清朗，咬字清楚顿挫，十分动听。白锦曦听着听着，居然就有点犯困了。恍恍惚惚间又听他读道："三具尸体伤痕种类、分布大同小异，手法娴熟……"

白锦曦定了定神，忽然间脑海中灵光一现，某些模糊的念头一下子跳进脑海里，然后迅速成型！

她一下子睁开眼，抓住他手里的卷宗："韩沉！我有办法找到嫌疑犯了！"

韩沉盯着她，眼中也慢慢浮现笑意。

白锦曦开心死了，一把搂住他的脖子，又亲了两口，还得意地哈哈笑了两声说："多亏了你读卷宗，刺激了我灵感。谢了！"

谁知韩沉看她一眼，再次握住她的手，说："我也有办法找到嫌疑犯。"

白锦曦一怔——他也有办法？可是凶手根本没留下什么证据和痕迹呀。传统刑侦推理应该在这时候陷入瓶颈了才对！

而且，他刚才进屋时什么都不说。现在她拨云见日了，他才露了底。

真是太坏了！

韩沉却盯着她，淡笑开口："要不要打赌？"

一听到打赌，白锦曦就警惕起来，毕竟在他手里吃过亏啊。

"赌什么？"

"赌犯罪心理和传统刑侦，谁先找到凶手。"他慢慢地说道，"如果你赢了，什么都依你。如果我赢了……你就陪我一起做梦。"

上午九点。

刑警大队的会议室里座无虚席，包括黑盾组在内的刑警骨干们，都参加了这次"护士服"连环杀人案的工作会议。

秦文泷总结了案件的严峻性和重要性，唠叨、徐司白先后上台报告了现场痕迹、尸检的结果。队里其他几位经验丰富的老刑警，也发表了看法。

接下来，就是白锦曦的犯罪心理画像以及韩沉的整体工作报告了。

白锦曦翻看着手里的一叠资料，忍不住又抬头，看了一眼前排相隔不远的韩沉。

谁知韩沉像是若有所觉，微微侧头，目光跟她一对，又移开。

只一眼，就看得白锦曦的心头又是一荡。

太讨厌了。这个高冷又深沉的浑蛋！

"锦曦，到你了。"唠叨喊了一句。

白锦曦立马站起来，身旁的周小篆兴奋地摇了摇她的胳膊："小白加油！"

台下第一排，除了局领导，还坐了几个白锦曦不认识的人，大概也是相关机关的领导。她站在灯光下，清了清喉咙，开口道："一、嫌疑人的年龄在30～40岁，相貌气质出众，从事企业中高层管理工作，收入较高，在女人眼中，是比较有魅力的男人。因为目前发现的三名受害者，都拥有较高学历、体面工作，并且相貌姣好。嫌疑人能够成功诱拐她们，外表和自身职业收入不会差。而且在受害者胃中都发现了高档酒食，即使是被嫌疑人逼迫食用的，也体现了嫌疑人的生活品质与喜好。此外，由于他表现出的娴熟做法、手法和重度精神病态，这绝不是他第一次作案，所以他的年龄一定不会太小。综合上述，推测他的年龄在 30 ~ 40 岁。"

台下众人都听得专注而安静，白锦曦微微一笑，美眸扫视一周，继续说道："二、鉴于三名受害者都在 CBD 上班，可以推断嫌疑人也在这个范围工作，或者在这里有住所，才能方便他观察、寻找目标。

"他是典型的'有组织能力'连环杀手。即具备高智商，能够对整个犯罪过程进行完美策划和冷静实施。而绝大多数有组织能力的杀手，在虐杀被害者过程中，都会使用酒精——这与他们的大脑结构以及麻木的情感有关，他们需要酒精唤醒刺激。对被害者的尸检结果也侧面印证了这一点。他的家中会有大量藏酒，并且会有酗酒的习惯，但是在工作场合可能会掩饰得很好。

"现场的两个重要物证，是护士服和少了的手提包。目前还无法判断，嫌疑人为什么将手提包作为纪念品，从受害者身边夺走。但这应当与他心中的执念有关。或许他认为手提包是女人身上最美的配饰，又或者他痛恨挎着高档手提包的女人。皆有可能。

"护士服包含的意义则要更明显。首先，他是让受害者换上护士服后，进行虐杀，这只代表了恨和嘲弄，不代表爱。但这里就有一个问题：他恨和嘲弄的对象是什么呢？不是真正的护士，跟医院也没有关系，否则他会直接去杀护士。吸引年轻护士女孩，可能比诱拐这些白领更简单。

"他憎恨的，依旧是这些职业出色的女人。而他的'护士情结'，很可能与童年或青少年期的经历，或者过去的某段感情有关。鉴于他未对受害者性侵，我更倾向于前者。

"而他的定位很清楚，要报复的是'穿着护士服的女人'，而不是'护士'。说明这段经历发生时，他已经有足够的分辨力。所以当时他应该已经是青少年，而不是幼童。什么情况，会让一个青少年如此深刻地憎恨'换上了护士服的出色职业女性'呢？"

白锦曦顿了顿，环顾一周，嗓音清透而沉稳："要么，是母亲的浪荡被他目睹；要么，他遭受的是更直接的伤害——自己被人换上了护士服，并且被性侵害。"

"噗……"前排有头发花白的局领导，一口茶喷了出来。后排的许多刑警,也露出尴尬或好笑的表情。

白锦曦却很淡定,就事论事嘛。她还觉得后者的可能性更大呢,因为凶手虐得太狠,表现的仇恨情绪太浓烈了。

她抬眸望去,一眼就看到韩沉注视着她。

而一旁的冷面,依旧面无表情,但是神色专注;徐司白目光温和,神色平静;唠叨和周小篆则同时露出钦佩表情。

白锦曦浅浅一笑,继续讲完剩下的结论:"从现场他所表现出的残忍、冷静、耐心和偏激的认知来看,他的心理变态程度已经很高,所以会拥有高智商变态者的一些典型特征。

"在搜寻嫌疑人时应当注意:他很擅长言语表达,语言也富有煽动性和感染力。这会令普通人也觉得他很有魅力。但是相处久了,如果长时间深谈,你就会发现他的表达其实缺少连贯性,在很多细小之处逻辑混乱,话题容易跳跃。因为诸如心理变态者,他们的思维里都缺少'中央组织者',他们天生无法保证让自己所言所想,集中在一个方向上。这是心理变态者共有的缺陷。

"第二个特征是冲动易怒,比较情绪化。熟悉他的人会认为他喜怒无常。而冲动之余,他就容易实施犯罪。他的情感也十分肤浅。无法感知情感,所以才能漠视他人生命。但他也许能引经据典,对情感夸夸而谈。

"因为言语和情感上的浅薄及缺失以及病态的精神状态,反而造成了他对刺激的强烈渴求。所以,根据他的职业和收入条件,他会偏好诸如蹦极、跳伞、赛车等刺激的活动,而不是高尔夫、音乐剧等缓和的活动。

"最后,也是最重要的一个问题,我们如何缩小范围,将他从人群中筛选出来。除了上述条件,还有最关键的一点。"

白锦曦拿起矿泉水,喝了一口,沉吟后开口:"娴熟的作案手法、稳定的作案流程、鲜明的标记行为,都说明这不是他第一次作案,并且以前的尸体因为某些原因,没有被警察发现。为什么这次忽然将尸体公开丢弃?吸引警察注意?"

台下刑警们低声议论纷纷。

这时有人扬声问道:"会不会是他想挑衅警察?就跟之前那个T

一样？"

　　白锦曦点点头，答得很快："那为什么偏偏在这个时候开始挑衅呢？"

　　那人答不出来了。

　　周小篆已经跟白锦曦很久了，多少也懂得些犯罪心理学的门道，于是微红着脸，举手抢答："他一定是遭受了什么突然的刺激。譬如亲人离世啊、被爱人抛弃啊，或者得了重病，对不对？"

　　其他刑警也纷纷点头。

　　美剧里都这么演嘛。

　　白锦曦却摇了摇头，嗓音清脆道："不是！"

　　周小篆一呆，众人一静。

　　白锦曦眼睛看着前方，脑海中却浮现出"他"可能的阴鸷表情。

　　她说："即使心理变态者的行为触发原理和机制相同，但不同性格的变态者，对于相同的刺激，依然会做出不同的反应，跟我们普通人一样。这名罪犯的情绪特点很鲜明：尖锐、偏激、敏感、细腻，针对性很强，以眼还眼以牙还牙。而且过去那么长时间，他一直避开警方，说明他根本不在意警方。所以，如果只是亲人离世、爱情受挫或者身患重病，只会促使他作案更加密集、残忍，也更完美。那是他自己的世界，跟警方没什么关系。

　　"可现在，他几乎是公开了尸体，也即公开挑衅警方。这只说明了一件事——他遭受的刺激，来源于警方。也就是说，两三个月前，他曾经被警方羞辱或激怒过。或者是重大交通违规或者其他过错，被警方惩戒；又或者曾经被当成某起案件的嫌疑人盘问调查过，令他恼羞成怒。所以，我建议马上核对全市各警局的档案记录和工作日志，寻找符合上述所有条件的嫌疑人。"

　　白锦曦讲完后，台下响起热烈的掌声。老刑警们神色还比较沉静，一些年轻刑警们却表现出很大的兴奋和热情，三三两两都低头讨论起来。会场里一时嗡嗡声不断。

　　坐在前排的秦文泷，看到这一幕，心情却有些复杂。一方面他很为白锦曦能做出这样的报告高兴，另一方面……

其实吧，他挖白锦曦过来黑盾组，的确是看中了她在犯罪心理方面的才华。但是呢，定位是作为韩沉和冷面的"传统刑侦"的补充和辅助。在秦文泷和许多老刑警的心里，还是认传统刑侦，才是刑侦队的正统。

可谁知这白锦曦，自从来了黑盾组，遇到了大案，反而表现越来越好。尤其今天遇到了这变态连环杀人案，竟然跟打了鸡血似的，洋洋洒洒分析出这么多。现在好了，那些没见过什么世面的小刑警们，一个个眼睛都像被点亮了。

不行！他坚决不能让他们被白锦曦带偏了！就怕年轻人一心想着画像走捷径，忽略了刑侦的基本功！

想到这里，他立刻转头，朝后排的韩沉打眼色。那意思也很明显：赶紧把风头给我抢回来！

哪知韩沉根本就没注意到他。别看这小子人模人样沉静如山地坐着，眼睛却跟其他小伙子一样，全追随着娉婷从台前走下来的白锦曦。

"……"秦文泷无语。

白锦曦自己也感觉今天干得不错，心情有些激动。刚坐下，周小篆就抓住她的胳膊，嘿嘿嘿地笑。而唠叨看着她，故作高深地点点头："白妹，不错哦！哥对你刮目相看了哦。"

白锦曦忍不住笑了，一抬头，看到前面不少刑警扭头在打量她。倒是韩沉，坐得笔直，侧脸平静。

今早他说出"赌注"后，白锦曦根本没答，直接就推说要上班，跑了。

他是计算帝，捕捉细节逻辑漏洞的本事也太厉害。白锦曦想不出，他的底牌是什么。

这时，手机振了一下，进了短信。

白锦曦拿起一看，笑了。

发件人徐司白：你讲得很好。

她抬眸看了看前几排徐司白的背影。心念一动，目光又滑到韩沉身上，低头给他发短信，内容很简单，就是个脸蛋微红的"笑脸"表情，看起来就像是在求表扬。

白锦曦一边拿起瓶水喝着作为掩饰，一边偷偷观察韩沉的表情。然后就看到他低下头，看了看手机，唇角勾起。

回复很快就到了：别撒娇，除非你想我现在走过来亲你。

"咳……"白锦曦一口水呛在喉咙里。

这时秦文泷再次走到台上，简短地讲了几句，大意是肯定了白锦曦画像的价值，可以作为破案的重要参考因素。然后就让韩沉上台，做工作报告。

韩沉将手机塞回裤兜，站了起来。而包括白锦曦在内的所有人，也都将目光投在他身上。他站在灯下，夹克没有扣，更显得肩宽腰窄，双腿修长。他的神色很平静，但又带着几分惯有的淡漠，并不似跟白锦曦两人独处时那样浅笑晏晏。

"第一，不假设嫌疑人的年龄段和外貌，但他能够徒手将五六十公斤的尸体从公路搬运至林中，并且注意没有留下任何明显脚印和痕迹，说明他完成得非常轻松。因此，他应该是一位体形结实、具备力量的成年男子。"

白锦曦听到第一句"不假设年龄段和外貌"，就弯了弯嘴角。这人……故意的吧！

不过听到后面，倒让她一下子就入了神。她发觉，韩沉这种搞传统刑侦的，脑回路的确跟她不一样。他真的很擅长捕捉细节中隐藏的逻辑关系，得出与她互不重合，但又合情合理的结论。

韩沉继续说道："第二，嫌疑人表现出娴熟稳定的作案技巧，这肯定不是他第一次作案。所以，我们已经搜寻了全市范围内、过去五年间未侦破的凶杀案和失踪案的资料，发现有四起案件存在相似之处。因为时间间隔长、分布在各个分局辖区，有的亦未找到尸体，所以并未被各分局以连环杀人案形式上报到省厅。"

台下刑警们一片哗然，白锦曦也是微怔。

韩沉说的情况她明白。如果五年只作案了四起，时间地点又分散，加之高智商凶手肯定还有各种掩饰行为，那的确是有可能逃过警方的视线，没有把这些案件联系在一起。

但韩沉多敏锐的人啊，有了这三起案子做对比，很容易就能抓住过去的蛛丝马迹，确立为同一人作案吧？

这也意味着，"他"杀死的人数，有可能达到七人了！

"目前的三起案件,并没有搜寻到有价值的监控画面和目击者。不过,我们会马上扩大搜索面,搜寻前面四起案件的档案资料。"韩沉说。

众刑警听得频频点头,白锦曦却是暗暗叹息一声。

韩沉这招听着简单,可是管用啊!举一反三,供他采集证据的面一下子扩大了。你这三次作案没有被拍到,可是往前倒推四次呢?你能保证一直都没有纰漏吗?尤其是早期作案,即使是高智商罪犯,他也是生疏的,很有可能留下漏洞。

而只要让韩沉找到其中一个漏洞、一条线索,还能不顺藤摸瓜,一下子就把人揪出来?

想到这里,白锦曦身为犯罪心理流派的人,忽然稍稍有些心酸啊。

她讲了那么多,画了那么多,绞尽脑汁引经据典,层层推理严密分析,才将嫌疑人的方方面面都勾勒出来。这是多么不容易的事?可没准到时候韩沉就甩出一盘监控录像,直接把人给抓回来了……

她抬起头,看着台上的他。

这么看来,没准他真的能比她更快找到凶手啊。

……搞传统刑侦的男人,实在是太讨厌了!

"第三,根据受害人身上的伤势分析,死前必然遭受长时间虐待。所以嫌疑人需要一处独立住所,实施虐待和杀害。在受害者死后,需要大量的水冲刷地面血迹,并且要防止血迹下渗。所以他居住的如果是楼房,必然在底层。

"死者死前肯定会发出长时间惨叫,但尸检报告中,脸上和喉咙里并未发现胶带、棉布等痕迹。说明嫌疑人住所的隔音效果很好。即使是别墅,周围也会有邻居。所以,他要么独居在偏僻郊区,要么对房间做过特殊的改装,不会是其他噪声掩饰,因为那样容易引起邻居投诉。

"筛查全市郊区所有偏僻独立房屋的资料;筛查五年前第一起案件发生前三个月内,全市装修公司承接的、楼层为一楼或负一楼的工程资料。嫌疑人的要求一定很高,跟普通人的要求也不一样。装修公司一定会对他印象深刻。"

台下刑警们都安静下来,十分专注地聆听着。白锦曦也在想:是哦,死者没有被封住嘴，但被虐待肯定会惨叫。这大概就是韩沉以前说过的"逻辑悖论"吧。很细微的一点，但却正是这些细小的悖论点，指向了真相。

她其实很想站起来说：一定是被改装的别墅！因为根据嫌疑人的画像，他哪能去住荒野小屋啊。但是想想韩沉这种传统刑侦流派，必然严谨到不会放过任何细小的可能。嗯，好吧，大不了回头劝他，先搜别墅好了。

"第四，本案的重要物证之一，是护士服。这三套护士服大小、款式完全一样，并且经初步检测是新的，没有水洗过。鉴证科已经在做详细检测，并与市面上的护士服进行对比，力争确定生产厂商，再查找出购买来源。目前我们掌握的情况就是这些。"

这时有刑警发问："韩组长，刚才白锦曦提到的三个手提袋，是否也是重要物证呢？"

白锦曦也目不转睛地望着他。是啊，还没说手提袋呢，这么重要的东西。

结果就见他微一沉吟，答："手提袋，因为都比较昂贵，我们在三名受害者家中都找到了购物小票，也调取过购物商店的视频。她们都是独自或与女性朋友去购买了手提袋，并且时间、款式、购买地点各不相同。目前看来，不存在任何相关性。所以现阶段暂不作为重点侦破方向。"

众人听得了然，白锦曦也稍稍有些失望。因为作为"纪念品"，她还指望从手提袋这里挖掘出更多线索，譬如都是红色的包啊，都是GUCCI的包啊。但现在看来，嫌疑人只是单纯地拿走了纪念品，那的确是没有太多刑侦价值。

她正想着，身旁的周小篆忽然满眼钦佩地凑过来，小声说："小白，你男朋友真的很厉害啊！"

白锦曦微微一笑，瞥他一眼，问："那你觉得我和他谁更厉害？"这问题着实让周小篆为难了，他想了想，答："不一样啊。你的推理听着让人热血沸腾呢！但老大的推理……听着却能让人的心冷静下来。"

白锦曦微愣，看着他，静默片刻，最后开口："小篆，你有时候说的话……真不像是你说的。"

周小篆呆了呆，才反应过来，面露喜色："怎么怎么？这句话讲得很高深对不对？"

第四章
师兄湔柏

散会了。

刑警们陆陆续续起身,黑盾组几个人也站起来。白锦曦抬头,就见韩沉还站在前排,被局领导叫住了,正在低声交谈。

"韩沉讲得不错。"一道洪亮略带沙哑的嗓音响起,瞬间吸引了所有人的目光。

讲话的是队里一位老刑警,姓荀。他已临近退休,头发花白,但在队里威望很高。他一开口,局领导、秦文泷和韩沉等人,都转头望过去。

"这个案子虽然有难度,但只要像韩沉这样,把精力放在扎实细致的刑侦工作上,要不了几天,一定能破案!"老荀说。

"对!"

"对!"许多刑警鼓起掌来。

白锦曦几个也笑着给自己老大鼓掌捧场。韩沉神色倒是淡淡的。

谁知老荀话锋一转,说道:"至于搞什么画像,凭理论和推测去搜寻嫌疑犯,我看还是要慎重。美国人都还没把这东西研究透呢,咱们倒先实践上了?刑侦是严谨的学科,差之毫厘谬以千里。犯罪心理严谨吗?我看不见得。"他抬头看着韩沉,目露赞赏,"年轻刑警还是要像韩沉这样,下苦功练好基本功,再去想破什么大案。步伐追踪学会了吗?指纹还原做得好吗?都不会还破什么案呢?"

这话一出,全场都静下来。有刑警转头,看向白锦曦。冷面、唠叨几个都愣住了，白锦曦在心中喊了一声。

这时就感觉韩沉的目光忽然看过来。两人视线在空中一对，白锦曦倒是很淡定。

她虽然心高气傲，但却不是毛躁的人。此刻听到老荀近乎直白的批评，想的不是冲上去理论一番，而是：哼！老顽固是吧，那我回头就要用犯罪心理抓到嫌疑犯给你看！到时候再去给你老人家丢一句：事实胜于雄辩！

秦文泷听到老荀的话，心里就哎哟一声。要知道这番话正中他下怀，把风头扭转扭转，维护传统刑侦的正统地位，避免那些小伙子被白锦曦带偏了啊。不过倒是委屈小姑娘了，毕竟那番推理做得很不错，他其实觉得都挺有道理的……

手心手背都是肉，秦文泷轻咳一声，刚要讲两句打圆场，忽然就听到一道嗓音先响起了："我怎么觉得……"低沉轻慢的嗓音，"自己没她推理得好呢？"

不是韩沉是谁？

"咳……"秦文泷一口水呛在喉咙里。一抬头，就见韩沉站在他桌前，单手插在裤兜里，依旧是那副沉静又稳重的模样。可别人也许看不出，秦文泷多了解自己的头号心腹啊，这家伙摆明是跟老荀横上了。秦文泷惊讶之余，忽然心头一动，看了看韩沉，眼角余光又瞟了瞟后头的白锦曦。

由于韩沉在刑警队一直是高冷桀骜的形象，他现在这么一说，还真有不少刑警惊讶了，低头纷纷议论起来。但是也有些刑警笑出了声，当然就包括黑盾组的几个人。

"啊！老大这人平时看着冷冷的，关键时刻原来这么护短啊！"唠叨一脸敬仰和激动，"白妹，你看老大多护着你，不惜自黑呀！有这样的老大，真是我们的荣幸！够爷们儿，够男人！够男神！"

冷面微微一笑，没说话。

周小篆道："噗……"压低声音凑到小白耳边，"是不是觉得好感动好幸福？我觉得老大实在是太宠着你护着你了，你一定要好好对他！听到没？"

白锦曦看他一眼："小篆，我发现你现在完全把自己当韩沉的人啊？"

周小篆嘿嘿一笑。

白锦曦抬头,也看着韩沉。被他这么一掺和,她刚才的些许不快早已烟消云散,取而代之的,是又感动又好笑的心情。脸颊还有些发烫,但是脸上很镇定。

这家伙……他就不怕被别人看出来?!

而全场最惊讶的,当属老荀了。他大概完全没想到韩沉会跟自己唱反调,一时都愣住了没说话。结果韩沉又开口了:"好就是好,不好就是不好。老荀,你怎么比我还拧呢?"

全队上下,也只有韩沉敢这么跟老荀讲话了。这下老荀气得抬手指着他:"你小子今天怎么回事?"

众人一片哗然,秦文泷赶紧站起来打圆场,朝韩沉递了个眼色,吼道:"啰唆什么,给我闭嘴!"然后回头看了看众人,"都散了,还杵这里干什么?赶紧去查案!"又跑到老荀身边,低声含笑递烟安抚,拉着他先走出了会议室。

他一骂,人立刻都散了。前排的几个领导倒是没动,还笑着在交谈什么。

周小篆几个刚才都领了任务,现在分头去找配合的科室和人员了。白锦曦做完了画像,现在就是要等搜查结果,反而成了最清闲的一个。她站起来,结果就见韩沉从前面走了下来。

周围还有别人,白锦曦轻咳一声,望着他笑:"组长,刚才谢谢你。"

其实刚才韩沉开口相帮,于公于私都有考虑。于公,白锦曦的报告的确做得不错,甚至令他也刮目相看,对今后的搜查很有价值。老荀的意见太过偏颇,他身为负责人,自然不会闷声忍耐。

不过,此刻看着白锦曦微红的脸,波光潋滟的眼……

"白刑警不必客气,这是我分内的事。"

旁人听到,自然以为他是说身为组长的责任。白锦曦却听出他的一语双关,抿了抿嘴。

他看她一眼,转身往外走,她也跟在后头。两人便保持着半个身子的礼貌距离,一起朝门外走去。

临到门口时,白锦曦脚步一顿。

因为她忽然感觉背后有人在看自己,目光灼灼。

她下意识地往那个方向望去,却只看到局领导,还有两三位面生的领导,坐在前排交谈。

她便没有再耽搁,快步跟上了韩沉。

黑盾组办公室里没有人,两人一走进去,白锦曦反手就把门关上了。

"你刚才干吗那么说啊?"她嗔道,"太明显了!你平时谁也不护,现在这么护我……"

韩沉是回办公室取资料来的,马上就要走。闻言他转头看过来,也不跟她废话,走过来就搂住她的腰,堵住她的唇。

但这个吻只是浅尝即止,他松开她:"我出去了。"

锦曦轻轻地嗯了一声。

他看她一眼,伸手去开门。白锦曦望着他的侧脸,脑海中却又浮现他刚才在众人面前维护她时的样子,忽然心头一热,拦住他的手,抬头又吻了上去。

韩沉几乎是立刻松开门把手,将她抱入怀里,一阵沉默而有力的吻。

片刻后,他的脸移开,身子却将她抵在门上,低头看着。

"这么黏我?"低沉的,带着几分温软的嗓音。

白锦曦的脸一下子热了,扭头避开他的眼睛:"谁黏你了?不要自己随便脑补啊。"

韩沉却笑了,低头又亲了她一下,手还在她腰上轻轻一捏:"嗯。刚才的投怀送抱也是我脑补的。"

锦曦扑哧笑了,伸手钩住他的脖子。他盯着她:"等我回来。"

"好。"

话虽这么说,四目凝视,一时谁也没松手。周遭这么安静,每一缕空气仿佛都围绕着他们俩在缠绕浮动。

白锦曦望着他深黑专注的眼睛,一瞬间只觉得自己仿佛就要沉溺进去。

忽然,感觉到他握在她腰间的手,往下一滑,就搭在了臀上。

白锦曦微微一僵。

他依旧一眨不眨地盯着她。

然后那只手不轻不重地捏了一下。

白锦曦的脸陡然红了,一把推开他。

他却慢慢地笑了,手插回裤兜里,又看她一眼,这才拉开门走了。

白锦曦一个人在屋子里闷了半天,觉得被他捏过的地方又痒又麻。最后忍不住也笑了,心中暗骂"浑蛋"!

白锦曦正嘴角上翘地翻看着资料,就听门口响起脚步声和讲话声。

主管刑侦的副厅长,正陪着刚才会议室里那两个生面孔,从门口走过。

白锦曦立刻放下资料站起来,就见副厅长拉着其中一人,指着屋里道:"这就是黑盾组的办公室,许教授参观指导一下。小白,给许教授倒杯茶。"

白锦曦立刻应了一声。

那人却笑着答:"不用了。你的兵乱欺负我们做犯罪心理的人,我是来给她打气的,不是来喝茶的。"

副厅长哈哈大笑,这时旁边有人送文件过来给副厅长签字,他就先走到一边去了。

那人便自己走了进来。

白锦曦看他三十出头年纪,穿着质地考究、柔软的西装,白色衬衫搭配浅蓝条纹领带,五官谈不上英俊,但气质十分优雅。他不像是副厅长口里的教授,倒像是犯罪心理学系的年轻讲师或者大师兄。

他微微一笑,朝她伸手:"许湉柏。"

白锦曦听过这个名字。

许湉柏,国内最年轻的犯罪心理学教授之一,在北京某著名学府任职,因观点犀利、不循常规,经常提出许多大胆的理论和画像而出名。他偶尔也会帮助北京警方破案。但好像也是因为他激进的个性,犯罪心理学界和警界对他的评价也是两极分化。有人认为他的许多做法很荒谬,有人却觉得他是犯罪心理学的未来。

白锦曦立马笑着跟他握手,心里却在嘀咕:这尊大佛怎么跑到这里来了?

刚才在会议室里一直盯着她的，看来就是他了。

像是察觉她的疑惑，许滴柏双手插入裤兜里，微笑着解释："我最近在K大有个研究项目，会待一段时间。被你们副厅长知道了，就硬把我拉过来，说K省也有犯罪心理人才，让我瞧瞧。今天一看，确实不假。你的报告做得非常不错，甚至令我深受感动。原来在地方上，也有这样坚持犯罪心理研究和实践的人才。"

白锦曦被他讲得心头一阵温暖和振奋，笑着答："许教授您过奖啦。其实您能来指导，我真的会觉得很受鼓舞，受益匪浅。"

这话她讲得很朴实也很真挚，许滴柏的表情变得更加温和，点点头，抬头看了看四周："带我参观一下黑盾组？"

这时，副厅长也签完了字，走进来拍拍许滴柏的肩膀："小师弟，你就先跟小白转转。我临时有点事，一会儿让秘书来接你吃饭。"他又看向白锦曦，"小白，一直答应你们，要给黑盾组请个犯罪心理学的教授过来指导。现在现成的人就摆在这儿，把握机会，好好表现。他可是不容易请动的啊。另外把T案件给许教授好好讲讲，他很感兴趣。我先走了。"

副厅长一行人走远了，屋内瞬间就剩下他俩。

白锦曦大致介绍了黑盾组的分工和成员，许滴柏看着韩沉的办公桌，点头道："刚才也听到了你们组长的报告，的确名不虚传。就是另外两位，施珩和迟琛，他们的指纹鉴定和追踪嫌犯的绝技，有机会希望见识一下。"

白锦曦笑道："那太好了，下次再请您过来给他们指导指导。"

这本是客套话，谁知许滴柏笑了笑，脱下西装搭在手臂上，说："跟我说话不必打官腔。你要是不介意，就叫我一声师兄。"

白锦曦莞尔："好，许师兄。"

因副厅长有过叮嘱，白锦曦又给他详细介绍了T案件的始末。大概因为这是国内近年来少有的大案，他听得很专注，问得也很细。对T的某些画像结论，白锦曦还没讲出来，他听完了前面的案情介绍，自己就先说了出来。白锦曦暗暗佩服之余，又多了几分同道中人的亲近感。

等案子讲完，白锦曦嘴里的"师兄"已经叫得很顺溜了。她想了想，又问："师兄，那您会不会来黑盾组帮我们啊？"

许湎柏端着茶，衬衫袖子挽到手臂上，领带也解开塞进了口袋里，看起来更加没有半点教授的架子。他看她一眼，答："这么快就开始替你们厅长挖人了？"

白锦曦扑哧一笑："那您是来，还是不来呢？"

许湎柏也笑了，喝了口茶，答："这宗'护士服'杀人案，我会带你一起做。叫你们队里的老顽固以后在你面前，不敢再开口。"

他人虽然清雅温和，这话却讲得霸道。白锦曦心想他跟传闻里还真的有些相像。不过她倒没想过要让老刑警们那么丢面子，只要肯承认她就可以了。

她笑笑没答。这时许湎柏放下茶，起身又问："你们组里还有个法医？"

白锦曦点点头："他有个独立办公室，我带您过去。"

徐司白的办公室，就在黑盾组楼下一层。白锦曦陪着许湎柏一路漫步过去，隔着窗，远远就看到徐司白穿着一身白大褂、戴着口罩手套，低头不知在忙碌什么。小姚站在他身侧，正在往他手里递一些器皿。

许湎柏就停了步。

"看来法医在忙。"他望着徐司白，"那我们就不打扰了吧。"他转头看着锦曦，"我今天的主要目的是看看你的犯罪心理学，现在已经达到了。"

白锦曦笑道："好的，师兄，徐法医的专业造诣的确很深，下次我带他来跟您详谈。"

许湎柏没待多久就走了，白锦曦下午待在省厅，协助警队其他同事，对嫌疑人进行筛查。而韩沉、冷面、唠叨、周小篆全都忙碌着跟各个方面的配合搜寻，不见人影。

等她忙完离开省厅，已经是夜里十一点多了。黑盾组其他人依然没回来。白锦曦便一个人回了单身宿舍，躺上单人床，才发现它开始吱呀作响，八成是昨晚被韩沉和她压坏了。她不由得笑了。

望着窗外的夜色，她估摸着韩沉今晚是不会回来了，但又盼望着他会突然出现。这么迷迷糊糊地想着，她不知不觉就睡着了。

第四章 师兄浦柏

秋天的清晨，空气寒凉。

白锦曦踏着灰蒙蒙的晨色，走入办公楼。此时楼里还没什么人。路过刑警队时，她看到几个刑警歪歪斜斜地靠在椅子里睡觉，显然是跟着韩沉忙了一晚上。

她推开黑盾组办公室的门，就见唠叨趴在桌子上，人虽然秀气，呼噜声却震天。周小篆还坐在电脑前，脸上映着屏幕的光，正在敲击键盘。看到她来了，他露出微笑："还早着呢，老大说等上班了，再把嫌疑人带过来问问，免得打草惊蛇。"

白锦曦点点头，看韩沉和冷面的座位是空的，便抬头往里间虚掩的房门望去。

"在里头，刚睡下。"周小篆小声说，"他俩都两个晚上没睡了。你要去陪陪老大吗？我替你们把风！"

白锦曦看一眼纹丝不动的唠叨，瞪了周小篆一眼，做了个噤声的手势。她这才轻手轻脚地走到门边，怕吵到他们，就隔着道门缝往里瞧了瞧。

一眼就看到韩沉躺在正对门的沙发上，单手枕在脑后，鞋都没脱，就这么躺着，夹克搭在身上。窗外稀薄的光线照在他脸上，英俊的轮廓就像一幅安静的画。

白锦曦脑子里突然冒出刚才梦境中的画面，于是立在门边，长久地静默不语。

这时，韩沉忽然蹙眉，手指撑在了太阳穴上。

然后他睁开眼，望着天花板。

白锦曦有些好奇地望着他，却见他伸手从裤兜里掏出个药瓶，直接倒出两颗，丢进嘴里，咽了下去。然后他眉头依旧是皱着的，长长地吐了口气，抬手遮住自己的眼睛。

像是在忍耐，又像是在烦躁。

白锦曦推开门就走了进去。

他察觉到了，把手放下来，看着她。

白锦曦在沙发旁蹲下，看着他的眼睛："你刚才吃什么药？"

韩沉没答，握住她的手，轻声说："上来。"

白锦曦不依，直接把手伸进他裤兜里，他看着她，也没拦。

白锦曦看着药瓶上的字样，有点心疼了："你怎么吃止疼药啊？头疼？"她想起上次在江城办公室，她就看到过一次他不对劲，还以为是生病了。

"没事，失忆后偶尔会这样。"

他坐了起来，将她搂进怀里，握住她的手，低头看着她。白锦曦用额头蹭了蹭他的下巴，一时两人都没说话。

"那天之后，头疼已经好多了。"他忽然低声说。

"那天？哪天？"

他拿起她的手，轻轻一吻："医院楼下那天。"

白锦曦心头一荡，也不知道他说的是真是假，只能抬头亲了一下他的脸："以后别熬夜了，听说头疼不能熬夜。"

"嗯。"

她想了想，又摸出手机打开购物网站："我现在就去给你买点天麻、猪脑一起炖。以后一天一副猪脑，不许拒绝。"

韩沉失笑，夺过她的手机丢到一旁："我不吃那玩意儿。"

白锦曦还想抗争，他却已低头吻了下来。

屋内光线还很暗，窗外有零落的鸟叫声。两个人的亲吻没有声音，只有亲昵缠绕的呼吸声和他的手指摩挲她的长发，发出很轻很轻的声音。

"别亲了……他们就在外头……"白锦曦近乎哼哼般的声音，在两人交缠的唇舌间响起。

"没事……"他含糊地答，"他们不会进来。"

"还有冷面呢……"

"他不会醒。"

已经醒了、很想很想上厕所的冷面，默默闭眼躺在自己的小沙发上，没有动。他知道自己不能醒，都是男人，得给老大留面子啊。

外屋的周小篆，见白锦曦一直没出来，就蹑手蹑脚地走过去，拉上了房门，然后坐回自己的位子，继续满怀幸福感地工作起来。

而唠叨趴在桌上……

身为痕迹鉴定专家，他的眼力和耳力一向惊人。他发现自己好像听到了一些不该听到的声音。怎么办？好激动，要不要告诉周小篆？或者冷面？

不行，他得替男神和女神坚守这个秘密。

好纠结啊！憋不住啊！为什么偏偏要让他发现这件事？

上午九点。

三名嫌疑人被带回了省厅。不过不是来刑警队，而是去了治安总队的审讯室。给他们的理由，也只是一个含糊的"协助调查"，并没有直接挑明连环凶杀案。

这么做，一是毕竟还没有确定最大嫌疑人，不宜向他们透露太多；二是警方的一种试探。

与他们同时抵达警局的，还有昨天的许湔柏教授。副厅长亲自把他引荐到黑盾组面前，韩沉对这些专家教授，向来不太感冒，客气地跟他握了一下手，就去忙自己的了。冷面自然是跟他反应一致。周小篆和唠叨则很热情，倒茶又寒暄，气氛倒也活络。白锦曦则仔仔细细地将案件资料整理好，送到他面前。

只是当许湔柏一句"小师妹"出口时，所有人都看过来，包括韩沉。白锦曦大大方方地哎了一声，许湔柏看着众人的目光，倒是笑了："我们学犯罪心理的，人本来就不多。学得好的更是少之又少。这个师妹，我算是认下了。"

审讯室。

隔着深色玻璃，黑盾组一众人以及许湔柏教授，看着正在被治安总队盘问的嫌疑人。

第一个人，叫金兰亨，三十二岁，单身未婚，是某私营企业的总经理，也是该公司董事长的独子、富二代。他相貌端正、体格也高大。穿着做工精良的西装，手表、皮鞋、公文包无一不是世界名牌。但略黑的面孔、粗哑的嗓音，还有眼中时不时掠过的精光，气质上总给白锦曦一丝违和感。

感觉，就像是个暴发户。

而周小篆送上的资料，也印证了这一点："金兰亨的父亲从事建材生意，十几年前才发家。他小时候家庭环境还是挺苦的。三个月前,他因为严重违章驾驶,被交警羁押了五天。不过,他这两个月也有过几次违规被扣分罚款,但是情况不严重。另外,他跟第二名死者有过交集——摄像头拍到他开车去死者单位,接她下班。而且开的是一辆黑色卡宴,符合嫌疑人拥有 SUV 的条件。"

"另外……"周小篆合上资料夹,"他名下拥有多套房产,包括两套别墅。不过,三名嫌疑人名下都有别墅。"

众人都安静地望着审讯室里神色警惕的金兰亨。

民警正在讯问他:"你认识叶想晴吗?"叶想晴就是第二名死者的姓名。

金兰亨想了想,答:"没印象啊。"

民警将监控照片丢在桌上:"八月三日,她单位楼下的摄像头,拍到你的车接她下班。你怎么说不认识?"

金兰亨目露惊讶,拿起照片看了看,又想了想,答:"好像有点印象。但是跟我有过工作关系、朋友关系的人挺多的,我不可能全记得住啊。警察同志,她怎么了?"

这边屋内,许滴柏轻声开口:"他在说谎。"

韩沉等人都没出声。白锦曦点了点头。

是的,他的表情看起来不太自然。而且一个多月前专程去她单位接过,况且还是个挺漂亮的女人,怎么会没印象呢?

民警没有回答金兰亨的问题,而是继续问道:"上个星期五,也就是九月十一日下午七点至九点,你在哪儿?干什么?"

这个时间段,正是第三名死者周似锦消失的时间。

金兰亨答:"我想想啊……上周五……哦,那天我下班就回家了。"

"一直待在家里?"

"是啊。"

"大周末的,你一个人待在家里干什么?不像是单身老板的作风啊。"民警不软不硬地说。

金兰亨怔了一下,笑笑:"警察同志,我平时管一个企业,也是很辛苦。到周末只想躺着,偶尔出去打打球喝喝茶什么的。我可是活得很健康向上的。"

民警又问了几个问题，但金兰亨大概察觉到事态不简单，所以都很谨慎地回答着。而九月十三日晚至十四日上午六点，也即似锦被杀、抛尸的时间段，他理所当然地说在家中睡觉，所以也没有不在场证明。

询问完毕后，民警过来请示："韩组，这个人接下来怎么处理？"

韩沉静默片刻答："让他一个人待着，问完另外两个再说。"

第二名嫌疑人叫蒋子怪。与金兰亨不同，蒋子怪完全就是单身金贵男人的代表。一米八的个头，身材瘦削结实。戴一副金丝眼镜，相貌白皙斯文。穿着打扮也很考究，没有太多金兰亨那样的名牌配饰，但是就给人一种清贵的感觉。

他是某著名IT公司的高级工程师，虽然没干管理职位，但是收入和地位却绝对不输普通的小老板。

"他是从美国回来的，父母都在国外。"周小篆若有所思地解释道，"小白，这个人，是三个人里，最符合画像的人。年轻、英俊、多金，生活细节都很讲究，平时的爱好就是品红酒和玩女人。据了解，他的私生活很不检点，经常流连于各种夜总会和Party。性格倒是挺沉默寡言的。五个月前，他被牵扯进一宗经济案件里，被暂时停职，接受了经侦科的调查。但是后来据说是没有证据，就把他给放了。此外，他名下也有别墅和SUV。"

众人都盯着玻璃后的蒋子怪。民警正在问跟刚才相同的问题，而与金兰亨不同，他显得很沉静，也鲜少露出笑容。基本是民警问一句，他答一句。透过薄薄的眼镜，那双细长的眼始终暗暗的，显得有些阴郁。

"他跟第一位、第三位受害者都有过交集？"唠叨翻看着资料，吃惊地问道。

周小篆点头："是啊，第一名受害者所在的公司，是蒋子怪的客户，两个人是认识的；第三名受害者两星期前周三的晚上，被他接走吃过饭，监控拍到了。"

"乖乖……"唠叨感叹，"他们CBD这个圈子还真小啊，你别告诉我，第三个嫌疑人，也跟死者有关啊。"

周小篆叹了口气："你说对了，还真的有关。第二名、第三名死者的手机通讯录里,都有第三个嫌疑人的电话号码。"

韩沉和白锦曦对视一眼,都没说话。许湉柏也保持沉默。

对蒋子怪的盘问,也如计划结束了。在第三名死者周似锦失踪的九月十一日晚七点至九点,他在公司加班,有时间证人。但是之后的时间段却没有,所以同样无法完全洗脱嫌疑。

第三名嫌疑人叫司徒熠。他一走进审讯室,就令人眼前一亮。

那是个非常俊朗的男人。身材修长、眉目清晰。与金兰亨的粗糙和蒋子怪的阴柔不同,他给人的感觉非常舒服:剪裁合体的西装、挺拔的坐姿、眉目间温和礼貌的笑。民警对他进行询问时,不自觉地都客气了几分。

"司徒熠,ITO 信息技术公司市场部总监,也是这家香港公司董事长司徒承旭的继子。他的母亲在他八岁时,改嫁给了司徒承旭。小白,他也挺符合你的画像。"周小篆说,"拥有别墅和 SUV,四个半月前,因为一宗伤人案,被带回警局询问。但后来给放了。"

"伤人案?"白锦曦开口问。

周小篆点头:"对,按照当时派出所民警的记录,是因为感情纠纷,他把一个女孩的正牌男朋友给打了。"

唠叨促狭地笑了笑:"看不出来,这么富贵的人,还挖人墙脚。"

周小篆也笑笑:"三名嫌疑人当时涉及的案件当事人,包括当时被金兰亨撞了的车主、与蒋子怪有经济纠纷的公司法人以及被司徒熠打的这位前男友,我们都会再请回来协助深入调查。不过他们有的在国外,有的就像这位前男友改换了住址,所以还需要时间。"

审讯室内,民警正在询问司徒熠的不在场证明。然而他却说自己周末都在别墅度假休息,没有人能做证。

三个人的初步询问都做完了,然后被分别带进不同屋子里,单独待着。

这边的审讯室里,黑盾组五人与许湉柏进行了简单的讨论。

周小篆先开口:"对了,补充一点,据我们拿到的资料,那个司徒熠,应该是三个人里风评最好的。为人谦虚友善,也不乱搞男女关系,跟同事关系也很融洽。工作也很勤奋,公司业绩这几年在他手里发展得很好。"

他顿了顿又说，"这个人怎么看都不像心理扭曲的变态。"

众人都没说话，许湉柏却先笑了："你错了。"

周小篆不好意思地摸摸头："教授，我就随便说说，说错了您别见怪。"

许湉柏今天穿的是件休闲外套，衬衫领子竖着，看起来更像是生活随意的普通青年。他笑了笑，说："我们并不能以表象就断定一个人的心理是否正常。你看我，心理正常吗？"

这话一出，所有人都抬头看着他。白锦曦也颇有兴致。

"您当然正常啦！"周小篆答。

许湉柏却摇摇头，目光滑过众人，坦然道："我在许多方面的心理和行为测验中，都表现出超过常人的偏执度。另外，我还有中度强迫症。举个例子：如果一排座位里，有一张没放正，我就一定要去把它纠正。如果没能纠正，那么我可能一天都记着这件事；如果停车的时候，我有丝毫的偏差，那么我就会反复调整挪动，直至车完全端正地停在车位里。只不过我的这些心态，外人不知道罢了。"

大伙儿一时都没说话，他却端起茶喝了口，笑着说："不过，我这个程度的扭曲，距离变态还有一定距离，不必担心。"

周小篆和唠叨哈哈地干笑两声，白锦曦也笑了，看着他："师兄，你这个笑话实在是太冷了。"

"现在怎么办？"冷面问。

许湉柏先开口："我的意见是继续跟踪观察。如果从犯罪心理学角度，我们需要更多行为证据，才能判断谁是杀手。虚则实之，实则虚之。看起来最像的一个，也许根本就不是；而看起来最不像的，也许就是隐藏最深的人。我们不能根据今天简短的审讯，就草草下判断，那样太不严谨。"

白锦曦点头表示赞同，下意识地看向韩沉。

搜寻之前，并没料想到会出现这样的状况——

三个嫌疑人，尽管性格各异，但是或多或少都符合心理画像；都跟受害者有过交集；因为事发在周末晚上，又都没有不在场证明。

无形中，他们好像有某种潜在的关联。

这令白锦曦感觉，这个案子，并不像最初以为的连环杀人案那么简单。

而且，找到这三个嫌疑人的过程，是不是太"顺"了一点？

正想着，就听韩沉开口："冷面，去安排一下，让他们三人'意外'地碰个面。但不要给他们交谈的机会。"

白锦曦眼睛一亮：好办法。

其他人也反应过来，精神一振。许滴柏则浅浅地笑着，看着韩沉，似乎也目露赞赏。

监控室内，黑盾组一行人静坐着。

看着监控画面里，金兰亨、蒋子怿、司徒熠，被民警从不同的房间带出来，走向同一个走廊拐角。

三个人神色看起来都很正常。金兰亨还在小声跟身旁的民警说话，企图打探关于案件的更多信息；而蒋子怿和司徒熠都沉默着。

很快，就走到了拐角。

三个人同时走了出来。看到彼此，他们同时一怔。

他们互相看了看，都没说话，就跟着身旁的警察继续走了。

"老大，不会跟上个案子一样，是集体作案吧？"唠叨紧盯着屏幕开口。

韩沉没答。

然而周小篆的思维却更发散："难道又有人效仿T，成为惩罚者，暗中揭露他们三个的罪行？"

一直沉默的许滴柏则与白锦曦对视一眼，笑了笑说："要是接连出现两个T，岚市今年也是不太平了。"

韩沉沉吟片刻，说："做这些假设没有意义，反而会令我们陷入误区。继续寻找证据，派人二十四小时跟踪他们。"

第五章
初见疑云

这天,韩沉和白锦曦回到家,已经是晚上八点多。

对三名嫌疑人的跟踪监控已经布置好,明天他俩也要开始轮班。案情能否快速取得突破,就要看接下来的进展了。

两日未归的屋子,仿佛处处透着清冷。韩沉大概也是累极,脱了外套、换了拖鞋,就坐在沙发上没有动。白锦曦瞧着他的侧脸,也有点心疼,没有凑过去吵他。她这两天都有睡,精力挺旺盛,想了想,她走到阳台打开热水器。热水器下方就是洗衣机,她直接把外套和薄毛衫脱下来,只穿件圆领长袖 T 恤。

她再次走进客厅,就见韩沉依旧坐在原处,单手搭在沙发扶手上,不知在想什么。

其实才两天时间,在韩沉的带领下,刑警队就能够锁定嫌疑人,已经是非常重大的突破了。而白锦曦也算是印证了外界传闻——他查起案来,真是不要命。连续两天不睡,头疼就吃止疼药。

丝丝缕缕柔软的情绪漫过心头,白锦曦望着他棱角分明的脸,他是否又在想案子的事?

尽管平时有些少爷脾性,但工作起来,他却完全是个正直而坚韧的男人。

正想着,就见韩沉抬眸朝她看过来。

四目凝视,他的目光明显下移,落在她的黑色贴身 T 恤上。

"我打算洗澡呢。要不你先洗?"白锦曦问。

韩沉的目光回到她脸上。

"一起？"他轻声问。

白锦曦的心跳仿佛随着他的声音漏掉一拍："……你想得美。"

他靠在沙发里，望着她笑了。白锦曦赶紧转身，推门进了浴室，又打了个声音清脆的反锁。望着镜中脸颊微红的女人，她也笑了。

什么正直坚韧！都累成那样了，对她还这么放肆啊。

水声淅淅沥沥，白锦曦安静地洗着，听着客厅也没有动静。估计他还在休息呢。

很快就洗完了。她拿毛巾擦干了头发和身上，跨出淋浴间，却忽然愣住了。

她没拿换洗衣服。

刚才被韩沉那么一撩，她非常果断、非常机敏地闪身进来了，完全忘了这一茬……

她望着换下来的脏衣服，今天她出了很多汗，要她再穿回去，那是万万不可能的。

默默地站了一会儿，她只好走到门边，打开了一条缝："韩沉？"

"嗯？"沙发方向传来他的声音。

白锦曦的脸热了起来，声音却相当淡定自若地道："我没拿换洗衣服，去帮我拿一下，就在你房间最右边那格柜子里。"她关上门。

韩沉没有回答。

静了几秒钟，白锦曦听到他起身的声音，还有脚步声，走向了卧室。过了一会儿，脚步声渐近。

白锦曦的脸红了。

"开门。"他在外面低声说，影子映在门上。

白锦曦又将门打开一条缝。他没说话，她也没说话。

然后就看到他的手臂伸进来，递过来几件衣服。白锦曦立刻接过，他的手又退了出去。

白锦曦再次关上门，心情稍稍一松，笑着说："谢谢。"

韩沉没答。

他站在门外,脑海里浮现的却是刚才看到的那一幕。

狭窄的门缝里,他将衣物递进去。女人的手伸过来,还带着湿湿的水汽,看起来异常白皙柔嫩。明明只看到了一截裸露的手臂,却叫人心头无声一荡。

白锦曦正把长裤往身上套,忽然察觉到不对劲。她转头望去,才发觉韩沉的影子,还清晰地映在门上。

他一直站在门口,还没走?

白锦曦的心跳莫名地就加快了,条件反射地伸手,把门打了反锁。

结果就听到他的声音隔着门传来:"你以为打反锁有用?我有钥匙。"

"……"她就没见过这么无赖的人!

"你站在门口不走干什么?"

他却沉默了一会儿。

"锦曦,赌约我认输,好不好?"低沉的嗓音,透着前所未有的温软。

白锦曦很意外:"为什么?"

这实在是不像他会提出的建议啊。他葫芦里卖的是什么药?

结果,就听到他的声音清清楚楚地传来:"因为我现在就想要一个结果。"

白锦曦一怔。

某种氤氲的热气,瞬间笼罩住她的脸,弥漫她的全身。

因为他说……

我要你陪我一起做梦。

我现在就想要一个结果。

他的话语,就像水波,开始反复在她心头激荡。静默良久,她一把拉开门,红着脸,目不斜视地走了出去。

"想得美!"她经过他时,丢下这句话。然后就感觉到他的目光,牢牢锁在她脸上。腰间一紧,她已经被他拉进怀里,动弹不得。

他低头看着她,目光幽黑。

"我就是想得美。"

白锦曦很紧张,可他的话又让她有点想笑。她看着他微微敞开的衬衫领口和衬衫上不知哪里蹭到的污渍，瞬间如获救兵，嫌弃地将他一推："赶紧去洗澡，臭死了！"

这话果然起了作用，韩沉低头看了看自己身上，又看她一眼，手在她腰上重重捏了一把，这才松开她。

"等我。"他转身进了浴室。

白锦曦看着浴室门关上，心跳却更快了。哪能真的等着他啊？红着脸在屋子里转了半天，最后干脆进了书房，打开电脑，坐下来。

给他买天麻……以及订猪脑。

韩沉用毛巾擦着头发，从浴室走出来时，就看到她正襟危坐在书房里，神色格外专注。

身体的火似乎被水浇熄了不少，但内心的冲动却丝毫没有减弱。他不动声色地走到她身后，双手撑在她身体两侧，跟她一起看着屏幕："在干什么？"

他的身体有清淡的沐浴液的气味，隔着薄薄的衣物，也能感觉到他胸膛的暖意。白锦曦全身的细胞仿佛都变得敏感起来，脖子也有点僵，没有回头答："不是跟你说过吗？在给你买天麻啊。"猪脑她暂时没敢说。

韩沉看了她一会儿，低头就沿着她的长发和脸颊，一路往下亲了起来。

这是个格外温柔绵长的吻，白锦曦不知何时就把鼠标扔掉了，电脑也推到一旁。只感觉韩沉的唇舌沿着她脖子的曲线，一路往下。衣衫也被他解开，温热的手在她身上游移。她靠在椅子里，望着他黑色的发梢，身体都不像自己的了。

过了一会儿，他看她一眼，就将她打横抱起，走向了主卧。

刚一沾床，他的身体就压了上来。他的衣服还没脱，她的也只是半褪。拥抱、抚摸、亲吻，两个人的身体无声地依偎紧贴着。空气里全是躁动的气息，缠绕着彼此的指端和皮肤。

某种压抑许久的情绪和渴望，仿佛就要被点燃。对彼此身体的依恋感，前所未有地强烈着。

"你不是很累吗……"白锦曦小声问。

"嗯……"韩沉的确已累极，低头看着她，"先亲一会儿。睡醒了再做，好不好？"

白锦曦没答，睫毛微颤，看着他的胸口。

他低头又吻了下来。

几乎是极端意乱情迷之时，她放在床畔的手机却响了。韩沉松开她，长吐了口气，倒在一旁。白锦曦像只刺猬似的，微微蜷缩着，伸手摸过来手机。

是许滴柏打来的电话。

白锦曦平稳了一下呼吸，坐了起来。

"你好，师兄。"

然后就感觉躺在床上的韩沉，始终看着自己。

许滴柏的声音听起来依旧温润含笑："师妹，你有没有学过测谎？"

白锦曦答："没有。"

"那正好，我可以带你做。我已经设计了一套测谎题，发到你邮箱了。你现在在电脑前吗？看一下。"

"哦，好的。"白锦曦看一眼韩沉，他也正望着她。四目一对，他眼中有浅浅的笑。

这笑令白锦曦的心仿佛被什么轻轻撞了一下。她有些心不在焉地起身，走到书房将笔记本拿过来，打开邮箱。

许滴柏很有耐心地等待着，过了一会儿才问："收到了？"

白锦曦道："收到了。"

"你看一下，今晚可不可以给我一个回复？"他说，"我想这套测谎题可以用在对三个嫌疑人的甄别上。"

看到这么专业的内容，白锦曦的注意力倒是立刻被吸引了，答："好的，非常感谢你。"

挂了电话，就听到韩沉的声音在背后响起，带着几分慵懒："小师妹？"

白锦曦嘴角微弯："怎么，不行啊？"鼠标缓缓滑动了几下，她说，"你想叫我什么？"

小白？小曦？

"老婆。"

白锦曦动作一顿,这么常见的称呼,却叫她的心无声一颤。

以前,他是不是也是这么叫她呢?

韩沉看着她静静不动的背影,刚刚吐出的"老婆"二字,却像一股热流,灼烫着他的心口。

他缓缓抬起手,搭在自己额头上,望着她的背影,笑了。

过了一会儿,他说:"早点让徐司白断了念想,否则我容不下他。"

白锦曦哪里想到他突然提起这一茬。想必是那天徐司白进组后,他就不太高兴了。这也是白锦曦头疼的事,想了想答:"其实他应该知道了。"

韩沉没答。

过了一会儿,白锦曦看完测谎题,回复邮件给许滴柏后,一回头,却见他就这么躺在床上,已经睡着了。

白锦曦没动,安静地望了他好久,这才起身为他盖好被子,在他身旁躺下,抱住了他。

这一觉两人竟然睡到了八点多,上班都快要迟到。醒来后白锦曦莫名地有些幸灾乐祸地望着他笑,韩沉看她一眼,也没说话,直接在被子里动手动脚,气得白锦曦连刷牙的时候还在抬腿踢他。

一进办公室,就听冷面报告了一条重要消息:"查出来了。三名嫌疑人,都是市内某家夜总会的顶级 VIP 会员。"

夜色弥漫。

坐落在 CBD 附近的酒吧街,仿佛也沾染着几分金贵矜持的气质。道路两旁的霓虹不会太刺眼,音乐也不会太喧嚣。周遭树影掩映,像个繁华的幻境。

唠叨、冷面、周小篆都坐在韩沉的车里,望着不远处最高的那座"晶都私人会所"。与周围的酒吧相比,方方正正的会所显得更静谧和低调。唯有一楼大堂灯光璀璨,不断有车在会所门口停下,下车的大多是衣冠楚楚的男人,偶尔也有女人。

唠叨盯着会所门口的停车场,啧啧有声:"好家伙,都是好车啊,卡宴、宝马、克莱斯勒……最次最次也是帕萨特。真是当了那什么还要立牌坊啊。"

今早，在得知三名嫌疑人都与这间会所有关后，警方立刻对会所进行调查，同时扣留了会所的负责人。

然而令人啼笑皆非的是，经过一番彻查，警方发现会所的经营模式，竟然是合法合规的。没有坐台小姐，也没有色情活动。这里真的只是个喝茶、跳舞、聊天的地方，高端大气上档次。但是呢，会员的准入门槛很高，男会员必须名下资产三百万以上，女会员必须高学历、职业体面、容貌姣好。

至于男女会员们离开会所之后干什么……

"那我们怎么能干涉客人的私生活呢？"会所老板这么说。

所以这个社会有些事情，你说它是黑就是黑，你说它是白就是白。而越到高的社会阶层，这种浑浊感也许更加冠冕堂皇，也更浓烈。

为免打草惊蛇，警方的这些调查行动都是秘密的。因此今晚，会所照常营业，甚至照常举行本月的会员日活动。而根据会所的预约记录，金兰亨、蒋子悭、司徒熠三人都会来。

几个人又等了一会儿，周小篆嘀咕："小白怎么还没来啊？"

唠叨低笑道："她不是得好好打扮一番，换条裙子什么的。要不就平时那样混进会所里，一看就是个女汉子。"

其他几人都笑了。韩沉也微微一笑，手搭在车门上，望着窗外。

忽然，他的目光被路旁的一个女人吸引住了。

女人刚下出租车，穿着条宝蓝色的齐膝裙子，外面是件白色短外套。穿着高跟鞋，露出骨肉均匀的小腿。略卷的长发披落肩头，脸上戴着副墨镜。

韩沉的手在车门上一下下敲着，看着她走近。

唠叨坐在后座窗边，也看到了女人，不由得感叹："瞧这女的，打扮得跟明星似的，真好看。"

冷面和周小篆也望过去，冷面点点头，周小篆也附和："气质真好啊！"

韩沉嘴角微微一弯。

然后四个人就一起看着女人娉娉婷婷地走过车前，绕到副驾，一把拉开门，将精致的手提包往里随便一丢，猫腰坐进来，摘下墨镜，转头笑眯眯地望着他们："哟，不会没认出来吧？"

"……"唠叨、冷面、周小篆一时沉默。

白锦曦又转头看着韩沉："你认出来没？"

韩沉侧眸看她一眼。

"我怎么可能认不出来？"

白锦曦抿了抿嘴。

后座三人，都假装没听出什么端倪。尤其是唠叨，自觉肩负着替他俩保守和掩饰秘密的责任，于是马上岔开话题："小白，你从哪儿借来这么一套好衣服，没见你穿过啊。"

白锦曦喊了一声："借？唠叨，你也太瞧不起人了。我身为女人，好歹也是有几套'战服'的，参加同学婚礼、应付重要场合，撑门面啊。"

这话一出，其他几人全笑了。

今天的任务，是以 VIP 会员身份，潜入会所。查清楚会所里是否有什么猫腻，同时近距离观察三名嫌疑人。因为会所分为男宾部和女宾部，所以需要一男一女两个人参加。

女宾当仁不让就是白锦曦了，而男宾人选……

本来是不该韩沉这个组长出动的，但用白锦曦的话说：冷面一看就是个忠肝义胆生人勿近，只差在额头刻一个"包青天"了；唠叨长得太秀气像个大学生。

"小篆更不必说……他一讲话就犯二，估计会被人丢出来吧。"白锦曦感叹。

这话令周小篆悲愤不已，但是又无言以对。

所以最后，看来看去，还是只能韩沉去。

"时间差不多了。"唠叨说。

白锦曦点点头，又检查了一下领口上的针孔摄像头和监听器，然后看向韩沉。韩沉脱了夹克，他身上也安装了同样的设备，推门下车："走吧。"

白锦曦走到他身旁，又打量了他几眼。还真是……她盛装打扮了半天，而他就把外套一脱，穿着平时的暗色衬衣和休闲长裤，手往裤兜里一插，简简单单。

两人是从男宾和女宾通道，分别进入会所的。

白锦曦一进女宾部，就看得眼花缭乱。这里的环境非常好，雕廊画壁、绿植喷泉，人走在其中，倒像是误入了古时的庭院。沿着白色浮雕墙面往前走，很快就到了休憩区。人不多，总共也就二十来个年轻女人，全都打扮入时，坐在小方桌前，喝着红茶聊着天。看到白锦曦走来，只是抬抬眼，打量一番。周围有很多开放的衣橱和鞋柜，挂的全是名牌，女人们可以随意挑选服饰搭配，然后出去"见客"。

看到这一幕，白锦曦默然。

能把拉皮条干得这么有格调、有档次，这间会所的老板也是个人才啊。

而之前的三位女受害者，也是这里的会员。眼前这些衣香鬓影的"优质女人"大概还不知道，自己已成为变态杀人魔的备选目标。

很快就到了九点，外间响起音乐声。女人们三三两两言笑晏晏地走了出去，白锦曦也混在其中。

一出来，就是大厅。

灯光绚烂，舞池里只有四五对男女在跳舞。周围的雅座里，许多人分散坐着。看起来倒与普通酒吧没什么差别。只不过天花板上的水晶灯、欧洲宫廷式的座椅、白丝绒地毯……还有每桌上放着的酒，无一处不奢华，无一处不精致。

因为人太多，光线又在闪烁，白锦曦一时没看到韩沉在哪儿，便在中央的吧台旁找了个位子，点了杯饮料，坐了下来。

过了一会儿，她就找到了韩沉。

他坐在角落的一处卡座里，不过，身边隔着两个位子，还坐了个女人。

白锦曦便咬着吸管，远远看着他们。只见那女人望着韩沉，笑得很温婉，正在说话。而韩沉单手搭在沙发扶手上，那模样要多酷有多酷，要多帅有多帅。也难怪这么短的时间，就有女人贴上去。

他抬眸看向女人，不知道说了句什么，那女人就笑笑，起身走了。

然后像是若有所觉，他抬头朝她的方向看过来。

白锦曦微微一笑。看来他对于拒绝别的女人这种事，已经非常驾轻就熟了啊。

他低头拿出手机。

白锦曦很快收到短信，只有两个字：过来。

今天他们的任务只是伺机观察，又不需要"融入"这些互相狩猎的男男女女，白锦曦当然乐意跟他待在一块。她端起饮料刚要起身，忽然听到身后响起一道略为耳熟的声音："我好像没见过你，能赏脸一起喝杯酒吗？"

白锦曦一口水就呛在喉咙里，连咳几声，这才擦了擦嘴，有些无奈地转头。

来人满脸笑意，手撑在吧台上看着她，手腕上的金表闪闪发光。

正是第一名嫌疑人，金兰亨。

白锦曦眨了眨眼。

既然人送上门了，她哪里还有避开的道理。胳膊往吧台上一搭，她冲着他笑了："好啊。"

会所之外，路虎车里，周小篆三人望着监控画面里金兰亨放大的笑脸，全都提高了警惕。而会所之内，与白锦曦相隔不远的韩沉，看着这一幕，静坐不动。

金兰亨在白锦曦身旁坐下，还伸手解开了衬衫顶端的扣子，敞开领口。同样的动作，平时白锦曦看韩沉做，那叫一个风情万种。可现在看着金兰亨略黑的皮肤和不太长的脖子……

她默默地端起饮料又喝了一口。

"我姓金，金兰亨。在金氏建材管一些事情。"金兰亨云淡风轻地说，然后看着白锦曦，似乎在等她受宠若惊的反应。

而白锦曦也没辜负他的期待，伸手略挡了一下自己的嘴表示惊讶："你就是金氏建材的金少？"

这让金兰亨很受用，又将白锦曦从头到脚打量一番，更觉满意，问："你还没说，你叫什么名字？"

"哦。"白锦曦又咬住吸管，"我叫周小篆。"

路虎车里，周小篆一口水喷了出来，只喷得满屏幕都是："她为什么说我的名字？"冷面莞尔，唠叨哈哈大笑。

只见那金兰亨微一沉吟，绽开笑容："小篆……小篆……真是个乖巧动听的好名字。"

白锦曦也乐了，点点头："过奖。"

两人都想着打蛇随棍上，你一句我一句，很快就聊得更加热络。不过跟他瞎扯之余，白锦曦还是注意到前方不远处的舞池里，一个熟悉的身影滑了进去。

正是第二名嫌疑人——蒋子怿。白锦曦目光流转，跟角落里静守不动的韩沉交换了个眼神。

"小篆，能请你跳支舞吗？"金兰亨问。

白锦曦感觉跟他周旋得也差不多了，于是懒懒地伸手托住下巴，笑望着他："金少，你刚才不是说要请我喝酒吗？酒还没喝，就跳舞啊？"

"哦，当然当然，来，小篆想喝什么，随便点吧。"他打了个响指，叫来调酒师。

调酒师递来一张非常精致的素白色酒水单，上面没有标价格。不过白锦曦之前有看过会所资料，这里酒水大多在百元到上千元一杯，开瓶则更贵。她慢慢地看着，就听金兰亨笑道："要不来两杯玛格丽特？"

这酒白锦曦有印象，好像是两百一杯。白锦曦把心一横，指着酒水单最下方的"梦幻嘉年华"说："金少，你要真想跟我喝酒，就喝这个。喝了我才跟你跳舞。"

金兰亨似乎有些意外，望着白锦曦笑了笑，一时竟没答话。

白锦曦依旧一脸"期待"地望着他。

要知道所谓"梦幻嘉年华"，并非一种酒，而是将此刻全场人喝的酒全部埋单。一轮下来，少说也得上万，多的动辄数十万。听说之前也屡屡有大佬在这里，为博红颜一笑而耍这种阔气。白锦曦如果是爱慕虚荣、想要钓大方金主的女人，提这个要求也不算过分。

只不过……她让金兰亨明显为了难。

他看着她半晌，笑了："小篆，咱何必烧钱给别人花呢？你金哥哥我可不是乱花钱的冤大头，一分钱一分货，不干那虚张声势还没好处的事。你要真想喝好酒，先陪哥哥跳几支舞。等咱们真有了深入接触，关系熟了，还不是什么钱都给你花？"

这话说得很明白了——小姐，我还什么甜头都没拿到呢，想要我砸钱，你也得先表示点诚意。

白锦曦也笑了，但是那种带着讥讽的笑，不冷不热地说："金少，我也跟你直说。打肿脸充胖子的男人我见得多了，要是一轮嘉年华都请不起，这样的男人，我瞧不上。你要请不起，也别勉强啊。你当女人都想倒贴你啊？你当女人都喜欢你啊？说实在的，畏畏缩缩，还自我感觉良好的男人，看久了，都让女人恶心！"

这一番尖酸刻薄甚至带着明显侮辱性的话，来得实在有些突然。金兰亨一下子愣住了。

会所之外，周小篆三人也是一怔。唠叨小声嘀咕："小白想干吗啊？这是撩虎须啊！"

白锦曦的确就是在撩虎须。骂完这一通后，她看似优雅端坐，实则全身戒备。万一金兰亨拿饮料泼她，甚至直接大打出手，她都做好了立马跑路的准备。

谁知金兰亨静默半响，叹了口气，不仅没生气，反而云淡风轻地摇了摇头，说："小篆，你这么说就不对了。在这个圈子玩的男人，大多有钱，但是像我这样有真心的，没几个。我不肯请你嘉年华，又有什么不对呢？我们还不熟，我就跟个傻子似的为你乱撒钱，换你，你愿意吗？将心比心啊，妹妹。我当然要看到你对我也有心，才能为你花钱，对不对？"

这一番语重心长，把白锦曦都说得无言以对。见她还是不说话，金兰亨大概也是自尊心有些受伤，站起来："既然谈不来，我也只能惋惜我们俩的缘分了。祝你今晚玩得开心。"见白锦曦也不挽留，他只得继续往别处走了。

白锦曦看着杯中晃动的液体，微微一笑，转头叫住他："等等，金兰亨，我有个问题想问你。"

金兰亨依旧很有风度，笑了："小篆尽管问。"

"你喜不喜欢蹦极、跳伞？"

金兰亨微愣，摇头："不喜欢。我更喜欢高尔夫、游泳这样稳重又健康的运动。"

白锦曦冲他甜甜一笑,挥挥手:"好,再见。"

金兰亨似乎有些困惑,又有些不舍,一步三回头地走了。白锦曦见他走远,才从吧台的高脚椅上跳下来,端起饮料,朝韩沉走去。

韩沉已经等很久了。

灯光闪烁,会所里有些热,她已将白色外套脱下,露出整条宝蓝色的裙子,身体曲线清晰柔滑。乌黑长发披在肩上,衬得脸越发楚楚动人。而那双漆黑的眼睛里,映着灯光,带着点点笑意,显得又聪明又得意。

韩沉看着她走近,慢慢地笑了。

白锦曦也笑。等到了卡座外,眼珠一转,看看周围还有人,便不紧不慢地开口:"帅哥,我可以坐这里吗?"

"可以。"

白锦曦对周遭这种看似清雅高贵、实则浑浊不堪的环境,早已有些抵触和反感。于是一屁股直接坐进他怀里,浑身一松。

韩沉看她一眼,手自然而然地搭在她肩上。

两人都没出声,这么坐了一会儿,白锦曦心里忽然咯噔一下。

坏了……她忘了两人身上都有摄像头,而画面另一端,除了知情的冷面和周小篆,还有唠叨呢!

而画面另一端……

周小篆和冷面看到两人那么自然地相拥而坐,都没出声。唠叨憋了半天,憋出一句:"嗯……老大和小白,掩饰得真好,太敬业了。"

冷面道:"……嗯。"

周小篆也说:"是啊是啊。"

会所内,灯光依然在闪动,滑入舞池的男男女女越来越多,而音乐仿佛随着人的情绪,也变得摇滚激烈了不少。白锦曦放眼望去,许多雅座里,一对对男女坐在一起,低头窃窃私语。还有极漂亮的女人,坐在几个男人中间,巧笑倩兮地聊着天。但是绝没有任何污秽不堪的画面出现,所有人都衣冠楚楚、风度翩翩。

"有收获吗?"韩沉在她耳边轻声问。

"嗯,刚才聊得很有收获。"

人多耳杂,韩沉就不再问了。

"所以……"白锦曦轻声开口,"你若当这里是个聊天喝酒的地方,它就是个酒吧;你若当它是猎艳的场所,就能在这里猎艳;你若当它是为富豪提供新鲜女人的地方,它也就是这样一个地方。"

"嗯。"

"你以前在北京去过这种地方吗?韩少?"白锦曦笑看着身旁的男人。

韩沉也侧眸看着她,瞳仁漆黑幽沉。

结果就感觉到他的手忽然滑落到她腰间,在外人看不到的角落,重重掐了一把。

她吃痛,可又不能叫唤,只得瞪着他。

"你说呢?我以前的女朋友,会不会让我去?"他嗓音轻慢地道。

白锦曦唇角一弯,低声道:"去你的。"

前方舞池传来一阵喧嚣声,两人都抬头望去。

这时,就听旁边有女人笑着说:"哟,是蒋疯子。"

另外一个男人也笑得鄙夷:"他还真是疯啊,真把这里当酒吧了。"

旋转的灯光下,舞池里播放的正是一首快节奏的舞曲。而韩沉和锦曦昨天见到的文质彬彬的蒋子怿,此刻正在舞池里,摇头晃脑地快速扭动身体,吸引了所有人的目光。

不光白锦曦,外面的唠叨等人,看着这样一个蒋子怿,下巴都快掉到地上了。

因为他真的跳得很疯狂,也很专业。领带解开了,只穿件衬衣,下身是条窄脚长裤,显得很潮。眼镜也摘下了,露出清俊白皙的脸。他随着音乐声,肆无忌惮地扭动着,动作相当大胆和性感,头重重地一点一点,又颓又跩。

在场的大多是有头有脸的人,这一晚上都是端着,哪会像他这么放肆。许多人就像看笑话似的看着他,可他全不在意,跳得更加投入。很快,倒是有女人进入舞池,跟他跳起了极其挑逗的贴身舞,赢来了一片起哄声和叫好声。

"他还真是……放得开啊。"白锦曦感叹。

韩沉也盯着蒋子怪，脸上没什么表情。

这时，原本快节奏的欢快舞曲结束，换成了一首较为悲怆激昂的歌曲。跟蒋子怪跳舞的女人走开了，留下他一人，低下头，静静地站在原地。

所有人都颇有兴致地看着他。

"又要疯了。"刚才旁边笑话他的男人开口。

音乐声变得越来越激昂，越来越悲壮。

蒋子怪忽然抬头，脸上竟然呈现出十分悲伤的神色，眼神也显得很空洞。众目睽睽下，他突然大声开口："我在这里等待日出，我在这里等待黎明，我的前方一片寂静，我的梦里没有声音。我想要得到你的一次拥抱，却抓不住你最后的幻影。啊！这一切如此可笑。可笑的是我，被放逐在，没有你的世界里！"

全场一片哗然。紧接着，响起雷鸣般的掌声。

"好！蒋疯子！"

"才子啊这是！又写诗了！"

很多人都在笑，可蒋子怪却盯着天花板，慢慢流下了泪水。他转身，在一片嘈杂声中，身影很快就没入灰影中不见。

白锦曦一怔。

别说，这诗若是蒋子怪写的，写得还真不错。加之他刚才念得感情丰沛，那悲伤的情绪仿佛浸入了每一个词眼里，竟叫白锦曦心中也有些戚戚。

她暗暗地想，今天晚上的收获，还真是一个接着一个啊。

这时，忽然感觉韩沉捏了一下她的手。

她循着他的视线望去，结果就看到第三名嫌疑人司徒熠，正从另一处雅座里起身，身旁，是一位身材窈窕的清秀女子。

女人挽着他的胳膊，而他低头朝她一笑，那容颜俊朗得叫人眼前一晃。

两人相携往出口走去。

走出一段，像是忽然察觉到什么，司徒熠拥着女人的腰，转过头，朝韩沉和白锦曦的方向看过来。

韩沉神色平静地与他对视,白锦曦坦坦荡荡地盯着他,慢慢地笑了。

他唇角笑意还未褪,像是什么也没看到,表情没什么变化,又转过脸去,拥着女人走了出去。

十分钟后。

韩沉和白锦曦回到了路虎车里。

"怎样怎样?有什么发现?"唠叨问,"现在我们怎么做?继续跟踪监视吗?"

韩沉转头看着白锦曦。

白锦曦嗯哼一声清了清嗓子,又故意瞥了韩沉一眼。

"以犯罪心理学的名义,"她朗声说,"我们可以排除其中两人的嫌疑。嫌疑犯,目前只剩下一个了!"

第六章
他的面目

"金兰亨不是凶手。他与变态杀手最显著的差别是:当我试图用言语激怒他时,他表现出的只有错愕以及耐心的解释。他并没有太多情绪化的冲动,甚至可以说,心态特别好,自我调节能力很强。如果是我们的凶手,对女人充满怨恨和愤怒,当被女人侮辱时,是绝不可能这么平静的。此外,金兰亨既不喜欢刺激的活动,还舍不得为女人花钱。你见过哪个变态杀手狩猎的时候,还跟女人斤斤计较、反复讲道理、非要得到甜头才肯砸钱?"

路虎在夜色里奔驰,白锦曦洋洋洒洒地说了一堆,引得车上众人全笑了。

周小篆想了想问:"可是,这一切会不会是他的伪装呢?"

白锦曦答:"不可能。一是我们的侦查行动,他们根本不知道,伪装的可能性很小;二是有些事可以伪装:譬如我问他是否喜欢跳伞、蹦极时,他可以出于戒备心理回答不喜欢。但刚才说的最关键一点:当他突然受到情绪刺激时,如果他是心理变态,那么他的情绪反应、他的表情和肢体语言,是他自己根本无法控制,也藏不住的。但是刚刚在金兰亨身上,我们完全没看到这样的反应。"

周小篆和冷面等人都点了点头。

唠叨笑道:"小白,以前只当你是个犯罪心理熟练工种,没想到你独独对变态这么有研究啊!"

大伙儿都笑了,白锦曦也笑了,眼睛却看着窗外流逝的霓虹灯,若有所思。

韩沉侧睇看她一眼，没说话。双手搭在方向盘上，继续往前开去。

"第二个被排除的人是谁呢？"周小篆又问，"我猜是司徒熠！他看起来还是很有风度，给人印象很不错。那个蒋子怿一看就很扭曲变态，疯疯癫癫的，在人前却是一本正经。跟精神病似的，肯定是他！"

唠叨点头附和："对，小篆小姐都觉得司徒熠很有风度了，那一定不是他！"

"噗……"白锦曦笑出声，韩沉和冷面也莞尔。

周小篆气死了，先给了唠叨一拳，又怒视副驾的白锦曦："小白！都是你！"

白锦曦双手合十，朝他道歉："对不起对不起，但主要是我不能说自己叫韩沉啊，这名字太爷们儿了。唠叨和冷面的名字我到现在也没记住啊。"

"……"冷面、唠叨一时无语。

周小篆道："……哦，原来是这样。"

"但是你说错了，第二被排除的人，恰恰是蒋子怿。"白锦曦说，"他是否表现得疯疯癫癫暂时不论，但他最大的特点，是在跳舞、吟诗过程中表现出的丰沛、细腻的感情。虽然现在不知道，他为什么怀有这样的情绪，但那情绪是非常浓烈的，也是真挚的，所以具有感染力。那首诗的前后逻辑也很清楚。

"而我之前说过，真正的心理变态，他的情感是非常浅薄的，因为他其实感觉不到人类的正常情感，所以才会麻木不仁、缺乏同情心。他平时或许可以伪装得很有同情心，譬如去做做慈善、表达一下悲伤哀思什么的，但是你要他表现出蒋子怿这么强烈、个性化的情感，他根本做不到。他会变得很僵硬，也很痛苦。

"而且根据现场其他人的言语推断，蒋子怿一直都是这样。一个变态杀手要长时间伪装出本身不具备的浓烈情感，难于登天，也根本没必要。此外，你见过哪个变态杀手，喜欢在公众面前像个疯子一样表现自己？因为察觉到自己跟旁人不一样，他们在情感方面大多是内敛的，擅长掩饰自己。所以，如果真要说疯，蒋子怿是假疯，而变态杀手，才是真正的扭曲。"

"那司徒熠呢？"冷面问。

"从目前的情况来看,司徒熠完全符合这宗案件嫌疑人的所有条件:英俊、风度翩翩、单身、多金,年少时家庭有变故,并且曾与警方起过冲突。他还擅长非常低调地寻找猎物,今晚几乎是不引任何人注意,就带了一个女人离场。而他的感觉也非常敏锐,能够察觉到我和韩沉的不同。"白锦曦说,"他是否就是我们要找的凶手,还需要进一步验证。但现在的客观情况是,整个岚市,符合画像条件的,只剩下他一个人了。就像柯南·道尔说过的那句话……"

她转头看着韩沉,而他的唇畔露出微笑。

"排除所有不可能的因素,剩下的结果,即使再不可思议,也是事实的真相。"车内五个人一起说道。

这晚,三名嫌疑人再次被带回警局。

金兰亨是在独自一人步出会所时,被警方拦住的。他今天游荡全场,却一无所获。看到突然出现的警察,吃了一惊,无奈又沮丧地跟他们走了。

蒋子怿是跟一个女人在车上鬼混时,被警察敲了车窗带走的。

而司徒熠……警方到他家别墅敲门时,他正在跟女人喝着红酒跳华尔兹。

午夜一点,审讯室内。

第一个接受盘问的,依旧是金兰亨。

隔着玻璃望着他,白锦曦就觉得有些好笑,又有些歉意,对韩沉说:"我跟你一块审讯他吧。"

韩沉看她一眼:"好。"

两人一块步入审讯室,就见金兰亨瞪着白锦曦,表情变了又变。

白锦曦扑哧一笑,说:"对不起啊,金少。刚才在会所是侦查需要。"

金兰亨的脸有点红,憋了一会儿,终于还是答:"没关系,我们市民,肯定是要支持警察同志的工作的。"

"开始吧。"韩沉的声音插进来,"姓名?"

这次对金兰亨的审讯十分简短,也直奔主题。韩沉直接向他道明,这次侦查与一宗杀人案有关。加之韩沉神色冰冷气场强大,金兰亨几乎没怎么挣扎,就对他们吐露,自己上次为什么表现得遮遮掩掩:"这位警花同志也看到了嘛,那个会所是吧,我经常在那里交朋友。但这个圈子的人,约定俗成都要低调,免得惹麻烦。你们说的九月十一日那天晚上,我就跟会所认识的女朋友在一起,所以当时能不提就不提了。"

韩沉和白锦曦对视一眼。

韩沉问:"对方的姓名?"

金兰亨轻咳一声,报出了两个女人的名字。

审讯室外,唠叨等人看着这一幕,全都很无语。唠叨小声说:"这小子,真不要脸!"

对金兰亨的审讯很快结束了。

韩沉说:"出门左拐,会有警车送你回家。"

金兰亨赶紧摆手:"不用了不用了,我自己打车。"他起身又瞄一眼白锦曦。

"那个……警花同志,我能不能再问个问题?"

白锦曦微笑地看着他,对他格外温柔:"什么问题,金少尽管问。"

"嘿嘿,你有没有男朋友?"

白锦曦一怔,笑了,刚要回答,眼角余光却瞥见身旁韩沉将手里的笔一丢。

然后他抬头看着金兰亨:"你说呢?"

白锦曦到嘴的话又咽了回去。

金兰亨道:"啊?"

他看看韩沉,又看看她,眼中终于闪过了然和尴尬,讪讪地走了。

灯光明亮,室内恢复寂静。白锦曦用手扶着额,挡住隔壁唠叨等人的视线,转头瞪着韩沉,小声说:"你干吗那么说啊?"

韩沉正低头翻着手里的笔录本,闻言也不抬头,长腿交叠坐着。

"我说什么了?"

他的确是什么都没说,但是……

白锦曦道:"浑蛋啊!"

她不想再跟他交谈了!

而监控室内，三个人沉默半晌，你看看我，我看看你。

最后，还是唠叨毅然决然最先开口："好吧，你们大概也看出来了。既然这件事今天终于被你们知道了，我也没办法了。作为黑盾组的一分子，我严肃地提出要求：这件事绝不可以告诉别人！"

相对于金兰亨来说，蒋子怿显得沉默很多，情绪也显得很暴躁和阴郁——毕竟是被人从车上叫出来的。

但是，在韩沉和白锦曦道明缘由后，他露出讥讽的笑："不在场证明？即使我说了那晚在干什么，也没有不在场证明。因为能给我做证的人，她根本不愿意出来露面，我也不想你们打扰她。所以说与不说，又有什么意义？"

白锦曦看着他，静默片刻。

"我在这里等待日出，我在这里等待黎明，我的前方一片寂静……"

蒋子怿霍然抬头看着她，听她把那首诗一字不漏地背了出来。

"写得很好。"白锦曦轻声说，此外，再无别的赞美之词。

然而蒋子怿听她背完诗，沉默许久，开口了："九月十一日，是我女朋友的生辰。她今年应该有二十八岁了，我们的儿子也该有三岁了。我一整晚都在家，跟她在一起。"

尽管蒋子怿没有旁人为他做证，但经查实，他的女友三年前车祸身亡，那天的确是她的生日。所以黑盾组众人选择相信他的话。

但白锦曦对蒋子怿也有了新的评价："他现在虽然只是疯疯癫癫，但从他的话语言行来看，很可能已经出现精神分裂和妄想症。"

小篆道："那是什么意思？"

"意思是他离变态不远了。"

众人默然。

繁华的城市，空虚的灵魂。我们都以为一生终将这样过去。结果有人活得庸庸碌碌，有人活得放肆而沉沦。但最终殊途同归，我们都失去了自己。

审讯室外。

黑盾组五人，隔着玻璃，望着独坐在屋内的司徒熠。

考究的西装、稍稍挽起的衬衫袖口，还有平静而英俊的面容。即使是半夜被警察从家中带来，并且已经等了这么长时间，他看起来依然没有一丝凌乱和焦躁。

比起上一次，白锦曦开始更加仔细地打量他。

他的脸很干净，皮肤白皙而紧绷。一看就是长期做面部护理，才会有这么好的皮肤；衬衫领口没有一点污渍，西装也熨烫得笔挺极了。他的指甲修剪得十分整齐。Prada皮鞋里，穿的是质地极好的黑色袜子。整个人看起来，都显得精致且一丝不苟。

而他面前的桌上，放着周小篆刚刚泡的一杯立顿红茶。茶已经冷了，但他一口也没喝。

现在，获得了那两个人的不在场证明。本案的最大嫌疑人，就真的只剩下他一个了。

"老大，现在怎么办？"唠叨问。

韩沉盯着司徒熠，答："再晾他一段时间。"

夜色宁静。

白锦曦等人忙着资料和口供的整理，韩沉一个人从办公室走出来，站在走廊里，望着天空中的星辰和城市里点缀的灯光。

静默片刻，他拿出手机。

手机里，有季白今晚发来的一条短信。

季白，正是他之前拜托帮忙调查五年前北京所发生的谋杀案资料的朋友。

详细资料已发送至你邮箱。无论你想做什么，谨慎以及保护好你和身边的人——季白。

韩沉打开邮箱。

邮件最开始，是季白写的一段话：当年北京及其周边地区，共有六十四宗死亡案件，未被计入当年公安部的犯罪统计报告。对外公开的资料上，这些案件的起因不明、凶手不明。但公安部内部一份资料显示，这些谋杀案已经按照"结案"封存处理，受害者家属也已得到官方出面安抚。

具体结案报告被列为机密，以我的权限，也看不到。

韩沉望着这段话，久久地沉寂着。

再往下翻，就是六十四名受害者的详细资料、法医鉴定的死亡原因等。

看完后，韩沉将手机放回兜里，双手交握搭在栏杆上。静了一会儿，他伸手到怀里摸烟。

摸了个空。

于是他的神色变得更加沉寂。

直至，身后响起轻盈的脚步声。

白锦曦走到他身旁，跟他一起倚着栏杆，眺望远方。

"在想什么？"她问。

韩沉没答，只伸出手，将她的肩膀搂住。

白锦曦立刻回头看了一眼，发现众人全都低头干活，也懒得管了。夜色清冷，她往他怀里一靠，蹭了蹭他的下巴。

静了一会儿，她开口："韩沉，我觉得挺奇怪的。为什么我对变态连环杀手的感触这么多？"

"也许你以前就是了不起的专家。"低沉的嗓音，在夜色里温软无比，就像是在哄她。

白锦曦弯了弯嘴角，像是自言自语般说："感觉的确蛮不同的，就好像自己熟悉的东西，正在一点点恢复。脑子里模模糊糊的一些东西，正慢慢变得清晰。"

"我也有过这种感觉。"韩沉答，"四年前刚醒来时，接触一些大案，感觉也是陌生又熟悉的。但是几个案子后，一切就顺了。"

"恢复？"白锦曦嘴里跳出这个词。

韩沉侧眸看她一眼。

"你一直待在官湖派出所那种鸟不拉屎的地方，每天就扫扫黄，处理些鸡毛蒜皮的小案子，这几年过得懵懵懂懂，恢复得慢，也是正常。"

白锦曦乐了："去你的！我们所才不是鸟不拉屎的地方呢！你也太瞧不起人了吧。"

韩沉也笑，抬头看着前方。

过了一会儿,白锦曦脸上的笑意却慢慢淡去了。

韩沉刚才的话,像是一颗小石子,轻轻搅乱了她原本沉静的心湖。

你一直待在官湖派出所那种鸟不拉屎的地方,恢复得慢,也是正常。

可如果正是因为在基层派出所,令她所谓的"恢复"变慢了,那么她曾经的对变态杀人案的敏感和相关知识,又是在哪里培养出来的?

在全国都排不上名的沙江警校?

这不正是韩沉平时所说的"逻辑悖论"?

异样的疑惑感涌上心头。可白锦曦一时又理不清楚端倪。她只能抬头,望着韩沉。

而韩沉也看着怀中的女人。

星光隐约映照着她的脸,而他掌中的长发,如同绸缎般柔软。她的眉目是这样清晰,清澈的眼乌黑沉湛,像是蕴藏着千言万语。

她还穿着去会所的那身衣服,宝蓝色的裙子勾勒出顺滑的曲线,衬得她的脸更加白皙生动。

韩沉静默片刻。

"亲一下。"

白锦曦倒是笑了:"你搞清楚我们在哪儿啊,还亲?!"

韩沉回头看了一眼,结果果然看到办公室里,有人飞快地把头缩了回去。他面无表情地转过脸来,将她的手一拉,就往走廊另一头走去。

"去哪儿啊?"白锦曦嘀咕。

"找个没人的地方。"他答得干脆。

白锦曦闻言扭头就要走,却被他一把拽进怀里,两人闪身就到了昏暗无人的楼梯拐角。白锦曦低声笑了,韩沉自己背靠着墙,抱着她,低头就亲下来。

"咱俩都不是小孩子了,干吗做这种事?"她含糊地说道。

结果他含住她的唇,重重地吸了口,然后耳语道:"我们的约定还没有兑现。"

白锦曦心头一跳,过了一会儿轻声答:"我没忘。可是……那天没兑现,不是因为你体力不足吗?"

韩沉的唇立刻移开，盯着她。

白锦曦也笑眯眯地望着他。

然后臀上又被他重重拍了一把。

"嘶……"白锦曦抽气，"你干吗呀？"

"体力好不好……"他低头咬她的耳朵，"你不试就知道？"

这话讲得实在露骨，白锦曦脸上一热。他却已再次封堵住她的唇，不叫她再胡说八道。

楼梯里一片昏暗，头顶的天空星光稀疏。两人就这么亲着，却仿佛怎么亲近也不够。恍恍惚惚间，都只感觉此情此景，似曾相识。曾经多少个日出日落的时分，他们也是这样，躲开旁人的打扰，热烈而放肆地拥吻。他们同样骄傲，也同样为爱痴狂。那么炽烈的青春，没有一丝彷徨，也没有半点犹豫，只知非你不可，只知要跟眼前这个人，白头到老。

被唤醒的深埋心底的情绪太过强烈，吻着吻着，白锦曦的眼泪就掉了下来。

"韩沉……我们当初怎么就分开了？"

韩沉的手指轻抚过她脸颊的泪，也停止了亲吻，而是将她抱在怀里。两个人就这样，长久地依偎着，一动不动。

直至，楼梯下方的灯忽然亮起。

脚步声响起，有人走了上来。

韩沉放开她，但依旧牵着她的手。因为眼睛有些难受，白锦曦便没有转身，背对着来人，看着韩沉的胸口。

一身休闲装的许湉柏，拾阶而上。抬头看到他俩，他微微一怔，目光在两人交握的手上一停，笑了："韩组长，小师妹。"

白锦曦把手抽回来，转身看着他，神色不变地笑了笑："师兄，你怎么大半夜来了？"

许湉柏像是什么也没看到，微笑地走到两人身旁，答："今天白天一直在忙学校的事，听说你们锁定了嫌疑犯，我估计肯定会连夜审讯，所以就赶过来了。"

韩沉和白锦曦将他带到审讯室，隔着玻璃看着依旧被"晾着"的司徒熠。

"所以说……"许湉柏问道,"现在只是利用画像确定了嫌疑人,但他的犯罪证据,还需要收集?"

白锦曦点点头。

许湉柏微微一笑,看他俩一眼,说:"那就先让我为你们提供一项间接证据吧。"

韩沉眉目不动,白锦曦却笑了:"好。"

许湉柏转头再次看着司徒熠:"等你们审讯完之后,我就对他进行一次测谎。"

首先接受讯问的,是司徒熠的几个同事。

"司徒先生是我见过的最和气,也最勤奋的人。部门员工都非常喜欢和尊敬他。"

"谋杀案?这不可能。司徒总监这么好的人,怎么可能跟案件有关呢?"

"虽然我不清楚警方是怎么做事的,但我敢以人格担保,司徒不会有问题。"

…………

所有的供述,如出一辙。"好好先生"司徒熠,在日常工作里,挑不出任何明显瑕疵。

负责讯问他们的,是唠叨。从审讯室走出来时,他的神色颇有些无奈。而白锦曦走过去,拍拍他的肩膀:"安心。大多数人认为正确的事,难道一定就是对的?司徒熠跟他们在工作中肯定不会有太深的交往,维持住完美面具也在情理之中。"她微微一笑,"不过这更加印证了,他的变态程度之深啊……"

第二批讯问的,是司徒熠在会所的几个朋友。他们同样是顶级VIP客户,同样是这个城市的富二代或者金领人士。

但他们的供述,也没能提供什么有价值的新信息。

"其实跟司徒只是认识,一起喝过几次酒,没有深交过。不过他这个人还是不错的。"

"大方、风趣、有品位,也很招女人喜欢。如果硬要说有什么缺点?

有时候太较真了吧,衬衫袖口弄脏一点点,都要立刻离场,回家去换;再漂亮的女人,衣服搭配和装扮要是出了错,他就看不上。"

"跟司徒熠关系最近的人?这个不太清楚,好像还真没有。没看到他跟谁走得特别近。"

最后讯问的两个人,是黑盾组重点关注的对象。

一个,就是四个月前跟司徒熠打架,还闹到警局的男人。也是这宗记录在档的小插曲,才令警方将司徒熠从人群中筛选出来。这个男人叫邵纶。

另一个,是司徒熠去年公开交往了大半年,后来分手的女朋友,叫甄妮娅。她来头不小,是某上市集团董事长的千金。

对邵纶的讯问,由韩沉和冷面负责。

隔着深色玻璃,白锦曦、周小篆和唠叨都注视着他们。那邵纶是某个研究院的小职员,长得也是其貌不扬。穿着普通的衬衣和长裤,拿着个土气的公文包,沉默寡言的样子,很难想象他怎么会跟司徒熠这样的人有了交集。

但是韩沉的讯问,很快就找到了答案。

"当时的民警记录,你们起冲突是因为感情纠纷,没有写更深入的原因。"韩沉问,"我们现在想知道,为什么?"

邵纶沉默了一会儿。

他抬头看着韩沉:"我说了,警察就会信吗?他还不是照样被保释出去?"顿了顿,他又低声说,"照样是个有钱又有势、没有问题的'好人'。"

周小篆倏地睁大眼,韩沉脸色沉静。而审讯室外的三人,也都精神一振。

有料!

"我们对司徒熠,已经有了一些判断。"韩沉说,"否则不会请你回来协助调查。说与不说在你,但我们警方一定会还原事情的真相。"

邵纶又安静了一会儿,放在桌上的双手紧紧交握。

"我觉得司徒熠是个隐藏很深的杀人犯。我失踪的女朋友,就是被他杀的。"

邵纶终于向他们讲述了曾经发生的一切。原来他和女友阮少双,是大学同学,毕业后他进了研究院,阮少双则进了企业做普通职员。

他也不知道阮少双是怎么跟司徒熠认识的,反正短短一个月间,她对他的态度就有了变化。变得敷衍,变得不耐烦,见面的次数也越来越少。直至某次周末,他专门坐了几小时的公交车,到公司楼下去接她,却看到她上了司徒熠的车。

"黑色的卡宴。"他说,"我从来没见她打扮得那么漂亮,笑得那么开心过。"

这本来不过是个怀揣美梦的草根女孩,被富家花花公子迷得晕头转向,最后抛弃了同为草根的前男友的故事。然后在分手两个多月后,某个深夜里,邵纶忽然接到了她的电话。

"阿纶……"她的声音很小,还有些颤抖,听起来似乎很压抑也很恐惧,"我们能不能见个面?我觉得司徒熠好像有点问题……"

那晚,他照旧因为失恋,喝得酩酊大醉。听到她的声音,身为男人的屈辱和痛苦涌上心口。他只记得自己狠狠骂了她一通,然后就挂了电话。

醒来后,他追悔不已,但也拉不下脸面去找她。

从大学时代起,他就爱她逾生命。她和有钱新男友出了问题,他怎么能去听她倾诉?

可那时他却忽视了,阮少双跟他一样,是理工科优秀毕业生出身。虽然虚荣,她的思维和观察力却比一般女孩更敏锐,也更骄傲和坚强。如果不是发现了司徒熠身上不可言说的秘密,又怎么会吓得战战兢兢,怎么会半夜给多年来习惯依赖的他、已经分手的他打电话?

再后来,一直没有联系。

直至某一天接到她父母心急如焚的电话,说她失踪已有一个月之久。

"她的工作早辞了,听说是自己在做一些生意。"邵纶说,"警方查出来,她失踪前买了张去杭州的火车票,后来在垃圾堆里找到了她的衣物和钱包,但是人一直没找到,生不见人死不见尸,凶手也一直没抓到。"

他抬头看着韩沉和周小篆,眼眶已经有些红了。

"杭州警方认为她是被当地罪犯绑架或者杀害了,可直觉告诉我,这件事一定跟司徒熠有关!她一定是发现了什么事,被他灭口了。"

后来,邵纶去司徒熠的公司楼下堵人,司徒熠的车里却已坐了别的女孩。

他甚至温和地告诉邵纶,自己早已与阮少双分手。

"她失踪了?"他表现得很吃惊,"怎么回事?虽说分手了,但有什么需要帮忙的你说,能帮的我一定帮。"

邵纶不信。

新仇旧恨,他越发痛恨和怀疑眼前这个衣冠楚楚的男人。

于是他就打了架。

于是他被保安们丢了出去,还被司徒熠公司走出来的男男女女质疑和讥讽。

"这人神经病啊,跑来我们公司找女朋友。"

"是啊,还说司徒总监把他女朋友藏起来了。司徒总监多好的人啊,这人是来讹钱的吧?"

"不要脸!自己看不住女朋友,还来怪别人。瞧他那样,真土。"有女人小声说。

…………

这个世界就是这样。如果你有钱,或者有权,或者长得招人喜欢,那你一分的好,总是会被放大成好几分。而你讲的话,总是更容易被别人接受。

相反,如果你只是个不起眼的普通人,即使你讲的才是事情的真相,也不见得会有人倾听。

对他的讯问结束后,黑盾组众人都有些沉默。

如果司徒熠的确就是他们要找的杀手,现在终于清楚,他为什么会在三个月前改变作案模式——因为他的罪行终于被人察觉,有被暴露的风险,并且还被带到了警局。当时邵纶也把自己的怀疑告诉了值勤民警,只是没有被采纳和相信而已。但当时,民警肯定也曾询问过邵纶关于阮少双的失踪,说不定也用怀疑的眼神看过他。

所以司徒熠的世界不再平静。

你们怀疑我,我就偏要把尸体丢在你们能看到的地方。

这就是我的逻辑。

送邵纶离开警局时,唠叨忍不住又感叹了句:"这世上最苦的,还是我们这样的屌丝男啊。"

这天讯问的最后一个人,是司徒熠的前女友之一、富家千金甄妮娅。

她今年二十六岁,长得也很漂亮,一身穿着打扮更显奢华精致。被警方请回来调查,她显得有些惊讶。但听白锦曦和唠叨介绍,是要调查司徒熠的事,她的表情反应则有些令人玩味了。

因为她在短暂的怔忡之后,沉默下来,目光还显得有些游移。

"他这个人挺好的啊。"她说,"我们后来就是性格不合分手,不知道你们想调查什么?"

白锦曦和周小篆对视一眼。

"甄小姐,不瞒你说,我们正在调查的,是多起年轻女性的谋杀案。"白锦曦说,"所以我们希望更全面地了解一切有关的人和事的信息。我们今天的聊天内容也是保密的。我想知道,你与司徒熠交往期间,有没有发现他有什么异常呢?今天不是可有可无的调查,关乎多条人命。"

甄妮娅听到是命案,显得很惊讶。

但是她再次沉默下来。

"什么样的事,算是异常呢?"她忽然问。

白锦曦看着她答:"譬如……忽然的易怒,就像变了一个人;譬如偶尔展现的暴力倾向;譬如你发觉他心中,其实怀着对女人的憎恨和自卑?到最后,你跟他在一起,都会感到很压抑,没办法继续再交往下去。"

她说一条,甄妮娅的神色就变了一分。

"你怎么会知道……"

案件调查到这一步,这些人的供述,无论好坏,全都成了司徒熠就是变态连环杀手的间接佐证。

他在人前和人后的性格差异是巨大的,极其符合罪犯的画像。

他除了与这三起案件有关,很可能还与阮少双的失踪案有关;并且因为阮少双案,让警方大致了解了他以前潜伏时期的作案模式。

邵纶和甄妮娅的话,将来也可以作为呈堂证供之一。

…………

"在想什么?"低沉的嗓音响起。

第六章 他的面目

白锦曦转头，看着对面办公桌后的韩沉。

临近中午，唠叨三人去处理刚才那些人证的后续事宜了，就他俩在办公室。

白锦曦望着窗外发呆已有半响，听到他的问话，往椅子里一靠，两条修长的美腿交叠起来，答道："太顺了，我总觉得有哪里不对劲。"

当然，事实就是这样也说不准。尽管他们只花了两天不到的时间就锁定了司徒熠，但其实司徒熠依旧是个隐藏得很好的精神病态。如果不是她的画像和韩沉的精密推理，要找出他，就如同大海捞针般艰难。

韩沉跟她以同样的姿势，靠在椅子里，手搭在扶手上。一昼夜的辛劳后，他的短发有些凌乱，外套敞开着，衬衫的领子也有了些褶皱。

可白锦曦依然觉得他帅得不像话。

见他沉默，白锦曦起身走过去，侧身靠在他桌旁，抄手看着他："你有没有相同感觉？"

"这就是传统刑侦与犯罪心理的不同。"他看着她答，"我们不谈感觉，只认证据。现在最多的证据指向司徒熠，他就是最大嫌疑人。但还没有找到关键定罪证据，所以我不会把他当成唯一的嫌疑人，不会排除其他可能性——直至，找到无法推翻的那个证据为止。"

白锦曦看了他一会儿。

然后轻轻哼了一声。

韩沉倏地笑了，伸手去牵她的手，白锦曦却眼明手快地躲开，往后退了一步。

然后又哼了一声。

"我会向你证明，对于这种连环杀手，犯罪心理才是最厉害的。"

说话的空当，他又捉她的手，这次白锦曦却没能避开——或者也没打算真的避开，被他一下子拉到面前。

她站着，他坐着。他握着她的手，抬头看着她。

"对，犯罪心理是最厉害的。传统刑侦早已甘拜下风。"

白锦曦抿嘴笑了。

"去你的。韩沉，我发现你越来越没有节操了。"

两人又说了一会儿话，白锦曦推开他："你手上还有事，我去打饭。"

韩沉点头。等她走出几步，他忽然又叫住她："把这身衣服换了再去。"

白锦曦低头，她还穿着去会所的那身衣服呢。

"为什么呀？"她转头笑眯眯地看着他。

他抬起双手，枕在脑后，看着她："我怕一会儿食堂拥堵。"

"……"

这话实在太让女人受用了，她的心里甜得就像灌了蜜似的。她很想笑，又假装出一副"这不是理所当然的事吗"的淡定模样，说："可是现在哪有地方换啊，我懒得再回一趟宿舍了。"

女厕她又不想去——战服这么重要的装备，怎么能在厕所蹭来蹭去呢？

这时韩沉已经推开电脑，站了起来。

"就在这儿换。"

白锦曦的脸一下子热了："你想得美！"

韩沉的本意是自己出去，在门口守着，她在里头换衣服。哪里知道她自己先想偏了。

看着她娇羞的表情，他静默片刻，走到门口，直接打了个反锁，又走回来坐下。

"他们一会儿该回来了，抓紧时间。"

白锦曦被他漆黑的眼睛盯得又尴尬又好笑，但她以前时间紧迫，也曾在办公室换过衣服，叫周小篆把风。现在这一身衣服在身上穿了一天一夜，汗黏黏的很不舒服，而且行动也不方便。于是她说："那你转过去，不许转过来。"

韩沉看她一眼，听话地转动椅子，面朝墙不动了。

白锦曦便从抽屉里拿出一套运动服，也背转身去，动作麻利地开始脱衣服。至于背后的韩沉……其实该看的他也看过了，她只是很不好意思而已。而且他虽然有时候对她耍浑蛋，但基本还是个说一不二、十分守礼的人，所以还是值得信任的。

韩沉看着墙，静静地等候。

然后就听到她喊道："还没好啊，别转过来。"

韩沉没答，想了想，兀自低头笑了，直接将椅子缓慢又无声地转了回来。然后抬起头。

白锦曦很快把衣服换好了，上下打量一番没有不妥，这才转身："好了，你可以……"

韩沉的双手依旧枕在脑后，姿态有些慵懒。而那双漂亮的眼睛，正一眨不眨地盯着她，不知道已经看了多久。

四目凝视，他慢慢地笑了。

白锦曦又好气又好笑，脸颊也被他撩得发烫，抓起桌上的一本书就砸向他："浑蛋哪！"

白锦曦去食堂打饭了，韩沉坐着继续工作了一会儿，忽然手机响了。

他拿起看了一眼，静默片刻，接起："妈。"

韩母打电话来，照旧是一番嘘寒问暖。

韩沉拿着电话起身，进了里间会议室，虚掩上屋门。

"最近岚市降温了，你要注意穿衣，别跟你爸似的，整天以为自己身体好。昨天他还冻感冒了。"

韩沉笑笑，靠在会议桌旁，望着窗外的蓝天："您多照顾他，儿子不在身边，就靠您了。"

韩母也笑了，话锋一转道："昨天我给辛佳打电话，她好像情绪很低落。怎么回事？"

"她的事我不关心，不知道。"

他答得干脆，韩母却有些生气："人家为了你，从北京跑到岚市，多大的牺牲？岚市怎么跟北京比？你这小子，怎么就不开窍呢？"

见韩沉不答，她又语重心长地说道："昨天她说，以后不能替我照顾你了，很委屈的样子，怎么回事？"

韩沉的手指在桌面上敲了敲，答："妈，这是好事。"

"什么好事？"

"她开窍了。"

"……你！"韩母又好气又好笑，可她知道自己儿子有多执拗，一时竟也无话可说。

白锦曦拎着几盒饭菜，走回办公室，却没看到韩沉的身影。

把饭盒往桌上一放，她透过会议室虚掩的门，看到他的背影。白锦曦笑了笑，推开会议室的门，刚要开口，却听到他说道："妈，您就别操这份心了。我是绝对不会跟辛佳在一起的。"

白锦曦一怔。

韩沉已经察觉到动静，拿着电话转过身来。

四目凝视，他的眼眸漆黑而沉亮。

白锦曦退了出去，带上了屋门。

电话那头，韩母还在抱怨："你真不喜欢辛佳，不想娶她也行。反正韩家也不是非要跟辛家当亲家。但你也二十好几了，总得带个女朋友回来啊！整天查案查案查案，我和你爸什么时候才能抱上孙子？"

韩沉脑海中浮现出刚才白锦曦的样子，静默片刻，问："妈，这几年您一直告诉我，那个女孩不存在，我以前从没跟别人好过。"

韩母也安静下来。

"现在儿子想再问您一次，她真的不存在吗？"

电话那头，传来一些细微的声响，像是韩母将电话放下又拿起，呼吸声也显得有些不平静。

"不存在。"她的声音里有了些许怒意，"你这孩子，怎么这么拧呢？放着好好的辛佳不要，跟魔怔了似的，想些乱七八糟的事。妈的话也不信？"

韩沉没说话。

他抬起手，看着手指上那个戒指。过了一会儿，他又放下来，恢复了有些懒散的语气："成，您就别操心了。明年我会直接把您孙子领回来。我还有事，挂了。"

"啊？"韩母丈二和尚摸不着头脑，韩沉已经挂断电话，转身走了出去。

白锦曦正站在一张空办公桌旁，将饭菜一盒盒地拿出来，放到铺好的报纸上。听到身后传来开门声和脚步声，她也没回头，继续低头拾掇。

韩沉看她一眼，走到她身旁，手撑在桌面上，低头瞧着她。

白锦曦继续眼观鼻鼻观心，抽出两双筷子放好。

"醋了？"他低声问。

白锦曦喊了一声，答："我醋什么，不就是个童养媳嘛！"

韩沉倏地笑了，一把将她搂进怀里，头抵在她的额头上。脑海中，却想起母亲刚才的话：她不存在……你这孩子，怎么跟魔怔了似的？

他低头看着她的眼睛，胸口隐隐泛起疼痛感。这疼痛已牵扯他多年，只为眼前这个女人。

"锦曦，大多数人所说的正确的事，也许反而是错误的。"

白锦曦微怔。

这是今天询问证人时，她安抚唠叨的话。

而此刻，她却仿佛瞬间明白了他的意有所指。

静默片刻，她伸手回抱住他。两人安静地抱在一起，都没有说话。

过了一会儿，他才松开她："吃饭。"

白锦曦点点头，但想起辛佳深受他母亲青睐，到底是有些不舒服，坐下来，端起盒饭，懒懒地开口："那辛佳的事，你妈那边你搞得定吗？"

韩沉本来也在对面坐下了，闻言抬眸看她一眼，那目光有些幽深。

然后他放下筷子站起来，走回办公桌后坐下。白锦曦咬着筷子，不明所以地看着他的举动。

结果就看到他摸出钥匙，打开一个上锁的抽屉，翻了翻，取出个蓝色的什么本子，然后又瞥她一眼，径直走了过来。

"什么东西？"她问。

韩沉也没答，直接在她跟前坐下，伸手拿起她的手提包，打开拉链，把那蓝本子丢了进去。

白锦曦好奇地凑过去，结果就瞥见蓝本子赫然印着一行字——

居民户口簿。

白锦曦瞪大眼："干吗把户口簿扔在我包里？"

韩沉看她一眼："私订终身。"

白锦曦失笑："我不要，谁稀罕你的户口簿。"

韩沉根本不搭理，端起饭盒，不紧不慢地吃了起来。

白锦曦又推他一把，他却纹丝不动。

"拿回去啊！哪有这样就私订终身的啊，硬把户口簿塞给人家……听到没有？韩沉！"

下午两点。

偌大的审讯室里，司徒熠一人独坐着。手掌、腕部、胸部，分别连接了传感器。而他神色极为平静，偶尔眼中还闪过意味不明的笑意。

"司徒熠已经签署了声明，同意接受测谎。"许滴柏坐在电脑显示屏后，白色衬衫衣袖挽起一截，戴着细框眼镜，整个人看起来更加温文尔雅。

而秦文泷和黑盾组众人，都跟他一起坐在这个隔间里。秦文泷显得很有兴致，问道："许教授，听说测谎仪的准确度很高，你是专家，认为测试结果可信吗？"

许滴柏微笑地点了点头："虽然测谎结果不能作为定罪证据，只能作为参考，但我个人认为，测谎结果是非常有价值的，可信的。"见周小篆和唠叨几个还有些懵懂地翻着手里的测试题，他便解释道："人说谎的时候，身体会有很多方面的变化和反应：肢体语言、表情、语言、呼吸、血压、脉搏、汗液分泌、皮肤电阻变化等。有些是可以控制的，譬如肢体语言和表情，但有些是即使心理素质过硬的罪犯也无法控制的，因为是无意识的反应，譬如血压、脉搏、皮电变化……"

"所以这台测谎仪就是检测这些数据的变化？"周小篆有些兴奋地探头望去。

"是的。"

"那这司徒熠肯定跑不掉咯！"唠叨嘿嘿地笑了，"这小子还挺自以为是，他肯定以为自己能掩饰住。"

白锦曦却没有笑，侧头看一眼身旁的韩沉。

韩沉的脸色也很沉静。

测谎正式开始。

许滴柏说："下面我问五个问题，无论真实答案如何，都请回答'是'。"

司徒熠坐得笔直，眼睛看着前方，笑了笑："好。"

"你叫司徒熠吗？"

"是。"

屏幕数据显示正常,说明他的身体各项反应都正常,侧面印证他说的是真话。

"今天是星期六吗?"

"是。"数据正常。

"你今年三十二岁吗?"

"是。"数据正常。

"你是女人吗?"

"是。"

屏幕数据线出现大幅波动。

监控室内,许滴柏专注地端坐着,韩沉和白锦曦还很平静,周小篆和唠叨的眼睛却都看直了,冷面的表情也有一丝松动。

"真神了……"唠叨小声嘀咕。

"下面我会再问你一系列问题。"许滴柏说,"请你根据实际情况作答。"

司徒熠又笑了笑,朝深色屏幕这边看了一眼:"没问题。"

许滴柏问:"今天天气好吗?"

"不知道,我昨晚就被警方抓来了。"略带嘲讽的语气,各项数据正常。

"你担任的是市场部总监职位吗?"

"是。"

"你是司徒承旭的亲生儿子吗?"

短暂的沉默。

"不是。"

"你是'晶都会所'的会员吗?"

"是。"

"你与该会所的多名女子都发生过关系吗?"

"呵……是。"

许滴柏又问了一系列无关紧要的问题,司徒熠一一作答,而屏幕上的数据线,始终维持在平静的状态。

"你是否认识韩莎?"许滴柏的声音依旧平静无波。

白锦曦等人却全都精神一振,紧盯着司徒熠的脸。因为韩莎正是三个月前,第一名受害者的姓名。

司徒熠的眼睛眨了眨。

"是。"数据正常。

"你是否认识叶想晴?"第二名受害者。

"是。"

"你是否认识周似锦?"

"是。"

这时许滴柏也抬头,看着玻璃后的司徒熠。

"你是否绑架了她们三人?"

相邻的两个房间里,同时寂静无声。司徒熠沉默了至少有十秒钟,忽然缓缓地笑了:"不是。"

这边,几乎是所有人,都同时看向电脑屏幕!

…………

唠叨低喃:"怎么可能……"

"不是他绑架的?"周小篆困惑。

秦文泷骂了句脏话。

因为屏幕上,多条数据线依旧维持平静的状态。很平静,没有一丝起伏,代表他的情绪反应没有任何波动,他没有遭受到任何因为说谎而带来的压力,没有任何细微的生理反应。

代表,他说的是真话。

白锦曦紧盯着屏幕,跟韩沉一样,始终沉默不语。

许滴柏只稍做停顿,又继续问了下去。

"你是否策划了对她们的谋杀?"

"不是。"

数据正常。

"你是否长时间囚禁、折磨她们?"

"不是。"

数据正常。

"你是否拿走了她们的手提包?"

"不是。"

"你是否给她们换上了护士服?"

"不是。"

"你是否用刀杀害了她们?"

"不是。"

"你是否将她们的尸体丢弃到郊区树林中?"

"不是。"

…………

监控室内,陷入了极端的沉寂中。只有许滴柏和司徒熠一问一答的声音。而当司徒熠连续多次回答"不是"时,屏幕上的数据线,始终是平静的。

到最后,所有问题都问完了。黑盾组众人的脸色都相当难看,一时都没说话。结果这时,又听到许滴柏开口,问了一个原本的测试试卷上没有的问题。

"你是否指使、诱导或伙同他人,实施了对她们的谋杀?"

司徒熠沉默下来。

然后他转头,望向了这边。就像隔着深色玻璃,与他们对视着。

然后他眼中,再次飞快地闪过白锦曦曾经捕捉到的、恶作剧般的笑意。

"不是。"

数据……正常。

测谎结束。

司徒熠被警察从审讯室中带走了。

许滴柏站起来,遗憾地望着众人:"要令你们失望了。我可以肯定,司徒熠不是本案的凶手。"

大伙儿都没说话。

而白锦曦的脑海里,始终闪过司徒熠刚才最后的那个表情,这让她心里很不舒服。

冷面忽然开口:"许教授,我听说有少数人可以控制身体反应,控制测谎结果。司徒熠是否就是这种人?"

这个说法其他人也听过,全都望着许湉柏。

许湉柏却摇了摇头:"不好意思,我测试过数百名罪犯,你说的这种人我还没遇到过,所以我个人无法给你确切答复。但就司徒熠而言是否存在这种可能……"他微微一笑,看向白锦曦,"师妹,你说呢?"

白锦曦静默片刻,答:"不可能。他不是冷面说的这种人。"

他当然不是。无论是昨晚审讯时他冲动的情绪反应,还是邵纶、甄妮娅的供词,都证明了他易于波动的情绪。尤其是后两者的供词,来源于日常生活中,所以更加真实可信。

所以,他的测谎结果具有极高的可信度。

所以……

她抬头,与许湉柏对视着。

她用犯罪心理画像,抓住了唯一的司徒熠。

但现在,同样是犯罪心理学告诉她,司徒熠不可能是凶手。

第七章
画中之画

暮色低垂。

黑盾组的几个男人,正从审讯室走回办公室。

韩沉走在最前面,神色平静。身后跟着的唠叨,却在感叹:"唉!本来有了一堆间接证据,现在又出来个权威测谎结果,肯定申请不到对司徒熠的逮捕令了,满四十八小时就得把他放了。"

"继续监视。"冷面言简意赅。

周小篆却探头四处看了看,念叨道:"小白去哪儿了?刚才就没见人影。"

韩沉抬起头,目光也在走廊里扫了一圈。

不见踪迹。

四人走进办公室,一眼就看到里间会议室的门虚掩着,白锦曦那窈窕的身影正背对着他们,坐在桌子上。她的双手撑在桌上,头微微抬着,不知是在看天花板呢,还是在看窗外的风景。会议室里没开灯,显得很阴暗,而她身后的桌面上,散落着卷宗和照片。

这一幕如此压抑和落寞,唠叨几个你看看我,我看看你,最后自然而然地全看向韩沉。

他们心里想的都是:测谎结果一出,对于主导这一次犯罪心理画像的小白,必然是一个沉重打击。此刻她一定很需要人安慰。这种时候,他们当然不能上啊,得男朋友上啊。

韩沉倒没看他们几个,他的眼睛一直盯着白锦曦。静默片刻,他走进会议室,当着众人的面,反手关上了门。

"在想什么?"

白锦曦抬头看着他。

她在想……

一些瞬间、一些画面和一些表情。

郊区公路旁的树林里,女尸色彩斑驳,如同被人蹂躏丢弃后的花朵。如果折磨虐待的手段也有高低之分,那么那些女尸,无疑是连环杀手眼中的艺术品。而尸体的这种气质,跟司徒熠给人的感觉,是如此的"合拍"。

深夜的会所里,他那么敏锐地转头,注意到她和韩沉。那眼神并不自然,也没有笑意,只有警惕。

还有整个审讯过程,他眼中偶尔闪过的恶作剧般的笑意;测谎时,他的有恃无恐和隐隐的兴奋……

白锦曦心头一震,忽然从桌上跳下来,转身在那些散落的照片中翻找。韩沉不发一言地看着她的举动。

直至她找出了十余张照片,全是尸体的近距离高清特写,画面最为狰狞血腥,还有好几张拍到了受害者的脸。她将照片往口袋里一揣,看一眼韩沉,就往门外走去。

韩沉看着她果断利落的样子,反而微微地笑了,手往裤兜里一插,跟了上去。

门外三人,先是看到白锦曦一阵风似的走了出去,又见韩沉面无表情地跟随,都有些搞不清楚状况。最后周小篆站起来:"我去看看。"

走廊里。

白锦曦看一眼身旁的韩沉,问:"他还在之前的审讯室?"

韩沉点了点头。

周小篆凑上来:"小白,你想干吗呀?"

"你待会儿就知道了。"

三人很快就走到审讯室外。隔着玻璃,看到司徒熠坐在一张方桌后。一天一夜的审讯,终于令他也显出几分疲惫之色。他的手搭在椅子扶手上,衬衫也有些乱了。眼神却依旧清澈透亮。

看起来完全不像个变态。

"如果凭许教授的测谎，就可以断定他不是凶手，"白锦曦盯着他，缓缓地说，"那我有个更简单、更直接的方法，只需要一秒钟，就能测试他是否要对这几起案件负责！"

她推开门就走了进去，司徒熠闻声抬头。而韩沉和周小篆停步，站在门外看着他们。

司徒熠坐着，她站着。

她看着他，不说话。

片刻后，他忽然笑了。

白锦曦却忽然从口袋里抽出那叠照片，一把丢在他面前！

撕裂的伤口、刺目的鲜血、凝滞的眼睛……这些画面出现得如此突然，司徒熠的脸上还在笑，可目光就像是不受控似的，落在照片上。

白锦曦紧盯着他的表情。

在这个瞬间，他的眼中没有恶意，没有自得，也没有愤怒。黑白分明的眼球里，只有安静的专注和……着迷？

白锦曦的胸口堵得就像要着了火。

他怎么可能跟这起案件没有关系？

刹那的失神后，司徒熠大概也意识到白锦曦在观察自己。他垂下眼眸，慢慢地笑了。白锦曦冷冷地扫他一眼，将那叠照片一收，双手撑在桌上，逼近他。

"我一定会抓住你。"

只有两个人能听到的声音。

司徒熠静默片刻。

"是吗？拭目以待。"

她推门出去，却看到除了韩沉和周小篆外，许滴柏也站在门外，手里拎着个公文包，大概是要离开省厅。

刚才那一幕，显然也被他看到了。

白锦曦便直视着他："师兄，你在就好。我还是认为司徒熠跟这起案件脱不了关系，不能就这么把他放了。"

韩沉和周小篆都没说话。

许滴柏微蹙了一下眉头，低头，伸手扶了扶眼镜。

"你的意思是，测谎结果有问题？"

白锦曦摇头："这个我不能确定。但一定是哪里还存在问题，或者是我们不知道的隐情。"

许滴柏上前一步，低头看着她："你为什么会这么想？"

"他的眼神。"白锦曦答，"他眼中的东西，是无法掩盖的。"

同为犯罪心理学从业者，加之许滴柏之前一直对她赞赏有加，白锦曦以为他一定能领会她的意思，并且支持她的看法。

谁知许滴柏静默片刻，抬头看了看别处，笑了。

"师妹。"他的嗓音依旧温和，但温和中也带着一丝明显的不耐，"这只是你不确定的直觉。而现在可以确定的，是测谎结果。测谎结果告诉我们，司徒熠跟这起谋杀没关系。你还想怎么样呢？"

白锦曦微怔。

"我希望你重新对他进行测谎，或者换别的心理测试模式，从更多的角度去验证。"

"我看没这个必要。"许滴柏拒绝得异常干脆。大概是因为受到质疑而动了气，他的脸色也显得淡淡的。

一时两人都没再说话，气氛也显得有些僵持。

而围观的周小篆看到他俩起了冲突，不由得有些着急。他偷偷瞧一眼韩沉，却见他很平静淡定的样子，靠在楼道的栏杆旁，看着他们，既没有开口相帮白锦曦，也没从中调和劝说，仿佛这就是一次正常的同事间的意见冲突，他不打算插手。

周小篆看着他的样子，也淡定下来，心中暗想：也对，小白又不是个软蛋，什么时候需要依仗别人赢得战斗了？他还真是关心则乱啊。

不过，这要换成别的男人，说不定早开口维护女朋友了。

可老大不同。

他发觉，老大是真的很懂小白。

她什么时候需要被呵护，什么时候只需要你安静地注视她就好。

这天晚上，韩沉的车开到家里楼下，已经是八点多。

白锦曦一路都没说话，韩沉也由着她。等车停稳了，她推开门就跳了下去："我去买点东西，你先上去啊。"

韩沉用尾指钩着车钥匙，走到她身旁，低头看着她："去哪儿？"

白锦曦抬头笑笑："就去前边小超市。"

"我陪你一起去。"

"不用了。"白锦曦嗔怪道，"我去买女性用品，你跟去干吗？我不自在。别去啊，赶紧回家洗澡。"

韩沉停步，看着她步伐轻快地走远。

他双手插进裤兜里，笑了。

才在他这里住了几天，就已把"女性用品"到处乱丢。现在去买，倒是腼腆起来了？

白锦曦一走进小超市，就直奔烟酒柜台。

售货员殷勤地招呼："要点什么？"

白锦曦看着柜台里的烟，眼睛都发光了，暗自咽了咽口水，抬手指了指："来盒玉溪。"今天要抽盒好的。

刚要掏钱，旁边忽然伸出来一只手，捉住了她的手。

"她不要了，谢谢。"

白锦曦吓了一大跳，转头望着悄无声息地走到她背后的韩沉。他眸光微沉，还扣着她的手腕不放，另一只手则撑在柜台上，也不说话，就这么静静地打量着她。

白锦曦被抓了个现行，也有些心虚。她被他牵着手，从超市走了出去。

"韩沉，我就抽一根，成吗？"她摇摇他的手。

"不成。"他头也不回，答得干脆。

过了一会儿，两人走到小区的花园里，韩沉拉着她在一张长椅上坐下来，侧头看着她。

白锦曦也抄手盯着他："难道你就一点都不想抽？没有背着我偷偷抽过？"他的烟瘾可比她大多了。可这些日子，她偶尔看别的刑警抽烟，馋得挠心挠肺，他却跟没事人似的。

夜色中，韩沉的眼睛漆黑无比。

"想。"他答，"但是答应你的事，我一定会做到。"

这话倒让白锦曦惭愧起来，那欲念倒是立刻被灭了几分。可心里还是很烦，她抬手往后撸了一下长发，有些委屈地看着他："可是真的很郁闷啊。"

韩沉盯着她，反而笑了，伸手将她搂进怀里。

锦曦问："你笑什么？"

"没什么。"

白锦曦想了想，又说："你听说过两年前北京大兴区的连环灭门案吗？"

韩沉的手搭在她肩上，往椅子里一靠："听过。"

大兴区灭门案，凶手为一名严重精神病患者。一夜之间连续犯下两起灭门案，案件现场呈现混乱、血腥、毫无逻辑的特点。

白锦曦说："当时负责这个案件的薄靳言教授，只花一天一夜就抓到了罪犯。因为罪犯是一位非常典型的'无组织能力'连环杀手：精神错乱、智商偏低、无能力驾驶机动车、随意丢弃尸体。我看报告上，薄教授也将这个案件评价为'教科书一样简单的典型案例'。"

她侧头看着韩沉："如果说那个案子是无组织能力的典型案例，那么我们现在遇到的案子，表面看起来，就是'有组织能力'的典型案例。犯罪现场和嫌疑人呈现的所有特征，简直就跟教科书一样：高智商、有魅力、对受害者长时间的虐待和折磨、缺少中央组织者、冲动易怒、情感浅薄……"她又烦躁地用手撑住额头，"可是，同样是这么典型的犯罪心理画像，咱们遇到的情况却明显复杂得多……"

正念叨着，手却被韩沉一拉，站了起来。

"走吧。"

"去哪儿？"

"出去走走。"

白锦曦没想到,韩沉会带她来省警官大学"散心"。

这里离省厅和韩沉的住所都不远,两人开车过来只花了十几分钟。校园在夜色中显得很寂静,楼舍中只有稀疏的灯火。韩沉出示了警官证,门卫就放他们进来了。看样子,他似乎经常来这里。

沿着树影斑驳的林荫道,两人慢慢地并肩走着。也许是景色太宁静,白锦曦的心也慢慢沉静下来。她总觉得对于这个案子,脑海里有了个模糊的念头,但又暂时无法将真相拼凑出来。

沉默了半天,她才发现身旁的韩沉,也一直没说话。路灯照亮他的轮廓,清晰如画。白锦曦忍不住问道:"你在想什么?"

韩沉侧头看她一眼。

"想以后。"

"以后?"

韩沉看着前方阴暗的路,语气很淡地道:"以后我们老了,就来警校当老师。你教犯罪心理,我教刑侦。倒也不错。"

白锦曦停住脚步。

韩沉回头看着她。

四目凝视,却都没说话。

白锦曦咬着下唇,慢慢地笑了。

"韩沉,你背我吧。"

她的思维跳跃如此之快,令韩沉也微怔了一下,旋即笑了。双手从裤兜里抽出来,他在她面前蹲了下来:"上来。"

白锦曦笑眯眯地趴上去,搂住他的脖子。

韩沉稳稳地站了起来,背着她继续往前走。

白锦曦在他脖子上呵气,他偏头躲开。白锦曦从背后也能看出他笑了。然后臀上就挨了他一下,她立马不敢再造次了。

"喂,韩沉。"她抬头看着天上的星星,手在他肩膀上敲啊敲,"你说你以前有没有背过我?"

"肯定背过。"

她奇道:"为什么?"

他慢慢地答:"江山易改,本性难移。"

白锦曦扑哧笑了,凑到他耳边小声地道:"你说谁呢?说你呢,还是说我呢?"

"说我们两个。"

天上星光闪烁,地上只有一道长影。白锦曦趴在他的肩头,感觉到他脖子上清晰的脉搏,慢慢地闭上眼睛。

"锦曦。"

"嗯?"

"如果你相信自己是对的,就放手去证明它。不用害怕。"

低沉的嗓音,就像这夜色中的风,送入她心中。白锦曦抿嘴笑了:"我才没怕呢。喂,你这么说,是相信我的判断了?"

"我只相信证据。你错了也没关系,有我。"

"……有这么鼓励人的吗?我要下来,不背了……松手啊!你……"

同样的晚上,这里是清风沉醉。别处,却是夜色迷离。

司徒熠的别墅,位于城市东郊。依山临湖,周围还有一些民居,环境十分优雅安静。

现在已经是夜里一点多,两名警察打着哈欠,坐在一辆黑色轿车里,望着不远处的司徒熠的家。

"从警局出来,就一直待在里头。"一名警察说,"也不知道在干什么。"

"都已经测谎不是凶手了,韩沉干吗还要求二十四小时监视?"另一人说。

"嘿,许教授虽然有名,但咱们韩沉也是出了名的神探,你知道谁的判断才是对的?有备无患嘛。"

两人又待了一会儿。到底是这些天太过劳累,都有些疲惫,也觉腹中饥饿。其中一人便道:"我去弄点吃的。刚才看门口有两家农家菜馆,不知道还能不能炒菜。"

他很快走出别墅区,门口的农家还开着门,老板还没睡,答道:"炒菜没了,还有些自家的腊肉和米饭,蒸好了给你们送过去。"

"行。随便弄点就成。"

过了半个多小时,就有一名戴着鸭舌帽的青年,提着两盒饭菜出现在他们车旁。天色漆黑,两名刑警也没在意,接过说了声谢,低头三下五除二就把饭菜给吃完了。

长夜寂静。

别墅区内外一片寂静。

黑色轿车里也很静。两名刑警靠在椅子里,呼呼大睡,直至天明,才大惊失色,望着被丢弃在车旁垃圾桶里的白色饭盒,面面相觑。

而同一个清晨,韩沉和白锦曦被电话从睡梦中惊醒:"又发现了一具尸体!"

路虎奔驰在驶往郊区的公路上。

韩沉双手搭在方向盘上,眼睛看着前方。从今早得知又一名女性遇害后,他的脸色就不太好。白锦曦抄手坐在副驾,神色也有些淡。过了一会儿,眼角余光却瞥见韩沉有动静。

她侧眸望去,就见他依旧沉着脸,一只手搭着方向盘,另一只手却放下来,伸进了裤兜里。他摸了摸,动作一顿。

然后又把手放回了方向盘上。

看到他这个不经意的小动作,白锦曦倒是微微一笑,暂时把案情的烦恼丢到一旁,斜瞥着他问:"想抽了?"心中颇有些惺惺相惜的感觉。

结果他看她一眼,答:"想,不过没你那么想。"

锦曦道:"……哼!"

她低头,在包里翻了翻,眼睛亮了——掏出了一袋槟榔。这还是前几天周小篆买给她的,帮助她抵抗烟瘾。

她含了一颗在嘴里,美美地嚼了起来。虽然不如香烟解馋,但好歹能缓解缓解。

车厢内很快萦绕着槟榔的香味。

"给我一颗。"韩沉开口。

白锦曦把槟榔袋紧紧地攥在手里,跷起二郎腿:"想得美。昨天缴我的烟,今天还想吃我的槟榔?"

韩沉看着她的模样,倒是笑了,也没再坚持。

又开了一会儿,他忽然说:"帮我看下后视镜,是不是歪了?"

白锦曦一听就认真起来,先探头看了看右侧后视镜:"没歪啊。"

"这边呢?"

这时前方是个红灯,车缓缓地停稳。白锦曦立刻朝他那边探头过去,脸也跟他靠得很近:"我看看啊……"

话音未落,韩沉已低头吻下来,没有半点停顿,舌头直接撬进她嘴里,重重吸吮着她嘴里的味道。

"唔……"白锦曦也明白过来,笑着想要推开他,"哪有这样的,不给就抢啊……"腰却被他搂得更紧,唇也躲不开,被他吃得更深。

"好好开车!"她嗔道。

"没关系……"他不紧不慢地咬着她的唇,"我不是十三郎吗?这种路,闭着眼也能开。"

"我错了我错了!"白锦曦哭笑不得,"槟榔都给你!"

韩沉这才松开她,双手重新回到方向盘上,看向前方。恰好绿灯亮起,车子徐徐前行。白锦曦重重地哼了一声,他却兀自笑了。

白锦曦剥了颗槟榔,塞进他嘴里。两人一起安静地嚼着槟榔,原本车内沉闷的气氛,倒是轻松了不少。

这时,韩沉的手机响了。

白锦曦拿起一看:"是冷面。"

"你接吧。"

冷面打电话来,是通报已经查明的、昨晚案发的一些情况:原来负责监视司徒熠的两名刑警,饭菜中被人下了安眠药,一觉到天明,所以司徒熠拥有作案时间,也没有不在场证明;而同时被证实的是,当时农家饭馆送外卖的小伙子,在走出饭馆后不久,就被人在阴暗处打晕,这才给了罪犯下药、顶替送饭的机会;而当时夜色很暗,他又戴着鸭舌帽,步伐匆匆,所以几处监控都只拍到背影。

挂了电话,韩沉面无表情,白锦曦则陷入沉思。

黑盾组现在面临着这样的状况：符合画像的嫌疑人，依然只有司徒熠一人。并且他的言行举止，也表现得相当可疑。

可他却通过了权威人士的测谎。

而在他被释放的当夜，新案件就再次发生了。条条线索仿佛又重新指向了他。

…………

真相，好像已经呼之欲出。警方只差决定性的证据，似乎就能给司徒熠定罪破案了。

可又好像，跟真相还隔着重重迷雾。有更深的隐情，藏在其中。

静默片刻，白锦曦又往嘴里丢了颗槟榔，开口道："你说的，让我坚定判断，放手去求证。今天勘查完现场，我要把整个案件和画像重新梳理一遍。不信找不出真相。"

第四起案件抛尸现场。

依旧是郊区公路旁的树林，只不过这一次，尸体离道路更近。车辆驶过时，轻易就能看到树丛中躺着的人影。所以一大早，尸体就被人发现了。

黑盾组每个人的脸色都不太好看。

周小篆翻着刚拿到的资料，正在对众人说明："死者叫赵好好，二十五岁，同样是CBD白领。根据她身上的证件，已经跟工作单位联系过，证实她三天没去上班了。"

"也就是说，她是四天前失踪的。"唠叨恨恨地说，"正是我们逮捕司徒熠的前一天。所以他还是有作案时间。"

徐司白戴着口罩、手套，正在检查尸体。白锦曦蹲在他身旁，盯着尸体，一动不动。

这具尸体，看起来跟前几具并没有差别。伤痕如出一辙：浑身青紫、棒击、割伤以及胸腹的致命刀伤；死者的随身衣物照旧被放在黑塑料袋里，照旧少了女士手提袋；被换上了护士服，只不过赵好好的身材较为高挑，同样型号的护士服穿在她身上就显得略紧；高跟鞋依然穿着她自己的。

"她的伤势是否比前几个人更重？"白锦曦问。

徐司白低头看着她："表面看来没有差别。尸体内部伤害程度，需要解剖后才能决定。"

白锦曦点点头。

过了一会儿，听到身后传来人声。她转头一看，是秦文泷和许滴柏来了。

白锦曦自觉跟许滴柏是学术之争，并没往心里去，所以看到他倒是神色如常地打招呼。许滴柏也笑笑，清清朗朗地喊了声"师妹"，又问了她几句现场的状况，看起来跟平时一样温雅有风度。

"来，徐法医，我给你介绍一下。"秦文泷笑着对蹲在地上的徐司白说，"这位是北京的许滴柏教授。许教授，这是我省最著名的法医——徐司白。"

许滴柏面露微笑。

徐司白站了起来，摘下手套，两人简单地握手打了招呼。

秦文泷很得意地开口："现在我们的黑盾组，既有全省的刑侦精英，又有最好的法医，还有最好的犯罪心理学教授坐镇，总算是周全了！这样，案子要查，人也得吃饭。上次想给徐法医办的接风宴还没办呢，这次许教授也来了，今天中午，就在省厅食堂开个包间，我请客，大家一起吃一顿，吃完再破案！"

他说得意气风发，周围的人听了都露出笑容。唠叨立刻就唠叨起来："好啊好啊，秦队请客，早知道就不吃早饭了！"

许滴柏也笑着点点头："恭敬不如从命。"

"我就不去了。"清润平静的嗓音。

白锦曦一怔，跟众人一样，抬头望去，就见徐司白已经摘下口罩，看向秦文泷："我手头的事比较多，先走了。"他看向锦曦，"验尸报告晚点发给你们。"

白锦曦道："哦，好的。"

他性格一向孤僻，秦文泷也不好强求，笑了笑，拍拍他的肩膀："有时间还是尽量参与一下。"

"嗯。"徐司白应了声，带着小姚转身走了。

现场恢复了平静和忙碌，许滴柏和秦文泷站在一旁还在说话，刑警们走来走去。白锦曦凝望着徐司白渐行渐远的背影。她很清楚，他所谓的"忙"

只是借口。以前在江城,不管多忙,他都能抽出时间,亲自做饭给她送过来。

　　望着望着,白锦曦脑海里却浮现出另一幕。那是在曾经的江城,她在追查陈离江案。徐司白顶着烈日,来给她送冰饮和水果。然后也是这样,一个人身影孤直地离开。

　　因为学校临时有事,许滴柏被叫走了,所以这顿接风宴也没有吃成。

　　下午,黑盾组回到警局。

　　抱着要背水一战、抓住凶手的想法,白锦曦一个人走到队里的大会议室门口,刚要进去,就看到前方走廊里,韩沉正低头对冷面说着什么。冷面听完点了点头,快步走了。韩沉便走进了办公室里。

　　白锦曦也没太在意,推门进入无人的会议室,走到白板前,拿起了笔。

　　夕阳斜垂。

　　韩沉听说白锦曦一个人在会议室里待了一下午,就找了过来。

　　他推开门,一眼就看到前方的四面上下推拉的白板上,密密麻麻全写满了字,看起来蔚为壮观。而第一排的桌面上,堆放着无数照片和资料。

　　白锦曦一个人独坐在会议室正中,一只手撑在椅子扶手上,托着下巴。那模样很认真,但又似乎有些苦闷。鼻尖和脸颊上还落了两笔灰。

　　看到韩沉走进来,她只抬了抬眸,又把视线落在白板上。

　　韩沉走到她身旁坐下,往后一靠,双手搭在扶手上。

　　"想出来了吗,一休?"

　　白锦曦看着白板笑了。

　　"我把这个案子所有与犯罪心理有关的细节,都写在上面了。总感觉有哪里不对劲,可还是模模糊糊的。"

　　韩沉循着她的视线望去。

　　只见左上方第一块白板上,写的是"司徒熠的详细画像"。下面一条条罗列着他的特点——

　　高智商。

　　富有魅力。

　　生活精致讲究,近乎苛刻。

缺乏中央组织者。

昨晚被警方释放后，情绪必定非常愤怒，具备作案动机。

…………

第二块白板上，写的是"罪犯心理画像"，就是上次白锦曦做报告时的内容，显然是要与司徒熠进行对比。

第三块白板上，写的是"尸体特征"。

多种伤痕。

穿同一型号护士服。

穿原来的鞋。

胃内发现精致饮食。

手提袋遗失。

而第四块白板上，是按时间线梳理了四起案件的抛尸地点、受害人情况、嫌疑人审讯情况等。

见韩沉看得入神，白锦曦道："你还是走吧。你在这里会打扰我。这是一次纯犯罪心理方面的梳理，我要一个人再静一静。"

韩沉看她一眼，手指在扶手上敲了敲。

"你不是理不清吗？我有办法。"

白锦曦微怔："什么办法？"

"你感觉不对劲，一定是其中某些点存在逻辑问题。把这些逻辑悖论点找出来，就能理清真相。"

白锦曦看着他漆黑的眼睛，静默不语。

这方法，她已经看他展示过无数次。陈离江案时，他一开始就找出了现场的三个问题：凶手为什么打砸、为什么用嘴亲近受害人、为什么打开窗。而第三点，后来也成了他们破案的关键线索。T案件也是一样，他掌握了现场的蛛丝马迹，提出T抹去了汗水DNA，却留下弹壳，说明他拥有短期计划，并且抱有必死之心。而事后也验证了他的推理。

可现在，他让她用传统刑侦的方法，去梳理犯罪心理的问题？

而且，他的这个提议，为什么隐隐让她感觉到兴奋呢？

"好，我试试。"她笑了。

韩沉眼睛里也浮现出笑意。

"喂，你别笑，我可不是对传统刑侦服软了。"她强调。

他的手搭上她的椅背，人也靠过来了一点。

"嗯，那是对我服软了？"

白锦曦心头微酥，却也忍不住笑了："你觉得可能吗？"

四目凝视，俱是心头一荡，静默无声。

韩沉拉起她一只手，放在自己的大腿上。两个人一起盯着白板。

过了一会儿，白锦曦正苦苦思索，就听他淡淡地开口："找到一个。"

白锦曦斜眸看着他，这是犯罪心理学的问题，上面写的都是罪犯和受害人的行为和心理，他找什么找？

"你找到什么了？"

他抬了抬下巴，示意她看第一块白板，念道："司徒熠的特点：生活精致讲究，近乎苛刻。"

白锦曦点头，解释道："这是从对司徒熠本人的观察以及他的朋友的供述里，得到的结论。你注意到了吗？他连每个指甲都修剪得一丝不苟。皮肤看起来也是经常做保养，很紧绷，很有光泽；审讯时给他倒的立顿红茶，他硬是从头到尾一口都没喝，多挑剔啊。还有他朋友也说过，以前女人跟他玩，衣服搭配差一点，他就瞧不上；衬衣领子脏一点，他就要回家换……"

说着说着，就见韩沉那隽黑的眼睛，一眨不眨地盯着她。

"怎么了？"

"看不出……我媳妇儿这么聪明。"低沉轻慢的嗓音道。

白锦曦心里就像灌了蜜似的，那蜜汁瞬间荡漾开，充溢了她的心。

但马上又反应过来，她伸手就推他的肩膀："什么叫作'看不出'？难道我看起来不聪明吗？"

韩沉笑了笑，看向第二块白板："你在罪犯的画像中写道，'护士服的女人'，对他有深刻的意义。"

"嗯。"

"这就产生了我说的逻辑悖论。"他说，"如果司徒熠是个极为讲究精细的人,如果'护士服女人'对于他来说有特殊意义,那为什么给死者们装扮时——"他看向第三块白板,"依旧让她们穿着各自的鞋,没有换上护士鞋,或者特定的一双鞋?"

白锦曦一怔。

她从桌上拿起几张尸体照片。穿着护士服的美艳女人,搭配高档精致的上班族皮鞋,感觉的确有些违和。

"这一点我之前有留意过。"她说,"会不会是,给他造成童年阴影的女人,穿的就是上班族皮鞋,所以他才刻意保留?"这个解释还是具有一定合理性的。因为之前她就推断:他憎恨的是"换上护士服的女人",而不是真正的护士。

韩沉却沉吟片刻,说道:"如果让我来分析,更可能他是嫌麻烦。你们女人的脚,尺码和胖瘦都有差别。衣服大小差一点,勉强可以穿上去。鞋子买回来,要是小了,没法穿;大了,容易在途中遗失,就会造成很大的麻烦。"

白锦曦愣住。

这个逻辑,她之前真的还没想过。但一时又无法辩驳韩沉,因为的确存在这种可能性。

省事?凶手不换鞋是为了省事?可这就跟司徒熠的画像不符了啊?

按下心头疑惑,她起身走到白板前,擦掉一块内容,写下两个词:"怕麻烦""省事"。

然后她抬头,又看了看白板上的内容,说道:"那就有了第二个悖论点——我原来认为,凶手给她们四个人,穿同一号码、并不完全合身的护士服,是因为当年他看到的女人,就是穿这个号码。如果照你这么说,同一号码的护士服,也可能是为了省事了?"

韩沉沉思片刻,点头道:"同一号码,说明他是一次性成批购买的。中码最为便利,女人身材即使有差异,也基本能穿。"

白锦曦心头一震,落笔写下"批次化"。

尽管还不确定韩沉的推论是否正确,她已隐隐有些激动起来。用传统刑侦的逻辑性和思维方式,去寻找罪犯行为和画像中的悖论,她居然有种豁然开朗的感觉。

"其实还有一个悖论点,但我一直不太确定。"她说,在"手提包"三个字下画了道线,"凶手从死者身上拿走的纪念品是手提包,我们已经查证,四名受害者的包都是自己掏钱买的,款式品牌也都不同,价格也有高低差别。我总觉得,如果是司徒熠,他对女包的要求会更苛刻,并不是随便一个女人的提包都能被他视为纪念品。而且以他的病态程度,我总觉得,他如果要拿纪念品,应该是更加私人化、更能唤起他的犯罪记忆和性冲动的东西,譬如内裤、头发甚至器官什么的……"

讲到这里,她的声音突然顿住了,抬头看着白板上新写下的几行字——

"怕麻烦""省事""批次化""更私人化的纪念品"……

她在干什么?她明明是想寻找证据,证明司徒熠就是凶手。可现在跟韩沉找出的几个悖论点,却……

她转头望去,却见韩沉凝视着她,眸色幽黑,也不知道他此刻在想什么。

就在这时,传来敲门声。

"进来。"白锦曦道。

一脸笑容的小姚走了进来,看看白板上的字,似乎被震了一下,然后将手里的报告递给她:"锦曦姐,韩组长,新鲜出炉的验尸报告。"

白锦曦正满心疑窦呢,接过匆匆翻了起来,同时问:"今天的死者,受到的虐待和折磨,有比前几人更严重吗?"

小姚愣了一下,摇头:"没有。跟前三具差不多。我师傅说,就像是流水线作业生产出来的,接近标准化。"

这下换白锦曦愣住了。

小姚很快退了出去,并给他们带上了房门。

韩沉起身走过来,接过她手里的报告,低头开始翻看。而白锦曦怔怔地抬头,望着第一块白板上的某行字。

"韩沉,第四个悖论点产生了。"她深吸了一口气说,"而且,是最大的悖论点。"

这时韩沉的手机却响了,他看她一眼,接起电话:"嗯,你说。好,名单上有他吗?我知道了。"

白锦曦站在一旁，心中却如惊涛骇浪般翻滚。等韩沉打完电话，就听到她轻声开口："韩沉，你说要找悖论点。那如果案件的主要结论跟细节相悖，又应该怎么办？"

韩沉抬眸看着她："细节才是真相。"

白锦曦又静静地望了他片刻，说："我有个大胆的想法。你觉不觉得，这个案件里，还藏着另一个人的画像？就好像我们原来的画像，已经拼好了，现在却发现了其他几块，拼不上去了。"

韩沉的眼睛里慢慢浮现若有所思的笑意："嗯。"

"我……好像知道凶手是谁了。"

"我也知道了。"

MEMORY LOST

MEMORY LOST

MEMORY LOST

第八章
模仿杀人

四目凝视片刻,白锦曦先笑了。

"你是怎么知道的?"

经过跟韩沉一块梳理,现在她面前可摆满了犯罪心理学的证据,指向了凶手。可韩沉是怎么知道的?

韩沉抄手倚在桌前,看着她:"我说过,只认证据。即使司徒熠百分之百符合画像——"他语气一顿,"他符合的,也只是画像而已。不能就此判定他是凶手,也不能排除存在其他嫌疑人的可能。而测谎之后,这种可能性增大了。"

白锦曦眨眨眼。

真是……什么叫作"他符合的,也只是画像而已"?

不过,她发现韩沉真的无论何时都十分理性。

"昨晚案件发生后,我就按这两种可能性继续追查。"他说。

"等等!"白锦曦插了一句,"你让冷面去查什么?"她想起了之前看到两人耳语那一幕。

韩沉眼中闪过浅浅的笑:"查两件事。第一,如果凶手不是司徒熠,他必然也对别墅周围的环境很熟悉,才能实施昨晚的一系列犯罪。我之前得出过结论:凶手要么拥有独栋别墅,要么居住在郊区偏僻房屋里。而别墅附近山区的那些农舍,就符合条件。"

白锦曦恍然大悟:"所以你让冷面去查那附近农舍的住户名单?"

韩沉点点头,又道:"第二,无论凶手是否是司徒熠,几位死者,都与晶都会所有关。之前,我们只筛查了会所的客户名单。今天让冷面再去查他们的职员名单,尤其是临时工名单。"他侧头看着白锦曦,嗓音轻淡地说,"现在,冷面已经查出来了。两件事,都落在同一个人头上……"

"邵纶。"

"邵纶。"

白锦曦几乎是同时跟他说出这个名字。

韩沉看她一眼,唇角微勾,伸手揽住她的肩膀:"所以,邵纶现在是第二个重要嫌疑人。我已经让当地刑警队先出动,立刻控制他的住所。"

白锦曦点点头:"很好。"

韩沉又说:"另外,冷面还查出一件事——之前我们想找他回来问话,花了一些时间,当时是说他改变了住所。现在清楚了,几个月前,他把父母留下的房子卖掉了。那套房子市价超过一百万。"

白锦曦眼睛一亮,抬眸看着他:"难怪……"

韩沉也看着她,点了点头。

女人的脸蛋上还有几笔灰,却显得皮肤更加白腻晶莹。清澈的眼睛盯着他,大概是因为兴奋,那里头波光流转。

明明还在讨论案情,韩沉却鬼使神差般地低头,在她唇上轻轻一啄。

然后缓缓地移开,看着她没有反应过来的表情,他笑了。

"讲完了。"他低声问,"我媳妇儿是怎么推理出来的?"

白锦曦发现他还真是"媳妇儿""媳妇儿"叫上瘾了,这么大个男人,也有幼稚的时候啊。她斜他一眼,拿下他搭在她肩头的手,起身走到了白板前,拿起了笔。

她又转头看着他,倒是得意地笑了:"那我就给你讲讲吧。"

韩沉也笑了,修长的手指在桌面上轻轻地敲啊敲。

白锦曦敛了笑,提笔在白板上写了第一个词:情绪。

"这是迄今为止最大的悖论。"她说,"如果凶手是司徒熠,审讯已经证实,他是个非常冲动易怒的人,情绪波动很大。既然四个月前,被警方请回警局一趟,都能导致他改变作案模式、公开挑衅警察;那么这次我们把他当成嫌疑人盘问了一天一夜，必然会造成他情绪更大的起伏，他会变得非常愤怒、怨恨、扭曲和激动。

"在这种情况下，他对受害者的虐待手段，理应变得更残忍、更花样百出，尸体验出的伤势应该更重。可是却没有。小姚刚才说，尸体的伤势跟以前的差不多，就像是标准化作业出来的。这说明什么？犯罪手法的稳定，代表情绪的稳定。凶手昨晚非常冷静——这跟司徒熠的情绪和性格是不符的。"

"嗯，有点道理。"韩沉说。

白锦曦道："岂止是有点道理？"

韩沉微微一笑："继续。"

白锦曦又将之前找出的一些悖论点圈出来："怕麻烦""省事""批次化""不够私人化的纪念品"……她转身望着韩沉："情绪的问题，再加上这几点悖论，分明指向了另一个人的人格。而一宗连环案件里，出现了两个人格，有三种可能性。"

韩沉挑眉看着她。

"其一，凶手是两个人。"她微笑道，"但这个案子里，这种情况不存在。因为如果是合伙作案，即使两个罪犯有主次之别，他们的性格特征和标记行为，也会同时出现在主要犯罪过程中，譬如一个爱鞭打，一个爱剥皮；或者一个负责虐杀环节，一个负责绑架受害者以及处理尸体。

"可这个案子，整个作案过程呈现标准的'有组织能力'罪犯特征，像是完整的一个人，唯独在一些细节上，却遗漏了、矛盾了。这不是很奇怪吗？

"同样，也不是双重人格。因为如果是司徒熠的双重人格交替出现，跟合伙作案的效果应该是一样的。

"那就只剩下第三种可能：其中一个人格是假的，是凶手伪装出来的，想要误导我们。另一个人格，才是真相。而你刚才说的——细节，才是真相。"

两人静静凝视着彼此，韩沉不发一言，只用那双隽黑的眼紧盯着她。她则把身子往白板上一靠，跟他一样抄手站着，眼睛里闪过极其明亮的光。

"之前我就一直觉得，这案子太顺了。套用薄靳言教授的一句话：这个案子'标准得像教科书一样'。犯罪现场留下的每一条行为证据：开着好车诱拐受害者；长时间虐杀；护士服情结；红酒与牛排；四个月前与警察的冲突……都能帮助我们勾勒出一幅标准的'有组织能力'罪犯的画像，并且每一条都清晰地指向司徒熠。

"综上所述，虽然得出的结论十分匪夷所思，却是目前唯一合理的解释——这不是典型的有组织能力画像案件，这是一次模仿画像杀人案件。凶手，学习和模仿教科书上的有组织能力罪犯特点，然后绘制出司徒熠的画像进行杀人，从而嫁祸给司徒熠。而能够做到这一切的人，只有邵纶。"

她的声音顿挫有力，见韩沉依旧沉默不语，她便站直了，像是习惯性地，手里拈着支笔，在讲台上来回走动起来，边走边说："第一，他有动机；他了解司徒熠的真面目；第二，他和女友都是优秀理科毕业生，具备这个学习能力；第三，刚才你说的，他潜伏在会所，就能了解司徒熠的喜好，譬如喜欢护士服、喜欢喝红酒，我想他肯定跟踪过司徒熠不少次；第四，他还卖掉了房子，这就解释了他为什么能诱拐和吸引那些白领。虽然不是风度翩翩的富二代，但是开着好车、文质彬彬的男人，同样能吸引女性。而且他也可以谎称自己是教授，或者富二代；第五，他对警方不信任；第六，他之前的言行，也表现出对司徒熠那个圈子，尤其是对女性的憎恨，他甚至还跟我们复述了当时那些白领对他的嘲笑的话语，可见记忆犹新。他的心理很可能已经扭曲了。所以……"

她停下脚步，眸光冷冽："以上，就是邵纶的画像，画像中的画像。他太聪明，也太偏执，自导自演了这一切！"

讲完这洋洋洒洒的一大堆后，白锦曦就将笔一丢，转身看着韩沉。

却发觉他依旧一眨不眨地盯着她，像是入了神。

白锦曦问："怎么了？我讲得不对吗？不许讨厌啊。"

韩沉这才垂下眼眸，站直了，双手插进裤兜里。

"讲得很好，醍醐灌顶。"

白锦曦弯了弯嘴角。

"走吧。去邵纶的住处，人应该也抓到了。"他说。

白锦曦点点头："等会儿，我得把这些擦掉。"说完就拿起白板刷，踮起脚跟，奋力地擦那满满的几板字。

韩沉望着她的背影，笑了笑，走过来，拿起另一个板刷。擦着擦着，他又侧头看向她。刚才听她讲画像时，他走神了。

因为看着这样意气风发的她，脑海中，竟然模模糊糊闪过一些画面和声音。他隐约看到另一个她，穿着精致连衣裙、踩着高跟鞋的她，同样也是站在大会议室里，在给他讲画像。而听众，依然只有他一人。

可那时的她，跟现在又有些不同。那张脸显得更加稚气未脱，也要更圆润一些。虽然年纪小，眼睛里的锐气却更重，像是把什么都不放在眼里。

他就坐在台下，含着笑，一脸闲适地看着，看他的公主，在他面前大放异彩。

…………

而现在的她，尽管依旧骄傲，浑身上下的锐气，却似乎已经被岁月磨平了许多。她不再穿漂亮得扎眼的裙子，不再穿亮晶晶的高跟鞋。她穿着简单的运动服，长发就这么随意地绑成个马尾，连发饰都懒得用一个。

韩沉的胸中泛起牵扯般的疼痛，手也同时顿住。

"锦曦，过两天陪你去买裙子。"他开口。

白锦曦怪异地抬头看着他："为什么？"

"怎么，不要？"

"嗯，不要。"白锦曦继续擦了起来，"我以前还挺喜欢穿裙子的，刑警干久了，就觉得穿裙子麻烦，不喜欢。"

"那怎么办？"他低头看着她，嗓音轻慢地道，"我喜欢。"

锦曦扑哧笑了，擦白板的动作也轻快起来："那就看你今后的表现吧。"

韩沉手长脚长，很快就擦完了，也没说帮她擦，就把白板刷一丢，往讲台上一靠，继续盯着女人的背影。

过了一会儿，他开口道："锦曦，有件事要告诉你。五年前的案子，我已经查出了一些端倪。"

白锦曦手一顿，人也一动不动："你说。"

"当年有六十四名死者。从犯案时间、地点和死因推断，凶手超过一人。受害者的背景、年龄各异，有的死于分尸，有的死于窒息，有的死于中毒……"

他说,"因为案件资料被列入机密封存,我们不清楚罪犯的情况,也不清楚我们跟这个案件是怎样发生联系。但是我打算用倒推的方式,从受害者入手,查明凶手,尝试还原当年的案发过程。所以,接下来,你可能要做很多幅画像……"

他的声音忽然顿住。

白锦曦正听得入神,见他忽然不说了,转过身来。却见他侧着脸,眸色清冷地盯着门的位置。

他朝白锦曦打了个眼色。白锦曦心头一震。

这意思是……门外有人?有人在偷听?

这时韩沉已紧盯着那扇门,缓缓地、悄无声息地靠近。白锦曦会意,继续语气如常地说道:"好,需要怎么做画像,你告诉我……"

话音未落,韩沉已经猛地一把拉开屋门。白锦曦跳下讲台,三步并作两步冲到他身边。

没人。门外走廊里,已是空空如也。

白锦曦与韩沉对视着,心跳有点急。

刚才她离门比较远,没听见。但她知道,以韩沉的耳力和目力,是不可能搞错的。

可这是在警局里,什么事什么人都是光明正大,谁会突然出现在门外听墙角。

"会是谁?"她压低声音问。

韩沉无声地摇了摇头。

就在这时,听到走廊里哐当一声响,有人从隔着几间屋的厕所走了出来。韩沉和白锦曦同时抬头望去,就见那人拍了拍手掌上的水,嘴里还哼着歌,抬头也看到了他们,笑了:"老大,白妹,你们在这儿啊。"

正是唠叨。

白锦曦错愕地看着他:"你在这儿干吗?"

唠叨也是一愣:"我在上厕所啊。"

"刚才有没有看到人走过?"韩沉问。

唠叨摇摇头:"没有啊,我刚上完。"他神色警惕起来,"怎么了?

有什么事?"

韩沉与白锦曦对视一眼,答:"没事。马上下楼,准备出动。"

"哦,好!"唠叨立刻就跑下了楼。

韩沉拉着白锦曦,重新回到会议室里,带上了屋门,低头看着她。

白锦曦的心突突地跳,拉着他的手,没说话。而他静默片刻,伸手握住她的后颈,将她按在自己肩膀上,低头在她长发上亲了一下:"没事。"

数辆警车,行驶在通向司徒熠所在别墅,也是邵纶租住农舍的公路上。

冷面已经去现场了,黑盾组另外四人在一辆警车上。而其他车上,坐着秦文泷和刑警队其他人,许湉柏和徐司白也来了。

"小白我跟你讲。"周小篆往前一趴,对副驾的白锦曦说,"听说今天早上,许湉柏还跟秦队建议,继续搜查其他符合画像的嫌疑犯呢。现在他打脸了吧,还是我们先找到了。"

白锦曦一听,也有点得意,笑眯眯地没说话。

唠叨却迟疑地开口:"但是,司徒熠就没嫌疑了吗?"

这话一出,车厢内顿时一静。

韩沉开着车,语气平静地答:"依据目前的证据看来,他也许不是这四起案件的真凶,但一定跟之前的几起失踪案有关。他逃不掉。"

唠叨和周小篆都点头。

白锦曦却有些发怔。韩沉说得对,现在只能依据理性判断,司徒熠跟这起案子无关。但是她内心的疑惑依然找不到解释。

不过她嘴上却漫不经心地答:"他不是就不是呗,我又不是不肯承认错误的人。不经历风雨,哪能见彩虹啊。"

三个男人都笑了。

到底是拨云见日,周小篆显得兴致最高,他又趴上来,看看韩沉,又看看锦曦:"照小白刚才说的,老大你和她同时锁定了真凶。那你们打赌,算谁赢啊?"

韩沉一怔,看一眼白锦曦。

白锦曦真想把周小篆的嘴给堵住啊!虽然之前,她有些按捺不住心中异样的情绪起伏,告诉了他打赌的事,但是当然没说赌注是什么啊。可现在落入韩沉耳里,得以为她多豪放啊?

她立刻朝韩沉递了个眼神,然后接口道:"谁输谁赢无所谓啦,反正是一顿饭的事。"

周小篆道:"哦哦——"

白锦曦笑笑,刚要转移话题,就听身边一道轻轻淡淡的声音响起:"嗯,反正这顿饭,我们是吃定了。"

白锦曦窘了。

太讨厌了!

她脸颊发烫地转头望着窗外。

早知道就早点"吃"算了!现在这么一直吊着他,她自己反而跟砧板上的肉似的,被他反复骚扰再滋扰,不得安生啊。

而唠叨和周小篆,听到他俩的对话,都看到彼此眼中的无奈。

老大和小白实在太肉麻、太腻歪了!一顿饭还你你我我赌来赌去,跟小朋友似的,太刺激他们这些单身青年了!

距离司徒熠别墅不到两千米的独栋农舍。

白锦曦戴好手套、脚套,站在农舍外眺望。只见背后就是座山峰,农舍用低矮的篱笆围了起来,有个小院子。院门外是一条窄窄的土路,长满了杂草和树,相距最近的另一家农舍,也有百余米的距离。

完全具备作案条件。

分局刑警队,已经将这间农舍封锁起来,引来一些村民围观。这个现场是黑盾组负责的,所以院子里人不多,除了黑盾组,只有秦文泷带来的三个刑警、两名鉴定人员以及徐司白、小姚和许滴柏。

"我们到的时候,屋里就没人,也一直没回来。"冷面走上来说,"已经申请逮捕令,去邵纶的工作单位和他常去的地方搜捕。"

韩沉和秦文泷点点头。

"土路上的车轮印我已经看过。"唠叨跑过来说,"车型比较大,应该是辆SUV。"

一行人又走进屋内。

从表面看,这座二层小楼,看起来跟普通农舍没什么差别。白墙黑砖、水泥地面,家具也很简单。但是当刑警们砸开通往地下室的门锁,沿着狭窄幽暗的楼梯走下去,所有人看到眼前的一切,都愣住了。

这里看起来,真的跟人间地狱没什么差别。甚至明显有模仿欧美影视剧中犯罪现场的痕迹。

很阴暗,所有窗户全部封死,就像韩沉说的,做了专门的隔音装修。天花板正中,一盏极亮极刺眼的白炽灯,照亮了悬挂在四周的大小不一的刀、铁棍、斧头,有的上面还沾有鲜血。

灯下正中,是一把很大也很沉的椅子,一些绳索散落在椅子上,看来是用来束缚受害人的。

地板上,血迹斑驳。而当鉴定人员用紫外灯照射时,地面呈现更多大片大片的,像沼泽一般的隐藏的血迹。看得人心头阵阵发寒。

白锦曦走到墙边的一张方桌旁,那里堆着几个女士手提袋。她拿起一个看了看。与这满屋的脏乱狼藉不同,手提袋用很干净的塑料袋装了起来,平平整整地摆放着,一点污渍都没有沾染到。每个塑料袋里,还放着一张小卡片,写着受害人的简单资料。她手里这个就写着:"周似锦,二十九岁,很漂亮。"

她心中一阵战栗,放下包,转身望着韩沉:"或许他的本意是为了报复。报复司徒熠,也报复那些女人。但本质上,他也已经变态了。"

刑警和鉴定人员在现场逗留了很久,将大批证物和作案工具搬走,进进出出。

天很快就黑了。

白锦曦在屋子里晃了半天,就见唠叨趴在地下室入口的楼梯旁,拿着手电在墙上照啊照。

"怎么了?"她问。

唠叨答:"这里好像有东西,帮我拿着。"

白锦曦接过手电,循着他的手指望去,结果在昏暗斑驳的墙壁表面,竟然看到一枚小小的黑色凸起。唠叨不愧是痕迹鉴定方面的专家,这么隐蔽的位置,都被他发现了。

"摄像头?"她问。

唠叨答:"嗯,美国货,好东西啊。从构造看,应该是无线收发信号的。"

这时韩沉也走上楼梯,跟他们一起看看这枚摄像头。

唠叨兀自念叨着:"这种无线收发摄像头,有效距离只有五千米。这屋子里没有电脑,邵纶在哪里看监控视频?车里吗?"

白锦曦一怔。

韩沉道:"去看看屋里其他地方有没有摄像头。"

"好嘞。"

唠叨一阵风似的走了,韩沉招呼鉴定人员过来,把摄像头从墙里掏出来。

而白锦曦站在原地,看着那枚摄像头。灯光之下,它又黑又亮,就好像野兽的眼睛,正盯着你。

唠叨很快就发现了更多的摄像头。

它们都安装在极其隐蔽,但是又重要的位置,譬如院门的大树树干上、屋檐的暗色横梁上、地下室被桌子挡住的墙角……如果不仔细地凑近看,根本发现不了。

而摄像头里到底拍下了什么内容,只有找到另一端的储存电脑,才能知道了。

工作人员渐渐地往屋外撤,开始在院内进行勘查。白锦曦想着唠叨刚才说的摄像头的性能和分布,总觉得不对劲,脑子里隐隐冒出个念头,就继续在地下室里晃来晃去,仔细梳理着。

这时又听唠叨喊道:"嘿,又有发现。"

白锦曦转头,就见他将窗台上的三瓶矿泉水递给韩沉:"老大,这里头有安眠药。每一瓶都有。"

韩沉和白锦曦同时一怔。

韩沉接过,低头闻了闻。

唠叨有些得意地说:"昨天不是有刑警被这货下了安眠药吗?今天中午我就专门研究了一下安眠药,喝一口就能试出来。"

韩沉和白锦曦同时看了他一眼，没说话。

"可是……"白锦曦也接过那瓶水看了看，"受害者的身体里并没有检验出安眠药成分。"

唠叨也是一愣。

"不是给她们喝的，就是他自己喝的。"韩沉忽然说道。

唠叨说："哦。"

白锦曦盯着那几瓶水，没说话。

韩沉看她一眼，若有所思地笑了笑，走到一边去了。

这时他的手机响了，地下室里信号不好，他接起，便走上楼梯，走了出去。地下室里就剩下唠叨和白锦曦。唠叨还像个雷达似的，四处趴上去看啊看，生怕有一点遗漏。而白锦曦就继续在原地蹲下，盯着地面，发起呆来。

她在思考。

脑海里有些模糊的念头，正在混乱地冲撞着、组织着、融合着——

隐蔽的摄像头、五千米的范围、摄像头拍下的影像、安眠药……

极度的病态与兴奋、暗处的窥探、一闪而过的笑意……

"差不多了，上去吗？"唠叨凑过来问。

白锦曦依旧盯着地面，随意地唔了一声。她根本就没听清。

也不知过了多久，周围变得很安静。

白锦曦的脸上，终于露出笑意。

"唠叨，我知道了。"她抬起头说，"我知道这案子是怎么回事了……哎？"

地下室里空荡荡的，只有一盏孤灯照在她头顶，投下清晰的影子。

唠叨早就走了。

白锦曦喊了一声，手按着膝盖刚要站起来，忽然就瞥见地上，自己的影子之后，另一道影子重叠上来。

没有一点声音，没有一点征兆。那影子悄无声息，瞬间就贴到她后背上。白锦曦心头猛地一震，下意识就要往前跑！

然而已经晚了。

那人的手法快得不可思议，瞬间就从背后掐住了她的喉咙。白锦曦嗓子里发出一声低哑的喘息声,下一秒,双脚已经离地,被那人掐着脖子从地上提了起来。

白锦曦拼命挣扎,拼命想要掰开他的手,但是掰不动。男人的手上戴着白色的手套,仿佛铁钳一般。他的呼吸很平稳,也很冷酷,显然是要杀了她。

白锦曦的眼前阵阵发黑,想要叫却发不出一点声音。她的腿往后狠狠地踢了几脚,然而高手过招,那人趁她不备偷袭,已占了先机。他身子一偏躲开,然后加在她脖子上的力气更大了。

白锦曦张嘴骂了一句,可根本听不见自己的声音。

他是谁?他是谁?拥有这样的身手。

周围都是警察,他是怎么潜进来的?

为什么要置她于死地!

…………

韩沉……韩沉!

渐渐地,她的呼吸越来越艰难,喉咙疼得像火烧。渐渐地,意识也变得模糊。终于再没有力气动弹,她感觉那人的手松开,一只手握住了她的脖子,另一只手捂住她的嘴、捏住了她的脸。他准备扭断她的脖子了。

模模糊糊间,白锦曦感觉到那人掐在她脖子上的手,突然松开了。她的身体失去支撑,一下子就倒在地上,如哮喘病人般,大口大口地呼吸着。

身后已无动静。

喉咙如火烧般,疼得没有知觉,意识也有些恍惚。白锦曦还是立刻挣扎着从地上爬起来,猛地转身。可摇摇晃晃的视线里,只见空荡荡的地下室和楼梯,哪里还有那人的身影。

她一只手扶着喉咙,跌跌撞撞、连爬带滚地上了楼梯,往外走去。天已经很黑很黑,屋子里没有人,远远就见刑警们都聚集在院子里勘查。她一脚踏进院子,警车顶上白亮的探照灯,刺痛了她的眼睛。她伸手挡住眼睛,踉跄着往韩沉的方向走去。

韩沉刚才接到的,是领导的电话。挂了电话,他想到白锦曦刚才蹲在地下室里，埋头思索的样子，不由得露出微笑。

他抬头望去，刑警们正在挖掘院内的泥土。已经挖掘出一些猫和狗的尸体，都有不同程度的骨折和创伤，很有可能是邵纶提前用作练习的工具。

不经意间回头，他的眼眸瞬间定住。

白锦曦正一步步地朝自己走来。灯光照亮了她的容颜，苍白得没有一丝血色的脸，脖子上遍布红紫的指痕。

韩沉一个箭步就朝她冲去。然而前方有道身影比他更快。一身白衣的徐司白丢掉手里的记录簿和笔，伸手就扶住了她的身躯，失声喊道："锦曦，你怎么了？"

所有人都惊讶地望过来，白锦曦望着徐司白惊痛的表情，轻轻摇了摇头："我没事，刚才……"她的声音哑得像鬼。

下一秒，一双更有力的手，将她从徐司白怀中抢过去。她一抬眸，就看到徐司白瞬间凝滞的表情，也看到了韩沉的眼睛。他的眼睛又黑又冷，执拗地盯着她。而他的双臂紧紧环抱着她的身体，一打横，直接将她从地上抱了起来。

"怎么回事？"他的嗓音冷得像寒冰。

白锦曦的眼泪一下子掉了下来，伸手抱住他。

许多人围了上来，全都大惊失色。周小篆焦急的声音传来："小白！小白！你怎么了？脖子上怎么回事？"

许滴柏也走了过来，十分震惊："师妹？要不要紧？"

秦文泷大吼地下令："立刻封锁周围！小白，是不是邵纶回来了，袭击了你？"

白锦曦看一眼韩沉，目光落在周围那些关切的容颜上。

秦文泷、徐司白、冷面、唠叨、周小篆、许滴柏、小姚，还有三名刑警和两名鉴定人员。这就是在场的所有人。

"刚才……"她用几近破裂的声音，一字一句地问道，"谁进屋里了？谁，出来了？"

所有人都是一愣。

在场的都是刑侦精英，哪个不明白她的意思？这幢房子已经被警方重重封锁，周围也布置了很多警力在巡逻。外来的人混进来的难度太大！

没人说话。

周小篆喃喃地开口："小白，大家一直在进进出出，我们刚才都进去过。可……都是自己人啊。"

白锦曦低喘着，抓紧韩沉的衣襟，没有说话。韩沉也低头看着她，片刻后，他开口："小篆。"

周小篆道："到！"

"照顾好她。"他将手里的白锦曦交给周小篆，周小篆连忙轻手轻脚地接过。

白锦曦摆摆手："放我下来，没事了。"这时就见韩沉向冷面递了个眼色，一左一右，贴着墙又跑进了农舍里。

其他人也紧张起来。秦文泷一直在打电话，吩咐周围警力在可能的路径上封堵；许湎柏和另一名刑警在白锦曦面前蹲下，低声询问她凶手可能的样貌和特征；唠叨打电话叫救护车……

韩沉和冷面进了屋里，环顾一周，没有发现任何异样；又下到地下室，依旧是空无一人，连串脚印都没留下。

"袭击应该发生在这里。"冷面说，"如果在一楼，我们会注意到。"

韩沉没说话。

脑子里瞬间闪过刚才白锦曦一人蹲在地上专注思索，却被人从背后袭击，掐住脖子垂死挣扎的可能模样。

心脏部位，仿佛成了一片寒气流动的沼泽。

两人重新上楼，仔细地又勘查了一圈。

"老大，这里。"冷面站在卧室旁的小储物间里，指着墙上那扇狭窄的窗，窗户是开着的。

"我们来的时候，所有窗户都是关着的。"韩沉静静地说。

两人从窗户往外眺望，就见一片杂草、农田和树林，哪里还有人的踪迹。然而窗下的泥地上，赫然一串脚印。

两人对视一眼，一前一后地从窗口跳了出去。韩沉循着脚印往前走，但往前四五米到了草丛边缘，脚印就消失了。而冷面趴在地上盯着脚印，开口："男性，戴着脚套无法辨认足底花纹。身高 170～180 厘米，体重 70～75 千克。从步幅看应该为青壮年。没办法推测更多。"他顿了顿，抬头看向韩沉，压低声音，"院子里的大多数人都符合这个条件。"

韩沉静默片刻答："走吧。"

白锦曦坐在一辆警车的副驾上，周小篆陪在车旁，徐司白蹲在她面前。救护车还没到，他在给她做简单的检查。

徐司白摘下了手套，温凉的手指，近乎小心翼翼地触碰着她脖子上的伤痕。一旁的周小篆望着一向清风明月般的徐司白，竟然露出这么痴痴痛痛的表情，心里有些难受。而看向白锦曦的伤，就更难受了。他默默地立在一旁，没有说话。

白锦曦斜靠在座椅里，任由徐司白做着检查，人却有些怔忡。

是谁？

是谁潜入袭击她？分明是想置她于死地，却为什么又中途放弃离去？

在她意识迷迷糊糊的那段时间，发生了什么事？

司徒熠？邵纶？

…………

我是当年的连环杀手之一。

我已经追查出，当年有六十四名受害者，凶手超过一人。

…………

抑或是，跟当年的案件有关的人？

心里冒出阵阵寒气，白锦曦的双手紧握成拳。

"老婆。"脑子里忽然响起一个声音。

是韩沉的声音，像是从脑袋深处响起的。

她感觉到头一阵剧烈的痛，立刻伸手扶住额头。

"老婆。"又响了一声。

"怎么了，锦曦？"徐司白察觉异样，握住了她的手。

白锦曦几乎是条件反射般将手抽回来，蹙眉继续捂住自己的头。

徐司白的手顿在半空中。

某种非常非常熟悉,非常令她恐惧的感觉,再次笼罩着她的身体。阴暗、炽烈、压抑、混乱……那是窒息的感觉,跟今天被人掐住脖子时,如出一辙的强烈窒息感。

火光、烟雾、爆炸声……很多支离破碎的画面,在脑海里电光石火般闪过。它们是模糊的,却也是疼痛的。

"老婆。"她再次听到了韩沉的声音。沙哑的、悲痛的声音。

她的眼中忽然就溢出泪水,闭上眼,想要将那画面回忆得更清楚,却发现脑袋里已模糊一片,什么也想不起来了。

再次睁眼,却见徐司白和周小篆全都关切地望着自己。

而徐司白隽黑而安静的眼睛里,竟然有隐隐的泪光。他不发一言,可她却很清楚,此刻他一定担心难受得无法言喻。

想起刚才他抱着自己,却被韩沉当着众人的面推开;想起刚才他想要握住她的手,却被她拒绝。白锦曦心头泛起阵阵疼痛的怜惜感。她轻轻拍了拍他的手背:"我没事了。刚才……韩沉是心急,你别介意。"

他安静了一会儿,轻声地说:"我知道他心急。因为我也是。"

白锦曦没出声,周小篆也没说话。

"你不要再说话了。"他低声叮嘱,"这几天,只能吃清淡流食。到医院后,让医生给你用些药消肿。明白吗?"

白锦曦点了点头。

这时,就见韩沉和冷面从屋内走了出来。他摘下手套,笔直地就朝这边快步走过来。

秦文泷走过去,拍拍他的肩膀:"这里位置偏,救护车还没到,你先送锦曦去医院,这边基本勘查完了,后面的事我会盯着。"

"嗯。"他的眼睛依旧盯着白锦曦。

白锦曦也望着他。

韩沉走到了车旁,徐司白站了起来。两个男人对视一眼,徐司白什么也没说,走向了院内的勘查点,没有再回头。

白锦曦看着韩沉弯腰,替她系好安全带,然后关上车门,自己坐上驾驶位。

"现在怎么样？好点了吗？"他转头看着她，漆黑的眼里没有半点表情。

白锦曦点头："好多了。"

他便发动了车子，一个急冲就开出了农家院。

夜色茫茫，昏暗的公路上，没有路灯。白锦曦静静地靠了一会儿，哑着嗓子开口："会不会是跟当年案件有关的人？"

韩沉静了一会儿，说道："我会把这个人找出来。"

白锦曦转头看着他。

他一脸戾气。

身子靠在座椅里，夹克上沾了些泥灰，衬衫的领口敞开着。他只用一只手搭在方向盘上，眼睛看着前方。

白锦曦的心，就这么疼了一下。

已经很久，没见到他这副模样。似乎是两人在江城初遇时，他还在漫无目的地寻找着她。那时的他，才是这个样子。

她想了想，转移话题："司徒……"

才说了两个字，韩沉就打断了她："不用说了，我知道。摄像头是司徒熠装的，安眠药也是他的手笔。邵纶多次跟踪他，很可能引起了他的注意，进行了反监控和跟踪。在邵纶不知情的情况下，对受害人的虐待折磨，很可能也有他的份。只不过最后一刀不是他捅的，整个过程不是他策划的，所以他才能躲过测谎。我都知道，已经申请了对司徒熠的逮捕令和搜查令，你不必讲话。"

白锦曦微怔，轻轻地嗯了一声。

车内再次陷入沉寂。

白锦曦看着他的样子，实在是心疼得无以复加。她再次轻声开口："韩沉，你别这样。"

韩沉没答，眼睛看着窗外。

白锦曦就不吭声了。

过了一会儿，却感觉车速渐渐慢了下来，停在了路边，而路旁，是一片陡峭的山坡。

白锦曦意外地转头望着他。却见他望着前方,不知道在想什么。周围一片漆黑寂静,只有他俩静静地坐在车里。

然后他摘下了安全带,探身过来,伸手就将她再次抱进怀里。似乎不敢太用力,手只轻轻扣住她的腰,让她的脸贴在自己怀里。

白锦曦心头阵阵发软,闻着他身上的气息,轻声哄道:"别不高兴了,你看我,没一点事。"

他静了一会儿说:"你如果有事,我现在就可以直接开下去了。"

很平淡的语气,却叫白锦曦心头一震。

开下去。

他指的是路旁的山坡。

她听着他胸口的心跳声,一时竟说不出话来。

袭击发生得太突然,带给她的惊远远大于惧。现在劫后余生,她脑子里还有点空,刚才一路反反复复想的不是今天多可怕,而是一定要把这个仇敌找出来!

可现在,听到韩沉突然的一句话,她心中才涌起后怕。而这感受一旦滋生,竟如同潮水般,越来越泛滥,越来越汹涌。

越来越怕。

她怕的不是死。身为刑警,早已将生死置之度外,死则死矣。

她现在才发现自己这么的怕,刚才那人如果没有松手,如果她就这么死了,韩沉要怎么办?

他说他要直接把车开下去。

"韩沉……"白锦曦哽咽着,伸手搂住他的脖子,吻上他的脸颊。而他没出声,低下头,任由她亲吻着。脸颊轻轻蹭着她的脸、她柔软的长发。无声厮磨,心痛难平。

同一时间,驻守在案发现场的黑盾组其他人,也收到了好消息:邵纶已经在下班路上,被刑警队抓获;而司徒熠也在省际高速公路上,被警方拦下。两人均已被带回警局,等待接受审讯。

第九章
弃爱半生

两人从医院回到家,已经是夜里十点多。

白锦曦躺在床上,听着浴室里淅沥的水声,韩沉正在洗澡。

她想起之前脑海中,时隐时现的那些画面和声音。如果她是家中失火造成窒息失忆,为什么韩沉的声音,会出现在破碎的记忆里?

抑或,只是错觉?

正想着,就听韩沉推门走了出来。他只穿了条棉质长裤,光着上身,黑色短发上还有湿湿的水汽,朝她走来。

尽管两人已有了"肌肤之亲",可看到他没穿衣服,白锦曦还是有些讪讪,下意识地微微偏头,垂下目光。

谁知这么细微的动作,都被他注意到了。他坐了下来,一只手撑在枕头边,低头看着她:"你躲什么?我今晚又不会碰你。"然后手指在她下巴轻轻一钩,像是在调情,又像是在查看她脖子上的伤势。

白锦曦轻轻地哦了一声,然后很淡然地说:"是你自己说不碰的啊,我其实无所谓的,一点小伤而已。"

什么叫作得了便宜还卖乖,大抵就是指眼前这种女人了。韩沉注视着她眼中的调皮和得意,到底还是舍不得,笑了笑,在她身旁躺了下来。

子夜寂静。关了灯,两人就这么安静地躺着,韩沉的手搭在她腰上。

过了一会儿,他拿起她的两只手,轻轻吻了起来。白锦曦任由他在黑夜里亲吻她的十指、掌心和手背。最后他伸手,将她搂进怀里,低头亲吻她的长发。

"锦曦。"

"嗯?"

"我不会再让你离开我。"

次日清晨,韩沉醒来时,白锦曦还在沉睡。他给周小篆打了电话。等周小篆到了,他细细地叮嘱了一番,这才离开家,驱车去了警局。

晨色朦胧,办公楼里一片寂静,刑警队的屋里横七竖八睡了不少人。韩沉知道司徒熠和邵纶已经被正式扣留,定罪证据也基本收集齐全。他没有急着去见他们,而是随便从某个刑警的抽屉里,摸出了半包烟和火机,走到了外头。

走廊里寂静而空旷。看着烟气再次在指间升腾,韩沉低下头,又吸了一口。想起白锦曦,倒是笑了。等晚上回到家,她闻到他衣服上的烟味,不知道会怎么挖苦他。

走廊里响起脚步声。

韩沉抬眸望去,看了那人一眼,转头又继续抽自己的烟,看着前方。

徐司白同样目不斜视地走了过来。

到他身后时,却停步了。

"她怎么样?"徐司白不急不缓地问。

韩沉掸了掸烟灰,说:"还好。"

徐司白脑海中闪过她昨天受伤那一幕,深吸口气,又开口道:"保护好她,不要再让她受伤了。"

韩沉静默片刻,深吸口烟,将烟头丢在地上踩熄。

"不劳你费心。"他转身就走了。

徐司白静静地望着他的背影,垂下眼眸,感觉到自己的指尖微微有些颤抖,他转头看着天空。天空中色彩分明,蓝的天,白的云,金色的阳光,寂寞又温柔。

对邵纶的审讯,在上午八点正式进行。

负责审讯他的，是韩沉和唠叨，许湎柏作为犯罪心理负责人列席旁听。

"我们已经掌握了你大量的犯罪证据，你对诱拐、伤害、折磨韩莎、叶想晴、周似锦、赵好好四人的事实，是否供认不讳？"唠叨问道。

上一次询问时，沉默寡言、略显感性的邵纶，此刻整个人的力气仿佛被抽走，靠在椅子里，头低垂着，一动不动。

"是我做的。"他轻声说。

"你为什么要这么做？"唠叨厉声问道。

他抬起头，白净的脸皮涨得通红，眼睛里有仇恨的光："警方不作为！所有人都不相信司徒熠是凶手！我这么做，是要让世人都看到他的真面目！"

"你疯了吧？"唠叨一拍桌子，"你杀的都是无辜的女性！她们的命怎么算？你到底是让世人看到他的真面目，还是你的真面目？你杀了人，四个人！你知道这是多重的罪吗？"

邵纶颓然地往后一靠，张了张嘴，眼睛里还有不忿的光，但是没再说话。

"是自卑吗？"许湎柏清润平静的嗓音响起，他也直视着如同丧家之犬的邵纶，"怨恨、自卑、愧疚……或许还有渴望？其实你不必再辩驳，因为你心里比谁都清楚。"

邵纶浑身一震，看着眼前这个陌生的男人，也看着一脸冷冽的唠叨和面色沉静目光锐利的韩沉。

是的，原来真的不用辩驳太多。这些警察说中了他所有的心思，他所有的挣扎和渴望。

…………

自卑，一直都有。从小到大都是。

其实跟大多数同龄人并没有不同，不起眼的相貌、普通的家世，遵循着这社会为大多数人制定的生长规律，老老实实地生长着。唯一值得称道的，是还算优秀的成绩，但从没女孩因为这一个优点，喜欢他，接受他。在进入重点大学后，这点优势也荡然无存，他又成了最普通、最容易被忽略的一个。

而他这辈子最大的过人之处,大概就是找了阮少双这样一个漂亮又聪慧的女朋友。大学里早有不少女孩跟大款交往;家境好的男孩,女朋友换了一个又一个,校门外时常停着一辆辆的好车。所以许多人对于阮少双为什么会看上他,感到不解。他也问过她。

她却笑着说:"我觉得你与众不同啊。我偷偷观察过你,你很安静,做事很专注。而且我看过你做实验,是全班最快的。你只是不喜欢出风头而已。"她拉着他的手,"跟你在一起,我觉得很安心。"

很久以后,邵纶才明白,有的男人可以让女人安心。有的男人,却会令女人爱得炽烈又疯狂,心甘情愿地燃烧自己。

阮少双是爱他的,只是一直不够爱而已。在他们的这份爱情里,她是温柔而冷静的。而她不知道,他其实,一直是内敛而疯狂的。

及至她去了全国最好的金融公司,成了众人眼中的"金领",他这份自卑感,也越来越重,越来越深。有时候去接她下班,同事笑问:"你的教授男朋友来了啊?"他想要解释说自己只是个小小的助理研究员,到教授起码要熬五六年,却被她捏了捏手背,沉默下来。

愧疚,也是有的。毕业前夕,少双本来是可以出国的,而他苦苦哀求,终于令她心软,令她留了下来。那次她就说:"阿纶,你这次可是欠我欠大了。以后要一直对我好,明白吗?就算哪天我们分手了,你也要对我好。"

他当时喜极而泣地笑:"我们怎么可能会分手?"

…………

后来,他还是违背了承诺。分手之后,她打来求助电话的那个晚上,他弃她不顾。

再后来,在她失踪之后,他回忆过去的点点滴滴,看着家中她留下的任何痕迹,都变成了自己的过错。

若不是他当初求她别出国,硬要留下她,如今怎么会尸骨难寻?

若不是他研究工作积压如山,很多时候不能去陪她,推掉了跟她的约会,她又怎么会因为寂寞,爱上另一个男人?

若不是他的家世不够好,相貌不够好,人也不够幽默风趣,她又怎么会沦落入司徒熠编织的那片泥沼里?

如若不是……

他违背承诺,现在又怎么会日日夜夜地思念她,看到每一个妆容精致的Office Lady都会误认为是她,人生难以为继?

之后,他的人生只剩下一个问题:他要怎么报仇?

前路一片茫茫。一个小人物的彻骨之恨,这世上又有谁会注意到?

"你是怎么想到,模仿司徒熠的犯罪心理学画像去杀人?"韩沉问。

"看书。"邵纶苦涩地笑了笑,"看了很多犯罪心理学方面的书。"

起初,只是想自己去跟踪司徒熠、搜集他的犯罪证据,可忙了几个月也没有收获。而且始终有个念头,隐隐在他脑海中叫嚣:搜集到证据又有什么用?司徒家族有钱又有势,到时候想方设法替司徒熠脱罪,又是什么难事?

他也不知道那个畸形的念头,是怎么在心中形成的。可它又是顺理成章出现的,有太多太多理由驱使他这么去做:会所的那些女人,本来就肮脏。看到她们,就像看到了曾经诱惑少双的那一切;只要制造出证据,制造出大案,就能引导警察向世人揭穿司徒熠的真面目;而且为了少双,他都打算背弃一切了,还有什么不能为她做?

…………

之后的一切,对于一个理科出身的沉默男人来说,变成了一道等待解答的数学题。无数个夜晚,在房间里苦苦钻研犯罪心理学的原理;一条条绘制,又一条条推翻,作为一个犯罪学的门外汉,千锤百炼出司徒熠的画像;然后对应成行为,决定了他要怎么实施整个犯罪过程。

"你是怎么实施犯罪过程的,详细讲讲吧。"唠叨说。邵纶的叙述,已经令在场的三个男人都听得沉默,也听得心中冷寂。

"卖了父母的房子后,就分期付款,买了跟司徒熠一样的车。"邵纶说,"确定目标后,先在日常生活里制造一两次邂逅,譬如晨跑,譬如停车时不小心碰到对方,就认识了。"

原本只是忐忑地尝试,然后发现原来开着辆好车、穿着昂贵的西装,这样简单而蹩脚的方式,效果也格外好。谎称自己是大学教授,她们居然没有一个人怀疑。

渐渐地，驾轻就熟。甚至再跟漂亮女人相处，也能侃侃而谈了。甚至，有点喜欢这个过程了。

通常是用乙醚，在车上把她们迷晕。或者直接击打头部，造成昏厥。然后就带回郊区的那个小房子。

韩沉和唠叨对视一眼。坐在后排的许滴柏也抬起头。

唠叨问："你清楚地记得对每一个受害者施虐的过程吗？"

邵纶静默片刻。

"只记得最后一个。"他答，"每次办事前，我都会喝点白酒。我喝酒了就会控制不住自己，很多事记不清了。"

但这样，其实也很好。

他还清晰地记得，将第一个受害者绑回去时，看着她惊恐的眼神，他的心里，又有多慌乱、多挣扎。

"放了我！求你放了我！教授，你要多少钱我都给你！"女人这样苦苦哀求着。

"闭嘴！"他阴沉着脸坐在她对面，只觉得口干舌燥，喝了一大口水，又提起了瓶白酒，开始灌自己。

他想，他到底要怎么办？放这个女人回去，他势必要坐牢，而且整个计划都功亏一篑。

可是，杀了她吗？

他不记得醉酒后自己干了什么，几小时后，头疼欲裂地醒来，却只看到女人仿佛破碎的玩偶，奄奄一息地坐在那里，浑身全是可怕的伤痕，满地的血。而他就趴在她脚边，手里握着鲜血淋漓的刀。

看到这一幕，他整个人都蒙了。

他是恶魔吗？

他在醉酒后，竟然将女人折磨得这样惨不忍睹！

女人已经发不出任何声音，看着他浑浑噩噩地站起来，眼中露出更加惊恐的目光。而他沉默地站立良久，眼中终于只剩下平静。提刀，刺入女人的心脏。

…………

第九章 弃爱半生

那晚，司徒熠被警方拘留后，邵纶一直在警局附近徘徊。他希望司徒熠被逮捕定罪，但又害怕自己的事暴露。

然而过了两天，看到司徒熠毫发无伤地被放出来，他的心中，又只余下平静，平静的愤怒。他早就猜到会这样，不是吗？没关系，他早已为司徒熠，预备了另一份重礼！

只是这一晚，他醉酒后醒来，却发现女人依旧毫发无伤地被绑在椅子里，神色恐惧地看着他。

然后他提起酒瓶，又灌了一大口。

然后，从周围摆放的刑具中，开始一样样地挑选。之前每一具尸体上的每一道伤痕，他都看过了无数遍，在他脑海里如同烙印般清楚。他闭上眼，木棒和尖刀就准确无误地落在女人的躯体上……直至，死亡。

"所有的事我已经交代完了。"他抬头看着他们，"能不能请求你们一件事？"

韩沉道："说吧。"

"我失败了，不能将司徒熠拉进地狱。但是，我恳请你们彻查少双的死。司徒熠一定是个连环变态杀人魔，请你们一定要抓住他。"

韩沉静默片刻，抬眸看着他："你犯的这几宗案件，司徒熠也脱不了干系。"

邵纶一怔。

唠叨开口："有件事你大概不知道。前三个死者，其实是司徒熠虐待折磨的。你长期跟踪他，引起了他的注意。恐怕你的一举一动，都在他的掌握中。他在你的房子里，安装了摄像头，并且给你的水里和酒里都下了安眠药，尤其是酒。所以每次你带女人去那所房子，喝了酒之后睡着了，他就潜进来，代替你虐待和折磨那些女人。最后，再把凶器留在你手里，让你误以为是自己做的。只有最后一个，那晚他被警方监视，大概只能待在别墅里，看你犯案。"

邵纶的眼睛倏地睁大。

"我们已经在他家，找到了那些监控录像，拍下了整个过程。"韩沉说，"所以这次，他也会被定罪。并且，以前的几起女子失踪案，包括阮少双的案件,我们也会彻查。他脱不了身了。"

邵纶的脸色变了又变,震惊、自嘲、荒诞、怨恨、释然……最终,归于平静。他慢慢地、有些空洞地笑了。

"最后再问你一个问题。"许滴柏开口,"虐待、杀害那些女人时,你内心深处,感觉到快乐了吗?"

邵纶沉默了很久很久,说道:"不,我只觉得麻木。"

对邵纶的审讯花费了很长时间,黑盾组在监控室里稍做休整,准备继续审讯更重头的犯人:司徒熠。

休息的间隙,众人都坐在桌前,看那段监控视频。这是昨天半夜从司徒熠家中搜出来的。大概是从监控中,看到警方扫荡了邵纶的老巢,发现了摄像头,这厮立刻驱车逃亡省外,并且从硬盘里删除了监控视频、砸坏了笔记本。

不过笔记本硬盘数据,今早还是被省厅的技术人员成功恢复。并且除了这几起案件的视频,还有他之前犯的几起案件,虐杀所有受害者的整个过程。铁证如山,他逃不掉了。

唠叨感叹:"之前小白说,手提包这种纪念品,对司徒熠来说,不够私人化,不够亲近。看来果然如此,这家伙够变态啊,录下整个过程,反复欣赏,这才是最好的纪念品啊。而昂贵的手提包这种纪念品,的确适合邵纶啊。"

众人静默不语。

其实后面这几起案件的视频,大多是空白的。因为邵纶绝大部分时间,都不待在那农舍里,只除了带"猎物"过来。冷面快进了画面,只见邵纶喝了酒后,就倒下睡着了。女人慌乱恐惧地继续张望着、求救着,却无人回应。

直至司徒熠走了进来。

女人脸上瞬间露出惊讶和惊喜的表情。

然而这表情,很快转换为难以置信和新一轮的恐惧。因为司徒熠微笑着,拿起刑具,走向了她。

…………

后面的过程，刑警们都看不下去了，关掉了视频。

负责审讯司徒熠的，是秦文泷和冷面，许湉柏依旧列席旁听。

审讯室里，半夜被擒的司徒熠，看起来依旧言笑晏晏，甚至风度翩翩。然而当众人一落座，他就开口了。他说了足以令所有人惊讶的一番话。

"我承认，那些事都是我做的，我认罪。前面的几个人，我也会告诉你们藏尸地点，配合你们的一切调查和审判。但是，我不想谈及我的过去，我也不会再回答你们的任何关于我私人的问题。"

之后连续多小时，无论秦文泷等人怎么问，他都始终只是噙着笑，对犯罪的过程简单作答，却对自己的过去闭口不谈。

最后，被警方上铐带走时，他看向秦文泷等人："对了，请转告他：他模仿得很好。让他不要再恨我。选中阮少双的，不是我，是命运。"

当晚，警方按照司徒熠的口供，连夜在本市郊区各处进行挖掘，真的挖出了五具已经化成白骨的女尸。而数月后，司徒熠和邵纶均被判处死刑。这是后话。

连轴转了数日，最后又冲刺了一天一夜，这个案件，终于暂告完结。黑盾组众人从挖尸的郊区返回市内时，已经是次日一早。

冷面和唠叨坐的是韩沉的车。这时天还没大亮，冷面和唠叨都窝在后座睡觉。韩沉的夹克领子竖起来，挡着清晨的冷风。他目光清亮、安静地开着车。过了一会儿，他低头看了看放在身旁的手机。

手机里，有白锦曦昨天发来的几条短信。先是跟他报告，伤已经好多了；又询问他案件进展；夜晚时，又给他发短信道晚安。但是他一天都在忙碌，无暇跟她多说，只回复了一条：*顺利。等我回家，乖。*

想到这里，他微微一笑。再想到在家中等着他的、受伤的她，心中涌起微甜又柔软的心情。

路过一家超市时，甚至脑海中滑过一个念头：或许今天应该先去采购某样东西了。

就在这时，手机却响了。清脆的铃声，瞬间将后排的两人也吵醒了，他们同时抬头，坐直了。

韩沉看一眼手机上跳动的名字，脸色冷了下来。那铃声不依不饶地响了很久，最终他戴上了耳机，接听，语气很冷地道："什么事？"

苏眠。

苏眠。

我的……苏眠。

低沉的男声，回荡在她的脑海里。她闭着眼，紧蹙眉头。

他在喊谁？谁是苏眠？

她，又是谁？

…………

混乱的梦境里，痛苦窒息的感觉，再次复苏。然而这一次，她看到的画面，却更加清晰。

她看到了熊熊的大火，遮蔽所有视野。

看到爆炸的气浪，像是足以吞噬一切的海洋，朝她袭来。

世界在崩塌，她的灵魂在绝望地嘶吼……

然后，她看到了韩沉。

"苏眠！"他朝她跑来。

他穿着警服，英俊而倔强的容颜上，写满惊痛。

然后他抱住了她。下一秒，巨大的气浪，将他俩狠狠地抛了出去。

"啊——"她听到自己发出疼痛的呼喊。

然后她抬起头，看到的却是韩沉双目紧闭的昏厥容颜。

"韩沉！韩沉！"她拼命喊他的名字，却发不出半点声音。渐渐地，疼痛和浑噩感，仿佛也要将她吞没。她终于也慢慢合上了眼睛。

不甘心，她真的不甘心。

不甘心就这么死去。

不甘心连韩沉也要失去生命！

哪怕她死掉，她也希望他能活下去！

恍恍惚惚间，她看到烟火慢慢熄灭。

而几个人影，从火光背后，不急不缓地走了过来。

....

"啊——"伴随着压抑的抽气声，白锦曦猛地从床上坐起来。

睁开眼，望着卧室里熟悉的一切，她才发觉自己已经泪流满面。

这是个什么梦？她擦干了泪，伸手按住额头。

自从前晚在农舍被袭击后，那些破碎的画面和声音，一直时不时地在她脑海里冒出来。大概是相同的、濒临死亡的窒息感，才唤醒了她大脑深处沉睡已久的这段记忆。而在这个梦里，它们变得更清晰，让她听到韩沉清晰地喊她——

"苏眠？"她疑惑地、缓缓地重复这个名字。

她的心头剧烈一震。

以及，据当时的医生说，她是跟父母一起遭遇的火灾。可梦里看到的，却只有韩沉和一些陌生人。

这个事实太过惊悚。她一人独坐在温暖的房间里，却只感觉到阵阵寒意。

过了很久，她才从房间里出来。刚走进客厅，就看到周小篆大咧咧地躺在沙发里，还在流口水。她微微一笑，心事重重地走进厨房，随便捣鼓了两碗面条。这才一脚踹在沙发上："起来，吃早饭。"

周小篆揉着眼睛坐起来："老大还没回来？我这护花使者要当到什么时候？"他这么一说，白锦曦也抬头往墙上的钟望去，已经上午九点多了。

"大概案子还没忙完吧。"她说，"不是连夜在挖尸体吗？"

两人对坐着吃面。

周小篆很快就察觉了，今天的白锦曦格外沉默。不过，他以为是因为脖子上的伤，或者是被袭击后心情不好。怕她无聊，吃了一会儿，他笑眯眯地开口："小白，被老大金屋藏娇的感觉好不好啊？"

白锦曦抿嘴笑了："藏你个头！我们光明正大。"

"嘿！谁整天在单位里遮遮掩掩，早上上班还要隔两条马路先下车？"他存心要逗她开心，又感叹道，"不过，老大真是个好男人啊。你看，又帅、又高，家世又好。对你还那么专一。啧啧……这么一个北京的公子哥儿，这么多年为你失魂落魄。"

白锦曦果然被他说得美滋滋的，眉头也舒展了许多。

周小篆又想了想，倒是敛了笑，正色道："不过我觉得，他真是喜欢你喜欢到极限了。你以后要对他好一点啊，少发小姐脾气。"

白锦曦咽下一口面条，慢条斯理地问："你怎么知道，他喜欢我喜欢到极限了？"

周小篆夹了一大口面，说："昨天早上，他临走的时候，一个人在你床边坐了蛮久。那眼神……啧啧，还拿起你的手，亲了又亲。我不是故意偷看的啊，他又没关门，而且根本不搭理我，当我不存在。"他看她一眼，"我以前以为，徐法医够痴的。昨天才发现，别看老大平时横得不行，其实比徐法医更痴。你跟老大在一起，才是对的。"

白锦曦一时没说话。

脑海里，自然而然浮现周小篆说的那幅画面。

也想起两人刚在一起的时候，他说过的话："我一直记得你的存在，每一年每一天都在找你。为什么你却从来没想起过我？"

似乎，他爱她，真的比她爱他要多？

心头泛起阵阵柔软的情绪，她有些闷闷地说："其实我也觉得，我越来越喜欢他，喜欢得不行。"

这话听在周小篆耳里，却着实肉麻啊。他扑哧笑了，然后就被白锦曦抓起纸巾盒子打了一下。

"对了。"他又提起了另一茬，脸色也严肃起来，"有件事要告诉你，一个坏消息。我们不是在邵纶的屋里发现了摄像头，没过多久，就派人去扫荡司徒熠的家了吗？但是咱们的人赶到时，就发现监控录像里，你被偷袭那段时间的视频，已经被人清洗掉了。昨晚技术部门也给了回复，说恢复不了。司徒熠说不是他洗掉的，他当时忙着收拾行李跑路，也没注意到画面上是谁。"

白锦曦的筷子在碗里慢慢地搅着，半天也没夹起一口。

"你一点都没看到偷袭者的脸？"周小篆又问。

白锦曦摇了摇头，答："身手跟我差不多。"顿了顿她又冷冷地说，"此仇不报，誓不罢休！"

周小篆一拍桌子："对！这才是我们的作风！"

"叮咚——"门铃响了。

两人对视一眼，周小篆低声问："谁啊？"

"我怎能知道？这是韩沉的家。"

周小篆便起身走过去，趴在门上猫眼一看，有些困惑地道："是鉴证科的一个同事，好像姓谭。他来干什么？"

"韩组长！韩组长！"那人又在外面敲门了。

白锦曦也起身走到门后，贴着墙站着，向周小篆递了个眼色。周小篆将门拉开一条缝，笑嘻嘻地望着来人："谭哥，你找我们老大什么事啊？"

谭哥看到周小篆很意外："这不是小篆吗？你怎么在这儿？"

"哦！老大在单位查案还没回来啊，我有他家钥匙，叫我过来拿资料。"周小篆答得顺溜。

谭哥哦了一声，又有些困惑地道："可我刚才经过你们部门，看到人都走了啊，打韩沉手机也打不通，才把这个送到他家里来。"他将手里的一个小盒子递过来，"那你放到他家里吧。"

周小篆接过："这什么啊？"一旁的白锦曦看到那盒子，却是一怔。

谭哥答道："这是韩沉前些天送来我们科，让帮忙切割、检验的东西。我看他当时很重视，所以一有结果，就给他送了过来。好了，你保管好啊，我走了。"

白锦曦打开盒子。

里面果然是她的那条黑乎乎的项链，只不过吊坠已经被切开成了两半。外头虽黑，里面却是银白色的。盒子下面，还压着张鉴定报告。

周小篆拿起那张报告，念了起来："成分：Platinum（铂金）。因遭受重度撞击，并与其他化学物质发生反应，而变色、变形……"

白锦曦则拈起那五块碎片，在灯下仔细看了起来。隐隐可以看到，内表面上有模糊的刻痕。

"S…hea…my…"她低喃着。

周小篆继续念道："经确认，铂金物内表面的刻痕字迹为……"

"S&H My heart。"白锦曦已经先他一步,拼了出来。

她低下头,手紧紧握住这些碎片。

S&H My heart.

H&S Forever love.

苏眠与韩沉,我的真心。

韩沉与苏眠,永远相爱。

周小篆看到她的样子,有点慌了:"怎么了?眼睛怎么红了。"

白锦曦吸了吸鼻子,抬头:"没事。"她掏出手机,就给韩沉打电话。她现在,只想立刻就见到他。

"嘟——嘟——嘟——您好,您拨打的电话暂时无法接通……"白锦曦放下手机,想起刚才谭哥也说打不通,而且人还不在办公室。是临时有什么急事吗?

她又打给了冷面。

这回通了,响了几声,冷面就接起来,声音还有些嗡嗡的,像是在睡觉:"小白,什么事?"

"冷面,韩沉跟你在一起吗?"

冷面似乎怔了一下,声音也冷肃起来:"他没回去?他四小时前就开车回家了。"

白锦曦一下子就愣住了,跟周小篆对视一眼:"没有,他一直没回来。怎么回事?"

冷面回忆了一下当时的情景,说道:"我们是早上五点从郊区回来的。我和唠叨坐他的车。到单位门口,他就把我们放下了,没说要去别的地方。会不会他又去办公室了?"

"不会。"白锦曦莫名地不安起来,"刚才鉴证科的小谭来过,说看到办公室没人。那他会去哪儿?他当时什么也没说吗?"

冷面心里没来由地咯噔一下,回答道:"我记得当时,他接了个电话。好像是辛佳打来的电话。没说太多,他最后说了句'好',就挂了。"

白锦曦的眼睛倏地睁大:"辛佳?"

挂了电话,白锦曦还在发愣,手机被她拿在手里,绞来绞去。周小篆看着她的神色,安慰道:"你别担心,肯定是辛佳又缠着老大,老大去跟她讲清楚了,一了百了,免得她再骚扰你们。"

白锦曦却果断地摇了摇头:"不可能。韩沉根本就不想跟辛佳谈什么,而且你觉得以辛佳的性格,韩沉跟她谈有用吗?"

"那……"

白锦曦咬着下唇。

这事太蹊跷,为什么韩沉会忽然没了踪迹?为什么他的手机会打不通?她前天才被人袭击过,今天韩沉就断了联络。尽管两件事看起来毫无关系,但总让她有非常强烈的、不祥的预感。

"韩沉可能会出事!"她抓起外套冲了出去,"我要去找他!"

一小时后,黑盾组办公室。

不仅白锦曦和周小篆来了,唠叨和冷面也赶了过来。大家分头寻找韩沉的下落。而随着时间一分一秒地推移,韩沉的手机依然打不通。这让白锦曦的心情越来越沉重。

"找到了!"周小篆惊喜地喊道。

众人全围到他的电脑前,上面显示的,正是道路监控画面。时间是早上六点十分,路上车还很少,所以很清楚地就能分辨出韩沉的那辆路虎,车牌也很清晰。

驾驶位上,坐着韩沉。后排,还坐着一个女人。尽管画面较远,看不清楚面容,但依稀能辨认出,就是辛佳。

"这条路是通往南郊的,那边除了工厂,就是山区。他们去那里干什么?"周小篆嘀咕。

"小篆,继续找。"白锦曦盯着画面,冷声开口,"一定要找出他们沿途开过些什么地方,去了哪里,现在在哪里!"

"好!"

除了白锦曦,其他人的脸色也很凝重。因为这事看起来,实在不同寻常。

这时,一名刑警敲门进来,报告道:"我们派人去辛佳的家和学校都查过了,都没找到她。而且,校方领导说,她昨天去院里请了长假。"

白锦曦沉默不语,周小篆却一个激灵,脑海里浮现辛佳每每看到韩沉时,那狂热又哀怨的眼神。

"请长假?她请长假干什么?"他喃喃地道。

刑警顿了顿,又说:"另外还有一件事,不知道是否与你们正在调查的事有关。刚刚,校方向我们报告,昨晚,他们药理实验室的一罐气体失踪了,今早才发现。"

唠叨是痕迹鉴定专家,对药理自然也有研究,闻言倏地抬头:"气体?什么气体?"

刑警翻了翻手里的资料,说道:"叫HKN5-3,主要用于癌症研究。但是本身也具有一定毒性,不会致命。但是人体少量吸入会导致昏迷、恶心,大量吸入则会严重伤害神经中枢,令人成为植物人。不过,这种气体挥发性很快也很强,基本要在封闭空间里才有效果。所以,我们已经报告上级,立刻对地铁、公交等封闭公共设施提高安检措施,并且寻找这瓶丢失的毒气。"

刑警退了出去,黑盾组四人面面相觑。

"这么巧?这事应该不会和辛佳有关吧?"唠叨小声说道。

"很有可能。"白锦曦缓缓开口。

"可是,辛佳她是喜欢老大的啊。"周小篆的脸色都变了,"难道真的应了那句,得不到他,就要毁了他?"

白锦曦的脸色已经冰冷一片,抓起桌上的警车钥匙就冲了出去。唠叨和冷面对视一眼,紧随其后。

"小篆,确定他们的具体位置后,马上通知我们!"冷面喝道。

"好!"

白锦曦一路快跑下楼。

在对韩沉的问题上,辛佳一直表现得有些偏执。而她和韩沉在一起后,辛佳受的刺激必然更大。如果这种情绪积累到一定程度,积累到了崩溃绝望的边缘,辛佳会怎么做呢?

白锦曦几乎可以轻易分析出,辛佳想要的结果:她一定是用某样未知的条件或者什么,引诱韩沉跟她走了。然后设陷阱,令韩沉中毒,变成植物人。

然后呢？

然后她一定会把他带走，离开白锦曦的身边，消失在众人的视线里。

这样，彻底失去意识的他，浑浑噩噩如行尸走肉般的他，就永永远远是她的了。

尽管明知以韩沉的能力，绝不会轻易中计上当。可只是稍稍想到这一点可能性，都令她连呼吸都变得艰难煎熬起来。

韩沉的确是在四小时前，接到辛佳的电话，然后去跟她见面的。

这个电话的内容，也是完全出乎他意料的。

"韩沉，我要见你。三分钟后，我在×××路口等你。"

他当时连答都懒得答，正要挂断电话，却听她又缓慢而清晰地说道："韩沉，来见我。这是你唯一的机会，也是我们最后一次见面。我知道当年的全部真相，知道你们为什么会失忆，知道你们为什么会分开，也知道……是谁害了你们。"

韩沉心头大震，呼吸也变得低促起来。

静默片刻，他问："凭什么让我相信你？"

而辛佳沉默良久，似乎有些自嘲又有些干涩地笑了。

"就凭我也是当年的连环杀手之一。虽然，是最蹩脚的那一个。"

第十章
辛佳的梦

晨光中的山路，蜿蜒而寂静。两旁全是郁郁葱葱的树，山顶之上，便是碧蓝透亮的天。

韩沉又开了一段，开口道："已经到鹤鸣山了。你说不说？"

后排的辛佳一直从背后望着他的侧脸轮廓，目光痴迷又不舍。闻言她只轻声答："再往前开一段，看到一所白色的房子，就停吧。"

韩沉就没再说话。从辛佳的角度望去，他的脸始终如雕塑般，没有半点表情。漆黑的眼睛，依旧漂亮得令人心悸。她的鼻子顿时有些发酸，轻轻吸了吸，反而微笑着开口："韩沉，我今天晚上的飞机回北京。我已经答应了我爸，嫁给那个部长的儿子。他一直喜欢我。以后，你不用再担心我烦你了。"

韩沉双手依旧搭在方向盘上，没说话。而前方林中，已经出现了一幢房子的轮廓。

"我这辈子最大的梦想，就是跟你在一起。现在她回来了，我的梦想破灭了。那至少，给我一点残梦。"她解下安全带，眼睛看着窗外，"你陪我过一天，我就把当年所有的事都告诉你。别担心，不会让你做对不起她的事，只是吃吃饭聊聊天，像朋友一样，好吗？"

韩沉已经将车停在了房子前，没有回头，也没正面回应她的要求，而是冷声说："如果你真是连环杀手之一，你认为我还会放你走？"

辛佳却笑了笑，推门下车，走向了那幢房子。

"随便你，你找不到证据的。当年的证据，早就被毁得一干二净。"

韩沉静默地注视着她。

她今天穿的是件白色外套、咖啡色长裤，长发披落肩头。从背后看，依旧是一位文静而窈窕的淑女。现在仔细想来，四年多来，他就从未真正关注过她，几乎没正眼瞧过她，话也没跟她多说过几句。她跟别的缠着他的女人相比，没有太多差别：纠缠不休、多愁善感，仿佛只是个卑微到骨子里的女人。

韩沉也推开车门，走下车去。

辛佳掏出钥匙，打开屋门，转头看着他，眼眶一直有点红，脸上却挂着甜美的笑："韩沉，我告诉你的第一件事是：白锦曦她不叫白锦曦，她的真名，叫苏眠。其他事，跟我进来，我会慢慢告诉你。"说完她就走了进去，留下洞开的屋门给他。

韩沉微怔。

苏眠。

S。

他抬头打量这房子。房屋较新，修成应该没几个年头。西式洋房的格局，门前是一片草地，种了些花草；屋后花圃里，还立着一架秋千。秋千旁，靠着两辆脚踏车，一辆男式，一辆女式。客厅的窗户是开着的，隐隐可以望见窗台上的花，还有满屋家具。

韩沉沉默了几秒钟，跟着她，也走了进去。只是步伐又慢又稳，清亮的目光始终环顾着周围的一切。

玄关处并排放着一双男士拖鞋、一双女士拖鞋。辛佳换了女鞋，弯腰将男鞋放到他面前。韩沉看她一眼，没有穿，直接越过她，走了进去。

辛佳怔怔地望着手里柔软的黑色男拖鞋，沉默片刻，将它放回了玄关。

"我每个星期都会来这里。"她站在他身后，轻声说，"今天，你终于也肯来了。"

韩沉一走进客厅，就停下了脚步。因为他看到了墙上挂满的相框。

竟然全部是他和辛佳的合影。

起初，是两人年幼时的照片。这些照片，韩沉在家里也见过，并不意外。

譬如大院里的孩子一块玩，他和她都在其中。而她看似乖巧地站在他身旁，他一脸的冷淡；又譬如他的全家福照上，她也站在一旁，被他妈妈搂在怀里。

还有成年之后的他，躺在病床上，应该是昏迷那年的照片。而她依偎在床边，握着他的手，目光痴迷。

再往后的照片，却看得韩沉眸色倏地定格。

因为全都是PS合成的照片——

他和辛佳并肩站在江边，灯火阑珊，他神色严肃，而她露出甜蜜的笑；酒店装潢华丽，他俩坐在同一张床上；还有山顶瞭望台上，他从背后搂住她，两人依偎得很近……这些照片看起来简直就像傀儡戏一般可笑又僵硬，因为照片中的他，要么是从穿着警服的证件照上抠下来的；要么是他少年时的生活照；甚至两人相拥那张，是直接把他俩的头像，安在了别人的照片上。

韩沉只感到阵阵说不出的恶心，声音更冷地道："你搞这些干什么？"

辛佳却没答，像是没听到似的，转身走进了厨房，声音一如既往地温柔："饭菜我昨天就做好了，在冰箱里，热一热就能吃，都是你喜欢的菜。你先在沙发上坐一下。"

韩沉没有坐。

他站在客厅正中，再次环顾一周。最后，目光落在卧室里。

那里放着张双人床，还有张婴儿床。光线很明亮，他可以清晰地看到婴儿床上，放着两个真人大小的玩具娃娃，一男一女。黑曜石做的眼睛，反射着阳光。娃娃脸上有笑容，仿佛正憨态可掬地望着他。

韩沉脑海里倏地响起白锦曦常说的一句话——

这个人，已经心理变态了。

相隔数十千米的郊区公路上，警车正一路奔驰着。

"鹤鸣山！"唠叨挂了电话，低吼道，"小篆查到了，老大的车最后出现，是在郊区的鹤鸣山公路出口。"

冷面静默不语，将警车开得风驰电掣。

白锦曦拨打韩沉的电话，依旧是无法接通。她攥着手机，眼眸冰冷地望着窗外的景色。

辛佳，如果你敢伤害韩沉，我一定不会放过你!

餐桌前，韩沉和辛佳相对而坐。

韩沉低头看着琳琅满目的菜色，依旧沉默。而辛佳盛了两碗热腾腾的米饭，放了一碗在他面前。

她端起自己的饭，拿起筷子，露出近乎幸福的微笑："你已经陪我到这里了。陪我吃顿饭，这是我的第二个要求。"

韩沉的手搭在椅子扶手上，没有动。

"我不会吃这顿饭。辛佳，我的耐性有限。"

辛佳凄迷地笑了笑，低头开始夹饭菜，往嘴里送去。

"没关系，你不吃，坐在边上陪我，也是可以的。"她慢慢地说道，"苏眠，是公安大学06级犯罪心理系的高才生。"

韩沉的脸色静得像寒冰，看着她，没说话。

她只吃了一点，就放下了碗筷。然后将所有饭菜，连碗碟一起丢进了垃圾桶里。她走到洗手池旁冲了冲手，转头看着他笑："好了，吃完了。陪我出去荡秋千，好不好？那是我想跟你做的第三件事。"

韩沉跟着她，走出了屋外。

秋千架上缠满了绿色藤蔓，还开着白色小花，在阳光下显得宁静而漂亮。辛佳坐上秋千，转头望着他："可以推我一下吗？"

"不可以。"韩沉站在距离她两三米远的位置，嗓音冷淡地说。

辛佳扭过头去，盯着地面，自己慢慢地晃了起来："那做这件事时，我什么也不告诉你。"

"够了！"韩沉走过去，一把抓住她的手腕，将她从秋千上拉了下来，"跟我回警局。"

辛佳跟跄地被他拽着往车的方向走，却忽地笑了，兀自说道："韩沉与苏眠，五年前遭遇了同一场爆炸案。同时昏迷了一年才醒来，并且同时失忆。我唯一要的，就是你陪我度过这一天的时光。如果去了警局，我什么都不会说。韩沉，你就死心吧。"

韩沉脚步陡然一顿，转身望着她，钳住她手腕的力气也骤然加大，只疼得她眉头一皱，可笑容却仿佛更快乐了。

"为什么我和她的症状会完全一致？"他冷声问。

辛佳摇了摇头："这是我们也无法完全解释的问题。也许是因为，你们当时处在同一个爆炸点，遭受的冲击和损伤完全一致；又或者，是因为你们被注射了相同的麻痹神经的药物。"

韩沉目光更冷，一把推开她的手，令她跌坐在地上。他走过去，低头看着她："幕后指使者是谁？你们的头领，是谁？"

辛佳从地上爬起来，抬头望着他。

这样的韩沉，是非常可怕的，也是让她心疼和痴迷的。他的脸色这样的冷，就像覆了一层寒冰。浑身上下都是戾气，仿佛谁也难以接近。而过去，失去苏眠的这些年，他就一直是这个样子。

"这个问题的答案，我永远也不会说。"她轻声说道，"当年的案件，你们遭受重创，我们同样也是分崩离析。那是一次两败俱伤的战斗，死了很多人。而在那之后，被放逐的不只是你们。"

她讲得扑朔迷离，韩沉眸色幽沉地盯着她，没出声。

这时她却拍拍裤子上的灰，又理了理头发，依旧是那副温婉淑女的模样，走向了旁边的脚踏车。

"陪我做第四件事吧，骑脚踏车。"她说，"我带你去一个地方。"

她顿了顿又说："你一定会想去的地方。"

韩沉望着她单薄的背影，走过去，跨上了另一辆脚踏车。而她终于露出开心的笑。

"辛佳。"他盯着她的眼睛，"为什么你会跟他们混在一起？为什么你会成为连环杀手？"

辛佳握着车把，安静了几秒钟。

"是啊，我这样一个女孩，家世好、长相好，什么都好，在别人眼里，也许像众星捧月一样长大，为什么会变得跟他们一样呢？韩沉，其实很多事，并不像表面那样光鲜；很多人，过得也不像表面看起来那么快乐。是他们发现了我，救赎了我。这些事，还有他们，你永远也不会懂。而我，只是他们中最弱小最蹩脚的一个，只是对他们起到辅助作用。也许，我根本算不上一个合格的连环杀手,但是,他们依然对我很好,我愿意跟他们在一起。那才是灵魂真正的自由。"

午后,山林中阳光温煦,凉风阵阵。辛佳面色恬静地骑行着,一路还给韩沉指点树木花草。韩沉依旧不发一言,观察着她的一举一动,骑行在她身后。

渐渐地,离白房子越来越远,树林也越来越深。他们面前已经没有路,只能碾着树叶和枯枝,在林中穿行。

终于,前方出现了一座小木屋。看起来非常陈旧,像是守林员的屋子。离屋子不远的小路上,还停着一辆破旧的护林车,大概是从另一头的山路开过来的。

辛佳将脚踏车停在一棵大树旁,转头望着他笑:"这是间废弃的木屋,不会有人过来的。谢谢你韩沉。你大概不记得,我们俩上次一起骑脚踏车,是十二岁。你妈妈让你陪我去,你还老大不情愿,半路就骑不见了。这次,我们终于一起骑到了终点。今天你陪我做的每一件事,都对我意义重大,即使今后我成了别人的妻子,也会对今天铭记一生。"

她的表情看起来十分温和,就像真的已经心满意足。

韩沉双手插在裤兜里看着她,目光倒不似之前那么冰冷,也变得沉静难辨。

"你还想做什么?"他淡淡地问。

辛佳垂在身侧的手,慢慢地紧握成拳,脸颊,也泛起丝丝点点的红。

"韩沉,我希望你做的最后一件事——抱抱我,就抱一下。"她抬头看着他,从口袋里掏出另一把钥匙,"我就把这间木屋的钥匙给你。里面,放着当年案件的一些资料。我不能告诉你,他们是谁。但是可以让你大概了解案件的脉络。"

韩沉看一眼那木屋,又盯着她:"你这么做的目的是什么?"

她自嘲地笑了:"多可笑,我只是希望你知难而退,就此罢手。因为我不想你死,哪怕你依然要跟苏眠在一起。"她抱住自己的双臂,低下了头,"抱抱我吧,韩沉,抱一下。就当是一个朋友。"

四野寂静。

辛佳感觉到他的目光落在自己身上,她心跳得极快,就像在等待一个最终的宣判。

他会抱她吗?今生今世,就此一次,哪怕只是作为朋友,给她一个怜悯的拥抱?

片刻的沉寂后,他开口了:"辛佳,我永远也不会抱你。你把钥匙给我,还是我自己过来拿?"

辛佳盯着两人之间的空地,那里铺满干枯的树叶。

她慢慢地、慢慢地笑了,猛地抬头:"韩沉!你就这么喜欢她,喜欢到不顾性命?喜欢到看一眼别的女人都不愿意?可是我喜欢了你好多年啊,韩沉,从我懂事开始,二十多年了,韩沉!你就一点都感觉不到吗?"

她扬手就要将钥匙往后抛去,谁知韩沉比她更快,一个箭步上来,已经将钥匙从她手里夺走。而她的眼泪夺眶而出,一下子倒在地上,捂住了自己的脸。

韩沉没有管她,冷着脸,拿着钥匙,走上了木屋的台阶。沉亮的眸光,迅速将木屋周围打量了一圈。

房屋很旧,至少有十年。的确像她所说,已经废弃很久。不过,不久前她应该修葺过。门口铺了张白色的羊毛毯,屋顶也铺了新的白色的瓦。窗户都紧闭着,窗棂很新。玻璃也很干净,他可以清楚地看到屋内放着一张小床、一面书柜。如果按她所说,那些案件资料应该就藏在其中。

韩沉又盯着屋内看了一会儿,然后垂下手臂,那钥匙则依然被他捏在掌心。

他转身,望着几步之外的辛佳。

而辛佳泪流满面,也怔怔地望着他。

韩沉却在她的目光中,伸手将钥匙放进了兜里,脸色淡漠地开口:"辛佳,你说的那些事,换作当年任何一个知情人,也都会知道。你一路做这么多,演这么多戏,无非是想让我相信:你拥有案件资料,你已经是个万念俱灰、精神也不太正常的痴情女人——目的,就是引诱我走进这间屋子里?"

辛佳的眼眸倏地定住，整个人也仿佛僵住了。

韩沉走下台阶，一步步地走向她。

"你大概不至于杀我，只是想得到我。屋子里藏了什么？你知道我的身手，必须在我走进屋子的瞬间就制伏我。所以，是机关陷阱，还是有毒气体？"

这一片山林，静谧而阴冷。辛佳背靠着大树，坐在一堆枯枝败叶中。泪水模糊了她的双眼，唯独韩沉的身影，在这一切中凸显出来，那么牢牢地吸引着她的视线。

"韩沉……韩沉……"她几乎是千回百转般呼喊着这个名字，每喊一次，都能感觉到心中的柔情翻滚，甜蜜又苦痛。可韩沉站在距离她几米远的地方，眉眼依旧冷漠至极，神色没有半点松动。这令她再一次认清事实：他有多么的铁石心肠！

渐渐地，她的心沉寂下来。

仿佛沉寂到一片永不会再起波澜的冰冷的水中。

她看着他，表情像哭，又像在笑。

"你是怎么知道这才是我的真正目的？"

韩沉盯着她的表情变化。他显得很平静，平静地、一步步地靠近她。

"今天一看到你，我就发现了不对劲。"他说，"你平时只穿裙子，无论跟我见面，还是以前的照片，抑或是刚才你合成的照片，只有裙子。但今天，你却穿了裤子。"

他的眸光在她的长裤上一扫："如果今天对你来说真的是重要的纪念日，为什么不穿你热衷的裙子？常理推断，只有一个解释：裤装更方便行动。"

辛佳一怔，目光也落在自己的长裤上。片刻后，她露出自嘲的笑容："连这个……都逃不过你的眼睛……"

韩沉已走到她身旁，低头看着她："刚才的白房子，窗户全都打开通风。这间木屋，同样是你打理，窗户却关得很紧。而且窗户全是新安装的，为什么？更牢固不让我逃脱吗？何况新装修更应该打开透气。此外……"他抬眸瞥了一眼不远处路旁停着的护林车，"那里还有一辆车。所以，答案已经很明显了。"

辛佳的心思全部被他说中，紧咬下唇，双手十指几乎都要抠进泥地里。

韩沉却更进一步，在她面前蹲了下来，眼睛里没什么温度，直视着她："你利用白锦曦的事，一路诱惑我牵制我，很聪明。想让我关心则乱？不，爱她，只会让我变得更冷静。因为我不会再让自己失去她。"

这一番话说得又轻又快又狠，听在辛佳耳中，却如同重锤一般，狠狠地再次击穿她的心。他对那个女人的刻骨痴情，于她而言，何尝不是一场灭顶之痛！她几乎是不受控制地发出一声凄厉而压抑的尖叫，一把抓起自己的手提包，从里面掏出把手枪，就对准了韩沉！

可是，韩沉的身手何止比她快上数倍，精准地抓住她的手腕，另一只手像蛇一般滑了过去，伸手就要夺枪。

然而！

辛佳手腕一翻，这令普通刑警都躲不开的夺枪手法，竟然被她避过了！

韩沉的眸色骤然一敛。下一秒，抬手就拍向她的手背。这第二下，辛佳却没能躲过，吃痛地呻吟一声，枪已脱手而出，落入韩沉的掌心。

韩沉眼明手快，反手一扭，就将她两只手臂都扣住，然后拿出手铐，咔嚓一声铐上了。

"跟我回警局！"

辛佳简直万念俱灰，拼命地在他的桎梏中挣扎："我不去……不去！"她泪流满面地转头望着他，"韩沉……你不要查，不要查了！我求你不要再查了，他们不会放过你的！"

韩沉的脸上一片冷意，完全不为所动。扣着她的手腕，刚要往林子外走，忽然，就感觉到某种异样的存在感。

他的脚步微微一顿，没有回头。

耳后的空气依旧平静，林子里也没有声音。可正因为这一刻太过安静，令他清晰地感觉到未知的危险。

他屏住呼吸。

然后，就听到了身后的山林里，有极为细微的树叶响动。

电光石火间，他一把拉住辛佳，就往身旁的大树后扑倒，落地的同时转身举枪还击！

然而，就在这一瞬间，辛佳突然朝他扑过来，阻挡住他、令他无法开枪，也挡住了对方射来的子弹！

"砰——"

清脆的破空声，辛佳的身躯剧烈一抖，后背已多了个血洞。

韩沉的眼眸倏地定住。他一把将她往后一拖，更深地隐藏在枝叶繁密的树后。同时，抬头警惕地盯着对面林中的动静，砰砰还击了两枪。

那片林中却一片寂静，也不知那人是蓄势待发，还是已经跑掉了。

辛佳开始大口大口地喘气，双手捂住自己的胸口，满手的血。她的眼泪再次掉了下来，哽咽着虚弱地喊他的名字："韩沉……韩沉……"

韩沉低头看她一眼，飞快地脱下外套，揉成一团压住她的伤口，低声道："别说话，深呼吸。"

辛佳却不管不顾，一把抓住他的手腕："韩沉……你听我说，我今天说的每一句话，都是真的……我没有演戏，没有说谎……今天对我来说……真的是最后的纪念日，每一件事……都是我想跟你做的……"

韩沉任由她抓着自己的手臂，脸上看不出一点表情："你的手机在哪里？打电话叫救护车！"他翻开她的手提包，却没找到电话。

"不……不用了……"她又吐出了一口鲜血，"我大概……是活不成了。你听我说，他们，有七个人……"

韩沉的动作一顿，眼眸也像是浸了寒冰，一把将她的身躯从地上抱起来："你说什么？"

辛佳的眼神已经有些涣散，满身的血，露出惨淡迷离的笑："七个……七人团体……我没骗你，我真的是其中之一，只负责制毒……不直接杀人，我不敢……还有，我可以利用……家里人脉，给他们提供……消息……现在我和T死了，还剩下……五个。"

说着说着，她呻吟得更痛苦。韩沉更用力更小心地按住她的伤口："辛佳，他们是谁？"

辛佳气若游丝地摇了摇头："我不能说……"她露出十分悲戚的神色，"我不能……背弃他们。"她伸手抓住韩沉胸口的衣服，用轻得像耳语般的声音说道,"韩沉,小心你身边的人。我爱你,从很小的时候起。没人比我更爱你。"

她的手终于缓缓滑落在地上,眼睛也慢慢地合上。

韩沉如同雕塑般静默片刻,轻轻地将她的尸体放在了地上。然后抬头,往对面林中望去。那里已经是一片寂静,显然那人已经跑了。

白锦曦等人循着枪声赶到时,看到的就是这一幕——

韩沉满身是血地靠坐在一棵大树后,脸色冰冷。身旁,是辛佳被子弹贯穿的尸体。

唠叨和冷面一左一右扑过去。

"老大!怎么回事?"

"老大,你受伤了吗?辛佳她……"

白锦曦紧盯着他的脸,深一脚浅一脚地走向他。一颗心竟不知该放下,还是继续高悬牵挂。

韩沉也看到了他们,眸光在白锦曦身上一停。他站了起来,先对他俩说:"我没事。冷面,勘查周围环境是否有证据痕迹;唠叨,立刻通知支援:封锁周边公路。杀辛佳的人刚跑没多久……"

他的声音突然一顿。

因为白锦曦忽然伸手,紧紧抱住了他的腰身。

他低头看着她。

白锦曦也抬头凝视着他。

唠叨立刻递给冷面一个眼色,开口道:"那我们先去忙。老大,你这次失踪,可把小白担心死了。"事态紧急,两人暂时也没有多问,立刻按韩沉的指示去办事。

偌大的空地上,一时就剩下他们两人。

韩沉还是第一次被女人抱得这么紧。只感觉到那纤细的手臂,紧紧缠着他的腰。她的脸贴在他的胸口,那双清澈乌黑的眼睛里,有担忧,有埋怨,有如释重负的喜悦,也有缠绵至深的依恋。

韩沉只觉得整颗心仿佛都被吸引到那双眼眸里,伸手就回抱住她。他的力气又怎会是她可相比的？只听她轻轻吸了口气，双脚已经离地，被他从地上抱了起来。

韩沉干脆就这么抱着她，眼睛与她平视："就这么担心？当着他们的面也要抱我？"

白锦曦却气他这种时候还不忘调侃，瞪他一眼："你为什么不打个电话说一声？"

"手机信号被辛佳干扰了。"他言简意赅地回答，牵着她的手，两人一起看着地上辛佳的尸体。他的脸色变得很沉静，蹲了下来，将自己的外套展开，盖在了辛佳的身上。

现场的勘查和对凶手的追捕结果并不理想。

他没有留下明显痕迹和任何证据。而周边山势广阔，他也轻易逃离了警方的包围圈。

一小时后，警方驱车离开现场。韩沉开着他那辆路虎，车上只坐了白锦曦。

天色已经暗下来，韩沉侧脸静默，白锦曦也有些怔忡。

"七个人？"她缓缓地问。

韩沉点了点头。

关于辛佳的死，他并未全盘告诉其他同事。只说了辛佳找他来，是希望他陪伴她度过在岚市的最后一天；还有毒气屋的存在、辛佳亲口承认曾经制毒杀人的犯罪事实。而杀手团体的存在，却未对其他人提及。

两人一时都没说话。

过了一会儿，白锦曦开口："五个也好，七个也好。一定会把他们一个个都揪出来！"

这话说得极狠，韩沉目不斜视，说道："好。"

虽然他只应了一个字，却沉甸甸地落在她心上。她慢慢地笑了，转头望着他："还有，你以后不许单独行动。今天万一有什么差池，你变成植物人了，我怎么办？"

韩沉的眼睛依旧看着前方。

"不怎么办。就算我哪天真变成植物人了,也会认得你。"

白锦曦微怔,立马皱眉:"去去去!童言无忌童言无忌!"还探头往车窗外,连吐几口口水。

韩沉看着她的样子,倒是笑了。等她缩回来了,他抬手就将她搂了过来,搂进怀里,单手开着车。

白锦曦歪头靠在他怀里,望着窗外苍茫的夜色,一时也没有动。

是太眷恋彼此了吗?原来分分秒秒,都想依偎在一起。

"一会儿先送你回家。"他轻声说,"我还得回局里录口供。"

白锦曦直起身子看着他:"不行,我要跟你在一起。你录口供,我就在边上等着。"

韩沉低头亲了亲她的长发:"听话,你喉咙的伤还没好。而且晚一点,辛佳的家人会从北京赶过来。"

白锦曦想了想,这才答应下来。

果然如韩沉所料,他回到警局后,面临的就是辛佳家人无休止的哭诉和吵闹。而对凶手的追查,也不可能那么快有成效。韩沉心里很清楚,大概只有把整个七人团起底,才能将真凶绳之以法。

这一忙,就忙到了半夜三点多。韩沉找了个空当,一个人走到走廊里,静静地靠着休息。

辛佳的家人依旧在吵闹,隔着窗户,都能看到他们的脸,听到他们嘈杂的声音。

还有许多盏窗户亮着灯,许多人在忙碌。他可以清楚地看到很多人的脸:秦文泷、徐司白、唠叨、冷面、周小篆……

他的目光变得很沉,很沉。

这时有刑警经过,递给他支烟,他静默片刻,终究还是摆了摆手,没接。

夜色寒凉,他伸手竖起夹克的衣领,然后就看到了手指上的戒指。

这样的夜晚,没有烟做伴,却有她相陪。

他低头看着戒指,想起她今天的模样,心底又软又热,慢慢地笑了。

他拿出手机,盯着她的名字,却又迟迟未拨。

这么晚，她应该睡了。

而他所不知道的是，相隔不远的家中，白锦曦跟他一样，低头看着那条面目全非、四分五裂的项链。

月光清澈，她躺在床上，久久不能成眠。她想的是，她还没来得及把项链给他看；还没来得及告诉他，她真正的名字。

她是他的苏眠。那个被他刻在戒指上的名字，终于找到了。

她好想他。

想他眉梢眼角浅浅的笑，想他今天拥抱她时的温柔与坚定。他平时大大咧咧惯了，而他和她之间，也一直是他在索求，他比她更渴望。可今天他遭遇危险，她才知道，是从什么时候起，她已经完全离不开他？韩沉于她，何尝不是一块逆鳞，旁人不能碰，不能伤，而她不能失，无法忘。

辗转反侧良久，她拿起手机，给他发短信：你什么时候回来？

韩沉正站在走廊里，低头沉思，忽然就听到手机叮咚一响。

他拿起一看，静默片刻，就走回了办公室里，拿起车钥匙，转身离去。

我现在就回来。

白锦曦看到这条短信，弯起嘴角笑了，更是一点睡意都无，赤脚就跳下了床，跑到了阳台上。

而韩沉上了车，一路疾驰，向家的方向开去。

天边星光闪烁，夜色温柔而冰冷。

案子是查不完的，人生终有尽头。

此生此世，此时此刻，我只想和你在一起。

第十一章
金风玉露

从高楼眺望,这座城市安静美丽得像一场梦。凌晨三点钟,依旧缀满灯火。而公路上稀疏的车流,就像航行在灯光与星光交织的暗河里。

白锦曦在阳台上站了一阵,只觉得时间过得特别慢。离公路太远,也看不清韩沉的车是否归来。夜里很冷,她原地跺了会儿脚,进屋拿了件外套裹紧自己,就出门下楼等。

韩沉将车停好后,沿着一条小路,往楼门口走去。远远地,就见楼下站着个女人,面朝着墙,低着头,不知道在琢磨什么。

他微微一笑。望着她在寒夜中娉婷的孤影,心中也涌起阵阵柔情。他将双手插在裤兜里,放轻脚步走向她。

刚走到身后,就听到她嘴里念念有词:"韩沉,你可以兑现赌约了。"

韩沉倏地抬眸,停下脚步。

"喂,韩沉,我可是愿赌服输的人。"似乎对刚才的语气不满意,她又换了很轻松很撒娇的语调,对墙说道。

韩沉干脆不动了。眼睛里含着沉沉的笑,就这么从背后望着她。

"唉!"她重重地叹了口气,伸手一捶墙壁,这回换成了很霸气的语气,"韩沉!姐想把一切都给你!来吧!"

话一说完,自己憋不住扑哧先笑了。大约"演习"得太投入,全然未觉身后站着目光幽沉的正主。

最后,干脆用额头抵住了墙壁,她一边晃一边轻声说:"韩沉,我想要跟你一起做梦。"

这么原地纠结了半天,她才恨铁不成钢似的,一巴掌拍在自己的脑门上,慢吞吞地转过身来。

蓦然看到身后站着一个人,只吓得她倒吸一口凉气。

再看清他就是韩沉,白锦曦瞬间就没了声音。

楼门口有柔黄的灯光,照射在两人间的空地上。一轮明月,悬挂在他身后的天空中。他的夹克领子竖着,整个人仿佛还沾染着夜的冷意。眉宇间,却仿佛晕着浅浅的光泽。俊脸就这么噙着笑,一眨一眨地望着她。

白锦曦跟他站在同一片如水的余晖中,同样定定地望着他,开口:"……我去!"

他眼中笑意更深。

白锦曦脸上像火烧似的,转身就往楼门走去,却被他一把抓住了手腕。他低头看着她:"你想的,我都在想。你要的,我迫不及待地想要。"

于是白锦曦的脸更红了。然后被他牵着手,走进了电梯里。

掏出钥匙打开门,白锦曦莫名就有点慌,抬腿就往屋里走。结果刚走出两步,就被他拉住了。他反手关上门,灯都没开,一把就把她抱了起来。

跟在山上时同样的姿势,他双臂托起她的臀,抬头就吻住了她。

白锦曦被他抱得这么高,双腿只能缠着他的腰,手搂着他的脖子,整个人仿佛都是他的了。她的心情也有些按捺不住的激动,急促地呼吸着、亲吻着他。

很快,他就抱着她,走到了房里,腾出一只手打开了灯,然后直接将她丢在了床上。白锦曦后背刚撞在柔软的床铺上,他的身躯已经笼罩上来。他盯着她,脱掉夹克丢在地上,又替她脱掉外套,扔到一边。

事到临头,白锦曦又有些慌了。某些即将发生的画面,不受控制地冲进脑海里。再想到跟她做那些事的人,就是眼前的韩沉,她的心跳更快了。

"等等!"她伸手挡住他的胸口,"你忙了好几天了,不要先补个眠吗?"

"不需要,在警局眯过一会儿了。"韩沉的声音已经有点哑了,捉着她的手指就亲。

白锦曦被他亲得全身都燥热起来，还在妄图做最后的挣扎，又把他的胸口一推："那……警局的事都忙完了？你就这么一个人回来了？"

韩沉这才抬眸看着她。

幽黑漂亮的眼，仿佛燃烧着某种暗色的火焰，看得白锦曦心头一跳一跳的。

"白锦曦。"他轻唤她的名字。

"……嗯？"

"什么都无法阻止我今晚得到你。"这话说得轻淡无比，却带着他惯有的横劲。白锦曦心弦就这么一颤，他已扣住她的双手，低头再次吻下来。

不得不说，韩沉当真是个调情高手。两人衣服都还没脱，他只是这么一寸寸亲吻着她的手臂、脸颊、脖子，已令她全身燥热无比。而他的手，更无声无息地探入睡衣中，温柔而有力地游走着。

等他一颗颗解开她睡衣的扣子，开始埋头亲吻舔舐，同时用另一只手揉弄。白锦曦连呼吸都断续起来。当然，隔着他的长裤，她也能清晰地感觉到某种存在。这令她又激动，又紧张。

等韩沉伸手去解自己的皮带时，白锦曦到底还是有些害羞了，脱口而出道："你把灯关了！"

韩沉动作一顿，抬眼看着她："你要我摸黑？"

彼时，大概是因为空气和身体都太热，他白皙的脸颊，也染上了一层红晕。衬衣扣子已经全解开了，是刚才被白锦曦不知不觉就解开的，露出结实而匀称的胸膛。沿着腰线往下，隐隐可见紧致修韧的腹肌。

白锦曦的脸更红了，她也开始耍横道："关灯怎么了？不可以吗？"

韩沉看她一眼："可以。第一次我特别愿意摸黑。"

白锦曦要听不出这是反话，那她就白跟他好这么久了。可是已经晚了，韩沉说完就探身到床边，拿起了灯光的遥控器，一连串按了下去。

啪啪啪啪——

数盏灯依次亮起。

白锦曦倏地睁大眼。

原本还只开了一盏柔和的壁灯，现在好了，屋顶的水晶灯、镜子前的射灯、墙角的落地灯,甚至连外面走廊的灯,全都亮了。整个屋子明亮得跟白昼似的。

韩沉将遥控器直接丢到了远远的客厅地上,重新扣住她的双手:"继续。"

白锦曦又好气又好笑:"你浑蛋!"

他盯着她:"我明明还没有开始浑蛋。"

"……"

看到她吃瘪,韩沉居然很不厚道地低下头,笑了。此情此景,衣衫半褪,他的笑英俊性感得叫她心头一麻,甜甜蜜蜜地荡漾开,傻傻地望着他,也笑了。

笑完了,他伸手揉了揉她的臀:"转过去。"

白锦曦心头就那么一抖,抓住床单不肯转:"韩沉,你、你一上来就这个姿势啊,你给点缓冲适应期啊!"

韩沉微微一怔,眼睛里笑意更浓。

"白锦曦……"他低下头,开始亲吻她的耳根,"你这几年扫黄扫多了吧?"

锦曦道:"……你才扫黄扫多了呢!"

他还是伸手将她翻了个身,然后整个人压上来,一边脱她的睡衣,一边沿她的背往下亲吻:"我只是想亲你。"

白锦曦顿时全身一松,任由他的唇舌和双手造次:"哦……"

结果就听他继续说道:"不过,既然是你想要的……"

白锦曦伸手捂住脸:"……我根本就没想!"

明亮的灯光下,女人的肌肤柔白细腻得叫人移不开眼。韩沉双手捧着她的背,腿压着她的腿,不叫她动弹。亲着亲着,力道不知不觉就大了,呼吸也渐渐急促。

而白锦曦双手抓着床单,微凉的空气,似乎令背部的触觉变得更加敏锐。他的唇舌、他的呼吸、他的指尖,都是那样强烈地刺激着她。她也能清晰地感觉到,他跟她同样情难自抑,同样着迷于彼此的身体。

终于,韩沉松开了她的身体,将她又翻了过来,两人正面相对。

这时，两人早已衣衫尽去，只有滚烫的身体，贴在一起。

韩沉的身体缓缓沉了下来。

他低头看着她，眼睛里有暗而灼热的光。

"我想让你清楚地看到我，感觉我。拥有你的人，依然是我。"

白锦曦一怔，忽然就有想哭的冲动。忍住，她伸手搂住了他。

天边，露出了一丝微光。

深秋的早晨，萧瑟得像一幅画。窗外，清风吹过，树叶飘零。鸟儿轻啼婉转，停留在枝头，懵懂顾盼。

隔着层层叠叠的窗帘，屋内的空气，却依旧热得像火。

白锦曦仿佛去到了一片温柔而湛蓝的湖水里。那里有波光点点，那里有湍急的暗流和漩涡。而韩沉，就是那片湖，深深地拥抱着她、包围着她，带她去往波涛滚滚的对岸，带她潜行在隐秘美丽的湖底。而她就是湖中一尾鲜活的鱼，跟随着他跳动，跟随着他呼吸，跟随着他颤抖。

在那湖水深处，分明有耀眼而纯洁的白光，吸引着她。她渐渐痴迷，渐渐沉沦，渐渐狂乱。她用力地拥抱着他，发出小小的呜咽般的声音。

而当她抬头，分明看清了他的容颜。他的身躯有最漂亮而有力的线条，他的黑色短发沾着湿湿的细汗。他的眼睛里，同样写满了沉沦和迷醉，写满了压抑的疯狂。

"韩沉……韩沉……"她轻声呼喊他的名字，这样熟悉的名字，每喊一次，却依旧能叫她怦然心动。

"韩沉，我爱你。"

韩沉的动作一顿。他的眼睛漆黑如海底深礁，却拥有最璀璨动人的光。他伏低身体，以更亲密的姿态，跟她交缠在一起。

在她再次爆发出低喘呻吟时，他轻声在她耳边问："就在里面，好吗？"

白锦曦尽管意识都有些不清，这句话倒是听清了，连忙摇头："那怎么行？要是有孩子怎么办？"

"有孩子就生下来。"他继续顶着她，嗓音低哑而温软，"如果我们没分开，现在孩子已经打酱油了。"

尽管是调侃的话，却叫白锦曦心里一酸。想起两人毕业就结婚的承诺，内心居然也涌起强烈的冲动。

"好。"她轻声答，"就在里面。"

韩沉抱着她的双手骤然收紧，将头埋进她的肩窝里，带给她更强烈的风暴和痴狂。

…………

然而，直至到了最后一刻，白锦曦才真的明白，他为什么想要这样。

原来这样，她就可以这么真切地感觉到他。感觉到他的存在、他的颤动和他的占有。

身体和心同时被他拥抱，原来这才是最极致的倾诉爱意的方式。

"我爱你。"他轻声在她耳边说，"韩沉今生今世，至死不悔。"

过了很久，他才松开她，躺到了一旁。白锦曦虽被折腾得腰酸腿疼，却也是满心甘甜，满心欢喜，靠在他的肩头，没有说话。

过了一会儿，就见韩沉伸手挡住眼睛，兀自笑了。

白锦曦趴在他的胸口："你笑什么？"

他移开手，黑眸定定地盯着她："没什么。笑它太不容易了。"

白锦曦一怔，反应过来他说的"它"是什么，脸颊一热，轻哼了一声说："那也不是啊。你看，它等于有了两个第一次，别人才一个，它分明赚了。"

韩沉盯着她微红的脸，胸中气血一荡，伸手刮了一下她的鼻子，说道："是吗？五年，我怎么觉得它亏了一千多次？"

白锦曦失笑，一把推开他的胸口："哪有这么算的！"

他却又将她搂回来，淡淡地说："明天去买个白板，挂在卧室里。"

白锦曦不解："买白板干什么？"

他唇角微勾："以后每天画'正'字。"

"……去你的！"

天空已经大亮了，有阳光透过窗帘缝隙，丝丝缕缕照进来。韩沉去洗澡了，白锦曦穿戴整齐，拉开窗帘，又一盏盏地把灯关上，脸上露出浅浅的笑。

到底是太过疲惫和兴奋,她趴在床上,等着等着,就睡着了。

过了不知道多久,才悠悠醒转。睁眼就看到韩沉已经从浴室出来了,但没有进房,而是站在客厅的窗前。他没穿上衣,只在腰间裹了条浴巾。颀长的身躯如同孤立的雕塑,在地板上投下长长的剪影,不知道他在想什么。

白锦曦下了床,轻手轻脚地走过去,从背后抱住了他。而他侧眸,握住了她的双手。

"我要告诉你一件事。"她把脸埋在他背上,"那串项链的吊坠,鉴证科同事已经切割开了。里面刻的字是:'S&H My heart'。"

韩沉一动不动,眼眸显得深邃难辨。

"我做了个梦。梦里,你不叫我白锦曦,叫我苏眠。苏轼的苏,沉眠的眠。"

韩沉立刻转身,直视着她。

白锦曦抿了抿嘴,很淡地笑了笑:"现在我不知道,我真正的亲人在哪里,我真实的身份是什么。而如果我不是白锦曦,那么真正的她,又去了哪里?到底是谁,制造了这一切……"

她的话还没说完,韩沉忽然伸手,将她拉进怀里,让她贴在自己胸口。

"锦曦,你想过没有?会议室外的偷听者、在邵纶家偷袭你的人,还有昨天杀了辛佳的人,他们的忽然出现,说明了什么?"

白锦曦抬眸望着他:"说明了什么?"

"说明他们慌了。说明他们非常害怕,害怕我们俩重新在一起,害怕我们一起追查当年的真相。"他慢慢地说。

白锦曦一怔。

片刻后,她露出深深的笑,点了点头:"好,我明白了。"

韩沉望着她的脸。她的肤色如同雪一样白净,她的眼眸如同星辰一样透亮。她是这样美艳动人,又是这样清澈坚定。他低头,再次吻住了她。

吻着吻着,他就再次将她打横抱起,往床边走去。

白锦曦唇舌含糊地抗议:"你想干吗?难道还不够吗?"

他翻身压住她:"不够。"

第十一章 金风玉露

白锦曦再次醒来时，已经是中午了。

阳光洒满了整间屋子，空气里满是缠绵暧昧的味道。她侧眸，看向躺在身旁的韩沉。

他还没醒。一只手臂让她枕着，另一只手搭在她腰间，而他的脸离她很近，眉目清晰如镌刻。

白锦曦安静地、又有些着迷地望着他，探头过去，在他脸上亲了一下。

过了一会儿，又在他鼻梁上亲了亲。

然后是嘴，然后是脖子。最后，她拿起他的手，亲了亲他的掌心。

白锦曦不想吵醒他，这一连串的吻，都如同蜻蜓点水般。最后放下他的手，刚想下床，手就被人拉住。

"啊！"她一声低呼，已经被他拉回了怀里。

她趴在他胸口，瞪大眼睛看着他。

他不知何时已醒了，单手枕在脑后，另一只手拽着她的手腕。被子只遮住他半个胸膛，眼眸中有几分难得的慵懒，那模样要多性感有多性感。

"这样就算亲完了？我昨晚是怎么亲你的？"

白锦曦一把推开他的胸膛："你装睡！"

可他提到昨晚，白锦曦自然想起他吻遍她全身的画面，一寸都没放过。眼见他还眸光湛湛地盯着她，握着她的手腕不放，大有要迫她就范的势头。白锦曦脸颊一热，哼了声说："我怎么能跟你比？我可没你那么饥渴。"

可是这话又惹祸了。韩沉眸光一沉，手上一用力，就将她整个人都拉到了他身上，再次如昨晚般躯体交叠着。

白锦曦哪还敢惹他啊，赶紧狗腿起来："我饥渴我饥渴，我特别饥渴，但是真的够了！"

韩沉笑了，可还是慢条斯理地摩挲着她的手，就是不松手。

白锦曦心里骂了句"臭流氓"，嘴里却胡乱跑起火车来："而且啊，你看，你身体表面积比我大多了，我怎么亲啊，那得亲到什么时候去是吧？你也没亲这么大的面积啊。咱们赶紧下床去吃饭吧。"

结果，真应了那句话：自己挖坑自己跳。她话音刚落，韩沉就淡淡地答："有道理。那就亲一半吧。"

"……"

好吧！亲就亲。食色性也，望着他的身体轮廓，不得不承认，她其实也一直在被蛊惑。她其实……也挺想一亲芳泽。

她斜斜地看他一眼，干脆直接跨坐在他身上。韩沉的眼神瞬间都有些变了，双臂枕在脑后，眼眸氤氲地望着她。

白锦曦低头，双手抵在他的胸口，开始亲吻他的脖子。结果刚亲了两口，就被他握住手腕又抓了起来。

"这一半有什么好亲的？"他低声说。

"……"

流氓！太流氓了！

她红着脸一把推开他，就要下床。可人都骑上来了，韩沉哪里还肯放，一把搂住她，再将被子往上一扯，直接把两个人都罩了进去。

在被子里厮磨胡闹了好一通，直至床畔手机响起，韩沉才松开她，重新躺下。白锦曦长发凌乱地从被子里爬出来，脸色通红地瞪他一眼，他却靠在床头，兀自满足地低头笑了。

白锦曦简直被他笑得心肝乱颤，胡乱抓过手机，一看，递给他："你的电话在响，周小篆。"

韩沉居然闲闲散散地说："不想接，你看着办。"

白锦曦瞪大眼——这人！在床上哪还有半点神探的样子？又痞又横还要少爷脾气，活脱脱一北京土著流氓！

反正是周小篆的电话，她也不太在意，直接接了起来："喂，小篆。"

这时韩沉在一旁淡淡地说："跟他说，韩沉没空。"

白锦曦又横他一眼，但还是复述他的话："……韩沉没空。"

韩沉说："有事跟他老婆说。"

锦曦说："有事跟他老……跟我说。"看着韩沉，她轻声笑骂，"去你的。"

韩沉淡笑不语。

那头的人静默了几秒钟，然后轻咳了一声。这一声只咳得白锦曦目瞪口呆，然后就听到秦文泷粗犷的嗓音传来："咳……锦曦啊，我手机没电了，拿小篆电话打的。"

白锦曦沉默了一瞬，一把丢掉手机，哀号着一头扎进被子里。

韩沉看到她这副樟样，倒是笑了，捡起手机："嗯，秦队……她是在我这儿，讨论工作呢。"讲到这里，自己唇角先上扬了。

电话那头的秦文泷，一时竟无言以对："你小子……你小子……"最后只得又好气又好笑地说，"工作为重，你们的关系暂时不要张扬，明白吗？"

韩沉淡笑地说："明白。"

秦文泷这才又说道："辛佳的案子，你也算是涉案受害者。这个案子你先不要查了，放假三天，也好好休息一下。"

"好。"这个安排也在韩沉的意料之中。他看一眼身旁窝着的女人，"那白锦曦也休三天吧。"

"……"秦文泷在心里骂道。

韩沉挂了电话，就见白锦曦伸着手指，颤巍巍地指着自己："太过分了！太过分了！你干吗跟秦队说，我也要休三天啊！多不好啊！"

韩沉伸手将她一搂，云淡风轻地说："没什么不好。我为队里出生入死卖命查案多少年了。这点情面，秦队要是不给，还是不是男人？"

那头，十分"男人"的秦文泷看着手机，心里简直有千万句脏话要脱口而出！太过分了！太过分了！韩沉刚刚答应他不张扬、要低调，转头就非要跟白锦曦一起休假，度小蜜月吗？

默默叹了一会儿气，他走回黑盾组办公室，神色淡定地对其他三人说："这几天我给韩沉和白锦曦放了假，有别的事安排他们做。你们的工作直接向我汇报，就别去打扰他们了，明白吗？"

风和日丽的午后。

白锦曦跷着二郎腿，手指嘚嘚嘚地在餐桌上敲着，等着韩沉给她煮面。

刚才他说要下厨，白锦曦还吃了一惊。因为平时两人几乎都是在外面吃，从未见他的手沾过阳春水。她刚到他家时，那厨房更是干净崭新得没有半点烟火气。

"你行吗？下得好不好吃啊？"她怀疑地问，"要不还是我来下方便面吧！我下方便面可好吃了。"

他只笑了笑，一拍她的屁股，将她赶出了厨房。

又等了一会儿，便闻到厨房传来阵阵香味。白锦曦好奇地跳下凳子，推门走了进去，便见他正低头在切西红柿。衬衫领口微敞，修长白皙的手指在砧板上移动，居家又性感。

旁边洗手台上放着两个煎好的鸡蛋；一小碗炒好的肉酱。肉酱里还放了辣椒碎，红艳艳的，看着十分诱人。

白锦曦虽不善厨艺，却是个地道的吃货。一看他这架势，就知道很牛。她惊讶地伸手从背后环住了他："看起来好像很好吃哎。难道我捡到宝了？"

他微微一笑："别高兴太早，我就会这一道面。"

白锦曦吐吐舌头，又问："你是从哪儿学的？"

"据说是跟我妈学的，她的厨艺非常精湛。"

听他提到母亲，白锦曦只是笑笑，将他搂得更紧。

等面上了桌，两人相对而坐。白锦曦吃了一口，好吃得舌头都快咬下来。

"你太厉害了！"她感叹，"失忆了，还记得面怎么下，下得还这么好吃。"

韩沉夹起一筷子，慢慢地吃着，说："想必是因为某人以前就很喜欢吃。"

白锦曦奇道："你怎么知道？"

他抬眸看她一眼："刚醒那一年，每次下面，我都会习惯性地下两碗。吃一碗，还有一碗放冷倒掉。"

白锦曦怔住了，望着他的眼睛，嘴里香喷喷的面条，似乎也变得有些涩。

许是如今终于得偿所愿，他似乎也有些动容，伸手握住她的手："你呢？有没有过相同的感觉？"

啊？

白锦曦脑海里瞬间浮现出无数画面，都是她跟周小篆啊、跟徐司白啊、跟局里大老爷们儿开开心心吃吃喝喝的样子。还有偶尔她兴高采烈地躲在办公室里吃独食的模样。

"咳……"在他幽沉的目光中，她勉强开口，"有的。有时候……我吃鸭翅膀，吃饱了，总觉得还要多吃一个。现在我明白了，一定是替你吃的！"

韩沉望着她，不说话。

白锦曦若无其事地看向一旁，端起水喝了一口。

他盯着她，手指在桌面上敲了敲："嗯，这几年我没能吃到鸭翅膀，劳你费心了。"

白锦曦想笑，又不好太嚣张，将水杯往桌上一放，横他一眼："韩沉，我发现你挺有'怨夫'潜质的。一个大男人跟我计较这么多干什么？"

韩沉这才拿起筷子，继续吃了起来。

"有的女人没心没肺，不提醒她欠下的账……"他抬眸看她一眼，眼睛里到底也有了笑意，"她就没有以身相许的觉悟。"

白锦曦道："我已经以身相许了！"

"才一个晚上而已。"他答。

锦曦道："……而已？"

面吃完了，她快快活活地去洗碗，韩沉就靠在沙发里看电视新闻。等洗好了，她看了看钟，才两点多，便靠到他怀里坐下："喂，这多出来的三天，我们去干吗？"

韩沉看她一眼，手臂从沙发靠背放下，搂住她的肩膀："我们回趟北京？"

白锦曦一时没说话。她已经听韩沉讲了，辛佳说她是公安大学06级学生。如果这是真的，就意味着她的大学，是在北京念的，而不是沙江。而当年所有的一切，跟韩沉的生离死别，也极有可能是在北京发生的。

而至于为什么"白锦曦"身边的人，都把她当成了她，韩沉的分析是："白锦曦的老邻居提过，她还有个表姐。如果苏眠跟白锦曦是表姐妹，相貌相似就不足为奇。并且，你，或者她，也存在整容过的可能。"

这个推测让白锦曦心里很不舒服。一是不知道被自己顶替了身份的那个女孩，现在到底境况如何；二是这副容貌有可能不是自己的，更觉浑身不自在。

"好，回北京。"她坚定地看着他。

等韩沉订好次日一早的机票，从书房出来，就见白锦曦坐在沙发里，望着窗外，心事重重的样子。他静默片刻，走过去，把她拉了起来："走吧。"

"去哪儿？"

"兑现承诺。"

白锦曦好奇道："什么承诺？"

韩沉转头，将她上下打量一番："买裙子。"

直至坐上车时，白锦曦还在嘀咕："我不太喜欢穿裙子的啊。"

韩沉双手搭在方向盘上，轻描淡写地说："你一定喜欢。"

"为什么？"

为什么？

韩沉眼睛看着前方，隐隐掠过笑意。

因为眼前清晰的她，跟记忆中那个裙裾飞扬、臭美又爱撒娇的模糊女孩，越来越多地重合在一起。江山易改，本性难移，她怎么可能不喜欢那些颜色鲜亮、婀娜多姿的玩意儿？

结果，进了商场女装区——

在导购员的含笑陪伴下，韩沉挑了条红色长裙递到她面前："喜欢吗？"

白锦曦眼睛一亮："喜欢！"

他又挑了宝蓝色吊带裙搭在自己手臂上："这条呢？"

白锦曦眼睛更亮了："也喜欢。我就喜欢这种！"

最后，韩沉将十多条裙子一股脑丢给了她。白锦曦捧着裙子往试衣间走，整个人都美滋滋的。想了想，她转头对他说："我现在算是明白了，我以前为什么不喜欢裙子啊，因为小篆这个闺密太不称职、品位太差了！近墨者黑，我都被他带土了！"

试衣间。

白锦曦对着镜子看着自己。

第十一章 金风玉露

红色的柔滑长裙，黑色的小外套。他为她挑的第一套衣裙，就是这样的浓郁的颜色。

她想了想，将绑起的长发放了下来，又踩上试衣间里的高跟鞋，推门走了出去。

外面灯光明亮，地面光可鉴人。导购员热情地迎上来："怎么样？合身吗？哇！太美了！快给你男朋友看看。"

白锦曦抬眸，就见韩沉坐在相隔几米外的沙发凳上，双手搭在大腿上，抬头凝视着她。

不知是灯光的原因，还是她的心理错觉，总觉得此刻他的眼睛格外漆黑，也格外灼人。

白锦曦心头一甜，完全被他的目光取悦了。也不专程走过去给他瞧，而是姿态万千地在镜前照着，任由他目不转睛地注视。

"太美了！"导购员感叹，"小姐，你不买都对不起这身效果啊。"

白锦曦抿了抿唇，淡淡地道："还行吧。"眼角余光一瞟，发现他还一眨不眨地盯着自己，连姿势都没有半点改变，就跟一座漂亮的雕塑似的。

白锦曦这才一脸若无其事地转身，走向他，同时对导购员说："我问问我男朋友啊。"

谁知刚走了两步，就见店门口，两个年轻女孩走到韩沉身边，指了指他，不知说了什么，其中一人就拿出手机，对着他咔嚓一拍。

白锦曦一愣，这是干吗呀？

韩沉原本看白锦曦看得入神，这时才倏地抬手，挡住了自己的眼睛，同时看向那两个女孩。

两个女孩也吓了一跳："啊！是真人啊！我们以为是模特，对不起对不起！"她们连连作揖，"我们看你半天一动不动……"

"是啊。"另一个说，"眼珠都不动一下，以为是模型呢……"

韩沉扫她们一眼："没事。"就不再搭理了。

两个女孩讪讪地走了。

白锦曦忍不住笑了，虽说不知道两个女孩是有意还是无意，但即使真认错了，也不足为奇。店里灯光太亮，而他……白锦曦也打量着他，身材太好,长得太好,穿得也养眼,看着的确像模特。

她双手背在身后,不紧不慢地走过去,然后弯腰看着他:"你看什么呢?这么入神,眼珠都不动一下,还被人当成了模特。"

韩沉也抬头看着她。

"你说我在看什么?惹祸精。"

低沉懒散的嗓音,令白锦曦心弦一颤。她抿着唇一扭头:"我看你才是惹祸精。"她踩着高跟鞋,娉娉婷婷地朝试衣间走了回去。

而韩沉盯着她的背影,越发移不开目光。

不仅是因为这样的她,艳光太盛。

如果两人不曾分开……

她本该这样艳丽而骄矜地生活着,中国最好的警察大学的高才生,拥有令人艳羡的体面生活,拥有他的呵宠和安稳的幸福,而不是这几年在最基层的派出所里,跟个大老爷们儿似的,走街串巷,风里来雨里去,活得大大咧咧、鸡飞狗跳。

可偏偏,这样的生活,她也适应极快,乐在其中。

韩沉低下头笑了,胸中也涌起阵阵柔情。心随意动,他起身就跟了上去。

白锦曦走了两步,就听到身后的脚步声,回头见他,她怪异地问:"你跟来干吗?"

韩沉双手插在裤兜里,淡淡地说:"不干吗。"

白锦曦已经深深领略到他有多么胆大妄为,警一眼不远处的导购员,闪身进入试衣间,警惕地盯着他:"你可别想进来。"

"我没那么饥不择食。"他往对面墙壁一靠,还真的不动了。

白锦曦一边换衣服一边问:"那你在这儿干吗?"

"等你。"

"那也没必要站在门口等吧。"

他语气极淡地说:"就想站在门口等。"

白锦曦想了想,反而笑了,义正词严地切了一声:"你其实就是拧!"

买完衣服,两人就近吃了个晚饭。等从饭店出来,外头天色已经全黑了。

白锦曦拉着他的手问:"现在去哪儿啊?"

韩沉想了想,道:"去瑛湖吧。"

"好啊。"

瑛湖算是岚市的风景名胜之一。白锦曦初来岚市,也跟周小篆去过一次。这样的秋夜,湖光山色,灯光游船,想必不错。

车沿着江堤行驶,很快就到了湖边。远远望去,只见湖上一片黑茫茫,岸边灯火点缀,唯有头顶一轮明月高悬,十分静美。

韩沉望着窗外,样子却有点入神。白锦曦问:"在想什么?"

"没什么。"韩沉笑了笑,把车停好,拉着她的手一起走向湖边的绿道。

没什么。

只是原来在这一点上,他跟辛佳没有差别。

下面条给她吃、买裙子、游瑛湖、回北京……

原来,他也有这么多事,想要一件件地跟她一起做。

第十二章
我的悲哀

这晚,白锦曦拎着几盒烧烤小吃,跟韩沉走入警局大院时,已经是夜里十点多。

对于她要给黑盾组送夜宵这种事,韩沉是没什么意见的。反正两人迟早要结婚,她有当嫂子的觉悟,他何乐而不为?

白锦曦可没想那么多。她就是跟他吃到了好吃的,想跟周小篆他们几个分享罢了。

夜色静谧,办公大楼稀稀疏疏亮着灯。两人牵着手,推开办公室的门,一眼就看到周小篆等几个都在桌前忙碌。

许湉柏也在。这让白锦曦有点意外。

灯光很亮,许湉柏照旧穿着休闲外套和衬衣,戴着金丝框眼镜,正靠在唠叨的桌旁,手里拿着叠资料,在跟他讨论。他衣袖稍稍挽起,露出手腕上的表和佛珠,整个人看起来儒雅又睿智。

听到动静,众人都抬头望过来。

"呀!老大,小白!你俩这几天不是在度蜜月吗?"周小篆第一个跳起来,冲到白锦曦身边,瞅她的脖子,"嗯,伤好多了。"

他完全口无遮拦,除了令白锦曦稍稍赧然,在场其他男人都没什么表情变化。就连外人许湉柏也露出善意的笑。

显然,这已经是一个公开的秘密了。

白锦曦把手里的夜宵丢给周小篆:"闭上你的嘴吧,趁热吃,好料!"

周小篆和唠叨一起发出欢呼，开始张罗拿报纸铺桌子。

韩沉走到冷面桌前："还顺利吗？"

冷面回答道："现场证据采集、对辛佳的生平调查已经做完了。现在的进展，跟我们预想的差不多。"

跟预想的差不多，就意味着，凶手拥有职业杀手般的素养，现在想要直接把他揪出来，还存在难度。

韩沉本来也没打算一蹴而就。他们要对付的不是一个人，而是一个组织。他点点头，看向许滴柏："许教授怎么也来了？"

许滴柏笑了笑，接过唠叨递过来的一串烤虾球。即使吃着街头小食，也让人觉得气质温雅。

"我家跟辛佳家算是旧识，有些来往。所以这次她出事，我于情于理，都应该尽一份力。"提到辛佳，他的目光露出些许悲戚。

韩沉和白锦曦都点了点头。

唠叨在一旁插嘴道："许教授一直在帮我们做安抚家属的工作，也在做辛佳的心理报告，帮助很大啊。"

白锦曦笑着对他说："师兄，谢了！"

许滴柏含笑点点头，手指转了转手腕上的佛珠，姿容平和。

韩沉和白锦曦又待了一会儿，就牵着手起身离去。

走下楼时，白锦曦手机响了。她拿起一看，居然是周小篆发来的短信：*我有预感——我是不是要当干舅舅了？我感觉你俩的气场不同了！* 然后是一个看起来很猥琐的笑脸表情。

白锦曦抿嘴一笑，刚要回复"去你的"，手机却被韩沉拿去了。他一看，长指便在键盘上跳动，打字：*哪里不同？*

白锦曦掐一把他的手背，把手机抢回来："讨厌！你干吗还要问他？"

而办公室里，周小篆恰好站在窗边，望见了楼下路灯旁，他俩相携离去的身影。他忍不住感叹："他们俩可真配。"

他这一感叹，其他人也抬头，望着那两个人，纷纷露出笑容。

"是啊。"唠叨附和，"每次看到他俩，都有种盼着他们早点结婚、白头到老的心情啊。"想了想又说，"嘿，还真是，你说皇帝不急，我们这些太监巴巴地急着盼着操心什么？"

这话一出，其他人全笑了。冷面淡淡地开口："你才是太监。"

唠叨自个儿也乐了，给了自己一巴掌："瞧我这张嘴，说错了还不行吗？我去买咖啡赔罪，谁喝？冷面肯定是要的，小篆好宝宝肯定是不要的，许教授呢？哦，还得给隔壁的徐法医来一杯。"

次日一早，飞往北京的航班上。

乘客不多，他俩周围也没什么人，机舱里显得有些冷清。白锦曦坐在窗边，望着层层云海，出神。

韩沉将手放在她肩膀上："在想什么？"

白锦曦转头看着他，如实地答道："在想，我以前会是个什么样的人。我的爸爸妈妈，会是什么样的人。他们看到我，不知还认不认得出来。"

她的语调到底有些落寞。韩沉望着她乌黑潋滟的双眼，抬头又看着前方，语气平淡地说："你的话，没什么悬念。比现在更娇气，也更爱撒娇。简单粗暴程度应该是一样的。"

白锦曦被他逗乐了："滚蛋！"

韩沉眼中也浮现笑意，捏着她的手，又说："你父母一定很宠你，才养得出这么娇气的女儿。"

这话倒让白锦曦轻轻地嗯了一声，沉默下来。

很快，飞机就落地了。韩沉从货架上拿下小行李箱，取了副墨镜戴上，又递了副给她。白锦曦欣然接过。两人此次回北京，一切低调行事。

出了机场大门，来往的车和人都很多。白锦曦看一眼身后的人流，有的行色匆匆，有的原地驻足顾盼。她压低声音说："你说，七人团的人，会不会正跟着我们？"

韩沉没答，也没看身后，戴着墨镜的脸显得更冷峻，牵着她上了一辆出租车。

等车开到市区的二环路上，韩沉便让司机靠边停车，又带她上了一辆人满为患的公交车。

白锦曦被他整个儿圈在怀里，扶着吊环，低声问："这车开去哪儿啊？"

韩沉看她一眼，说："去我家。"

白锦曦一愣："要去你家吗？"

"不去，放个烟幕弹。"

等公交车在某一站停下，下车的人都走完了，该上的人也上完了，车门重新关上，发动机轰隆隆刚要重新上路，韩沉突然扬声喊道："师傅，有下！"

车门哐当一声重新打开，司机骂骂咧咧道："早干吗去了，现在才说。"

韩沉拉着白锦曦的手，迅速跳下了车。然后就站在站台上，望着面前的公交车。

没有人跟下来。

白锦曦微微一笑——要真有人现在跟，岂不是暴露了？

等公交车开远了，他便又牵着她，走入了一旁人潮汹涌的地铁站。

如此依样画葫芦换乘了好几次，不管是多难甩的尾巴，都应该被"扼杀"掉了。一个半小时后，两人终于出现在公安大学的正门口。

深秋的北京，风很大，天空也显得阴霾。

公安大学的建筑，宏伟而肃穆。楼宇正上方的人民警徽，暗光湛湛。不远的操场上，还有学生在打球。整个校园显得稳重又宁静。

白锦曦望着这一切，人变得越发安静。

韩沉问："有印象吗？"

这里的每一处景物，白锦曦都不记得了。可每一处，又觉得似曾相识。

她说："感觉就像上辈子来过这里一样。"

来之前，韩沉找厅领导开了份工作介绍函。两人顺利获得许可，进入了档案馆，找了间偏僻无人的阅览室，将06级犯罪心理系的所有资料，统统搬了过来。

白锦曦首先打开的，就是学员花名册。而韩沉则拿起学员的一叠详细背景资料，翻看起来。

白锦曦一行行名字往下看。

很快就看完了，她睁大眼，不死心地又从头到尾看了一遍。

还是没有。

没有"苏眠"这个名字。

她霍然抬头，望着韩沉。

韩沉也放下手里的资料，看着她，目光漆黑如墨。

锦曦问："你有看到吗？"

"没有。"他拿起另一叠资料，"再找找。"

白锦曦点头，伏到桌前，继续快速地翻看其他资料。心情，却变得更加凝重。

毕业照、班级活动记录簿、老师的工作日志、视频资料……甚至连当年的教授和导师名录，她都看了一遍：薛汶东、陈嘉栋、赵澜、许慕华、韩江……不管哪里，都没有一个叫"苏眠"的人存在过的痕迹。

韩沉那边，也是一样。

两小时后，两人从档案馆离开。韩沉脸上没什么表情，白锦曦却一直低着头，目光晦涩。刚走到一处无人的角落，她就转身望着他："怎么会这样？为什么没有我？"

她完全没想到，公安大学之行，会一无所获。

韩沉牵住她的手，神色沉静："没有收获，就是最大的收获。如果辛佳的话可信，什么情况下，一个国家公开招录警校生的档案，会被完全抹去？"

两人在公安部附近的老城区，找了间酒店入住。已是傍晚，一轮落日悬挂天边，暮色笼罩着京城，更显苍凉。

韩沉洗了个澡出来，就见白锦曦一人坐在床边，望着窗外在发呆。

这模样叫韩沉心里丝丝地抽痛。他走过去，从背后环住了她，开始亲吻："我已经托人去查苏眠上大学以前的资料了。事情没调查清楚前，暂时不要多想。"

可白锦曦怎么能不多想？事情已经扑朔迷离得像一团浓雾，而她身陷其中，一时连方向都辨不清。心头沉甸甸的，她推开他："我想一个人下去走走,你先休息。"

韩沉看她一眼,拿了件长袖 T 恤套上:"我陪你去。"

"不要!"白锦曦双手插在裤兜里,快步走向门口,"你别跟来啊。"她现在连自己的身份都弄不清楚,又怎么去完成向韩沉许诺的将来?这种感觉太不安稳,所以一时间,也不想老是对着他,只想一个人待着。

韩沉便没有动,看着她走了出去。

酒店楼下,是个小小的院子,种着几棵小树和花草。门外,就是繁华的居民区。白锦曦漫无目地走了出去,在老旧的巷道中穿行。听着自行车的铃铛声、行人的讲话声、小贩的吆喝声,还有家家户户飘出的饭菜香味,白锦曦整个人仿佛从迷雾中,慢慢又走回到真实的生活里来。

她的心情也平静下来。

然后,就有点检讨自己刚才对韩沉的态度了。

微微一笑,她决定马上回酒店去找他。

然而一转身,望着胡同里的车水马龙、高高矮矮的房屋,她却愣住了。

啊?她走到哪里了啊?

韩沉等了半个多小时,眼见天快要黑了,她还没回来,便穿上外套,准备出去找她。

这附近治安很好,他倒不担心她的安全,就怕她走远了,找不回来。结果刚把手机往兜里装,就响了,"老婆"二字在屏幕上跳动。

他微微一笑,接起:"怎么了?"

她的声音听起来有点可怜兮兮的:"韩沉,我找不到回来的路。"

韩沉低头笑了:"站在原地别动。告诉我周围有什么,我来接你。"

白锦曦在原地等了七八分钟,就看到韩沉从巷子那头走来。此时天已经全黑了,路灯照亮了他的轮廓,他穿着件黑色风衣,身形挺拔而修长,眉目俊朗如画。

白锦曦望着望着,就笑了。

他眼中也浮现浅淡笑意,走到她跟前站定,双手插在大衣兜里,看着她。

"下次心情不好,换一个调节方式。散步难度太大,不适合你。"

白锦曦咬着唇笑："去你的！"心想他才几分钟就找过来了，说明酒店离这里根本不远。而且他已经在身旁，反正不会再走丢。于是她又跃跃欲试想要再搏一把，豪气万千地开口："你等着，我再试一次，就不信找不回去。你，先告诉我，酒店的大致方位！"

十分钟后。

又到了岔路口，白锦曦犹犹豫豫地转头看了一眼韩沉，想从他的表情里捕捉到一点端倪。可他多坏的人啊，眼睛里始终噙着淡淡的笑，无论她选择哪一条路，他都是一个表情。

白锦曦咬咬牙，凭感觉往右走去。

韩沉不急不缓地跟着。

等走出了一段，白锦曦望着眼前陌生的建筑，已经彻底迷茫了，心知再走下去也是枉然。她只得硬着头皮转头问他："喂，我们离酒店还有多远？大方向应该没走错吧？"

韩沉低头看了看表，说："嗯。照这么走下去，下个月，我们应该就能回到岚市了。"

"……讨厌！"白锦曦瞪他一眼，索性一屁股在路旁的石墩上坐了下来，哼哼唧唧不再理他。

韩沉在她身旁坐下，拉过她的手，慢慢地捏着。

"迷路的人，习惯性右拐。男人倾向于选择下坡路，女人喜欢选择上坡路……"

白锦曦听得一愣：哎？她还没听过这种说法。心念一动，难道韩沉是想传授给她不迷路的诀窍？顿时来了兴趣，她主动挽住他的胳膊："继续继续。"

韩沉又说："奔跑时，惯用右手的人，习惯性左拐；反之亦然。而人的潜意识里，会选择对自己更有吸引力的路线，譬如沿途的风景，譬如更舒适的路面，譬如……"他瞥她一眼，"路上有好吃的。"

白锦曦听得十分激动，见他不说了，便追问："听着很玄啊。所以呢？我掌握这些法则，就能克服迷路吗？"

"不能。"他答得干脆。

白锦曦微愣:"那为什么跟我说这些……"

韩沉拍了拍身上的灰,站了起来:"不为什么。据说路痴就是这样完全凭感觉走路的,今天有幸看了个全套。"

白锦曦咬牙切齿地道:"……浑、蛋、啊、你!"

两人在巷子里随便吃了个晚饭,回到酒店已经是七八点钟。

过去虽然如石块般压在白锦曦心头,但她生性豁达,调节好心情后,也暂时丢到一旁。船到桥头自然直,她能感觉到,他们正逐步接近真相。

夜空朦胧,风声戾戾。两人也没有再出门,就待在酒店里,自是一室痴缠,淋漓尽致。白锦曦也渐渐放开了,面对不断索求再索求的韩沉,她的心情和身体同样热烈,越来越喜欢跟他彻底纠缠的那种刺激和悖动感。白天黑夜间,好像只剩下他们两个人,瓜分着甜蜜的私密。足以令她忘却一切,只为他呼吸和脉动。

做得累了,便抱着一起睡,或是在黑暗里耳鬓厮磨,低笑亲吻。就这么亲亲密密缠缠绵绵地过了一个晚上。

到了第二天一早,两人刚起床,就有人来敲门。

安全起见,白锦曦避到了房里,隔着墙角看来人。一个她不认识的男人,戴着顶帽子,将一叠资料递给韩沉,拍拍他的肩,就走了。

白锦曦知道,这是韩沉昨天说的,托人查苏眠以前的资料。

等韩沉关上门,她有些心情复杂地走了出来:"怎么样?有收获吗?"

韩沉看着手里的资料,眸色漆黑无比。过了一会儿,他抬眸看着她,也将资料递给了她。

白锦曦的心跳有些快,接过快速翻开。这大概是户籍部门的档案,全都是制式表格。第一栏就是她的名字:

姓名:苏眠;出生日期:1989年3月17日;

籍贯:K省江城;户籍地址:东城区××路××小区。

…………

白锦曦的心怦怦地跳着,某种说不出的情绪,仿佛正在心底暗涌着。而韩沉看着她瞬间发白的脸色,沉默着走过来,揽住她的肩,跟她一起看着。

她继续往下看——

1994年9月——1998年7月，就读于K省江城第一小学。担任班长、大队长，校三好学生。

1998年9月——2000年7月，随父全家迁徙至北京，就读于北京市第二实验小学。

2000年9月——2006年7月，就读于北京市东城区179中学。毕业成绩：年级第十；北京市三好学生。

而在表格侧面，每一个时期，都登记有一寸免冠照。她的手指几乎是微颤着，触碰到那些发黄的照片上。

戴着红领巾和大队长袖标、梳着马尾辫的女孩。

剪了短发、穿着中学校服的女孩。

还有高中毕业，登记在身份证上的成人照片……

尽管从小到大，轮廓有些变化，可苏眠的脸形、肤色，她的眉眼、神态，完完全全就跟自己是同一个人！甚至比曾经在沙江警校看到的"白锦曦"的旧照，还要像她！现在仔细对比，"白锦曦"的轮廓要更清秀些，眉眼似乎也有些细微差别。

她完全怔住了，看着照片上的自己。

"是我……"她低喃，"她就是我。"

韩沉也凝视着照片中的女孩，神色有些怔忡。

她继续往后翻，却是其他家庭成员的资料了。

照片上的男女，很陌生，但都可以看出，眉眼跟她有些相似。都是年轻时的照片，男人相貌清朗，眉目端正，肩宽体阔；女人长发披肩，姿容秀丽，一双乌黑的眼睛，跟苏眠尤其相似。

下方，是他们的背景资料——

苏睿城，男，出生于1962年，籍贯：北京。

职业：警察。1997年4月，因公殉职，享年35岁。

赵兰晴，女，出生于1965年，籍贯：K省江城。

职业：小学教师。2010年9月，因病去世，享年45岁。

她看着这几行字，眼泪大滴大滴地掉了下来。

"韩沉……韩沉……这是我的爸爸和妈妈……我爸也是个警察……我妈……2010年，在我出事后一年，就死了……"

韩沉一把抱住了她，让她靠在自己怀里，擦去她的泪水。

"别哭了，嗯？"

她是他心尖上的女人。她的痛，令他也感同身受。

她的眼泪却掉得更凶，伸手捂住自己的脸，哭得痛彻心扉。

她找到了自己的父母。

她想她过去一定很爱他们，否则现在不会这样痛不欲生。这才是她的父母啊，生她养她的人，眷她宠她的人。可母亲死的时候，她却作为白锦曦，在江城了无牵挂地活着。而母亲，又是否知道自己的女儿在何处？临死的时候，是否为了她，伤心欲绝？

为什么会分开，跟自己深爱的人？

…………

过了许久，她才止住哭泣，将资料上他们的照片撕下来，小心翼翼地放进自己的钱包里。然后抬头，她看着韩沉，目光已经平静，也有些冷冽。

"这份档案，直到我二〇〇六年高中毕业，往后就没有任何资料了，也没有升读大学的记录。我在十八岁之后的档案，是空白的。"

韩沉点了点头，嗓音有些清冷地说："只有一个可能。"

她咬了咬下唇："可是……如果是警方的卧底，一般都会选择从警几年时间，有一定实战经验、背景简单的人。我当时还在念大学，又是女孩，怎么会成为卧底，被抹去警校就读资料？而且还是那么一宗大案的卧底？这不合常理。而且之后，我怎么又会顶替白锦曦活着？"

韩沉静默片刻，将她搂进怀里，静静地说："这只能说明——当年，还发生了一些我们不清楚的事。"

午后。

韩沉和白锦曦，靠在中学围墙外的树荫下休息。

或者现在，应该称她为苏眠。

韩沉拧开瓶水递给她："小学和中学都走完了，有什么感觉？"

苏眠接过，咕噜噜喝了一大口，眼睛看着前方，说："感觉挺好的。模糊，但是亲切。"

韩沉便没有再问。

若是能让她感觉到些许慰藉和温暖，他愿意陪她去任何地方。

过了一会儿，却见她从外套口袋里掏啊掏，掏出了一样东西，放在大腿上；又从另一侧口袋里，掏了几件东西出来。

韩沉喝着水，低眸看着那些东西，拿瓶子的手顿住了。

苏眠已经献宝似的，把那些东西摊到他面前："你看，这是我的初中毕业合照，我在第二排。学校的大橱窗里居然还有呢；还有这个，高中优秀毕业生照片，在校史馆里看到的，我居然还是优秀毕业生，还有文字介绍资料；还有学校商店里卖的校徽……"

韩沉放下水瓶，盯着她。

买来的校徽也就算了。橱窗和校史馆里的资料和照片……

"你都拿来了？"

这事苏眠也不是第一次干了，她点点头，道："没关系的，他们肯定有副本留存，可以重新冲洗复印。可我现在很可能还是个没被正名的卧底，以什么身份跟他们要呢？只能偷偷拿了呗。"

这话说得可怜兮兮，韩沉举起水瓶又喝了一口，说："想拿就拿，本来就是你的。"

苏眠抿嘴一笑。她就知道，这家伙比她还横呢，肯定会纵容她。于是她又在裤兜里掏啊掏，掏出一堆零食，捧到他面前："你看，这些是在小学的小卖部买的。我看着就很有感觉，一定是我小时候爱吃的。"

韩沉眼中闪过笑意，没说话。

"当当当当！"最后苏眠又从裤兜里抽出……一面小红旗？在他面前挥了挥，她笑眯眯地说："学校操场旁悬挂的小彩旗，我也拿了一面做纪念！"

韩沉静默片刻，抬头看着前方，一边喝水，一边笑了。

苏眠抱着他的胳膊，靠上他的肩膀："你笑什么啊？"

韩沉将空矿泉水瓶往地上一放，双手交握搭在膝盖上，侧眸看着她：

"我以前的品位够怪,挑中这么个老婆。"

苏眠愣了一下,才反应过来,失笑地一把推开他的肩膀:"去你的!你才怪呢!"

接下来去的地方,是苏眠的家。

这是个有些年头的小区,都是六七层的小楼,四处绿树成荫,静谧、陈旧、干净。工作日的下午,小区里没什么人。韩沉和苏眠避过了沿途的监控和路人,上了楼。

到了她家门口,一眼就看到门把、门槛上都积了厚厚一层灰,显然已经很久没有人进出过。苏眠让韩沉放风,自己从口袋里掏出一根铁丝和卡片,在门口捣鼓了几分钟,咔嚓一声,门开了。

进了门,韩沉瞥她一眼:"这手功夫哪里学的?"

苏眠将工具往口袋里一揣,说道:"跟派出所的老王学的。我们官湖的刑警,也得干民警的活,有时候也得帮没带钥匙的大妈开锁。"

说话间,两人打量着屋内。

这是一套布置得很雅致温馨的二居室,很陈旧。屋内有股发霉的气味,满地都是灰尘,不知已经尘封了多久。两人戴上口罩,四处看了看。首先吸引他们目光的,是一面墙壁上的遗像。

父亲在左,母亲在右。

苏眠看着他们的照片,静默不语。

餐桌是实木颜色的,轻易就可以分辨出,桌角还被人用小刀刻着歪歪扭扭的小字:"苏眠到此一游"。经年累月,那字也显得灰黑陈旧。苏眠和韩沉都笑了。

厨房的纱门上挂着一块米色小花的布,小储物间里还堆着些儿童玩具,一架小小的木马。苏眠原本笑看着这些,猛然间额头阵阵发疼。她扶着头靠在门边,韩沉立马搂住她:"怎么了?"

苏眠闭了闭眼又睁开。

也许是终于触景生情,模糊的记忆在她脑海中闪回,而某种沉重的情绪,仿佛也在心中发酵。

她看到幼时的自己，嬉笑着在屋内跑来跑去。

看到年轻美丽的母亲，系着围裙在厨房炒菜。

看着穿着警服的父亲，蹲在阳台上，给她做木马。

看到自己跟同学背着书包，走在回家的路上；看到她捧着遗像，参加父亲的追悼大会，会场横幅上写着"沉重悼念烈士苏睿城"；看到母亲含笑参加自己的高中毕业典礼……

最后看到的，却是星空之下，二十岁的自己趴在卧室的窗边，往外张望。而楼下，韩沉穿着一身警服，靠在一棵大树旁，摘下警帽拿在手里，抬头望着她笑。

苏眠抬手挡住脸，眼泪差点掉下来。一抬头，就看到了现在的韩沉。他一如既往地高大英俊，轮廓却不再青涩，眼眸也更显凌厉。

苏眠伸手就抱住了他："韩沉，我现在只有你了。"

韩沉一把将她扣进怀里，低头吻住了她。

过了一阵，苏眠又在卧室里找到了几本相册，都是她一路成长的留影，还有跟父母的合影。她将这些相册都装进了包里带走。

后来，还在衣柜里看到了很多条裙子。颜色都十分艳丽和鲜嫩，但也很旧了。

韩沉问："带走吗？"

苏眠看了一会儿，合上了衣柜："留在这里吧，它们属于十八岁的苏眠。"

再次回到酒店，刚过下午四点。

苏眠回到房间第一件事，就是打开旅行箱翻翻翻，翻出了一条裙子，正是前天新买的。她拉上窗帘，利落地换上。

她把屋里的灯全部打开，站在穿衣镜前，又把长发放下来，来回照着，满意地点了点头。

韩沉坐在床上，双臂撑在身侧，看到她这副模样，倒是笑了："怎么突然想到换裙子了？"

苏眠提着裙摆，走到他跟前，一抬腿，就踩到了床上。单手也搭在这条腿上，明明穿着最淑女的裙子，那姿态却要多流气有多流气。

"要报仇。"她一字一句地说，"更要好好地生活！"

韩沉微微一笑，伸手就将她扣进怀里。美人长发如绸，裙裾拖曳，张扬又甜美，只会令男人怜惜又爱慕。昏天暗地间，自是一番温柔又极致的痴缠，让她低喘婉转，让她暂时忘却一切烦恼，只记得他的强韧与占有。

傍晚六点多，苏眠进浴室洗澡了。韩沉坐在床上，静默片刻，眸色变得很淡，拿出了手机。

"猴子，我是韩沉。我回北京了。"

电话那头的人，正是韩沉当年最好的兄弟之一。接到韩沉的电话，绰号"猴子"的男人很是惊讶，惊讶中又有些尴尬的激动。

"沉儿，怎么想到给我打电话了？"

韩沉笑笑："不行吗？"

"行行行！当然行！"也许是太过激动，猴子连声音都带着抑不住的笑，"在哪儿，我马上过去接你。"

"不用了，你定地方，叫上几个哥们儿一块吃顿饭吧。"韩沉说。

"好嘞！还用你说。七点成吗？地方定好我通知你，你手机号我有。"猴子热络地说道。

韩沉笑了笑说："好。"

两人都静了片刻，猴子说："咱们有好几年没见了吧？"

韩沉微微一怔。

的确是好几年了。

上一次见面，还是四年前，他从事故中苏醒后的几个月。

韩沉的眸色变得越发深邃，一时沉静不语。

他还清楚地记得，那天见猴子和大伟的情形。

大伟是他另一个发小。两人的父母都地位显赫，尤其大伟的父亲，是公安部主管刑侦的高官。

那时他的身体已完全恢复，也回到了警局上班，浑浑噩噩，却越来越确定那个女人的存在。然后每次问他俩，猴子支支吾吾，大伟一问三不知。

后来干脆碰到他的问题就躲就回避。

于是那一天，他专程将他俩约到了一家常去的饭店里。

三瓶白酒，两小时。

猴子一个劲地给自己灌酒，就是不肯开口说有关于那个女人的任何事；而大伟脸色更是阴沉，最后偏过头去，硬是避开他的目光，答道："沉儿，说多少遍你才信，这个女人不存在。你干吗自己找罪受？"

那整个晚上，韩沉的胸膛仿佛都被冷意填满。最后，他直接将酒瓶砸在地上，砸在两个兄弟面前，头也不回地走出了饭店。

从此之后，一直没有联系过。

…………

韩沉握着电话，慢慢地说道："对了，我带女朋友过来。"

猴子一愣，笑得更开心了，是那种发自内心的开心："好好好！太好了，你终于解禁了！那我就等咱弟妹，一定要带来啊！"

挂了电话，韩沉抬头，就见苏眠从浴室走了出来，拿了块毛巾在擦头发。

"给谁打电话呢？"她爬上床，趴到他怀里窝着。

韩沉低头亲了她一下："以前的兄弟。"

苏眠微怔，她反应也很快，眼睛一亮地问："那他们是否认识我？"

韩沉握着她的肩，脸色异常平静："拭目以待。"

猴子定的地方，是西城的一家私房菜馆。菜馆临湖，门口绿树掩映，从外面望去，还以为是谁的府邸。

苏眠挽着韩沉的胳膊往里走，望着屋檐上的灯笼，赞叹道："这里可真美。"

韩沉双手插在裤兜里，神色挺淡地说："这就算美了？"看她一眼，"以后带你去更美的地方，别瞧花了眼。"

苏眠莞尔。

在服务员的引领下，他们走进了包间。里头更是装饰得古风雅致、精巧夺目。迎面正好走出来两个男人，穿着休闲装，看着比韩沉小一两岁，满脸带笑。

"哟！韩少来了。"

"今天终于有机会见到韩哥了！"

这两人也是一个圈子的人，但韩沉当年跟他们并不太熟，今天大概是被猴子叫过来凑热闹的。韩沉笑笑，跟他们打了招呼。

他们也看到了苏眠，笑得更欢："哥，这一定就是你女朋友吧？"

"韩哥就是韩哥，这人挑得！太美了！"

苏眠笑嘻嘻地望着他们说："过奖了过奖了。"

韩沉接了他们递过来的烟，却没点，放到耳朵上，看她一眼，说："嗯，她一直这么美。"

那两人没听出他意有所指的话，殷勤地将他们引了进去。

绕过屏风，穿过一道珠帘，就见足以容纳十人的梨花木圆桌，还空着，只是摆满了精致餐具和一壶茶水。而靠窗的榻榻米上，坐着两个男人，脸上都带着温和的笑，在低声交谈什么。听到动静，他俩全都站了起来，同时朝这边望来。

旁边有人在寒暄，韩沉静默不语。苏眠站在他身侧，也打量着那两个男人。

一个穿着黑西装，一个穿着休闲外套，瞧着都很考究精致。他俩跟韩沉差不多年纪，与韩沉目光一对，神色竟都有些动容。

"沉儿。"

"沉儿。"

两人开口。

然后他俩的目光自然而然地都落在苏眠身上。

苏眠不知道要怎么形容他俩这一刻的表情。那表情简直就像见了鬼一样，瞬间僵硬，瞬间脸色大变，完完全全说不出话来的样子。

苏眠心里咯噔一下。

大概是他俩的神色太诡谲，其他人也都有些发愣。一时这金碧辉煌的包间里，竟陷入了死一般的沉寂。

而苏眠只是牢牢地盯着他们，想从他们脸上看到更多的端倪。忽然间，手被人牵住了。

是韩沉。

他的脸上看不出一点表情，那双眼睛漆黑得像海底坚硬的岩石。他将她的腰一揽，走到了大伟和猴子面前。

"好久不见。这是我发小，大伟，猴子。"他的语调波澜不惊，"这是我女朋友……白锦曦。"

屋内依旧沉寂着，谁都看得出来大伟和猴子的反常。大伟脸色铁青地看着韩沉，而猴子面红耳赤，到底还是朝苏眠点点头："你好。"

这时旁边有人打圆场："坐吧坐吧，先入席。大伟哥，我把你存在这儿的那瓶勃艮第开了啊？"

大伟淡淡地说："开吧。"

众人入席，韩沉也不说什么，牵着苏眠在主客位坐下，身旁就是大伟和猴子。

很快又来了两个女孩，是猴子和另一个男人的女孩。人多了，本该热闹起来，然而这顿饭，从头到尾都吃得极为诡异。除了那两位陪客和女伴，一直寒暄着找话题，也找苏眠聊天。今天的三位主角：韩沉、大伟、猴子，却自始至终，一句话都没说，脸色也都不太好看。

好不容易，这顿饭吃完了。

到底是气氛太尴尬，一个女孩提议道："要不要去湖边酒吧坐坐啊？我认识一家店挺好玩的。"

话音未落，大伟已拿起西装外套站了起来："我还有事，就不去了。你们把沉儿招待好。"他拍拍韩沉的肩膀，就开始穿外套。

其他人都没说话，猴子则看看大伟，又看看韩沉，目光复杂地掠过苏眠，好像一副不知道说什么好的样子。

"砰。"

是韩沉把手里的青瓷茶碗，放在了桌上。

所有人都看过来，面面相觑。大伟穿衣服的动作一顿。

苏眠转头望着韩沉。

他的夹克脱掉了，只穿着浅灰色长袖T恤，更显容貌白皙俊美。他单手把玩着那茶碗，漆黑的眼紧盯着，没有半点表情的侧脸，却更像覆了层寒冰。

"都去酒吧。今天谁不去,就是不给我韩沉面子。"

众人一片寂静,大伟站着没动,猴子低下了头。

苏眠在桌子下握住了他的手。

他的手有些凉,修长的、生着薄茧的手指,轻轻反握住她。

酒吧就在饭馆附近,一行人步行过去。

路上没人说话。

韩沉和苏眠渐渐落在了最后,身旁也没有其他人。

她挽着他的胳膊,一时也不知道说什么好。只是看着他这么狠的样子,反而觉得心疼。

"韩沉……"她抬头望着他。

他的眼眸沉静得像什刹海的水,手握住她的脖子,低头亲了一下她的长发:"你别管,交给我。"

这酒吧临湖,修筑成水面上弯弯曲曲的回廊,每张桌子,就占了一个独立的角落。韩沉双手插在裤兜里,径直往最深处走,同时对其中一个女孩说:"我女朋友没来过什刹海,麻烦你带她逛逛。"

那女孩连忙说好,笑着过来拉苏眠的手。苏眠跟韩沉目光一对,微笑着跟那个女孩走了。

两位陪客现在还凑上去,那就真的没有眼力了。他们就在外围找了张桌子,对猴子招呼:"猴子哥,我们俩就坐这儿喝酒了哈。"

猴子没说话,大伟也没说话。眼见韩沉已经一人走到最里头的桌子坐下,等着他们。两人对视一眼,竟都看到对方眼中的艰涩。然而时隔五年,终于到了骑虎难下的这一天。两人的脸黑得像锅底,到底还是朝韩沉走去。

坐下后,一时间,三人谁也没说话。

大伟掏出烟,低头点燃。猴子也接过一根,抬头看着韩沉:"沉儿,来一根吗?"

韩沉的手搭在竹藤椅的扶手上,清清楚楚地说:"不抽。苏眠现在不喜欢我抽烟。"

两个男人的神色都有片刻的凝滞。

场面更静了,唯有烟气在幽暗的灯光下升腾缠绕。

韩沉招来服务员,搬了两打科罗娜,然后替他们俩满上,也给自己满上。他做这些动作时,大伟和猴子都沉默不语。

然后,他将空酒瓶往桌子中间一放,开口了:"猴子,大伟,我韩沉哪点对不住你们,你们要这么瞒着我?我找不到她的这五年,她这些年吃的苦,谁来埋单?"

大伟和猴子脸色更灰败了。猴子性子冲动些,一把端起酒杯,咕噜噜一饮而尽,砰的一声放在桌上。

"这就是你们希望看到的结果?"韩沉慢慢地说道,"让我和我拿命去惜的女人,到死都不能相见?"

这话说得极狠极冷,猴子只觉得一股冷冽的血冲上心头,将手里的烟头狠狠往地上一丢,涨红了脸看着韩沉:"她真的是苏眠?那当年死的那个跟她一模一样的女人,又是谁?"

夜色静美而喧嚣,苏眠和两个女孩靠在湖畔的白玉栏杆旁,有一搭没一搭地聊着。

眼睛,却始终望着不远处,韩沉的方向。

那里的湖水更黑,夜色更静。他和他们坐在湖面深处,头顶只有一盏暗黄的灯。她看不清他的脸,但是能看到他忽然一把揪住猴子的衣领,孤直的身影仿佛透着彻骨寒气。

苏眠的心中,弥漫出无法预知的不祥感觉,也越发感到心疼。她看着深黑的湖面,长长地出了口气。远远凝视着他的目光,却更加专注和坚定。

这厢,猴子话音刚落,大伟就冷喝一声:"猴子!"

"你闭嘴!"韩沉低吼一声,看都没看大伟,一把揪住猴子的衣领,脸庞冷若寒冰,"你说什么?当年死的是谁?"

猴子的脸色一片惨淡,怔怔地说:"五年前……五年前……你,你和她,在一起爆炸案里同时遇害!你当了一年的植物人,她不知所终!过了大半年,才在附近的悬崖下挖到尸体!尸体就跟你今天带来的女人,长得一模一样！我们都以为她死了，都以为她那时就死了！现在这个，真的是苏眠？你确定？不是相貌相似的人？"

韩沉的心头泛起阵阵疼痛的冷意，脸上却露出轻笑："验过 DNA 了吗？核对指纹了吗？当时死的真的是苏眠？"

"指纹验不了。"一直沉默的大伟，忽然开口，脸色却阴沉得仿佛天边积压的乌云。他抬头，直视着韩沉，"当时尸体的双手已经没了，只能验 DNA。而检验的 DNA 结果，跟从苏眠家中提取的毛发和 DNA 样本，是完全符合的。"

韩沉也看着他。

电光石火间，所有线索和怀疑，刹那间融会贯通。他脑海中已浮现出整件事的轮廓——

当年，他参与了七人团案件的调查。而因为某种未知的原因，苏眠成为这宗案件的卧底。所以，两人才会一同遇险，遭遇爆炸。

就在那时，她被人偷龙转凤。她昏迷了一年，并且被藏于某处。

而后来出现的尸体，是真正的"白锦曦"。他清楚地记得，数月前去调查白锦曦的生平，周边不少人说，她那段时间变得越来越漂亮，又总是化妆。

所以，白锦曦当时应该已经被七人团控制。表姐妹相貌本就很相似，她最终被整容成苏眠的模样，成了替死鬼。

而在苏眠家中发现的毛发和 DNA，很可能已经被替换，也即是属于白锦曦的，这样当然会百分百吻合。因为相貌、DNA 的原因，当时调查的警方，也不会过多怀疑，直接认定苏眠已死亡。

之后，失忆的苏眠醒来，便被人安排，顶替了白锦曦的身份，开始生活。

…………

此刻，大伟和猴子的表情，也是困惑的、动容的、悲戚的。

但这一出只手遮天的阴谋，韩沉并不打算跟他们解释太多。而是盯着他俩，继续问出心中最大的困惑："即使当时你们认为她死了，为什么这些年，要对我隐瞒她的存在？"

大伟的神色瞬间僵滞，猴子又给自己猛灌了一瓶酒，一声脆响，将酒瓶砸碎在地上。他已经豁出去了。

"因为她对不起你！"他猛吼一声，抬起通红的眼看着韩沉，"她出事前，已经跟你分了！她从警校退学，不知道跟些什么人混在一起！她不是个好女人！既然你当时已经忘了她，我们干吗还跟你提？"

大伟静默不语。韩沉眉头轻挑，直勾勾地盯着猴子，等他说下去。

猴子话一出口，似乎又有些后悔，转头看着一侧的水面，冷冷地说："其实刚才说的那些，关于她的死，我也是听别人说的。但你们俩当时分手，是真的。那时候你在查一个大案，连续几个月都封闭。她就在那时，被警校退学。你走的时候，曾经让我们帮你看好她照顾她。得，我们去看了，她直接被几百万的跑车接走了。后来就听说你们俩分手了，你当时也不再跟我们说你俩的事。"顿了顿，他又发狠似的说，"这种女人，韩沉，你值得吗？我们为你不值！"

像是终于一泄多年来心头的憋屈，讲完这番话，猴子就彻底沉默下来，又开了瓶酒，就着瓶口就往嘴里灌。

韩沉静默着。

大伟低着头，猛抽烟。

过了好一会儿，韩沉从兜里掏出钱包，抽出几张纸币，丢在桌上。没看任何人，他站了起来。

"我很快会跟她结婚。请柬就不给二位发了，免得给你们心里添堵。"

这两句话他说得平淡无奇，大伟和猴子却听得心头绞痛。这时韩沉单手往裤兜里一插，端起之前给自己倒的那杯酒，仰头一饮而尽。

眼看他就要转身离去，猴子倏地抬眸，看了一眼大伟。

两人目光交错。

大伟又盯着自己面前那杯未动的酒，放在大腿上的双手，几乎都快攥成了紫红色。他猛地伸手，也将酒一口干掉。

这时韩沉已经往外走出了几步，抬头望向湖畔苏眠站立的方向。大伟抬眸看着他的背影，终于开口："韩沉，若是还念半点兄弟情，你就给我回来！你不能娶她，也不能跟她在一起！"

韩沉的背影瞬间顿住，在灯下静立了几秒钟，转身。

孤旷的灯光下，两人静静对视着。

韩沉一字一句地开口："为什么？"

大伟的呼吸，竟有片刻的迟滞。他看着韩沉，看着这个比起多年前，冷戾和成熟了许多的兄弟，脑海里，却浮现出五年前那一幕。

那时，韩沉刚被人从爆炸现场救回，昏迷不醒，生死未卜。他们一众兄弟急得掏心掏肺，牵肠挂肚。

就在那时，某天夜里，他偷偷溜进父亲的书房，翻看跟韩沉有关的案件资料，想要看看，到底是谁害了自己的兄弟。

然而，他没有找到案件资料，却看到了另一份档案。

当时负责调查的专案组，获得的关于另一个人的罪证。

…………

大伟闭了闭眼又睁开，缓缓地说道："不管这个苏眠是真是假，你都不能娶她。因为当时，我在我爸的书房里，看到了一份资料，上面清楚地写道：苏眠也卷进了命案里，她身上背了人命，她是个杀人犯！"

猴子的脸涨得通红，显然也是知情者，但是根本没有勇气对韩沉开口。

可韩沉听完后，却只是冷冷一笑。

"就这个？你们愁了怕了这么多年的事，就是这个？"他转头看了看湖面上模糊的灯火，又转脸望着大伟，脸上有冷冽的笑，"因为她当时是卧底！最可怜的卧底！退学是假的，跟我分手是假的，命案当然也是假的！只为了打入犯罪团伙去卧底！"

哐当一声，大伟猛地推开了桌子，站了起来，冲到韩沉面前，一把揪住他的衣领，脸色铁青无比："我当然知道她是卧底！那份资料上写得清清楚楚！她一开始是卧底，将自己假扮成一个变态者，打入了犯罪团伙。但是后来……后来她变了！变了！她被他们同化了，她走火入魔了！她真的成了他们的一分子，成了连环杀手！"

韩沉的眼眸猛地定住，身手快如闪电，一把握住大伟的手腕。

大伟吃痛地闷哼一声，松开了手。

转瞬间，韩沉已经反提起他的衣领，眼眸冰冷如雪地盯着他："她是连环杀手？放屁！"

然而大伟丝毫没有退缩。他也瞪着韩沉，几乎是拼命压低声音吼道："韩沉，我不知道当年到底死的是谁，也不知道你从哪儿又找了这么一个人出来！但是那份资料，我看得很清楚，也记得很清楚！因为她的失踪和后来的死亡，关于她的调查没有下结论，只是以封案论处。但是当时资料上罗列的每一份证据，都指向了她！否则你以为这宗案子为什么保密这么久？为什么过了这么多年，警方还不给她这个'卧底'正名？否则我们为什么要瞒你？否则你爸妈为什么视这个女人的存在如洪水猛兽？当年你有多爱她，难道我们不知道？既然你醒来后失去了记忆，她又是个已经死掉的罪犯，我们为什么还要告诉你这个残忍的真相？"

…………

湖面寂静如初，远处有夜船划过，荡漾起暗沉平缓的波涛。

三个男人就这么静静地对峙着，很长很长时间，都没有人再说话。

而相隔数百米的湖畔，苏眠望着他们三人对立的身影，心里又牵挂，又紧张，但是也坦然。

她想，无论他从他们嘴里问出什么，当年有什么势力在拆散他和她，其实都无关紧要。

因为她和他，早已做好准备。两个人，一条心，无论将来多么艰难困苦，都要揪出七人团，让真相大白，让他们受到应有的惩罚！

夜色依旧寂寥，天空依旧墨黑，如同望不见底的深渊。

有人在欢歌，有人在嘲笑，有人在窥探，有人在痛苦。

有人终于睁开了尘封已久的双眼，看清前方不可小觑的对手。

太阳底下隐藏着秘密，平坦的土地里掩埋着尸骨。所谓弥天大谎，不过是个伸手一戳就会破掉的笑话。却偏偏有人处处遮掩、处处缝补，终于得到短暂的偷天换日。

然而真相，不会因任何人、任何情、任何执念、任何悲苦而改变的真相，终究会如同这水中明月，在波浪消失后，一寸寸、一片片地迅速复原，安静地、明亮地呈现在世人的面前。

第十三章
永不放手

夜色苍茫,湖畔灯火如清冷的珠光点缀。

三兄弟的沉默对峙,终于以大伟的艰涩开口终结:"沉儿,如果今天这个才是苏眠……你要么,就将她绳之以法!要么……就带她永远消失!今天我们当完全没见过她,也绝不会有人对外说半个字!"

猴子也猛地点头,两人红着眼,盯着韩沉。

可韩沉微微低着头,脸庞映着湖面的微光,语气却是前所未有地坚决:"没这个必要。她不会是连环杀手。当年的案子,我们会让它水落石出。"

大伟语塞,猴子急了:"万一她要是呢?"

"没有万一!"韩沉霍然抬头,眼眸沉黑如同他背后的天空。

"如果……真的存在微乎其微的可能呢?"大伟再度开口,直勾勾地看着韩沉,"你还没恢复记忆对不对?你根本不记得当年的事,如果她真的因为一念之差行差踏错,韩沉你又怎么办?"

这几乎是逼问的话语,终于令韩沉沉默下来。

三人再度陷入僵局。

"那么她会认罪,我会等她。"他丢下这句话,转身离去。

苏眠又等了好一会儿,才见韩沉踏着树荫下的零碎灯光,朝她走来。而他身后,猴子和大伟两人驻足站立了一会儿,就转头走了。其他几个不熟的人,也跟着他们一起走了。

又只剩下，他和她两个。

苏眠望着他走近。

他的脸色挺淡，眼眸黑漆漆的，若不是头发有些凌乱，完全看不出刚才跟兄弟起了那么激烈的冲突。他往她身旁一站，一只手撑在汉白玉栏杆上，另一只手揽着她的肩："冷不冷？"

苏眠摇了摇头，拉着他的手，抬眸望着他："说吧，看来你问出了大事。"

韩沉静静凝视她片刻。

"眼力不错，的确是大事。"

他把白锦曦和苏眠互换身份的推论，简单说了一遍。但是也只说了这个。

苏眠静默不语。这个事实，并没有令她太意外。只是想到那个真正的白锦曦，心中难免百味杂陈。一个被整容成她的女孩，一个身份被她顶替的女孩，一个很可能被七人团控制的女孩。而白锦曦究竟是身不由己的牺牲品，还是心甘情愿为七人团驱使，已经不得而知了。

"可是……"她蹙眉，"既然这一切是七人团安排的，他们为什么不干脆杀了我，反而让我活下来，留下隐患？而且，大伟和猴子就因为以为我死了，就瞒了你这么多年？没有其他原因吗？"

她如此敏锐地抓住了两个关键问题，令韩沉眸色微征。

出于刑侦本能，那个可能性，迅速滑过他的脑海里——

如果她当年真的曾经堕落，那么第一个问题，就能解释得通了——因为七人团已经把她当成一分子，所以才没杀她。甚至将她妥善地"藏"了起来，给了她新的身份和生活。

…………

排除掉所有不可能的因素，剩下的结果，即使再不可思议，也是事情的真相。

这是他和她共同信奉的刑侦真理。

…………

但是这一次，他不信。

他将她搂进怀里，低头在她长发上亲了一口："你忘了你曾经是卧底了？大伟和猴子不肯提你，是当时误会了，以为你已经堕落。"

苏眠释然，看他一眼："那你也不能怪他们了。"

"嗯，不怪他们。"

两人抬头，一起望着湖面。

"我们不清楚的内情还很多。"他慢慢地说道，"你为什么会成为卧底？我和你在何种情况下遭遇爆炸？他们为什么不杀你？是否有别的目的？哪能一下子查清楚。我们不必急于寻找其中某个问题的答案，追根溯源，把整个案子查清楚，这些疑点，自然会水落石出。"

苏眠轻轻地叹了口气。

"好！"她的声音清脆果断，"不管他们有什么目的，都要击溃他们！"

夜色这样的宁静，她的双手扶着栏杆，仰头望着天空，侧脸线条白皙细腻，宛如动人的玉色一般。而那双眼明澈无比，映着湛蓝的湖水。

她转头，望着他，笑了。

韩沉静静凝视她半响，同样握在栏杆上的手，突然就松开，改为捧住她的脸，低头就吻了下来。

这个吻来得如此凶猛如此突然，苏眠一下子没反应过来，就被他扣在了旁边的一棵大树上。他一只手撑着树，另一只手握住她的下巴，唇舌极为有力地肆虐着。

苏眠呜呜地挣扎："韩沉……到处都有人……"

"不管。"

他的吻中甚至有低低的喘息，火热的舌头搅得她意乱神迷。

"你发什么神经……"她坚持抗议。

他却完全不搭理，唇慢慢移开，在很近的位置盯着她："苏眠，吻我。"

苏眠道："啊？"

他提完了要求，也不理她还有点呆，就将头埋了下来，用耳朵和侧脸，轻轻蹭着她的唇，示意她主动亲他。自己则沿着她脖子上的线条，一寸寸用力地吻。

…………

他的热情，直至两人回到酒店，才得到真正的释放。刚关上门，他就将她抱了起来，抵在墙上，身体就开始纠缠，以从未有过的狂野姿势。他的眼睛已经幽暗得像暗涌起伏的湖，却依旧轻轻地温柔地吻着她。

…………

夜色已然很深很深，窗外有一轮明月，挂在这城市高楼大厦的顶端。

苏眠软软地趴在床铺上，韩沉从身后紧贴着她，扣着她的双手，亲吻着她的背，那姿态，就像是将她整个人都占据。

这么无声厮磨了一会儿，已经被"欺负"得筋疲力尽的苏眠，慢吞吞地开口道："你今天干吗这样啊？"

这种时候的韩沉，总是慵懒而温柔的，少爷脾性也十足。他将她的手握在掌中摩挲着，嗓音轻淡地答："换换口味。"

苏眠道："……去你的！"

她转过身来，面对着他。他扯过被子，一起盖住两个人，低头看着她的眼睛。

"我知道你今天见了兄弟，很不痛快。"她轻声说，"所以才这样，对不对？"

温柔至极的语气，令韩沉瞬间沉默下来，就这么盯着她，心中怜惜却更浓。

哪知她话锋一转，脸上也露出那痞里痞气的笑："我就知道！男人都是用下半身思考的动物啊。"然后大义凛然地将他的手往自己胸口一放，"来吧！男人心中有多少苦闷，都冲我来吧！我都受着！关键时刻，我怎么能不讲义气！"

这一番唱作俱佳，她的脸红润娇俏，眼睛里却有调皮的笑，竟看得韩沉一时有些失神。

片刻后，他低下头，兀自笑了。白皙俊朗的脸，漂亮得像幅画。

苏眠嘿嘿地也笑了。

过了一会儿，他猛地伸手，搂住她的腰，令她的身体微微弓起一个弧度，贴在他的身体上。

他望着她，眸色清隽深沉。

脑海中，却电光石火般闪过许多画面——

江城夜总会的屏风后，她傲慢又沉稳地说："你跟我们回一趟警局。

如果没有做违法的事,不会冤枉你。"

T案件,对黑盾组正式下了战书,要求她和他不带武器参加。前方也许就是生死绝境,她却轻轻巧巧地站起来:"我愿意去。"

还有,那个傍晚。她坐在他的车里,用跟他同样的语调说:"等我毕业就结婚,他这辈子,非我不娶。"

…………

不信她的理由有千千万万个,信她的理由,一个就够了,就足以令所有所谓的"证据"和理所当然的逻辑结论,都变得空乏无力——

失忆、混沌、孤独,成为名不见经传的草根……她失去了一切,忘记了所有,却都没有停止过对他的爱,停止对信念的追求。

这样的她,怎么可能会变?

…………

他低下头,深深地吻住了她。

"答应我一件事。"

"嗯?"她睁大眼。

"是不是说过,你现在只有我了?"他轻描淡写地问。

苏眠不知道他葫芦里卖的什么药,警惕地说:"是……又怎样?"

"是就听我的。"他话音干脆地说,"以后不管发生什么事,只信我,信你自己。明白?"

苏眠眨眨眼,原本还想再说点什么,但望着他的眼睛,最终点了点头:"好,我答应你。"

韩沉微微一笑,抱着她躺下来,又说:"另外,你的卧底身份还没被正名,还存在很大危险。接下来,你依旧当自己是白锦曦,也不能把真实身份告诉任何人。"

苏眠当然明白这个道理,她想了想问:"小篆也不能说吗?"

韩沉看她一眼:"不能。"

"唉,好吧。"

第二周周一。

苏眠一踏入办公室，就看到周小篆等几个已经到了。上班时间还没到，周小篆嘴里咬着肉包子，冷面面无表情地站在桌旁，给自己泡花茶，唠唠叨叨哗啦啦翻着报纸。

才几日没见，这极为寻常的一幕，却叫她感到温暖又熟悉。其实她拥有的，不止韩沉一个。

还有他们。还有过去官湖派出所的大家以及现在刑警队的哥们儿。

悲悲戚戚的过去，有什么好感伤的！

她扬手就将几袋烤鸭，飞到了周小篆的桌上，同时喊道："哎哟，这是什么好吃的？"

三人全抬起头来，看到她，都笑了。周小篆捧起烤鸭，眼睛放光："小白！够义气！出去度蜜月还记得给我们带好吃的！"

唠叨也嘿嘿一笑，赶紧抓走一袋，赞道："不错嘛！还是全聚德！老子终于吃到了传说中的全聚德，哈哈哈哈！小白，谢了！也替我谢谢老大啊！"

他们如今已经这么直接地打趣，苏眠虽有点讪讪，感觉也挺美的。她得意扬扬地坐下来，望着他们三人的笑脸，目光慢慢地有些变化。

变得温和而沉静。

韩沉一进警局，就径直去了顶层，最深处的一间办公室。

这里的装饰很简洁，也很清雅。人民警徽，静静地在墙壁上闪耀。

门口的秘书问他："韩组长，你有预约吗？"

韩沉点头："昨天晚上，提前给领导打过电话，让我今天一早过来。"

秘书便走过去，敲敲门，闪身进去。

廊道里静悄悄的，过了一会儿，她出来，朝他微笑："韩组长进去吧，领导在等你。"

办公室里的装修一如既往地朴素大气，水磨大理石书桌旁，一个中年男人坐在沙发里，手里拿着叠卷宗。听到韩沉走进来，他抬头看过来，略显方正的脸上，目光锐利而平静。

而他头顶上方，悬挂着一幅草书，正是鲁迅的名句："我以我血荐轩辕。"

韩沉注视着那行字，静默了一瞬，在他对面坐了下来。

"领导，我要继续查五年前那宗被北京列为机密的特大连环凶杀案。"

中年人的眸色一怔，放下手里的卷宗，拿起茶几上的青花瓷壶，给他倒了一杯："先喝茶，慢慢聊。"

半小时后。

"我也听说过这起案子，已经作结案封档处理，当时也抓到了一批罪犯。"中年人注视着韩沉，"照你这么说，当年还有罪犯逃脱，继续逍遥法外？"

韩沉点头，他将辛佳当时说过的话又重复了一遍，只是没提跟苏眠有关的任何事。

"我认为辛佳的话是可信的：我的身边，目前接触的人中，还有当年的杀手。"他说，"考虑到这一点，我认为这起案子，不适合由北京方面接手。犯罪分子显然极为狡猾，只要北京的人一到，必然打草惊蛇，到时候什么都查不到。所以恳请领导，让我来调查这个案子。"

中年人端起茶杯，慢慢地抿了一口："我知道你也是当年的受害者。你来找我说这么多，争取调查权，是不是想报当年的仇？"

韩沉静了几秒钟，答道："他们杀人无数、颠倒黑白、罪大恶极，我想亲手抓住他们，报仇雪恨，有什么不对？"

这执拗的态度，却叫领导微微一笑，摆了摆手："这件事我考虑一下，你走吧。"

韩沉也不多说，应了一声"好"，转身就朝外走去。刚到门口，却又被领导叫住了："等会儿。"

韩沉转身看着他，笑笑："您考虑好了？"

领导失笑："我是要批评你！黑盾组才成立多久，你就跟那个小姑娘好上了？还搞得人尽皆知，你不一直是个闷葫芦吗？"

韩沉双手插在裤兜里，只是笑。

"同一个部门，谈恋爱是要回避的。这下倒好，知不知道你让主管刑侦的几个领导很头疼啊？现在搞犯罪心理的本来就少，他们上哪儿去再找个白锦曦这样年轻又有冲劲的人才？"领导继续骂道。

韩沉却摇摇头说："不用找了。等这个案子破了，您就把我调去管档案吧，只要把她留在黑盾组就成，她比我积极向上。"

领导说："你小子！走吧走吧，我会再找你。"

韩沉离开后，这位中年领导沉思片刻，走到书桌前坐下，拿起了电话，拨了北京的号码。

电话接通，他未语先笑，对着电话那头说道："领导，是我，K省的老薛。有件很重要的事，想要跟您请示。"

…………

韩沉回到办公室后，跟其他几人简单打了招呼，就见苏眠抬头，朝他看过来。两人目光一对，他微不可见地点了点头。

这天下午快下班时，韩沉接到秘书通知，又被叫到了顶层。

只不过这一次，领导开门见山，将一叠资料，放到了他面前的桌上："我跟他们简单提了提：有少量迹象表明，K省可能存在当年的漏网之鱼。但只是些未经确认的猜测，他们也不好就此立案重新调查。好说歹说，才同意让我省先做一些侦查确认工作，但是必须秘密地查。而且当年案件的详细资料，只能给这一部分。还有一部分涉及敏感的事，不能给。"

韩沉接过资料，淡声道："要给就给全套，他们这算什么意思？"

老薛道："别废话，山高皇帝远，你已经得了尚方宝剑，还想怎样？另外，这个案子虽然暂时由我们侦查，但是上级可能也会有一些监察措施，收一收你平时的傲气，好好查案。"

韩沉点了点头。

老薛却静了片刻，抬头看了看上方的那幅字，目光变得有些凝重："韩沉，这件事正式交给你。如果我们的队伍里，真的有罪犯混进来……就按你想的做，一定要把他们揪出来！人民警察队伍，就是要维护公平、正义、道德与真相，我们是人民安稳生活的基石，是打击犯罪分子的尖刀。如果这把尖刀上，真的有了污垢，那我们哪怕手握刀刃，也要将它拿下！"他看向韩沉，语重心长地说，"十年磨一剑，霜刃未曾试。不想亲手抓住犯罪仇敌的刑警，不是好刑警。希望黑盾组这把宝剑，不要让我失望。"

韩沉安静片刻，霍地抬手行了个礼："是。"

老薛又笑笑，问："现在，你有怀疑对象了吗？"

"目前有一个。"

韩沉从顶层下来，刚踏进办公室，就见周小篆迎面走来，手里拿着一叠卷宗："老大，出案子了。"苏眠几人也抬头看着他。

韩沉接过卷宗，翻了翻。

周小篆在旁边说道："西城区某座民居里，今天上午发生了一起凶杀案。死的是一位社会知名商人的情妇。虽然案子不大，但是影响不太好，不适合大张旗鼓地调查，所以秦队那边让人把案子送过来，问我们要不要接手。"

韩沉没有马上回答，而是让周小篆先回座位，自己拿着卷宗，在办公桌后坐下。他一只手搭在椅子扶手上，另一只手不急不缓地翻着，脸色极为淡漠。

因为涉及接下来的工作安排，其他几人自然也看着他的表情，看他是否要接这个案子。苏眠也静静地望着他。这个男人，专注思考的时候，气场总是很强大。

片刻后，他放下卷宗，抬头看着众人，漆黑的眼，平静得看不出任何波澜。

"这个案子接了。既然案件重要，小篆，向秦队申请，成立专案组。邀请徐司白法医、许湳柏教授参加，另外，帮我再从刑警队和鉴证科调上次合作过的几个人过来。"

夜色已经很深。

苏眠一个人坐在书房里，望着面前的这份卷宗。

这是韩沉今天从厅长那里拿到的，也即五年前那宗大案，他们可以获得的最深入最详尽的资料。韩沉已经看过了，她还没看。

深吸口气，她将它翻开，扉页上的黑色标题，令她微微一怔。

《"4·20"特大连环杀人案简录——公安部2009年001号案》。

尽管标明了只是"简录",也有厚厚的一沓。

苏眠继续往后翻。

2008年1月至2009年1月间,我市接连发生十余宗杀人案,凶手采用毒杀、爆炸、分尸等多种手法,对被害人进行杀害。受害者涉及富商、白领、普通市民等,价值过亿的财产被掠夺。罪犯犯罪手法严密谨慎,侦破难度极大。市局初步怀疑,存在一个有组织的犯罪团伙,计划和实施了这些案件。遂成立专案组,并案调查。

报告的措辞十分简洁冷静,但单从这些文字,苏眠也可以想象出,当年,七人团的突然崛起,给警方造成多大的震撼。连T那样计划老辣、擅长杀人的罪犯,也不过是七人团中资历最浅的一个。

专案组成员组成:市分局副局长陈伟良、市刑侦二大队队长马博涛……

再往后,就是一些刑警的名字。而韩沉的名字,赫然也在其中。

苏眠看着这熟悉无比的两个字,心口却微微有些发堵。像是终于触及那段被掩盖的过往,触及年轻时,她和韩沉的伤与痛。

经过数月的艰苦调查,专案组初步确定了犯罪团伙的成员构成:预计核心成员在7～9人,外围辅助人员10～15人。因该团伙持有重火力武器,专案组计划于4月20日前后,对该团伙成员实施集中抓捕、一网打尽。

平铺直叙的文字,将专案组的工作内容一笔带过。

然而再往后,却是一段段惊心动魄的文字:4月20日,武警二队与犯罪团伙在据点发生意外枪战,造成五名武警牺牲、重伤十余人,同时击毙犯罪分子三人。

4月20日晚,专案组伏击地点突然发生连环爆炸。炸死炸伤市民十余人,市分局副局长陈伟良及三名刑警当场牺牲;刑警韩沉重伤昏迷;犯罪分子亦有五人伤亡。犯罪团伙总部被捣毁,数名犯罪分子逃窜。

4月21日至24日,本市多个地点发生多起连环杀人案,犯罪手法与之前案件类似,几天时间里,无辜市民惨死十余人。疑为残存犯罪分子对警方的公开挑衅和报复。

4月下旬至6月中旬,警方在全市及周边范围内,持续抓捕犯罪分子二人、击毙三人。经审讯,他们对4月21日至24日的犯罪事实供认不讳,现场亦发现多种作案工具和证据。并一致供认,已无其他嫌犯在逃。

其后一年,警方持续进行搜查追踪,并未发现其他犯罪分子踪迹,亦未发生类似案件。'4·20'案件告破,遂进行结案封档处理。

…………

正看得入神,忽然就有人从背后抱住了她。

刚洗完澡的韩沉,脸颊上还有淡淡的湿气,低头跟她一起看着卷宗,问:"看得怎样?"

苏眠咀嚼着那些文字,心跳还有些快,说道:"当年的抓捕行动,怎么会搞成这个样子?这么大的伤亡。"

韩沉说:"一定是警方的抓捕计划出了意外。"他从她手里接过卷宗,静静地注视片刻,又说,"我查过,'4·20'案后不久,市局刑侦队队长以及另一位副厅长,都辞职了。"

苏眠静默不语。

原以为伤亡人数超过六十四人的大案,也许就是无恶不作的七人团,在京城的一场变态狩猎集会。没想到真相竟然如此惨烈,疯狂的狩猎是有的,警匪双方的血战更是有的。辛佳死前说的"两败俱伤",真的一点也不为过。到底当年,双方是如何斗智斗勇,最终都被拖入了血的旋涡?

也难怪,警方要封档列为机密了。

过了一会儿,她低声说:"这里面,从头到尾都没我的名字。"

韩沉放下卷宗,扳过她的脸说:"没看他们给的这份资料多简略?怎么会把卧底的名字写出来?而且现在,谁还知道你活着?"

苏眠点点头,又说:"如果真像辛佳所说,还有五个人活着。那么这些年,他们即使潜伏着,肯定也没有停止过杀人。那是他们的本性,改变不了。只不过隐藏得比较成功罢了。如果我们真的把他们其中一个揪出来,剩下的四个,也许就会站出来,会还击。"

韩沉缓缓点头。

一时间,两人都没说话。苏眠的脑海中仿佛浮现了那一幕:五个连环杀手,终于从昏暗的边界走了出来。而她和韩沉,还有整个黑盾组,也即将直面新愁旧怨,跟他们,一决高下。

那会是一场新的血战吗?

但是,却不能不战。不能让他们就此逃脱法律的制裁,继续潜伏在人群中杀人。

"现在能做一些画像出来吗?"韩沉又问。

苏眠又把资料往后翻了翻,后面的内容却很详尽,是当年所有受害者的详细资料,包括受害者简历和照片、凶手的作案手段、现场照片和尸检报告等。并且已经按照死亡方式归类:爆炸案、毒杀案、挖心分尸案、狙击案……狙击案毫无疑问是 T 的特色,毒杀案必然与辛佳有关。剩下的,自然就是其他几名变态杀手的杰作了。

她点头:"可以做一些初步画像出来。"

"好。明天一早就要。"

苏眠想着他今天在办公室宣布的成立专案组的决定,心中又有些喟叹,问:"你真的要把他们全部都试一遍?"

"对。"

苏眠想了想,说:"别人我不敢说,周小篆肯定不是。"

韩沉笑笑,低头看着她:"为什么?"

苏眠往他怀里一靠,说道:"他那么二,怎么做连环杀手?人家七人团,肯定也是要挑人的。"

哪知韩沉说:"你也很二,我不也挑了?"

苏眠道:"……去你的!我才没有他二!"

尽管案情沉重,两人依旧笑看着对方。过了一会儿,苏眠又感叹道:"虽然跟冷面和唠叨接触时间不长,但是我希望他们不是。"

对于这两个心腹手下,韩沉没有做过多评价,话锋一转地问:"徐司白呢?"

苏眠一怔,一抬眸,就看见韩沉的眼睛。

苏眠的脑海中浮现徐司白的脸,还有他凝视她的眼神。

她摇了摇头:"如果让我判断,他肯定不是。这几年他在我身边,从来没有半点异样。他的所有身心都放在法医工作上,是真的无欲无求。有些事可以伪装,有些事是装不出来的,譬如一个人纯净的心、坚定的意志和纯粹的追求。"

　　她说得斩钉截铁,目光清澈而温柔,韩沉看了她半晌,笑笑,低头就重重地吻住了她,还咬她的嘴唇,叫她微微吃痛,却又被堵着嘴呜呜呜讲不出话来。

第十四章
请君入瓮

次日一早。

阳光明媚，清风徐徐。窗口的加湿器，喷出薄薄的水汽，看起来就是个最宁静美好不过的早晨。

苏眠一踏进办公室，就见自己的位子上已经坐了人。

正是徐司白。

他照旧穿了件咖啡色外套、白色衬衣和休闲长裤，靠在椅子里，拿着她的一本书在看。而他身后，小姚正在跟周小篆闲聊。

旁边，唠叨的桌后，坐的是许滴柏，唠叨热络地在跟他说着什么。听到动静，几个人都抬头看过来。

苏眠笑眯眯地跟许滴柏打招呼："师兄早。"

许滴柏笑笑，朝她点头。

她又走到自己桌旁，这时徐司白已经站了起来，她将他肩膀一摁："你坐啊，你是客嘛。"

徐司白便笑了，清澈的眼眸里，波光湛湛。

算起来，两人已经有多日没见。他看起来跟之前没什么变化，脸似乎又瘦削了一点，神色却更沉静。如今苏眠对着他，竟也有了几分生疏的感觉。

这感觉令她不太舒服，就只瞪着黑漆漆的眼睛，这么瞅着他。

他却像似乎明了了她未说出口的话语，目光变得更加柔和，问："去了北京一趟，感觉怎么样？"

苏眠张口刚要回答,心头突地一跳,想起昨天自己跟韩沉讨论,徐司白会不会是杀手之一。

她侧眸看向他的神色。

他的神色非常温和,并没有因为谈及她去北京的事,有半点异样。

苏眠心中一稳,说道:"就是到处玩了玩,哦,给你带的烤鸭吃到没?我让小姚带过去了。"

徐司白微蹙了一下眉头:"不好吃。"

苏眠扑哧笑了。徐司白也微微一笑。

这让苏眠感觉十分好,就像回到了过去,两人就是这样相处的。她叽叽喳喳,他清高可爱得像个孩子。

又聊了两句,苏眠抬头,望向办公室里的众人。

除了徐司白和许滴柏,鉴证科和刑警队的几个人也来了。小小的办公室,显得十分拥挤。大家都在等着新案子的开始。

这时,韩沉和冷面终于走了进来。冷面手里还捧着一大叠资料。所有人都看向他俩,气氛有点严肃起来。

韩沉目光掠过一圈,跟苏眠在空中一对,便不着痕迹地移开。

他让周小篆关上门,这才将资料分发给所有人。

苏眠暗中观察着他们的神色。每个人翻开手里的《"4·20"大案简录》,都有些发愣。

这就是昨天韩沉订下的计划:没有旁敲侧击,没有明察暗访——开门见山,直接将案子丢到杀手面前,打他个措手不及。

片刻后,韩沉已经将案件的情况简单介绍了一遍,然后说道:"这是宗陈年旧案,因为最近,我省境内有当年逃窜罪犯的迹象,所以由我们先行做一些侦查。这次直接向厅长汇报,工作全程要求绝对保密。所以对外,宣称我们正在查那宗富商情妇谋杀案;对内,我们全部精力都放在这宗案件上。所以,也特意邀请许教授和徐法医,协助我们工作。"

许滴柏正低头翻看资料,闻言点了点头,似乎看得极为入神,没有说太多。徐司白则直接翻到了后面受害者尸检报告那里,一页页仔细地查看,十分专注,没有答话。

到底是这个消息来得太突然,其他人也都有些不知道说什么好。

鉴证科和刑警队的几个外援先表了态:"韩组,有什么工作安排你就说,我们一定全力完成。"

韩沉点点头,目光从他们身上一一掠过,眸色沉静。

冷面依旧沉默。

周小篆大概有点知道,当年的大案跟苏眠和韩沉有关,只在桌下轻轻握了一下她的手,表达内心的紧张和激动。

唠叨翻了翻资料,咋舌道:"老大,这案子还真够大的。我们怎么查,从哪儿查起?"

韩沉答道:"我们已经掌握了一些非常有价值的线索。"

所有人都抬头看过来。

韩沉从资料中抽出两张,正是T和辛佳的照片,放到大家面前:"经查明,他们两人,是杀手组织的成员之一。"

辛佳的身份,绝大多数人还不知道,闻言都露出惊讶的表情。

唠叨低喃道:"天啊,她居然是杀手?!"

许滴柏神色很意外:"辛佳?"

徐司白跟辛佳本就没什么来往,闻言倒没什么反应。连周小篆都诧异地转头看着苏眠:"不是吧……天!"

韩沉简单地把那天跟辛佳在树林相处的情况说了一遍,然后说:"辛佳临死前说:当年的杀手组织,有七个幸存者。死了她和T,还剩下五个。"

屋子里一时没人说话。苏眠打量着每一个人的脸,依旧没看出任何端倪。

"她说,这些人一直就待在……"韩沉顿了顿,"南方某省。但是最近,因为T的死,加上我们的追查,他们也许已经到K省来了,所以她提醒我当心。"

还是没人说话。

韩沉却已下达了一连串指令:"许教授,白锦曦那边已经根据当年受害者和案件档案,做出了几幅简单的犯罪心理画像。我想请你协助她,完善画像。"

许湍柏和苏眠对视一眼，似乎又下意识地伸手转了转佛珠，说道："好的。"

"徐法医。"韩沉看向徐司白，"请你再度审视所有尸检报告，如果能对我们侦破有所帮助，那就最好。"

徐司白道："可以。"

韩沉又望向鉴证科和刑警队的几个人："请你们立刻展开调查，最近三个月，从南方省市来到我市的人员名录。尤其是跟白锦曦和许教授的犯罪心理画像相符的人员。并收集他们的一切行踪资料、DNA样本。"

他们齐声答好。

"冷面，你跟着我。"韩沉打开一张北京地图，挂到了身后的白板上，"我和你，负责根据各起凶案发生的地理位置，绘制凶手的作案地图，从而锁定凶手当年在北京的活动范围，最大规模地寻找嫌疑人。"

"是。"

辛佳留下的线索、犯罪心理画像、尸检证据、外省人员筛查、地理范围锁定……他安排得井井有条，而每一条线，看起来似乎都大有可为之处。这令众人的神色都显得有些跃跃欲试。周小篆更是开口感叹："太好了，唠叨你还怕没线索不知道怎么查，你看，咱们黑盾组一合璧，条条大路通罗马啊！"

唠叨也点头："没错，一下子觉得豁然开朗。"

这时，韩沉也看向他们俩，从冷面手里接过一个密封了好几层的小证物袋，里面赫然是一枚指纹印记。

准确地说，是半枚残缺而模糊的指纹。

韩沉说："最后，是你们俩的任务。这是当年，从犯罪现场提取到的半枚极为珍贵的指纹证据，我从北京带了回来。当年，受技术条件限制，指纹鉴定专家没有得出有效鉴定结果。这次，我们重新锁定嫌疑人范围，重新再检验一次指纹做对比。唠叨，看你了，你的指纹鉴定技术是不输北京专家的。只要你能有所收获，我们也许就能圈定其中一名杀手。小篆，你配合。指纹一定要保存好，不能丢失或损坏。"

众人的目光中，唠叨小心翼翼地接过那半枚指纹，眼睛都放光了。

省公安厅大院里，除了主办公楼，还有档案馆、鉴证所、刑事研究所等几幢小楼。处处绿树成荫、整洁肃穆。

而在距离主楼数百米的院落一角，还有一幢二层白色建筑。从外表看，简单朴素毫无特色，平时也是用作后勤储物。

今天，这座小楼却被清理出来，正式挂上了"黑盾组"的牌子，成为他们的临时机密办公地点。

午后。

苏眠捧着一小叠书，跟韩沉走在一条林荫路上。他的怀里，是一个大箱子，几乎堆满了她所有的办公用品。

这样的同行，倒有重回校园的味道。苏眠侧头看着他，他的神态显得很轻松，漆黑的眼珠，同样淡淡地望着她。

苏眠又抬眸看了一眼不远处的小楼，唠叨和周小篆立在门口，正在往里搬东西。她轻轻哼了哼："韩沉，你还挺阴的啊。辛佳什么时候说过'他们在南方'了。那个假指纹，又是从哪儿弄来的？"

韩沉步伐放慢，竟然换单手托着箱子，拉下拉链敞开外套，又解开衬衫的顶扣，说道："难道我应该是个愣头青？一五一十有什么说什么，你指望我抓七人团？"

苏眠嘿嘿一笑，又飞快地看了一眼周围，小声说："不过这招还真是高。辛佳说的其他话都是真的：她是连环杀手、她用毒，还有七个人，唯独'在南方'这一条是假的。一条假的跟这么多条真的掺在一起，假的也变成了真的。你还让几个刑警去搜寻外省人。那个人听了看了，多半信以为真，以为辛佳临死前没有暴露他，从而放松警惕。"

韩沉淡笑不语。

苏眠继续说道："指纹也是同样的道理。你让我做的犯罪心理画像，是动真格的；你和冷面做的地理搜寻，也是认真的；徐司白的尸检，也是真的。唯独交给唠叨和小篆的指纹，是假的。不过，当年的七人团虽然精明谨慎，但是从卷宗看，后来的血战也很混乱，留下半枚指纹也不无可能。这增加了这枚指纹的可信度。只是——"她直视着他，"你说那个人，会上当吗？真的会铤而走险，来偷指纹吗？"

"现在他自然半信半疑，不会轻举妄动。"他说，"所以我们还要继续混淆他的视听，直至他信以为真，最终出手。而我们就在那时，来个瓮中捉鳖。"

黑盾组临时办公区。

一楼，其实是个开阔的大厅，水泥地、墙面斑驳，简陋了点，但是胜在够宽敞自在。二楼有几间办公室，但是还没清理出来。

苏眠和许湔柏负责犯罪心理部分，占据了大厅的一个角落，摆下两张办公桌和一面白板。韩沉和冷面、唠叨与周小篆、徐司白，还有其他几个人，各划了一块地方，暂时各忙各的。

苏眠正盯着电脑，在看卷宗；对面的许湔柏，似乎也看得很入神。这时，就听周小篆的声音响起："大家！昨天大家看到的只是简单的案件介绍，今天我已经把这宗案子的所有详细资料，都按类别：警方报告、受害人资料、凶手作案手法、警员资料、后续报告等放到了加密的局域网上，方便大家浏览。另外，按照韩老大的想法，我也为每个小组都建立了工作平台，你们随时可以把最新工作成果上传，包括小白的犯罪心理画像啊、徐法医的尸检新结论啊，或者是唠叨的指纹鉴定报告，都可以随时更新、随时共享。"

大伙儿都点点头。各小组之间的成果本来就是要交叉参考的，这样的电子化举措，无疑是提高了团队作战的效率。

苏眠打开电脑上的局域网系统，果然看到所有资料都已经分门别类，一目了然。她打开受害人和凶手作案手法相关的资料，开始研读。

当年，除去警匪交火中的无辜牺牲者不论，一些零散的单起谋杀案，也不在她重点考虑的范围。那么除了以连环狙击案为标记的T，还有只在幕后制毒的辛佳，这些档案里，还有三个连环杀手存在着。另外的两个，暂时没看出来。

苏眠将第一类连环爆炸案的资料，放到一个子文件夹里，一页一页地看。

第一起：受害者男，48岁，某上市公司副总裁。被绑架当日，家中保险柜失窃，丢失财产数目不明；银行账户中超过数千万资金被转移海外。

后该受害者的尸体在郊区某仓库发现——准确地说,应该是尸块,因为他已经被炸成了七八块。

苏眠握着鼠标的手,稍稍一顿。

爆炸。使用自制弹药、手法精密的爆炸。显然七人团中,一直存在着这样一名爆破高手。而当年她和韩沉遭遇的爆炸案,很可能就是出自这个人的手笔。

第二起案件的受害者,与前一人有些相似,是位出名的收藏家。事发之后,他家中所有珍贵藏品都被洗劫一空。而他的下场更惨,不仅被炸成很多块,还被丢到闹市区、封住口鼻,在众目睽睽之下,无人敢伸手相救。警方抵达时,他已成了一堆。

第三起、第四起、第五起……苏眠微挑眉头,有点意思。原来后来的受害者,虽然以富人权贵为主,但是也有普通白领,或者清贫小市民;同样是爆炸,有的被丢到闹市区,有的被扔到摩天大厦的顶楼,有的甚至还被扔到了大学校园里。爆炸方式也多种多样,有的被拦腰炸断,有的被炸成五块,有的被炸成八块,有的直接被炸成肉渣……

看完这一类案件资料,苏眠沉思片刻,继续往后看。这时,许滴柏站了起来,双手撑在桌上,微笑地看着她:"怎么样,小师妹?有什么收获?"

苏眠放下鼠标,往后一靠,伸了个懒腰,说道:"刚看完爆炸案的资料。师兄你呢?"

"差不多,也看了一些。"他绕过办公桌,走到她面前,抄手看着她,"交流交流?让我听听你的画像。"

苏眠点点头,也站起来,拿起白板笔:"师兄,那我先献丑了,你可要多指导,这声师兄可不能白叫的。"

许滴柏脸上徐徐绽开笑,整个人在午后的阳光里,显得格外姿容优雅。他伸手扶了扶眼镜:"嘴倒挺甜。"

"这是一名个性非常鲜明的连环杀手。"苏眠立在白板前,抄手说道,"第一,最显著的特点——他像个孩子。"

许滴柏露出颇有兴趣的表情,继续倾听着。

"无论是受害者的选择,还是爆炸手段和地点的选择,都体现了他这个特点。既杀任务目标,也杀无辜群众。而且有老有少,有男有女,完全看不出必然联系和规律,显得十分随心所欲。他多次改变爆炸手法和爆炸地点,这肯定也不是组织要求的。他像是在不断尝试新事物,更像是把这一切杀戮,当成了一场游戏。"

许滴柏神色专注地点了点头。

苏眠接着说下去:"第二,他的年龄,当年应该在20~30岁,已经成年。不会太小,太小恐怕难以掌握精密的爆破知识,力气也不够完成犯罪;不会太大,因为年纪如果大了,作案有很多年了,即使是变态者,也应该不会有他这样新鲜充沛的劲头,作案手法也应该趋于稳定,选择自己最偏好最舒服的方式——他却表现得就像初出茅庐的探险者一样。所以现在,他应该在25~35岁。

"第三,他虽然像个孩子,但是个残忍的、毫无同情心的孩子。多次将受害者丢到公众视野里,让他们爆炸身亡,既是在玩弄受害者,也是在嘲弄民众和警方。更进一步说,这是孩子的报复心态。所以,他本人肯定遭受过某种背弃,遭受过心理创伤。

"第四,他既然拥有这样的心态,那么多次案发时,我猜想他一定会躲在人群里,观看受害者的绝望和窘态,并且暗自得意。而这么久还没抓住他,说明他掩饰得很好。相貌不引人注意、伪装成大学生或者普通路人,情绪控制和观察力一定非常强。

"最后,我认为当年的他,和T有相同的特质:年纪小、性格不定、内心的情绪比较激烈。那么相同的,他对组织的忠诚度,也可能是最高的……"

讲到这里,苏眠微微一笑:"说不定等我们展开搜捕时,他会第一个跳出来,挑衅黑盾组。"

许滴柏脸上笑容更盛,点头道:"你分析得很好。不过还有一点,你遗漏了。"

苏眠一下子来了兴趣,丢下白板笔走到他跟前,背着手望着他:"是什么是什么?"

许湔柏唇角微勾,端起茶喝了一口,说道:"大多数时候,犯罪心理是从罪犯'已有'的行为中找证据;但有的时候,也可以从'没有'的行为里找。"

苏眠微愣,这说法她还真没听过。

许湔柏放下茶杯,继续道:"这么多起爆炸案,这么多个受害者,却有个共同特点——没有儿童伤亡。一次两次,可以说是凑巧,这么多次,只能说明,是这名连环杀手刻意避免。他不愿意杀孩子。"

苏眠张大嘴,弯腰拿起鼠标,在电脑上快速翻了翻——还真是!

"所以……"她抬头与许湔柏对视着,"这名杀手还存着最后一点仁慈之心,只对孩子。"

许湔柏点了点头。

苏眠仔细咀嚼他刚才说的话,还真的让她从他身上学到了一招,不由得心生钦佩,干脆笑着朝他拱了拱手:"师兄,受教了!我五体投地。"

许湔柏笑了,也跟她开起了玩笑:"不必五体投地,去给我添杯水就行。"

苏眠乐呵呵地从他手里接过杯子,真走到饮水机旁去接水了。

"第二名杀手用毒,应该曾经是辛佳的搭档。"许湔柏喝了口水,不急不缓地说道。

苏眠跟他一起靠在桌旁,点了点头。第二名杀手的案件资料她只大致翻了翻,还没来得及画像。现在干脆听许湔柏的。

比起她的长篇大论,他的结论简明扼要许多:"第一,在所有连环杀手里,他杀的人最少,并且全都是目标人物,从不滥杀无辜——从档案看,只有他和T,做到了这一点。除了'4·20'之后几天,他才报复性杀了一些普通市民。这说明,他的自律性很强,甚至可能跟T一样,道德观并未完全泯灭。"

苏眠点了点头。

"第二,尽管杀得少,他却是表现得最扭曲的一个。"许湔柏指着电脑上的照片道,"你看,他经手的每一具尸体,因为服用氰化钾等毒物,被发现时,脸色都十分红润健康。不仅如此,警方还在现场发现熨烫工具和化妆台都被人使用过——他给每位死者都熨烫过衣服再穿上,头发也梳得一丝不乱。最后几具尸体,他甚至还给男人女人都化了妆。"

苏眠循着他的手指望去,的确是如此。上了妆的男女,并不会到浓妆艳抹的地步,相反显得死去的容颜更加生动鲜明,就像聚光灯下的演员。这令她心中泛起阵阵恶寒。

又听许滴柏继续说道:"整个作案过程,他对尸体做的梳妆打扮,也表现出一定的品位和偏好。所以我相信他当年的年龄在25～35岁,拥有稳定职业和社交群。严格的自制和扭曲的疯狂,体现在同一个人身上,所以他在平时的生活里,也应该是十分体面和严肃,但是也极为压抑。"

第三名杀手的资料,却是最少的,也是最神秘的。

没有太多花哨的手段,凶手只是将受害人的心脏挖走。据法医的验尸报告显示,受害者是被活生生挖走了心脏。这让苏眠感觉很不舒服。

"凶手的手法很利落专业,显然受过专门训练。"许滴柏说道,"职业为医生、军人、警察……或者至少接受过一段时间培训和学习。"

苏眠点头,看着电脑上的资料道:"除了目标人物,他杀的都是年轻漂亮的女人,偏好十分明显。他拿走她们的心脏作为纪念品,代表着一种掠夺。至于为什么要掠夺女人的心,对他意味着什么,现在还不得而知。"

"而心脏……"许滴柏接口道,"要么做成标本保存,要么……吃掉。"

苏眠静默不语。纵观犯罪史,有时候罪犯的作案手段越简单,的确可能越残忍变态。他不在现场留下任何多余痕迹,只为一颗心脏而来。的确有可能吃掉。

因为当年资料毕竟有限,两人也只能讨论出一个初步画像结果。苏眠便说:"师兄,那我先把刚才讨论的结果录入电脑,回头有新的发现了,我们再继续。"

"行,我再看看资料。"他回自己座位坐下。

苏眠很快就将所有结果录入电脑,到底是有些疲惫,她往椅子里一靠,闭了闭眼又睁开,眼睛却瞄到屏幕上的一段文字,有些出神。

当年,其中一名罪犯头目被警方击毙前,说过这样一句话。跟那些死掉的外围喽啰不同，根据档案记载，这名罪犯应该对一系列的性窒息案负责，也是一名货真价实的连环杀手。

他说，其实我的人生早就结束了。后来，它才开始真正地燃烧。

已是下午三四点钟，阳光从许多方向射进来，这开阔的大屋子明亮又宁静。苏眠坐在电脑后，眼睛却瞄着其他人。

大约也是有些疲惫，对面的许湔柏靠在椅子里，双臂枕在脑后，似在闭目养神。不远处，唠叨、周小篆、韩沉……都在忙碌着，一种紧张但是平和的气氛，弥漫在屋子里。

苏眠见左右无人，便在电脑上输入加密口令，进入了工作系统的后台。这里早就装了监控程序，将每个人今天的使用轨迹都记录下来。

首先是唠叨。

他大致花了三十分钟，将所有文件都快速浏览了一遍，然后就下线了。苏眠抬头看了一眼在最偏僻阴暗角落里的他和周小篆，一下午他都坐在显微镜等器材前没动，显然一门心思都扑在指纹修复上。

其次是周小篆。

虽说韩沉给他的任务，是协助唠叨。但苏眠很清楚，指纹修复这种高精尖技术活，他是半点不懂的。而一下午苏眠几次看过去，都见他在那里搬东西、整理材料。而系统记录，他的登录浏览时间是最长的：先花了两小时，把材料看了一遍，警方报告、受害人档案、凶手作案手法分析、警员材料、警方后续追捕报告，所花时间都很平均。然后，又从头到尾看了两遍。

看到这样的上网轨迹，苏眠微微一笑，倒是很符合他学霸反复研读的作风。

鉴证科和刑警队几个人，一下午都按照韩沉放的烟幕弹，在筛查外省人员，所以系统登入时间都很短。即使有，也大多停留在警方报告和凶手作案手法分析两个模块。

最后是许湔柏。

他的登入时间也不长。先花了一段时间，看完了警方报告，又跳过去看后续追踪报告。受害人档案和凶手作案手法分析,没有花他太多时间,只简单浏览了一遍。最后又看了看警员资料。

至于冷面,因他一直跟韩沉一起工作,所以两人的上网轨迹也是完全一致的:先花很短的时间看了警方报告,然后大量的时间都在研读受害人档案和凶手作案手法分析,同时苏眠看到他们不断在地图上进行标注。这期间还翻看了后续报告。

…………

将所有人的上网轨迹都扫了一遍,苏眠的心扑通扑通跳得有点快。她关掉电脑,站了起来,决定再到处走一走、瞧一瞧。

先去的,自然是重点监视区:指纹修复组。

果然如她所料,唠叨的工作,周小篆是半点插不上手的。她背着手慢悠悠地走过去时,就见周小篆在搬东西,整理办公室里的物品。而干起老本行的唠叨,此刻就显得格外专注和权威了。他甚至还换上了白大褂、戴着薄薄的手套,清秀的脸上全是严肃。他低头盯着显微镜,修长的手指则缓缓转动着那枚指纹印片,连苏眠走近也没察觉。

"小篆,打高光。"他下达了指令。

"哦!"周小篆朝苏眠吐吐舌头,赶紧屁颠颠地靠过去,给他打下手。

苏眠就在一旁安静地看着,直至唠叨长长舒了口气,往椅子里一靠:"休息会儿再战。小篆,水!"周小篆立马又将矿泉水双手奉上。

苏眠笑笑,抄手看着他:"唠叨,你还真会使唤小篆啊。"

唠叨转头一看是她,也笑了:"小白,就让我也过过当老大的干瘾嘛。"

一旁的周小篆插进来道:"臭美!我才不是你的小弟,只是给你帮忙而已。我生是小白的人,死是韩老大的鬼!"

苏眠扑哧一笑,唠叨也乐了。

苏眠又问:"进展如何?"

提及专业,唠叨立马露出高深莫测的表情,但是又难掩得意:"你说呢?要知道,我的指纹修复技术,在全国可是排得上号的。不说别的,今天下班前,我至少能修复出个轮廓,嘿嘿。"

苏眠眼眸湛黑，脸上却露出喜意："太好了！"

二楼已经有几间房清理出来了，徐司白喜静，又是个我行我素的人，没跟任何人打招呼，先带着小姚搬进了其中一间。

苏眠推门进去时，就见阳光从对面窗户跃了进来，满屋寂静。徐司白也换上了白大褂，坐在办公桌前，乌黑的眉头沉凝着，正在看电脑上的尸体照片，连苏眠敲门都没有听见。

"喂。"苏眠轻喊了一声。

徐司白这才惊觉，放下鼠标，侧转身体看着她："锦曦，有事？"

"没事，来你这儿转转。"苏眠晃到桌前，跟往常一样，立在他身旁，"有什么发现吗？"

徐司白浅浅一笑。

跟唠叨一样，谈及专业时，这个男人，也会绽放出一种沉静而夺目的光泽。再没有了平时的孤傲清寒，也没有了这些天与她相处时欲言又止的尴尬和落寞。他一只手搭在椅子扶手上，另一只手滑动鼠标，嗓音也清冽熨帖得仿佛泉水："你过来看。"

苏眠求都求不来两人这样毫无间隙的相处，立马凑过去，然后又闻到了他身上轻淡的气息。那种福尔马林和血腥味混在一起的气息，竟令人觉得安心。久违的安心。

"先看这些爆炸现场的尸体。"他指着屏幕上数张照片，"他们的姿势，有什么共同点？"

苏眠看得很入神，可看了半天也没看出什么玄机，最后只好有些不确定地说道："难道是……都趴着？"

徐司白微笑："是的。"

苏眠惊讶地拖了把椅子坐下，脸几乎凑到屏幕上去了。还真是哎，大多数照片中的死者，不论脸是侧着还是扑着的，都是趴在地上的。

只听徐司白解释道："我看了所有的爆炸照片，绝大多数死者，哪怕上半身被炸断，也都是这个姿势。人从站立姿态爆炸后肢体断落，前趴和后仰的正常比例应该是一比一。"

苏眠眼睛一亮："难道这是罪犯有意为之，设计好的？就让受害者趴着死？"

徐司白点点头，拿了张草纸过来，又取了支铅笔，在纸上简单几笔就画出张示意图："我用电脑模拟过，如果将炸弹绑在腰部靠后的位置，再在胸前加一个小当量的炸弹，就有可能造成后坐力，导致上半身呈斜角飞出去，形成匍匐的姿势。"

苏眠一把抓过他那张草图，仔仔细细地看着。

徐司白看着她白里透红的俏脸，她的眼睛睁得很大，更显乌黑透亮，竟依旧是记忆中明媚动人的模样。他下意识地放下铅笔，到底是有些黯然心动，伸手搭上她的椅背，身体也稍稍朝她靠近了一点点。

但也只是这样而已，她的身体周围，就像有一道无形的墙。那道墙上镌刻的全都是另一个男人的名字，轻而易举地将他隔开。

听说，他们已经同居了。

听说，他们相当恩爱和亲近。

他静静吐了口气，将心中那突然泛起的隐忍的痛压了下去，温和地开口："这一点，是否对你的推理有帮助？"

苏眠连连点头："有帮助，很有帮助。"她拿起他的鼠标，放大屏幕上的某一张照片，然后盯着说道，"我有个大胆的推测。之前我跟许教授已经讨论出结论：这个杀手对受害者和警方充满嘲弄，他必然遭受过某种背弃，受到伤害。你看他为受害者设计的姿势：匍匐在地，在一堆泥泞和血泊中，大多数还被炸断了下肢。有的当时还没有死透，只能挣扎着往前蠕动。我认为这一幕对他来说，一定有强烈的象征意义——又脏又惨的地底，人痛苦地挣扎着想要前行，却最终绝望地死去。"

徐司白凝视着她，眸光专注，没有说话。

苏眠继续说道："所以，我认为在他的画像里还要加上一条：拥有十分艰难困苦的童年，贫穷、窘迫，受尽欺压和苦楚，他一定生长在社会底层的家庭。如果他在小康甚至富人家庭长大，即使有某种童年阴影，也不会形成这种沉重、鲜明而富有现实意义的心理投射。"她顿了顿又说，"有些事，他没有亲身经历过，感觉就不会这样强烈。"

徐司白也有片刻的怔忡，静默片刻，点了点头。

对于第二名杀手，徐司白同样有重要发现。

他滑动鼠标，放大几张照片上的死者手掌画面，直至可以看清掌心的色泽和纹理，然后说道："这是尸体刚刚被发现时，在案发现场的照片。验尸报告里并没提到，但你是否注意到，他们掌心的颜色有细微的不同？"

苏眠已完全被他的这些发现所吸引，整个人趴到电脑屏幕前，仔细地看着："好像……有点红？"

徐司白赞许地微微一笑。

苏眠也得意地笑了："你看，我的眼力还是这么好。"

"嗯。"他打开另外几张照片，同样放大后说，"但是再看他们被运到停尸间后的照片，掌心的红痕已经消退了。既然当时的法医没有对这一点做出论述，就说明这些红痕，与中毒无关，也不是伤痕。"

苏眠眨眨眼："这说明什么呢？"

徐司白摊开一只手掌，掌心朝上："打我一下。"

苏眠微怔，立马明白过来，点头，一巴掌就拍了上去。她的武力值还是很高的，这啪的一下，她的掌心隐隐作痛，徐司白默默蹙了一下眉头。

苏眠道："……打疼了？"她整天跟刑警们混在一起，手上哪有轻重啊。徐司白这样斯文的人，她忘了他受不住力。

"没事。"他眼睛里闪过无奈的笑意，将她的手拉过来，两人的掌心并排，"你看，尸体掌心的淡红痕迹，像不像这样击打之后的痕迹？所以很快就消退了，法医也没发觉。"

苏眠认真地盯着看，还真的，跟照片上一模一样。

"可这代表什么呢？受害者临死前用巴掌打过什么呢？"她皱眉喃喃低语。

而徐司白收回手，只安静地望着她。他身为法医，只负责发现尸体的异常症状，并找到形成的原因和机理。至于凶手为什么这么做，可以推理出什么，就是她和其他刑警的事了。

苏眠的大脑快速运转着，同时浮现出许滴柏昨天关于第二名凶手的画像：自律性极强，但是又极为扭曲；拥有体面严肃的工作，却将尸体打扮得像演员一样光鲜端庄。自制和扭曲，体现在同一个人身上……

"如果，凶手是让受害者自己给自己扇耳光，那么尸体脸部应该会留下指痕。但是却没有。"她抬眸看着徐司白，瞬间福至心灵，"你说，会不会……被扇耳光的，是他？他要求受害者临死前，扇他耳光？"

徐司白愣了一下。

苏眠却已兴奋起来："你看，这个可能性是存在的。许教授说，极端的自制和疯狂，出现在他身上，说明他本身性格就有些分裂，十分矛盾。现在我仔细想想，一个人的纪律性、'严于律己'的特点，大多是在家庭或者学校环境培养的。

"但是现在的学校，顶多有个别老师偏激，整体环境不会过于严苛压抑，不至于逼得人变态。那么就是家庭。

"所以他的画像里也要再加一条：他一定是在一个要求非常严格、压抑、体面，甚至过了头的家庭环境长大。而让受害者扇自己巴掌，代表着一种惩戒。说不定就是他童年和青少年时期，经常遭受的体罚。这也更加合理，现在老师哪能随便扇学生巴掌，但是家长就可以。"

她讲得眉飞色舞，徐司白听着听着，慢慢地笑了。

"你笑什么？"她问。

"觉得你很厉害。"他认真地看着她说。

苏眠心头一暖，伸手拍拍他的肩膀："你兄弟我，当然啦！老徐，你也很不赖。"

线索最少的第三名凶手，徐司白给的结论却最为直接和精准。

"是同行。"他说，"不是法医，就是外科医生。"

苏眠心头微震："可以确定这一点？"

"可以确定。"他指着屏幕上的照片，"下刀的手法、习惯，完全是外科医生的习惯。对人体结构也很熟悉，切割伤口才会这么完美，技术精湛。"

苏眠太高兴了，一把抓住他的胳膊："老徐，你太给力了！"

徐司白淡笑不语。白色的大褂、白色的衬衫、深棕色的长裤，还有柔软的短发，整个人看起来便如阳春白雪般清隽。

以前在江城时，她探案，他验尸，就经常这样给她十分有价值的结论。而这个尸体数量超多的大案，显然将他的才华都发挥了出来。他的这些极具专业性的发现，令她的犯罪画像更加完善。

她兴致勃勃地继续翻看着刚才电脑上，那几张被挖心的照片。虽然有点恶心，但的确如他所说，切割手法十分完美……而徐司白安静地坐在她身旁陪伴着。

夕阳斜垂，照得屏幕有些反光。苏眠眯了眯眼，不经意间抬头，就看到两个人的影子，映在背后的墙壁上。

她坐着，而他单手搭在她身后的椅背上，转头，像是一直注视着她，一动不动。

实际上，两人还隔着十几厘米的距离。可影子，却已紧贴在一起。

像是察觉到她的走神，他也抬头，看向了墙上的影子。

一时间，两人都没有说话，像是都发了呆。

苏眠心里忽然就有点闷，放下鼠标站了起来，转头笑看着他："差不多了，谢了老徐，我先走啦。"

他也站了起来："好。"

等她走出两步，他却忽然叫住了她："锦曦。"

她转身望着他。

他双手插在白大褂的口袋里，很温和很温和地笑了："等这个案子查完了，我在家里做饭，请你们大家去吃？"

苏眠的心狠狠地疼了一下，又涌起阵阵潮湿的暖意。他终究还是……

她走过去，抬头看着他，抓住他的胳膊，使劲地摇了摇："一言为定！我们说好了。"

苏眠出了徐司白的办公室，正下楼梯呢，就看到不远处的韩沉，像是若有所觉，他抬头朝她的方向看过来。

夕阳照得整间屋子金黄一片，他和冷面立在地图前，衣袖挽起半截，露出修长结实的胳膊。左手上的铂金戒指，越发显眼。

仅仅是看到这样的一个他，都会令她的心无声悸动。

只不过，瞧他的眼神似乎有些深沉，倒像是不动声色吃醋的模样。嫌她跟徐司白两个人待太久吗？

苏眠微笑地走近。

"忙得怎样？"她站到他身旁。

她来了，冷面也就放下记号笔，走到一旁端起茶杯，歇口气。韩沉看她一眼，抄着手跟她一起看着地图，说道："差不多了。所有关键地点已经标记完毕，再做一些回归分析，就能找出当年几名连环杀手的居住范围。"

苏眠听得暗暗咋舌，跟地理有关的东西，她是一头雾水完全不懂的。何况韩沉还是数学逻辑帝。不过他们这几天的主要目标，本来就不是这些推理结论，而是揪出"那个人"。她也就没再细问，而是转头看着他："要不要出去走走，休息一下？"

她的嗓音清脆、音量适中，显得十分大方而坦荡。这是韩沉早上教的啊，虚虚实实、真真假假，反正大家都知道他俩是情侣，干脆公开邀请他出去，再跟他秘密通气。

这心思自然也被韩沉洞察了。他看了看她，将手里的白板笔一丢，起身道："好。"他转头对冷面道："我陪她出去走走。"冷面自然点头。

于是苏眠转身朝门外走去，韩沉双手插在裤兜里，紧随其后。落在众人眼里，倒真成了小情侣间的暧昧相随。

等到了一片无人的花圃间，苏眠又到处看了看，确定无人后，才拉着韩沉在长椅上坐了下来。

韩沉的手往椅背上一搭，侧头看着她，嗓音低慢地道："看你像雷达似的跑一圈了，有什么收获？"说话间，手指却挑起她散落的一缕长发，绕了两圈，又一抽，发尾就轻轻弹在她脸上。

苏眠莫名其妙地瞪他一眼："你干吗啊？"

韩沉兀自笑了笑。

苏眠心里揣着那么多发现，只想快点告诉他，也就不跟他计较。便将今天所见所闻，全都一股脑说了，尤其特意强调了徐司白的表现，然后看着他的眼睛说道:"你看,老徐这些结论多给力啊,完全是我们之前没想到、但是又很合理的点。他如果是连环杀手,怎么可能这样毫无保留?所以他一定是清白的。"

韩沉思索片刻,点了点头,答:"暂时当他可靠。"

苏眠想起他之前说的狠话——徐司白如果不放手,他就容不下,便往他怀里一靠,哄道:"而且刚才他还跟我说,等案子完了,做饭请大家一起吃。这等于是把我们俩都当好朋友了。你就不要再在意他了。"

韩沉看着她的眼睛,忽然低头,在她唇上啄了一下:"我有分寸。你不在意他,我自然也不在意。"

这话还是透着几分醋意,苏眠撇撇嘴,起身要走,却又被他拉了回来。到底是难得的小憩时分,他搂着她的腰,不容她拒绝,低头就吻下来。

周围有静谧的花香,树叶在头顶沙沙晃动,漏下来斑驳的光。两人都没说话,就这么静静地亲着。韩沉亲完她的嘴,又去亲她的脸颊,眼中倒是始终浮着笑。

过了一会儿,他将她揉进怀里,满满地抱着。他抬头望去,却那么巧,一眼看到百余米外,黑盾组的白色小楼里,一个人影站在二楼窗前,朝这边望着。

是徐司白。

两个男人的目光在空中遥遥一对,徐司白没什么表情,转过脸去,像是看向了另一侧。

韩沉却握着苏眠的手,站了起来。

苏眠抬头看着他:"怎么了?"

韩沉也不看徐司白了,笑笑,将她拉到更深更隐蔽的花圃中,一把拦腰搂住,就吻了下来。

"没什么……"他漫不经心地说,"这儿更好。"

苏眠也笑了,背靠着假山,承受他的亲吻。韩沉吻着吻着,再次抬头。这次,只能望见碧蓝的天空,而白房子和徐司白,都被挡住了。

韩沉单臂撑在假山上,另一只手搂着她的腰,低头吻得更凶。

其实男人之间,一个眼神就心知肚明。

他看你的眼神那样执着，怎么可能停止爱你？

他痴心妄想。而我，一点遐想的余地都不会给他留。

这样一桩大案，大家自然也做好了长期抗战的准备。到了傍晚时分，韩沉把众人叫到一块，简单沟通下今天的工作成果，就打算下班了。

苏眠说了画像的成果，许滴柏略做补充。大家都听得很专注，气氛倒是很振奋。

冷面简单介绍了地理分析的结果，已初步确定了一些地段范围。

然后就是徐司白。

当他言简意赅地阐明自己的发现时，其他人也跟之前苏眠一样，纷纷点头，投去钦佩的目光。许滴柏也微微颔首："徐司白法医，果然名不虚传。"

对于众人的赞赏，徐司白照旧没什么反应，平静地坐着。而韩沉也没跟他多言，只点头说了句："很有价值，辛苦了。"

最后，是唠叨喜滋滋地汇报说："指纹基本复原了一大半，明天再干一天，应该就能跟指纹库里的样本进行对比了。我已经把今天的阶段性成果，上传到系统里了，大家都可以看。"

相对而言，这自然是最有价值的发现。韩沉拍拍唠叨的肩膀："很好。"

苏眠抬眸望去，众人脸上都噙着笑，没有任何异样。

大伙儿散了，苏眠也回到座位，先打开系统，看了看唠叨修复的那半枚指纹，眼中闪过极淡的笑，然后手托着下巴，一边喝着水，一边似不经意地朝众人望去。

首先看到的，自然是对面的许滴柏。苏眠电脑上的监控程序显示，他已经打开了那枚指纹图片，正在看。苏眠看着他的脸，映着屏幕的光，好像没什么表情，又好像很专注。

苏眠又抬头，往冷面望去。不过监控程序显示，他压根儿没看那枚指纹，而是继续埋头在电脑前，绘制着地图。

而韩沉已经拿起外套，看她一眼，朝门外走去。这是示意在停车场等她，她点了点头，又看向周小篆。可这小子也没急着去看指纹结果，而是瞪着眼，在看她今天做的犯罪画像。苏眠知道他一向对犯罪心理极为崇拜，每次都要将画像反复研读很多遍。她看着他一鼓作气的样子，笑了。

而唠叨……

他双手枕在脑后，靠在椅子里，身体摇啊摇，似乎正在欣赏自己今天的工作成果。

过了一会儿，他忽然坐直了，靠近屏幕似乎又仔细端详了一番，然后站了起来，看了看众人，目光又落在韩沉的空位上。苏眠赶紧移开目光。

然后看到他起身，皱着眉头，快步跑了出去。

苏眠沉默片刻。

最后，是徐司白了。

她仰头，朝他的办公室望去。结果就看到办公室的门刚好打开，他握着手机，脸色挺淡的，走了出来。两人视线交错，他微蹙起眉头。

几秒钟后，苏眠的手机响了，正是他的号码。

她接起："喂，怎么了？"

徐司白静了一瞬，低声说："我看到指纹结果了，你们到底想做什么？"

苏眠遥遥望着他，却慢慢地笑了，递给他一个安抚的眼神。然后她挂掉了他的电话，给韩沉发短信，心跳还有点快，垂头不看任何人。

我知道杀手是谁了。

韩沉很快就回复：一样。

天色已经很黑很黑。

夜里十一点钟，整个省厅大院一片寂静。黑盾组的小楼，位置本就偏僻，此时更是万籁无声。

相隔百余米，倒是能看到单身宿舍楼。只不过绝大多数都熄了灯，刑警们除了迫不得已的加班，谁都没有熬夜的习惯，一有机会就赶紧睡。

因为案件重要并且机密，所以韩沉帮专案组成员全都安排了宿舍。今晚大家都住在宿舍里，包括许教授。此刻远远望去，专案组成员的屋，倒大多亮着灯，约莫是大案伊始，倒都很有劲头。

苏眠静静地注视着宿舍楼片刻，又看了看近处黑灯瞎火的黑盾组办公楼,这才转头看着韩沉:"你说那个人,今天真的会来毁指纹吗?"

他俩藏身的,正是一片郁郁葱葱的花圃。从外头半点看不到他俩的身形,他们倒可以透过枝丫,窥探外面。韩沉站在她身侧,答得干脆利落:"会。"

苏眠就沉下心来,跟他一起继续等。韩沉扣着她的手,盯着外头,也显得很有耐心。在办公楼内安装摄像头的想法,一开始就被韩沉否定了:"如果是犯罪高手,肯定很注意周围环境。安装摄像头,一旦被他识破,全盘计划就会失败。"于是他俩,今天注定要在这里守一整晚了。

时间一分一秒地流逝。

夜里十二点半。

这时,黑盾组有几个人的屋也熄了灯,路灯也全灭了。周围死一般寂静,浓墨一般的黑,一点动静都没有了。

苏眠伸手捂住嘴,刚想打呵欠,忽然就看到对面阴暗的角落里,走出一个人。他背对着他们俩,走到办公楼前,掏出钥匙,开门走了进去。

专案组每个人都有钥匙。

苏眠和韩沉对视一眼,悄无声息地从花圃中闪身出来,尾随着那人,靠近办公楼。隔着窗,清楚地看到那人打着低亮度的手电,径直走到唠叨的桌前,翻找了一小会儿,就举起了一块薄片——显然就是指纹原件。

说时迟那时快,韩沉一把拉开大门,发出吱呀的刺耳响声。而苏眠一个箭步冲进去,啪啪啪地打开了墙上的电灯开关。

"滋滋滋——"数声电流接通的声响,天花板上的灯全部亮起,照得整间屋子亮如白昼。

唠叨站在灯下,拿着指纹,霍地转头看着他们。

韩沉沉默不语。

苏眠冷着脸,一字一句地喝道:"唠叨!你为什么会在这里?"

这边动静太大,很快其他人——周小篆、徐司白、小姚、许滴柏……全都赶到了,看到三人对峙的一幕,都惊讶得不明所以。

第十五章
机关算尽

这当真是令人惊讶而困惑的一幕!

大半夜,唠叨嘴里叼了个手电,出现在办公室里,手上还拿着那极其珍贵的半枚指纹。而韩沉和苏眠,脸色那么难看地望着他,但目光中又有尘埃落定的静默。

在众人的视线里,唠叨从嘴里拿出手电,愣愣地看着他们:"你们怎么都来了?"

小篆也开口:"是啊,老大,这到底怎么回事?唠叨,你半夜跑来拿指纹干吗啊?"

许滴柏、徐司白都没说话,注视着他们。

子夜寒凉,韩沉的夹克领子竖起,更显俊脸白皙冷峻。他缓缓地问:"唠叨,回答小篆的话:你来拿指纹干什么?"

在众人逼视的目光中,唠叨立马将指纹扔回桌上,伸手挠了挠头:"我突然有了很重要的发现,就想跑来再看看指纹,怎么把你们都惊动了啊……"

"你还在装?"苏眠冷声开口,眼中竟然泛起泪水,但脸色却更加决绝,"唠叨,我没想到真的是你。"她看了一眼众人,道,"上个月,侦破邵纶和司徒熠的案件时,有一天我和韩沉在会议室里讨论七人团案件,他就在门外偷听。那个时候,我们就对他有了怀疑。"

唠叨一呆,急了,连忙摆手:"我没偷听!那天、那天……我想起来了,那天我只是刚好路过啊！"

他兀自解释着，其他人的脸色却是变了又变。小篆还没反应过来："偷听？怀疑？怀疑唠叨什么？"许滴柏已惊讶出声："你们……难道怀疑他是七人团成员？"徐司白则依旧安静地立在一旁。

韩沉点了点头。他双手插在裤兜里，一步步走向唠叨，在距离几米远的地方站定，眼中露出淡漠的笑："有件事，没有告诉大家。辛佳临死前，并没有说'杀手在南方'，而是说……我身边有杀手。"

众人全都静下来，唠叨也张了张嘴。苏眠附和道："是的，之前不告诉你们，就是怕打草惊蛇。而这半枚指纹这样重要，我们一是害怕那个人来偷；二来也是想试探。没想到真的被我们试出来了。如果你不是杀手，为什么大半夜来拿指纹？唠叨，你还有什么话说？一次你说是凑巧，可两次呢？"她顿了顿，语气凝重了几分，"你真的让我们，非常痛心。黑盾组居然有杀手，呵……"

一旁的小篆终于也把整件事听懂了，刷地脸色就变了，伸手指着唠叨："你、你……你别告诉我，真的是你！"

许滴柏和徐司白都没说话。

唠叨看看这个，又看看那个，一副百口莫辩的样子，急急忙忙开口："不是的！真的不是我，我怎么可能是杀手！"

"那你为什么半夜跑过来？！"低沉的吼声，是韩沉。

偌大的屋内，悚然一静。唠叨一时也没敢说话。

韩沉虽然平时为人冷了点，但很少发火。此刻脸色寒得像冰，这么摔了句话出来，谁都能感觉出他周身上下的狠劲儿。唠叨脸都白了，嗫嚅道："我……我……突然想起，今天复原的指纹，有点眼熟……就想来看看……"

众人面面相觑。

苏眠道："眼熟？什么意思？"

唠叨又抓了抓头发，巴巴地望着韩沉，像是希望他相信自己的话："是这样的，我不是搞指纹鉴定的嘛，我脑子里，起码装了成千上万幅指纹标本。全局人的指纹我脑子里都有，全国通缉犯的指纹我也看过很多遍。今天白天复原指纹的时候，没往深里想，也还没用电脑做对比。但是晚上我在宿舍睡着睡着，脑子里全是那半枚指纹，突然就觉得好像在哪里看到过，对！一定是我看到过的某个人的指纹。一时激动我就睡不着了……"

所有人都愣住了。

小篆到底还是盼着他不是杀手，最先开口："所以你不是来偷指纹的，而是来加班的？"

唠叨猛点头。

两人全看着韩沉，苏眠也转头看着他。

韩沉静默片刻，看着他手里的手电："那为什么不开灯，偷偷摸摸？"他的语气听不出喜怒，但却一下子指出要害。

唠叨简直委屈得不行了："因为我怕吵到你们啊，大半夜的把灯都打开，你们还以为出了什么事儿啊，所以我就拿个手电来了……"

小篆显然有心维护他，听了他的解释，神色也放松了不少，劈头盖脸地骂道："你这个蠢猪！搞得这么鬼鬼祟祟干什么？"

韩沉静默不语，苏眠也一副不知说什么好的表情。显然是对唠叨的话半信半疑，但情绪上又不愿意相信他是杀手。

这时许滴柏望着唠叨，语气平和地开口了："整件事我大致听清楚了。唠叨，那你是否验出那枚指纹是谁的了？如果你找到了答案，不就能证明你的清白？"

唠叨却摇头："还没有。我看过那么多指纹，脑子里装了那么多，一时间想不起来。"他霍然抬头望着韩沉，"再给我一点时间，两天！不，一天！一天也许我就能完成对比，确定指纹的主人！"

大家你看看我，我看看你，又都没说话。

一直沉默着的徐司白，忽然开口了："他讲的也有可能。"大伙儿都望向他，就见他脸色平淡地说道，"我脑子里，也装了无数具尸体的照片。有时候看到相同的手法和创伤，会觉得似曾相识。的确需要一点时间，才能完成对比。"

唠叨猛点头："徐法医！你太好了，你懂我！我们专业不同，但是是相通的！很相通！"

韩沉转头看看徐司白，又看看他，英俊的脸上看不出任何表情。

"锦曦,带唠叨去队里审讯室。"他说,"把整件事弄清楚。冷面人呢?"

大伙儿都抬头四处看了看,没发现冷面的身影。小篆哦了一声,答:"你下午不是让他去帮刑警审外省人吗?他外出了,还没回来,应该是连夜在查。"

韩沉点了点头:"他回来让他马上来找我。小篆,你今晚守在这里,保护指纹。"又转头看着徐司白和许滴柏,"教授,徐法医,今晚的事,还需要详查。之前瞒着你们实属无奈,不要介意。唠叨是不是杀手,我们一定会查清楚。水落石出前,这件事还请保密。"

徐司白淡淡点了点头,转身就朝门外走去。许滴柏也点头:"有什么需要帮忙的就说。"拍拍苏眠的肩膀,也走了。

韩沉和苏眠这才转头看着唠叨:"走吧,去审讯室。"小篆探头探脑,确认门外的人都走远了,才朝他们比了个"OK"的手势,坐到指纹鉴定区,往椅子里一靠,专心地蹲守起来。

深夜两点钟,主办公楼里黑灯瞎火,一个人都没有。韩沉和苏眠冷着脸,领着唠叨走入一间审讯室,然后打开灯,一副连夜严审的姿态。

唠叨一坐下,就按捺不住了,激动又志忑地望着他俩:"怎么样怎么样?我刚才演得怎么样?我都快演成窦娥了!还扯什么脑子里装了上万幅指纹,又不是电脑,老子一下班就完全不想碰指纹。话说徐司白那小子也挺上道的啊,还扯什么专业相通,我听着都要笑了!"

他呱啦呱啦说了一大堆,韩沉和苏眠坐在他对面,都露出微笑。苏眠也一脸邀功地看着韩沉:"还有我呢?我演得怎么样?"

韩沉手往她椅背上一搭,看她一眼,答:"嗯,挺到位。跟平时一样……凶悍。"

苏眠立马推他一把:"滚蛋!"唠叨嘿嘿笑着附和:"是啊是啊,我都被你问得说不出话来。"

三人同时转头,望着窗外,黑盾组那栋办公楼。

"该做的都做了,鱼儿会上钩吗?"唠叨低喃着。

"会。"

"会。"

韩沉和苏眠同时答道。

所谓的心理战,也不过是个水到渠成的过程。现在,火候足够了。

夜里三点钟。

周小篆坐在电脑前,打了个哈欠。

办公室又大又空旷,只有他头上的一盏灯亮着,四周深黑一片,倒有点阴森森的感觉。他伸手扯了扯自己的眼皮,又起身给自己泡了杯咖啡,这才重新在电脑前坐下,睁大眼睛,继续看案件资料,同时守着证物箱里那枚"宝贵的"指纹。

不知过了多久。

窸窣。

远远的门外,似乎传来一声响动,但又似乎没有。

小篆疑惑地转头望去,只看到阴黑的窗外,树枝随风晃动着。他也就没太在意,拢了拢自己的外套,轻声哼起了歌,继续全神贯注地盯着电脑屏幕。

相隔百余米的主办公楼审讯室内。

韩沉拿着个望远镜,透过百叶窗的缝隙,望着对面。苏眠和唠叨也人手一个,趴在窗户上,炯炯有神地盯梢。

过了这么久,依旧没有动静。唠叨放下望远镜,问:"老大,你们之前到底是怎么锁定,许教授就是杀手之一的啊?"

韩沉和苏眠对视一眼。苏眠先答道:"其实上次给司徒熠测谎时,我就觉得他有点不对劲。当时司徒熠明显有问题,但是当我质疑他的结论时,他给我一种说不出的感觉。"

唠叨问:"什么感觉?"

苏眠想了想,答:"你记不记得我说过,很多精神病态者都是冲动易怒的,无法控制情绪,那是他们的本性。虽然当时只是一闪而逝的感觉,但我感觉到了——敌意。不过,当时我想,他很可能只是比较刚愎自用,不喜欢别人挑衅他的权威而已，并没有往他是七人团成员方面想。对他彻底产生怀疑，是昨天下午，他的电脑浏览记录。"

苏眠脑海中浮现昨天看到的数据结果，轻哼了一声，说："许滴柏做梦都想不到，我们会在工作系统里装监控程序，追踪每个人的浏览记录。有对比就有结果，罪犯跟警察的思维模式，当然是不同的。"她看向唠叨，"你把文档每个部分，都草草看了一遍，然后就去验指纹了——这很符合你的行为特点和工作需要。"

唠叨道："哦哦——"

"小篆慢吞吞地，什么都看了；徐司白重点看凶手作案手法，然后就一直在看尸体报告；冷面的浏览记录也围绕着工作展开……而当一个罪犯，看到警方对当年的案件记录时，他会是什么心情呢？答案就是——许滴柏重点看的，竟然是警方的各种报告、对这次事件的论述，而后是参与调查的警员资料，受害人和作案手法部分，他反而只草草浏览一遍！"苏眠微微一笑，斜瞥着他们俩，"我这一招见微知著，用得不错吧！"

"来了。"静立在窗前的韩沉忽然开口。苏眠和唠叨立马精神一振，重新举起望远镜，朝小楼望去。

阴阴暗暗的楼门口，一个黑色人影，不知从哪个角落走了出来，身影一闪，悄无声息地就进了小楼。

夜色越来越深，周小篆整个人都快趴到电脑上，脸映着屏幕的光，如平时般全神贯注。

全然不觉，身后有人靠近。

那是个身材高挑的男子，已经换上了黑色衣物。他的脚步轻得像猫，从黑暗的周围，慢慢向周小篆靠近，再靠近。

周小篆还保持着原来的姿势，一动不动。

直至男人，已走到他的身后，静静站立着。

小篆一个回神，突然看到对面墙上，自己身后多了道影子，只吓得倒吸一口凉气，抓起桌上的笔记本就要往后砸，结果猛地就感觉到后颈遭受重击。一阵剧痛传来，他瞬间天旋地转，连那人的脸都没看到，扑通一声，就倒在了地上。

那人安静地看了他几秒钟,又抬头确定周围无人后,伸出戴着手套的双手,从小篆腰间拿出钥匙,打开了证物盒。

将那枚指纹取了出来。

静静地在灯下盯了几秒钟,他低低嗤笑一声,掏出打火机,慢慢将它点燃,最后终于烧成几缕灰烬,丢进了垃圾桶里。

"动手吗?"唠叨举着红外望远镜,紧张地问。

"再等等。"韩沉站得笔直,轻声答,"还没收到信号。"

到底是抓捕这样一桩大案的嫌犯,又是跟警方有着密切关系的人,苏眠也有些激动起来,单手举着望远镜,另一只手抓着韩沉的胳膊:"小篆会不会被打得很惨啊?你居然拿他当炮灰,太狠心了。"

韩沉看她一眼,轻描淡写地答:"只有他身手最差,换成其他人,许湎柏怎么能放心铤而走险?"

唠叨扑哧一笑:"回头让冷面多给小篆炖点汤就好了。"

三人又等了一会儿,唠叨接着刚才的思路问道:"所以,你们就是因为他的上网轨迹,开始怀疑他,然后就设下了'指纹'这个圈套?"

苏眠点了点头,脑海中浮现出傍晚时分,当唠叨将指纹上传到系统后,每个人不同的反应。

这是韩沉的主意,真的够狠,也够出人意表。一方面试出了谁是嫌犯,另一方面,又正式抛出了诱饵——

因为那时,每个人登录系统时,看到的指纹都是不同的。

每个人看到的,都是自己的半枚指纹。

"你发现后,马上追出来找我汇报。"韩沉说道。

唠叨摸摸头笑了笑。他是专门搞指纹的,自然对自己的十个手指头甚至脚指头的纹路,都烂熟于心。刚把指纹复原出来那一会儿,他还没反应过来。后来仔细一看,就发觉不对劲——怎么是自己的指纹?当时他也一头雾水,什么也没多想,自然就直接追出去,万事找老大嘛。

当时韩沉示意他少安毋躁,后来才将晚上的计划全盘托出,要他来做

"饵"。

"而冷面和小篆,根本就不关心指纹,估计是看也看不懂。"苏眠说,"徐司白心细,指纹结果也会跟他的法医鉴定工作有关,所以马上看了。一看是自己的指纹……"她顿了顿,笑了,"他脑子转得快,明白肯定是我们在搞什么事,就有点发脾气了,打电话来找我。"

唠叨恍然大悟道:"原来是这样。"

韩沉斜瞥她一眼,没说话。

"唯独许滴柏,"苏眠的嗓音沉静下来,眼睛也一瞬不瞬地透过望远镜,盯着小楼,"他看到自己的指纹后,一直保持沉默。"

唠叨听得也有些激动,打了个漂亮的响指:"这招太狠了,太心理战了!他能怎么办啊?换大罗神仙也会举棋不定啊。所以,你们就制订了今晚的计划,诱他出手?"

苏眠点点头,看向韩沉。韩沉脸上露出极淡的笑,开口道:"即使看到自己的半枚指纹,以许滴柏的性格,也不会轻举妄动,依旧会怀疑这是个圈套。所以,我们再给他添把火。"

苏眠接口道:"一方面,让许滴柏以为,我们怀疑的是你,并且今晚已经设下了圈套抓住了你。这就让整件事显得更加可信。他也会以为我们接下来会疏于防范。另一方面,你说的那些话很关键,让他以为你真的是突然想起指纹似曾相识才来,是被我们误会了。这更增加了他的危机感——以为你很快会发现,那是他的指纹。"

唠叨点头,接口道:"然后,下午的时候就设好了套,把冷面支出去,谎称他不在。这样,就顺理成章把小篆留下守指纹。许滴柏那家伙在这种情况下,哪能还不动手?天时地利人和,这也许是他唯一洗脱嫌疑的机会!诱惑太大了啊!都怪我们的戏演得太好了。"

韩沉和苏眠都笑了。

就在这时,韩沉手机响了,屏幕上赫然两个字:**行动**。发件人是冷面。

三人再无迟疑,迅速跑下楼,朝小楼包抄过去。

许滴柏烧掉指纹后,只花了几分钟时间,就将桌上的仪器布置好。

他打开测量仪器，调到最高光聚焦模式，对准一叠废纸，再将桌上唠叨的打火机，丢进废纸堆。

这样，最多十几分钟，废纸就会被点燃，说不定还能制造一场小的火灾。而事后追查，只能判定为仪器故障或操作不当引发的意外。至于小篆，反正现在黑盾组风声鹤唳，被打晕的他既不能提供任何有价值的线索，说不定还会像唠叨一样百口莫辩。

做完这一切，许滴柏刚要转身往外走，耳朵里忽然听到吱呀一声闷响。

他的身形骤然一顿，慢慢转头望去。

一旁的储物柜被推开，一个男人面无表情地探身出来，手里还举着个微型摄像仪，对准了他。

冷面。

今天傍晚就应该外出、一直不见踪影的冷面。

整个晚上，不知他已闷不作声地在里面躲了多久。

暗淡的光线里，许滴柏的喉结无声地滚了滚。

而冷面放下摄像仪，开口："你的全部作案过程，已经被记录存进系统。现在跟我走，有什么话，对他们说吧。"

到了这一刻，许滴柏脑子里电光石火般将所有事都串了起来，哪里还不明白从头到尾就是为他做的一个局？他静默瞬间，脸上露出极为阴冷的笑，突然就抓起桌上的笔记本电脑朝冷面砸去，转身就往外跑！

然而在黑盾组中，冷面的身手仅仅稍稍逊色于韩沉，比苏眠、唠叨都要出色许多。他反应极快地闪身躲过，一把就抓向许滴柏的肩头。

可这一下，许滴柏竟然躲过了，挥拳就朝他打去！冷面暗暗吃了一惊，这家伙身手竟然这么好！动作也极为快、准、狠！这让他更加坚信了一个猜疑——那天在邵纶的住所里，对小白下手的人就是他！

两人缠斗片刻，远远地已经听到脚步声。许滴柏惊觉，抬眸望去，结果就被冷面瞅着空当，一拳狠狠击在他的腹部。许滴柏吃痛弯腰，冷面下手比他更快更狠，一把扭住他的胳膊，就将他抵在墙上："你跑不掉了！"

许滴柏粗粗地喘了几口气，平时温文尔雅的教授，此刻头发凌乱额头青筋暴出，眼镜也掉在地上，手腕上的表和佛珠也歪歪扭扭。

可他却在灯下转头望着冷面,忽然笑了,那双隽黑的眼里氤氲难辨。
"你以为你抓得到我?"
冷面一怔。

韩沉三人一路跑下楼,远远就见小楼的门洞开着。
唠叨此刻斗志满满,难免故态萌发,边跑边啰唆:"许滴柏这老小子太精,监控不能放,门外不能埋伏。又是我们内部的人,不能惊动其他人!不过守着的人是我们单兵武力值最彪悍的冷面,他又谨慎,一定能把他打趴下!就怕他为了给小篆报仇,打得太狠……"
说话间,三人已飞速跑到了门口。苏眠眼明手快,再次打开墙上的灯。
然而看清眼前的一幕,她和唠叨都惊呆了,韩沉脸色也是一变,三两步抢到冷面面前。
只见屋内的桌椅大概因为近身搏斗,已经东倒西歪。小篆还扑在地上昏迷着,冷面也倒在地上,肩头插着把匕首,血流如注,竟然已昏死过去。而许滴柏已不知所终。
"吱嘎——"一声尖锐的轮胎摩擦地面的声响,众人猛地回头,就见两道车灯的亮光穿破黑夜,迅速朝院门驶去。
"叫救护车!"韩沉低喝一声,将冷面交到唠叨怀里,起身就朝门外跑去。苏眠紧随其后,追了出去。
夜色静得像鬼,洞开的门口有冷风呼呼吹进来。唠叨看着地上横着的一大一小两个男人,都快要急死了。赶紧拨打120,又用力拍小篆的脸:"醒醒!醒醒!"
小篆还真的悠悠醒转,迷迷瞪瞪地看着他,一下子从地上跳起来:"怎么样怎么样?抓到他没有?"脖子一歪,整张脸皱了起来,"打得我好疼!"
看他没事,唠叨长舒了口气,"跑了!老大和小白在追呢!他居然插了冷面一刀!"
两人同时看向地上的冷面。好在刀没有插在要害,出血也不多。小篆立马跑回座位拿急救箱,唠叨试探地轻拍冷面的脸:"冷面!冷面!你还能不能醒啊?许滴柏跑啦!"

冷面竟然没有昏睡得太沉，那长长的睫毛颤了颤，缓缓睁开眼。唠叨大喜："太好了太好了！"小篆也高兴地扑过来，替他处理伤口。

"冷面，到底怎么回事？许滴柏那老小子怎么能伤到你？"唠叨问，"他是不是耍阴招了？"

冷面怔了一下。

他接过小篆手里的纱布，按住伤口就站了起来。唠叨和小篆都被他的强韧惊了一下。而他刚毅的脸上，眉头却微皱，开口："我不知道。"

唠叨和小篆惊讶道："不知道？"

冷面点头，脑海中浮现昏迷前的一幕——

他正将许滴柏压制在墙上，腰间的佩枪都没用上。刚要上铐，就见许滴柏转头望着他："冷面，我的手。"

冷面当然下意识就朝他的手腕望去。

然后他看到了什么呢？

闪闪发光的腕表，时针、分针、秒针，正一格一格缓慢地走着。而许滴柏的那串佛珠，在灯下发出盈盈的光泽。

他还没反应过来，许滴柏的一只手，已经开始缓缓转动那一颗一颗的佛珠，而腕表的指针的嘀嗒声，也清晰地传进冷面的耳朵里。

"One、Two、Three、Four……"许滴柏的嗓音，像是从很远又很近的地方传来，"听到指针的声音了吗？是不是很轻、很舒服？"

后来的事，冷面就记不太清了，但身体的本能还在，模模糊糊感觉有冰冷的刀锋触到自己身体上，他猛地一转身避开，然后就听到那嘀嗒声一直在耳边回旋，而他也慢慢陷入一片宁静的深黑里。

…………

"你被他催眠了？"小篆瞪大眼，唠叨也觉出味来。

冷面想了想，确定地点了点头。

可催眠这种事，三人只是有所耳闻，没亲眼见过。没想到冷面今天就着了这个道儿！

唠叨立刻响亮地骂了句脏话！

就在这时，门口响起敏捷的脚步声，徐司白和小姚出现了。大概徐司白也一直没睡,听到动静就赶来了,外套长裤十分整齐,清隽的脸上没有太多表情。扫一眼屋内的环境,他问:"他们人呢?"

冷面推开还在处理伤口的小篆:"我没事,追!"

几个人再无耽搁,上了两辆警车,风驰电掣般追了出去。

路虎在夜色里一路狂飙。

前方不远处,许滴柏的车一直在急速转向躲闪,试图甩掉韩沉。

但这怎么可能?

眼看两车越追越近,许滴柏一个打弯,驶上了通往郊区的外环路。半夜外环上私家车不多,却有不少长途货运车,路面又到处在施工维修,车流反而变得拥挤起来。

韩沉始终盯着前方,将车开得又快又稳,追随许滴柏穿行在大货车之间。苏眠挂掉唠叨的电话,转头望着他:"是催眠。许滴柏催眠了冷面,要不是冷面靠本能反应躲开,那一刀就不是插在肩膀上,说不定他已经被杀了。"

想了想,她又说:"冷面提到了佛珠和手表。我看过一点催眠术的书,这或许就是许滴柏的催眠工具。难怪他平时总戴着,还总转。据说催眠高手,平时就能让你不知不觉进入轻微催眠状态。所以今晚他才能这么容易就得手。"

韩沉的脸色更冷了。

"坐稳。"他开口。

苏眠立刻抓紧扶手。他一脚油门,车陡然往前一飙!苏眠先是瞪大眼,然后立刻侧头回避——嘭!一声巨响,他们结结实实撞上了许滴柏的车尾。

许滴柏的车一下子被撞飞出去!

只见他急忙一个打弯,险些就撞上了路旁的护栏,跌跌撞撞继续往前开。这时,苏眠就见到韩沉很冷地笑了笑,轻巧而快速地避过周围乱七八糟的车辆,又是一脚油门追上去。简直就跟猫撵耗子似的,又要把许滴柏逼向绝境。

虽说冷面受伤让苏眠也很愤慨心痛,但看着韩沉开着自己一百多万的车,毫不心疼地撞,她只觉得又爽又肉疼……

前方一个岔路口，路中间是个环岛。许湉柏的车飞驰而过，韩沉避开旁边并道的车，紧随其后。苏眠再次握紧扶手，作好飙车的准备。就在这时，她忽然瞥见环岛的草丛中，有红光一闪一闪。

"那是什么？"她倏地一指。

韩沉一瞥，眼眸猛地定住。苏眠只感觉到车身狠狠一甩，轮胎摩擦地面发出尖锐声响——他们已急速转向，一头扎进马路旁的树丛里，撞开两棵小树，朝低缓的山坡开了下去。

轰！

身后传来震天的声响，爆炸的火光突然就照亮了整条公路。韩沉松开方向盘，一把抱住苏眠，将她按进自己怀里。"啪啦啦——"车玻璃瞬间被震碎，落了他满背。

苏眠惊魂未定地抬头看着他："有没有事？"

"没事。"韩沉拨开她长发上的碎玻璃屑，推门下车。苏眠跳开一地碎玻璃，跟他一起抬头眺望。只见整个环岛都燃烧着熊熊火光，爆炸的威力极大，旁边的道路都被炸断。许多辆货车都停了下来，还有一辆小货车侧翻在路旁，好在车中无人。许多司机跳下车，拼命往后跑。而前方，弥漫的烟气中，许湉柏的车已经不知逃往了哪里。

苏眠心头突地一跳，霍然举目四顾。

第四名杀手，爆炸者，出现了。

可是周遭一片混乱，哪里又能把他找出来？

"上车！"韩沉再次坐进车里，掏出手机，他的脸清寒一片，"立刻调集周围所有道路监控，把他找出来！"

路虎迅速拐进一旁的小路，朝许湉柏消失的方向，绕行追了上去。

天边，露出了一丝微光。

公路、树林、江水……山间的晨景一片寂静，只除了数辆警车奔驰而过的声响。

冷面本就是追捕高手，韩沉更是高手中的高手。早上五六点钟，韩沉的车从一条山路上冒出头，苏眠便看到了前方拐弯处，许湉柏的车尾部一闪而逝。而更远的前方，几辆警车在林间穿梭——

包围之势已成！他插翅也飞不出去了。

眼见韩沉一个急转弯，追得离许滴柏更近了，两车只有十余米的距离。韩沉忽然将她的手一拉，放到方向盘上："你来开。"

"嗳？！"苏眠一呆。约莫是她的表情太呆，韩沉居然还淡淡地笑了笑："我的命交给你了。"然后拔出腰间佩枪，探身出去，偏头瞄准，那姿态要多帅气有多帅气。

这种时候，他还有心情开玩笑。苏眠真想揍他，一咬牙，把着方向盘，全神贯注开了起来。

砰砰砰——接连数枪，干脆利落。就看到许滴柏的车两个后轮和一个前轮，瞬间瘪了下来，冒出烟气。车子一个猛打弯，就撞到了路旁一棵极粗的大树上，不动了。大树旁边就是悬崖，悬崖下方就是奔腾的江水，极为凶险。

苏眠立马刹住车，韩沉已持枪跳了下去，缓缓逼近。而山路的另一头，几辆警车同时猛刹，唠叨、冷面和几名刑警先后持枪下车，将许滴柏的车围了个水泄不通。

苏眠一下车，就见对面车旁，徐司白也站了出来。两人远远对视一眼，又同时看向许滴柏的方向。

"下车！"一名刑警厉喝道。

数把枪，隔着十余米，对着车不动。

苏眠望着不远处韩沉矗立的身影，心也紧紧提起。眼睛紧瞄着车——万一情况有不对，她就冲上去保护他。

片刻的沉寂后，已经撞得变形的车门，吱呀一声，被缓缓推开。

与他们周旋的许滴柏，探身站了出来。

比起平时的温文儒雅，此刻的他真的是极为狼狈了。西装歪歪扭扭，满是灰黑。手上的佛珠也不知散落何处，只有半截丝线和几颗珠子还挂在手腕上。他的脸很阴沉，阴沉中又带着某种嘲讽和怨恨。他缓缓地打量着黑盾组众人，最后慢慢举起双手，放到了自己的后脑上。

"蹲下！"冷面命令道。

韩沉依旧保持瞄准姿势，紧盯他的一举一动。

众目睽睽下，他却忽然笑了笑，往后慢慢退了两步。

背后就是悬崖，他离悬崖已只有一步之遥。大伙儿心中都是一惊。韩沉开口："站住。"

他的目光，却似乎放得很远。瞬间的失神后，他的瞳仁重新聚焦，目光落在了韩沉身后的苏眠身上。

"小师妹，还记得那句话吗？"

苏眠冷冷地盯着他，没出声。

他却已兀自开口，声音很响，也很清亮。这一刹那，他不急不缓的声音，却像是宣言般响彻整个山谷——

"我的人生早已结束。直至遇到他，我的生命才开始真正地燃烧。"

苏眠心头一震。

然而话音未落，他的脸颊泛起奇异的微笑，一缕鲜血从他唇角溢了出来。

"他服毒了！"唠叨急忙喊道。然而已经来不及了，他保持着这样的笑容，张开双臂就往后倒去！

说时迟那时快，一旁的韩沉早有预备，一个箭步冲上前，就要抓他的胳膊。

然而，不知是不是天意，许滴柏脚下的那方土，竟突然塌陷，整个人一下子就坠了下去！

韩沉措手不及，只抓了个空。众刑警蜂拥而上，隔着几步站在悬崖边。徐司白也走上前，跟苏眠站在一起，静静眺望。却只见高达百余米的峭壁之下，江水如万马奔腾，已将一切都带走。

第十六章
姐姐你好

江边的滩涂,乱石杂草丛生。刑警们四散寻找着,暂时没有找到人摔落的痕迹。

多半是掉进了江里。

韩沉是现场指挥,一直跟几个刑警交头接耳、四处走动。苏眠便独自转了一圈,最后到了江边,远远便见徐司白一个人站在水流旁,裤腿和鞋都被水冲湿了,兀自出神。

苏眠刚要走过去,突然心念一动,探头四处看了看,没有发现韩沉的身影,这才大摇大摆地走向徐司白,拍了拍他的肩膀:"在想什么?"

徐司白双手插在衣兜里,那张脸显得愈加清隽。他看向她,答:"在想许滴柏。"

与此同时,相隔数十米的大树后,韩沉刚跟两个刑警勘查完崖壁下方的一块土地。他一抬头,就看到了苏眠左顾右盼的小动作,硬是没看到树后的他。然后,她就一脸放心地跑到了徐司白的身边,两人说起话来。

…………

那屁颠屁颠的机灵模样,只令韩沉胸中一缕闷气无声缠绕,又像根羽毛似的挠过他的心。静默片刻,倒是笑了。

一不留神这女人就给他灌醋,还能灌得他有点心软。

"韩组,那边要去勘查吗?"一名刑警问。

韩沉又远远地看了她一眼,这才偏过头,跟刑警们去了。

"想许滴柏什么？"苏眠问。

徐司白有些出神，答："这个人让我很反感，很不舒服。"

苏眠有点意外。他一向两耳不闻窗外事，对于不相关的人和事，连评价的兴趣都没有。如今与黑盾组同仇敌忾，倒让她蛮安慰的。

这个孤傲男人离大家的距离，似乎也在慢慢变近。

"只可惜……"他沉吟。

苏眠道："可惜什么？"

他轻蹙了一下眉头："许滴柏死前服用了氰化毒物，又从这么高的地方摔下来，再被卷入急流中。这么多种伤害出现在一具尸体上，非常难得。只可惜尸体还没找到。"

苏眠忍不住笑了。他还是老样子啊。

这时，现场勘查得差不多了，唠叨招呼大家上车。苏眠一转头，就看到韩沉跟几个刑警，从树林后走出来。她也就没管徐司白了，立刻跑了过去，跟他会合。

等到了跟前，韩沉看她一眼，对其他刑警说："你们先上那辆车。"等旁人都走了，他的手便往她肩上一搭，往停车的方向走去。

他俩的事已是公开的秘密，在场的又都是些熟人，苏眠也就没太在意，任由他这么拥着往前走。只是心中稍稍有点奇怪——在公开场合，他基本还是跟她保持正常距离。今天怎么忽然亲近？

她转头望着他的侧脸。忙碌了整晚，他的短发有些乱，夹克里的衬衫也有点皱。他的怀里倒是依旧温热又舒服。

大概是累了？

苏眠索性往他怀里靠得更紧，手指还不安分地扯了扯他胸口的衬衫。这动作是亲近也是小小的撒娇，韩沉低头瞥她一眼，没说话。

而相隔不远的岸边，徐司白一转身，就望见两人相拥离去的身影。静静地站了一会儿，他走向与他们相隔最远的一辆警车。

韩沉的车和几辆警车，都停在滩涂旁的下山公路路口。等到了车前，唠叨跑过来："老大，你这车还能开吗？要不我帮你叫拖车，后面还有辆车空着，就坐了徐法医一个人。"

苏眠看着撞得面目全非的路虎，刚要点头，韩沉却已松开她，掏出钥匙打开车门，坐了进去。

"用不着。她就喜欢坐我这辆车。"他转头看她一眼，"换车她不乐意。"

苏眠一愣，唠叨已顿悟开口："啧啧，女人就是难伺候！"转身走了。

开往市区的公路上。

韩沉单手搭着方向盘，另一只手撑在车窗上，手背抵在唇畔，眼睛看着前方，车开得很平稳。苏眠看着他冷峻的侧脸，默默地想，即使开着这样一辆破车，他看起来依然这么帅。

一开始她还没反应过来，他刚才的横劲儿从哪里来，稍一琢磨，才慢慢觉出味儿来。但她并不知道自己之前的小动作被他发现，心想只是三个人坐到一辆车上，现在他都不干了？

"韩沉你是醋坛子吗？"冷不丁的，她突然冒出一句。

哪知韩沉既不否认，也不反驳，脸色淡淡的，依旧看着前方。

"原来你知道。"他的嗓音低沉轻慢，"知道你还撩？"

苏眠微怔，反而扑哧笑了。想了想，解开安全带，探身过去，就在他侧脸上亲了一下。

"我心里从头到尾只有你一个人，其他人你根本不必在意。我爱你。"

韩沉轻抵在唇边的手，放了下来。偏头就在她唇上啄了一下。两人的脸隔得极近，他的眼睛墨色浓郁，只看得苏眠一阵滚烫的心悸。

"坐回去，扣好安全带。"他低声说。

"嗯。"

两人都没再说话，车内的气氛却似乎变得温软又慵懒。过了一会儿，听到他开口："苏眠，我在想，许滴柏既然是当年的连环杀手之一，他自己是犯罪心理学家，许家在科研和警务两方面都有些背景。当年警方对七人团的抓捕行动出了差错，会不会跟许滴柏有关？"

苏眠一怔。

接下来的一天，警方除了继续在江中打捞许滴柏的尸体，还对他的个人情况进行了更深入全面的调查。

得到的调查结果，算是侧面进一步印证了韩沉的猜测。但是也有意外的收获。

首先，当年七人案发时，许滴柏还是国家公安大学的助理教授。但是他的父亲是犯罪心理学方面一位德高望重的老教授，说不定苏眠当年还听过他的课。家族中其他几位近亲，也都在警校或者公安系统任职。所以他当年如果是叛徒，的确是有可能给警方带来很大麻烦。

其次，通过询问他原本在公安大学的同事，黑盾组了解到：他尽管有些名气，但他在院校同人间的风评并不好。有不少人认为，许滴柏对学术的态度过于激进，经常希望尝试一些算是"踩线"的、法律不会允许的实验方法。但他时常能提出一些很有新意的观点理论，所以才一直被院方容纳。但最近，院领导已经有考虑，想要辞退他。

因此，他最近离开北京，到K省的院校承担研究项目，说不定也是在为自己另谋出路。

但是搜索他的住所、电脑、工作单位……却没找到任何与七人团有关的罪证了。

"既然许滴柏在学术上比较偏执、刚愎自用，与其他学者并不合群，那么这也许是他卷入七人团的理由之一。"调查告一段落后，苏眠这样说，"跟一群心理变态者在一起，身为一个犯罪心理学家，他能理解他们，能获得共鸣、认可，甚至也许能获得他们的尊敬和追捧。这也许，能带给他极大的成就感和刺激感吧。就像他死前说的，真正开始燃烧自己。至于他在组织中究竟是担任什么样的角色，放在警方身边的卧底？精神导师？他是催眠帮助他们杀人，还是跟他们一样自己亲手杀人？暂时不得而知了。"

这天调查结束，苏眠和韩沉回到家，已经是华灯初上时分。

苏眠躺在床上，她已经很困了。可韩沉还在洗澡，所以她死撑着等他。

过了一会儿，浴室门推开，韩沉穿着睡衣、拿着剃须刀走了出来。睡衣质地柔软而考究，印着暗灰色条纹，倒为他平添了几分清贵慵懒的气质。他单手撑在盥洗台上，对着镜子，开始刮下巴冒出来的那一点青色胡楂。

苏眠一下子来了兴趣，跳下床跑到他身旁："我来给你刮。"

刚洗完澡的韩沉，漂亮得让人看一眼就心跳。他用那沾着水汽的眉眼，淡淡地看着她："你会？"

"不会可以学嘛。"苏眠答得豪爽，双眼期盼地望着他。

韩沉笑了笑，转身正对着她，把手里的剃须刀交给她。然后一只手往她身后墙上一按，另一只手插进睡裤兜里，低头看着她："动手。"

盥洗台前空间本就狭窄，他这么一靠近，明明很有爱很正常的刮胡子，突然就变得……很暧昧很性感很诱惑。

苏眠脑子一热，没头没脑地说了句："你可真是个……俏韩沉。"

俏韩沉显然是不喜欢这个称呼的，低头就吻住了她。他的脸映着浅淡的灯光，眉目沉凝。这个吻却极挑逗极具惩罚意味，含着她的唇反复轻咬。直到苏眠被吻得呜咽求饶，他才松开了她，两人一本正经地刮起胡子来。

苏眠虽然大大咧咧，下手却十分细致温柔。将他的脸涂满泡沫后，就沿着他的脸颊，一点点刮了起来。她刮得很认真，微微仰头看着他，眼睛里映着璀璨的光。韩沉凝神注视着她，脑子里却响起，许滴柏坠崖前特意唤她的那一声"小师妹"。

他的胸中，有些躁乱的冷意在翻滚。

毫无疑问，眼前的女人，对于七人团来说，是个特殊的存在。所以他们当年才没杀她，所以许滴柏临死还要喊一声"小师妹"。

从他和她重逢的第一天起，他就知道，她能那么细致甚至温柔地理解心理变态者的痛苦和需要，但是，她也是那么坚定清澈，决不苟同。

是否，这也是她身上，吸引他们的特质？

他们曾经将她从他身边夺走，也夺走了她原本的人生。

而他终于寻回了她。

这一次，他们想要重来吗？

…………

思及此处，他搭在她腰上的手，缓缓收紧。

"想什么呢？"苏眠看着他的眼睛。

他却取走她手里的剃须刀，丢在盥洗台上，不由分说低头开始吻她，答得含糊:"嗯……想今天要不要……画个正。"

"人饱暖才思淫欲!"苏眠奋力推开他,"我要睡觉啦。"

韩沉到底心疼她,笑了笑,放她爬回床上,又抬头看了看时间,还很早,刚八点。

"我把车送去修了。"他换了套衣服,拿起车钥匙,走到床边摸摸她的头,"你先睡。"

"嗯,早点回来。"她软软地说。

他双手插在裤兜里,走向门口:"回来时会让你醒的。"

"……"苏眠花了几秒钟才反应过来。

他总是这样,不动声色地耍流氓!

苏眠这一觉睡得很安稳。自从跟韩沉住到一起后,她就很少做梦。

不知过了多久。

某个瞬间,她的腿就这么自己轻轻一抖,像是感觉到了什么。

她忽然就睁开眼,醒了。

房间里昏黑一片,周围也很静很静。但是在刚才的半梦半醒间,她却似乎听到了什么声音。又似乎,只是错觉。

嘀的一声轻响。

这回,她听得真真切切。

声音是从客厅门口传来的。她的手心忽然就渗出了隐隐的汗,躺在床上没动,透过卧室虚掩的门,看着大门的方向。

刚才那声音,她分辨得出来。自从上次她差点被那个神秘人——也许就是许滴柏——掐死后,韩沉就在家里的每扇窗、每扇门上,都装了红外报警器。只要有人闯入,就会立刻报警。

而刚才那一闪而逝的报警声……

有人在拆掉报警设备。

他即将无声无息地进入这间屋子。

但他大概不知道的是,韩沉在卧室门口还装了第二道更精密的报警器。韩沉每次出门,都会打开两道开关。这个人如果踏入,警报就会立刻呼啸响起，不仅大楼保安会立刻被惊动，报警信号也会直接发送到韩沉的手机和这片小区门口的当地派出所警务值班亭。

但来的人极可能是七人团之一，稍有不慎也许就是生死之别。此刻韩沉不在，苏眠只能靠自己。她轻吸一口气，闭了闭眼又睁开，内心竟涌起一股凛冽的豪气。

她几乎是无声无息地坐了起来，以极慢的动作，拖起墙角的一根粗木棍，缓步走到了门后，贴墙，极静极静地站着。

等了大概十几秒钟，就听到了很轻很轻的声响。

门被推开了。

没有脚步声，也没有光和影，但是她很肯定，那人走了进来。

他走得很慢很慢，大约又过了十几秒钟，苏眠透过门缝，才看到一个人，走到了卧室门外。

光线几乎没有，那人浑身上下黑漆漆的。苏眠大致看到他戴着鸭舌帽和口罩，完全看不到脸。个子……似乎很高，身材瘦削。床上被子还原样堆着，看起来就像是有个人躺着。苏眠的心跳得越来越快，屏住呼吸，然后就看到门边地上，一只穿着运动鞋的脚，踏了进来。

就是现在！

尖锐的报警声骤然响彻整间屋子，那人仿佛也一惊，脚步顿住。苏眠手里的木棒风驰电掣般就往他头顶砸去！

砰！一声闷响，那人吃痛地轻哼一声，背上结结实实吃了一棍。苏眠二话不说，举棒又要猛击，谁知那人竟不躲不闪，抬头就看向她，竟是气呼呼地开口："苏眠姐！我好不容易才找到你！你干吗一见面就打我？！"

那声音极响亮极年轻，语气也极委屈。

苏眠再警惕，也被他说得愣了一下。

然而就是这一瞬间！

他身手如电一把捏住她的手腕，苏眠吃痛，木棒脱手而出。他却轻笑了一声，语气是跟刚才完全不同的低沉散漫："苏眠，这一招装疯卖傻，还是当年你教我的，也忘了吗？"

苏眠心头一震，语气却极淡："我怎么会忘……"说话间就一脚踢在他腹部，手也往后一缩，躲开他的桎梏。

两人暂时打平。

这时，楼下却突然响起了警铃声。

"还挺快……"他低喃了一声，身形一闪，就退出了卧室门口。苏眠刚要再追，他却背对着她开口："站住，如果你不想韩沉死的话。"

苏眠脚步一滞，逼视着他的背影："什么意思？"

他却又笑了一声，伸手压低帽檐，答："我今天是来送信的，信已经送到，我要走了。我一直就打不过你，当然要在韩沉的车上偷偷装个炸弹做护身符，就装在你们今天撞破的车头里了。你再往前一步，我就炸死他。"

这么冷酷的话语，他却说得轻巧含笑。苏眠一时难辨真假，竟不敢动，转眼间，他已闪身出了客厅的门。

"你是谁？"苏眠忽然喊道。

以为他肯定不会回答，谁知门被掩上的同时，却听到那近乎温软的嗓音再次响起：

"姐，我是A。你曾经最亲爱的弟弟——A。"

苏眠心头巨震，一个箭步冲出门口，可楼道里已经空空如也，哪里还有他的身影。倒是有几个警察，扶着楼梯急匆匆地往上爬。她最关心的是韩沉，立刻折返屋中，打开灯，找到手机打给他，这才发现调成振动的手机上，已经有数个他的未接来电。

电话接通。

"你还好吗？"

"苏眠？"

两人同时开口，语气都有些急。

苏眠马上说："我没事，在家。你马上离开车子，车上有炸弹！"

韩沉却是一静，很快答道："不可能。我用车前，已经检查过。车刚才送到车行，在做修理，也没发现炸弹。我快到小区了，待着别动。"

挂断后，苏眠一把将手机丢在沙发上，骂了句脏话。

关心则乱，被骗了。

但他是爆破高手，还是捉摸不定的心理变态者，她当时无论如何也不能拿韩沉的命冒险。

满屋灯光明亮,这短暂的几分钟的交手,却叫她内心如排山倒海般难以平静,下意识缓缓地低喃他刚才留下的名字……

A。

就在这时,她一眼瞥见茶几上,无端端地多了个白色信封。

刚刚 A 说,他是来送信的。她的心头猛地一跳,立刻冲过去,从抽屉里拿出手套戴上,这才拿起来。

很精致的白色纸张,描着金边,甚至还有淡淡的香气。信封上用黑色墨水手写了三个字:

致黑盾。

字体十分洒脱漂亮。

她小心翼翼地拆开信封,里面是一张同样精致漂亮的白纸。

纸上是同一个人的字迹。

只写了两行字。

但是她的眼睛却瞬间睁大了,倏地抬头看向日历,今天是 3 号。

而纸上,赫然写着:

7 日 7 时 7 分。

我们会来。

苏眠站在灯下,拿着这张洁白如新的信笺,一动不动。

韩沉踏入家门时,看到的就是这样一幕。他直接走到她身后,握住她的肩,将她转了过来。他的黑色夹克领子竖着,身上仿佛还沾染着秋夜的冷意,眼睛却是沉黑无比,将她从头到尾打量了一番,确认无恙后,才一把将她按进怀里。

"我没事。"苏眠轻声说,也搂了搂他的腰,心中的余悸仿佛才得到安抚。她将手里的信笺递到韩沉面前。韩沉接过,看了一眼,又拿起茶几上的信封,脸色始终淡淡的。

厅里鉴证科的同事很快就过来勘查现场。但是如预料一般,那个自称 A 的年轻男人，根本没留下任何指纹痕迹。小区的监控录像也没有拍到他——他大概是绕过了大部分的摄像头。而必经路上的几个摄像头，昨晚就被人毁坏了。

等鉴证科同事离开时，都已经半夜三四点钟了。

苏眠抄手坐在沙发里，了无睡意，仔细琢磨着 A 说的每一句话。韩沉将他们送走，带上门，一低头，却瞥见墙边被人拆得乱糟糟的红外报警设备盒。

他抬起腿，一脚就踹了过去，将它踹得更加七零八落。这动静太大，苏眠惊讶地抬头，就见他双手插在口袋里，冷着脸，转身走入了书房。

"你跟它发脾气干吗？"苏眠瞅着他的背影，"它也不想被人拆啊。"

也难怪他发火。这种事是鉴证科负责的，当时一个熟人拍胸脯打包票，说这是国内最好的保安设备，高精尖无懈可击……

过了一会儿，却见他又走了出来，单手插在裤兜里，走到她跟前坐下。

"明天开始，我陪你去宿舍住。"

"嗯。"苏眠轻声答，只是想到那张吱呀作响的单人床，有点悲摧了。晚上两人要用什么姿势睡觉？万一床塌了……

她正胡思乱想，韩沉却从裤兜里掏出了一样东西，放到了她掌心里。

一只小小的金色的哨子，挂在一条银链子上。

苏眠原本眼睛一亮，伸手摸了摸，就有点嫌弃："做工好粗糙啊。"

韩沉瞥她一眼，径自将链扣打开："警校毕业拿的。那一年两千多毕业生，就这一个金哨。低头。"

苏眠哦了一声，任由他替她戴上。这么有纪念意义这么拉风，她又想要了。

戴好后，她将长发往上一撸，露出脖子，又有些臭美了，朝他摆了几个姿势："你看，好看吧。这么丑的项链，我戴还是好看。"

韩沉笑了笑，手臂搭在沙发扶手上，另一只手拿起哨子，送到她唇边："以后，无论发生什么事，我都不会离开哨声范围，直至将七人团全部绳之以法。我若不在身边，你遇到危险，马上吹哨子。"

苏眠眨眨眼。

原来这才是他的目的。

的确，在近距离范围，哨子是最原始也最有效的报警工具。

她含着哨子，用力一吹，清亮悠长的声响，瞬间响彻整间屋子。也许还飘到了很远很远的地方。

她嘿嘿一笑，扑进他怀里："这么有意义的东西，你当年怎么没送我？"

这种事，韩沉也想不起来，哨子的来历还是他后来回警校得知的。不过他握着她的手，淡淡地答："我怎么知道？八成当年你就嫌它丑。"

这个猜测实在太有说服力，苏眠立马不说话了。两人静静地拥了一会儿，苏眠又问："那要是我哪天吹哨子，你不来怎么办？"这问题完全就是找碴了，意思就是：你要是失约了，得给我什么好处弥补？

谁知韩沉眉都没抬一下，答道："你在哪里，我就去哪里，万丈深渊我也会跳。不来，除非我死了。"苏眠一愣，立马伸手钩住他的脖子："你胡说八道什么，我呸！"

次日上午。

黑盾组办公室。

没有外人。徐司白算半个自己人，也没有被邀请。

门关得很严，五个人坐成一圈，脸色都很沉静。韩沉的语调不急不缓，将所知道的当年事，完整地说了一遍。

苏眠坐在他身侧，一直没出声。这期间，唠叨、冷面和小篆的目光，多次落在她身上，惊讶、怜惜、疑惑都有。

等韩沉终于说完了，一时竟无人说话。韩沉却将她的手一握，说道："把这些事告诉你们，是因为你们既然参与其中，就应该知道所有前因后果，也清楚我们面临的是怎样的对手。他们无疑是我们遇到过的最棘手的犯罪团伙。我相信他们这次对黑盾组的公开挑衅，有一部分原因是与我们的私仇。所以，你们可以选择退出这个案子，下个案子大家再一起工作。"

这番话他说得很平静，令人信服这就是他的心里话，不会介怀。苏眠也点点头，开口道："你们要是过意不去，以后冷面就多给我俩煲点汤，小篆多给我捶捶背，唠叨别那么啰唆，就当是弥补啦。"

一个处之淡然，一个插科打诨，但两个人的态度都同样诚恳。唠叨和小篆你看看我、我看看你，冷面依旧是万年没表情。

"我不退。"他第一个开口，然后就没多余的话了。

小篆则一把抓住苏眠的胳膊："我当然也不退啊！小白，我是你什么人啊，我永远都跟你共同进退！"

苏眠也抓住他的手："小篆，我就知道你会这么说！其实我也就是跟你客气一下！是韩沉非说，必须给你们选择的权利。"

大家都笑了，由于还在组织长篇腹稿，还没来得及表白的唠叨，顿时觉得自己太失策显得太没有义气了，赶紧开始发言："喂喂，还有我呢，我还没说呢。你们的敌人，当然就是黑盾共同的敌人，怎么能分彼此呢？我觉得我从警以来最大的收获，就是跟你们……"

"分配任务吧。"冷面打断他。

"分配任务吧！"小篆的声音更响亮。

唠叨立马加快语速："……最大收获就是跟你们共事抓最穷凶极恶的犯人让更多人的生命得到挽救让正义永远伸张更何况老大还是我男神——所以分配任务吧！"

五个人全笑了。苏眠望着他们一张张俊朗而坚定的脸庞，心里暖得就跟点了个小火炉似的。

永不退缩，生死与共。他们都是如同兄弟手足的刑警，有些话根本就不用多说。

韩沉嘴角也噙着淡淡的笑，转头看她一眼，点了点头。苏眠便站了起来，将装在证物袋里的那封信，递到他们面前。

"昨天晚上，自称'A'的嫌疑犯，将这封信送到了我们家里。"她在白板上写了个大大的"A"，然后看着大家，"A年纪不大，从他昨天的声音判断，不会超过三十岁，他还叫我姐；他很狡猾，语气时而显得孩子气，时而阴沉冷漠；他狂妄而热爱冒险，亲自将信送到警察家里来……这一切，都符合我们对爆炸犯的初步画像。"

众人点头。

这时唠叨开口："小白，他叫你姐，你当年又是卧底，那这个变态很可能对你怀有又爱又恨的情绪,你要当心啊!"

韩沉也抬眸看着她。

苏眠看着众人关切的目光,点了点头。但是她没说出口的是,她有种奇怪的直觉,总觉得 A 不会害她。尽管昨晚跟他斗得十分凶险,还被他耍了一番,但她就是感觉不到他的敌意和威胁。

"而写这封信的,应该是第二名连环杀手,那位看起来体面又自制、实则压抑又扭曲的杀人狂。"她继续说道。

"为什么是他?"小篆问。

"纸张是刻意挑选的,字漂亮得不得了。"苏眠解释道,"还选用'信笺'这样正式的方式来给我们下战书。而战书的内容又很简洁,简洁中透着种傲慢。A 不会干这样的事,他哪有这样的耐性和文化底蕴。挖心的连环杀手也不会干,他当年除了挖走心脏,什么多余的行为都不做,什么多余的痕迹也没有留给警方。绝不至于过了几年,行为就变得这么讲究和繁复。而这封信,却完全符合第二人的行为特点。"

众人纷纷点头。唠叨说:"那这么说,现在就剩下第三个挖心的人,一直没出现了?"

"还有第四人。"韩沉开口,"辛佳说的七个人,还差一个。"

众人静默。

对于这最后一个人,不管是当年的警方,还是他们,都是一点线索都没有掌握了。

"我讲完了。"苏眠坐了下来,"现在线索还太少,仅凭一封信,无法预料他们下一步的行为。"

韩沉接过小篆手里的信,低头又注视片刻,说道:"'我们会来',来哪里?"

众人都是一怔。

因为看到这句话,大家条件反射都会认为,意思就是:我们要正式犯案了。并不会想到去仔细斟酌字眼。

韩沉继续说道:"信是致黑盾组,'来'自然也是对我们说的。来省厅?这不可能,省厅是不对外开放的,安保森严。而且七号那天,省厅附近必然都戒严，一只苍蝇都飞不进来，他们根本不具备作案条件。那么这个'来'字，就是另一种含义——"

他的目光环顾一周："来到我们的视野里，我们能看到的地方。"

众人都没说话，苏眠也看着他俊朗的侧脸。被他这么一分析，人人都有些动容。

"7日7时7分……"他沉吟，"一个精确到分的时间，他们要如何保证，他们犯下的罪行，在那个时间点，被我们看到？"

"网络直播犯罪？"唠叨倒吸一口凉气。

"有可能。"韩沉答，"或者，是在引人注目的公众场合，警方就会马上注意到。"

接下来的几天，全市警力都进入高度戒严状态。一方面，所有网络环境都被严密监控，一旦出现犯罪直播画面，会立刻启动反追踪程序，进行锁定和搜查；另一方面，在本市所有早晨七点人流量较大的公共场所，都加派了警力。只是这样的地点何其多，基层警员能力又是参差不齐，想要完全防御住犯罪，谈何容易。

很快就到了七日清晨，六点整。

第十七章
为你而来

大清早,办公室里的空气,有些凉意沁人。苏眠拢了拢外套,跟其他人一起,盯着面前数十个监控屏幕。

这是七人团约定的早晨。而他们看着的,是各大视频网站的实时情况,以及本市各个人流量较多路段的画面。

这还只是一部分。外间大屋,十余名警察正监控着其他路段的情况。而此刻,还有数百名警力散布在各个城区里巡逻执勤。

这样的等待,是极考验耐心的。苏眠又盯了一会儿,眼花得不行,便停下转头,看向身边的韩沉。他的神色很沉静,坐在椅子里,脸微仰着,全神贯注。

他的耐心,一直都超乎常人。

苏眠忍不住就想搞小动作,见唠叨他们都没注意,就偷偷伸出尾指,挠了挠他的手背。他看她一眼,反将她的手指握住。苏眠微微一笑,再看向那些眼花缭乱的监控画面,居然也觉得顺眼了不少。

他俩小打小闹着,其他人也得自己找提神的法子。

吧嗒一声,冷面打燃火机,低头点了一根烟。唠叨也凑过来点火。两人吞云吐雾,倒是放松又提神。周小篆也从包里翻出一瓶口香糖,倒倒倒,倒出一粒,含进嘴里,长长地舒了口气。

屋内很快弥漫着香烟的气息——还是韩沉之前送给唠叨的顶级苏烟。

苏眠吸了吸鼻子,又吸了吸,只觉得从肺到嗓子眼,都被这气味挠得痒痒的。真想抽啊，可也只能想想而已。

又咽了下口水，她下意识看向韩沉。哪知这一转头，就看到他的喉结也滚了滚。

得，他的烟瘾也犯了。

苏眠多护短的人啊，立马忘了自己还馋得慌呢，扭头就瞪着他俩："抽烟的，往后退点！太不自觉了！"

话音未落，就见韩沉嘴角勾了勾。

唠叨和冷面对视一眼，冷面搬起椅子就往后挪了一大步。唠叨则边搬边念叨："小白，你就直说自己馋吧。反正老大在这儿，你再馋我也不会分给你。"是习惯也是安全起见，他们都继续叫她"小白"。

苏眠没理他，转身又看着小篆，二话不说直接把他手里的口香糖抢了过来。小篆很不情愿，伸手想要回来："我就剩几颗了，还要治愈我一整天的紧张呢，你自己去买啊。"

苏眠更加不用搭理他了。打开瓶盖，先往自己嘴里丢了一颗，又拈了一颗给韩沉。他张嘴含了，嚼了两下，说："再来一颗。"苏眠当然立刻又给他喂了一颗，一看瓶子空了，丢还给小篆。

小篆愤愤道："土匪啊你们俩！"

唠叨当即附和："是啊是啊，太霸道了。"

冷面淡笑不语，韩沉和苏眠也是笑笑，并排靠坐在椅子里，继续看着屏幕。

6：30。

各大视频网站和门户网页，依旧平静。重点路段摄像头拍到的画面，依旧人潮汹涌，没有异样。

唠叨抽完烟了，又立马黏黏糊糊地把椅子移到离他们很近的地方来，趴在他俩椅背上说："你们说，一会儿到底会发生什么啊？"

韩沉单手搭着椅子扶手，另一条手臂撑起，手指抵在唇边。他看了一眼苏眠。这问题他俩早讨论过了，于是苏眠开口解释道："会出现三个人。因为在那封信里，他们说的是'我们'，意味着他们会一起亮相。至于我们看到的，将是三个人合力做一宗案子，还是三个人分头、同时做三起案子，目前还不得而知。不过我倾向于后者。因为无论是从 A 冒险上门送信的行为，还是第二人下战书挑衅的行为，至少他们俩都有很强的表现欲。所以我相信他们会更喜欢个性鲜明的单独作案方式。"

唠叨一怔，点了点头。小篆也凑过来："可是小白，为什么只有三个人，第四个人不会出现吗？"

苏眠摇了摇头："我认为不会。当年的案件，第四人就没有留下任何作案行为和证据。我想这个人，要么是团伙首领，要么在七人团中担当别的角色。他并不直接作案，所以这一次，也不会直接出现在我们眼前。"

"这是哪里？"韩沉忽然开口，打断了他们的讨论，抬手指了指其中一个屏幕。

大家全都望过去。那是岚市一个地方台的电视画面，里面出现了一个巨大的水族箱。碧蓝的水里，大大小小的鱼群游来游去，还有几个年轻女孩，穿着下身是鱼尾的美人鱼比基尼，在水面上游动聊天。而水族箱前方，摆放着一些运动器材，两侧观众正在进场。

小篆翻了翻手里的资料，答道："哦，这是生活频道早上的一个直播节目，叫'海洋大闯关'。其实就是每天早上邀请一些晨练的老头老太太，参加一些水上活动。拍摄地点是海洋馆，估计也是给这里招揽人气吧。"

唠叨啧啧两声："这年头，老年节目都搞得这么香艳，比基尼美人鱼啊。"

到底会发生什么？

苏眠屏住呼吸，看向墙上的时钟：6：55。

满满的一墙监控屏上，依旧看不出任何异样。广场、大厦、公交站、视频网站、门户论坛……一切看起来井然有序，没有任何凶案发生的预兆。

6：57。距离预告时间，仅余十分钟。

"有情况！"坐在角落里的小篆突然喊道。

每个人的神经都绷得很紧。他这么一喊，大家全悚然一惊，循声望去。

那是一座购物中心门口的广场。

因为地处交通要道，此刻广场周围已是车水马龙，人也非常多。但在这繁忙平静的一幕里，显然有一个角落出了状况。

那是广场的一角，围了一堆人，少说有二三十人。还不断有行人经过时被吸引，驻足观望。

人越围越多。黑盾组的人虽然听不见声音，但是可以看到有不少人在笑，有人举着手机在拍照，还有人露出嫌恶的表情。

因为这里是重点监控路段，很快就有三名警察跑入了画面中，朝围观人群跑去。

"什么情况啊？为什么都围在那里？"唠叨小声嘀咕。

"难道出了命案？"小篆蹙起那两道粗粗的眉毛，"可是不对啊，他们的表情不对。"

苏眠的心也紧紧提了起来。

"小篆！想办法切换到更近的摄像头。"韩沉下令，"冷面，联络。"

小篆应了声"是"，就埋头在电脑前奋力地寻找着。冷面一声不吭拿起电话，对照行动通讯录，拨打现场其中一个警察的电话。

7:00。

就在这时！

苏眠倏地瞪大眼，韩沉的眸色也变得深沉。因为画面中的人群，竟像是突然受到了惊吓，抑或是看到了什么可怕的事，一下子全散开了。每一个人脸色都很惊恐，还有人惊恐中又显得有些兴奋，全都拼了命地往外跑去。

"切好了！"小篆喊道。

画面骤然一转，切换到更近的距离，大概是路旁某条灯柱上的摄像头，从上往下看。这也让黑盾组终于将情况看得一清二楚。

人群已经全散了，全退到很远很远的地方，小心翼翼地围观。而这惊恐的浪潮，正以极快的速度往外蔓延，更多的人闻风而逃，围在大圈子外的人也越来越多，全都拿着手机在拍，广场周围乱成一团。公路上也有不少车停下围观，整条路很快就堵住了。

而最早被人群围观的那个位置，除了几个脸色难看的警察，还有一个男人。

一个非常诡异的男人。

他穿着一身小丑的服装，花花绿绿，还戴着小丑的尖顶帽，脸上浓浓的妆，显得十分滑稽。乍一看，还以为是街头哪家儿童玩具店的促销员。

可是，他一直在转圈，一边转，一边手舞足蹈。关键那些动作显得很笨拙可笑，显然他完全不会跳舞。他的嘴始终一张一合，像是在唱歌。

最重要的是，他在哭。

边跳，边唱，边哭？

泪水冲花了脸上的妆，令他看起来可笑又狰狞。而他脸上的恐惧和绝望，简直令所有人都心头一震。

与此同时，现场警员的电话接通了！

冷面按下免提，同时看到画面中一名警员脸色苍白地拿起手机，谁都能听出他声音中的颤抖："喂，黑盾组，我是民警张小川。出、出事了！这里有个人，说他身上有炸弹！让我们救他！但是我们哪里会拆炸弹啊！"

小丑男人，依旧原地转圈跳舞，隔着电话听到他嘴里哼着断续的调子，眼泪却越掉越凶。而随着他的动作，众人也看清，那穿得不太整齐的小丑服下，赫然露出黑色的炸弹包轮廓！

7：04。

黑盾组办公室内一片寂静。

韩沉霍地站起，双手按着桌面，冷声下达一道又一道指令：

"唠叨，立刻将这个情况汇报上级！"

"是。"

"小篆，爆破专家抵达这个位置，最快需要多久？"

周小篆立马翻看电脑上的地图。为了预备今天的战斗，刑警队早已调集了全省的爆破专家，在各个区候命。但到底范围如此之大，绝不可能每个点都覆盖一名爆破专家。

他很快计算出答案，脸色紧张："至少三分钟！"

来不及！

苏眠的双手紧握成拳，指关节几乎泛白。

韩沉抬眸，看着画面中那惊恐得几乎都快崩溃的小丑男人。他用没什么温度的声音命令现场的民警:"炸弹还有不到三分钟就要爆炸,把手机交给他,你们马上离开现场,疏散周围群众。"

几位民警如获大赦,立马将手机塞到那小丑男手里,转身就跑。而小丑男的脸色更加灰白,拿着手机,也停止了转圈跳舞。

"你们不救我了是不是?你们为什么不救我?他说……他说,只有警察才能救我!快救我啊,我不想死,为什么我会被人绑上炸弹……"

黑盾组众人心里难受极了。显然,眼前的男人,必然是被A掳来的受害者。甚至还被打扮成小丑羞辱,最后,却没人救得了他。

"他?什么他?"韩沉盯着屏幕中的男人追问,同时道,"马上把你的衣服脱掉,让我看炸弹还有没有办法拆除!"

可那男人的情绪明显终于崩溃了,竟像是完全没听到韩沉的话,将手机往地上一丢,竟往围观人群的方向跑去!

"他说让我七点必须在这里……必须一直转圈跳舞,不然炸弹就会爆炸……他说警察能救我的,我一直等……你们为什么不救我……"断断续续的声音,从电话中飘来。

黑盾组众人的眼睛仿佛都瞬间凝滞了。

金碧辉煌的大厦,开阔的广场。车如流水马如龙。

被装扮涂画成小丑的男人,泪流满面,跌跌撞撞,朝人群的方向跑去,嘴里大喊:"救我!救我!"人群吓得如潮水般溃败,整个广场上到处都是尖叫声。

终于。

苏眠抬眸看着墙上的时钟。

4、3、2、1……

"轰!"

巨响,爆炸。

就在奔回人群的路上,还没来得及接触任何一个人,小丑的身体陡然变成了一个巨大的火球,残肢和碎屑瞬间如同雨点般被抛上天空,又落回地面。桌上的电话机嚓嚓两声,就已中断。而现场无数人被爆炸的冲击波撞倒在地,每个人的表情都是那么惊恐慌乱。

韩沉、冷面、唠叨几个的脸上，都没有半点表情。而苏眠闭了闭眼又睁开。以前的事已经不记得，这却是她有记忆以来，目睹的最残忍的谋杀。

不仅谋杀了人的身体，还彻底摧毁了人的意志。不仅把人装扮成小丑进行嘲弄，还让他接受所有人的嘲笑，践踏他的自尊。最终，让他死在所有人面前，带给世人最大的惊恐。

A。

原来这才是真正的、残忍无情的 A。

像是要印证她心中的情绪，一旁的唠叨忽然开口："那是什么？地上是什么？"

远处，小丑男人已经被炸成了渣，警察正在试图控制混乱的现场。而近处，唠叨所指的地方，即小丑男人原本站立不动的位置，地面上竟然还有个标记。因为之前一直被小丑男踩住，所以没被发现。

标记很简单，一个血红色的，大写字母——"A"。

"看这里！"冷面骤然扬声。

那是相隔甚远的另一个监控画面，之前一直没有任何异样，也没引起他们注意。

那是一条商业步行街的入口。

入口右侧，搭建着一个白色小舞台。舞台上方悬挂横幅，大意是某蜡像馆的宣传推广。最近蜡像馆正在往二线城市推广，这种宣传也屡见不鲜。

舞台上，放着五尊蜡像。

可此刻，却有不少人围着最左侧一尊中年绅士的蜡像，指指点点。有穿着工作服的人员跑上台，到了这尊蜡像身旁，似乎也大吃一惊，立马转身下台。

"放大画面！"韩沉说道。

画面骤然被拉近。这次，黑盾组众人清晰地看到，那具蜡像不是他们认识的任何一个名人，不知道是谁。而他吸引路人的原因，是因为他的眼睛里，正慢慢地往下渗出红色液体。

就像是——鲜血。

不，一定是鲜血。

某种强烈的直觉,瞬间击中苏眠的心头。

她脱口而出:"第二人!"

外表极端严肃体面、内心压抑扭曲、希望将死者打扮得如同舞台上明星的,第二个连环杀手!

他更变态了,他把人做成了蜡像!

蜡像眼中,鲜血下滴的速度越来越快,慢慢地,在他脚下汇成一团一团的血泊。而围观的人群像是也被吓到了,竟是跟刚才的爆炸现场一样的反应:退后,然后继续围观。

"立刻封锁现场!"韩沉下令。

就在这时,奇异的事情发生了。

在那一小摊血水的浸染下,舞台上的白布,竟然慢慢改变颜色。白底之上,某个红色的形状轮廓,竟慢慢浮现出来。

"是药剂反应!"唠叨失声道,"白布上一定提前被涂了东西!跟血液发生显像反应!"

渐渐地,那个轮廓越来越清晰。

在那雪白的地面上,它甚至是轮廓优美而精细的。

那是个花体的字母——"L"。

苏眠的大脑有片刻的空白。

L。

有点陌生、但又有点熟悉的,第二人——L。

这时,外头的大屋已经议论纷纷,所有警察也都看到了这两个凶案现场。秦文泷等领导也快步走进来,每个人都脸色青白。徐司白也已闻讯赶到,蹙眉关注着屏幕中的进展。

不是说他们的杀人手法就一定比别人残忍,也不是说他们的犯罪手法有多高超。可他们已经制造的这两宗谋杀,却比苏眠遇到或听闻过的其他连环杀手,带给人更多的恐惧和精神折磨。

那么,第三人呢?

她一转头,就见韩沉的目光,回到了最早他注意到的那家电视台的拍摄画面上。

而像是若有所觉,冷面等人的目光,也都移了过去。

突然,水族箱底部厚厚的泥沙层动了动。

两名鉴证人员明显都愣了一下,一时没敢下去。

"有情况!"

其中一人喊道。

在场所有人都转头望去。

黑盾组众人也紧盯着那里。

然后,一个人从泥沙底部露了出来。

像是被什么东西牵引着,慢慢地、垂直地往上升。

那是一个女人。

一个长发飘飘、面容已经泡得有些发白、穿着人鱼比基尼的年轻女人。她的双手张开,头微垂着,看起来就像是睡着了,又像是张开双臂在拥抱海水。而她的心脏部位,隐隐有血迹渗出来。

"是白安安!"水族箱外,那几个人鱼女孩同时失声,尖叫声顿时响彻场馆。

"都退开!"现场有刑警喊道。

"有线!"唠叨整个人几乎都趴在屏幕上,指着那荡漾的水波,"凶手做了牵引装置,不知道怎么定时触发,老大你刚才看到的一定就是线!"

韩沉没有说话,眼睛始终看着那死去的宛如美人鱼的女孩。

苏眠的胸口竟似堵了团什么。

因为,死尸、年轻女人、机关……她能预想到即将发生什么……

咻——水中一声闷响,画面外的黑盾组也许听不见,现场的人却是听得清清楚楚,也看得清清楚楚。

因为那女尸的眼睛竟然突然睁开。她的眼皮上有血滴,还能看到银色的丝线钉在上面,显然也是被牵引装置控制。

然后,她的心脏部位,陡然就多了个血洞。

一块……模糊的血肉,就这么弹了出去。

现场所有人都惊呆了。

而接下来发生的一幕,却更恐怖——

尸体就这样漂着，血水就这么弥漫开。而箱中的鱼，一部分继续原地摇曳，一部分却围绕着弹出来的心脏，密密麻麻地开始噬咬。

　渐渐地，水族箱里成了淡红色。而正对镜头的那面玻璃上，一个红色的字母，慢慢显现出来。

　所有人，黑盾组、秦文泷、徐司白以及其他的刑警，都看着刚刚浮现的这个字母。

　第三个字母——

　"R"。

　…………

　我是 A。

　鄙人 L。

　叫我 R。

　朝朝暮暮，死死生生。

　我们已没有信仰。

　我们比痛苦更快乐。

　永不会被遗忘的 S，

　我们为你而来。

第十八章
初次交锋

广场之上，一片萧瑟。

苏眠手插裤兜里，站在"A"的标记旁，蹙眉沉思。

远处，隔离线外，围观的人还很多，举着手机对着里面拍拍拍，赶都赶不走。而她身后，韩沉等人正在勘查现场，大量的鉴定人员，正一粒粒地拾起地上的骨肉碎渣。

一次完美的表演，一起荒诞的谋杀——

她脑海里闪过这样两句话。

而谋杀发生时……她再次抬眸，A绝对就在当时的人群里，欣赏着、逃窜着、感受着——这是他根本无法抗拒的诱惑，多么好玩的事情！所以他百分之百在场。

只是人太多，他很狡猾，也很安全。

苏眠轻哼了声，转身离去。人群大概也注意到这位美女警探的动作，一时间她身后咔嚓咔嚓的拍照声不断。苏眠原本不在意，刚走了两步，猛然间心头一抖，想起那天他说过的话：我是你最亲爱的弟弟——A。

她脚步一顿，一个略惊悚的念头闪过脑海——他现在，会不会也在人群里，欣赏着她为案情困扰的样子？

凉气慢慢渗上心头。

答案很明显，非常有可能！

机会稍纵即逝，她骤然转身，大步就朝人群跑去。明亮的眼眸，犹如两潭浸着寒气的泉水,扫视过人群。人们看到她来了,一阵耸动,一边拍照,一边退让。苏眠没理会他们,只在人群中快速穿行、寻找。

高个、短发、腿长,声音清亮,有一双极其清澈散漫的眼睛。她若再见到,一定能将他分辨出来。

可是没有。

高的、矮的、胖的、瘦的,每个人都饶有兴致地看着她,却没人拥有那样一双眼睛。

找了好一阵子,围在她身边的人越来越多,她停下脚步,喘着气。

"警花同志,你在找什么?不会在找嫌疑犯吧?"有人问道。

这话让人群一下子不安起来。"不会吧?""不会吧?真的有嫌疑犯?"

苏眠看一眼问话那人,是个三十来岁的男人,长着一双很猥琐的眼睛,穿着打扮也很让人难受。于是她没好气地答:"放屁!我刚才看到一个朋友,就过来找。你们有没有看到一个大约这么高的男的,很年轻,戴着帽子,长得不错,他刚才一直对着我在拍?"

大家你看看我,我看看你,都摇头。"没注意。""人太多了,哪里注意得到?"甚至还有人调侃:"好多人都一直对着你拍呢。"

苏眠一声不吭,心想他肯定已经走了。

"都散了吧。"她招呼人群,"没什么好看的。"

人们倒是没再围着她,散去不少。她刚要转身回去,不经意间抬头,却瞥见几个人身后,路旁的一座假山景观上,有个白色的东西。

她心头一震,全身的细胞仿佛也随之燃烧起来——那看起来像是……

三两步抢过去,那赫然就是个信封,精致的质地、素雅的花纹,跟上次那封一模一样。苏眠的心跳变得很快,抬头又警惕地看了看周围。

没人注意到她,也没人在看这边。

她拿起来,拆开,里面照旧是薄薄一张纸。

然而,字迹,却完全不同。

姐,那人是个浑蛋,杀了不可惜,别不高兴。

——A

那字迹歪歪扭扭,简直就是小学生水平。所以苏眠可以肯定,是A自己的手笔。字迹已经干透,他走了有一阵了。

苏眠拿着信,慢慢走回广场。

"怎么了?"低沉的嗓音,在她头顶响起。

她抬头,对上韩沉的眼睛。

他戴着黑手套,衣袖挽到手肘上,平静地看着她。

苏眠把信递过去。

他接过,看了看,脸上没什么表情。苏眠对此也无话可说。

韩沉招来个鉴证人员,把信交给对方,然后转头看着她:"受害者是自己走到广场来的。"

"嗯?"

他双手插在裤兜里,跟她一起看着不远处的广场人行通道:"有目击者看到,受害者在七点左右,自己一个人从那个口走进来,当时身上已经穿着小丑服饰。"

苏眠沉思:"A到底是怎么对他实施绑架和胁迫的?"

"继续对他进行调查,就清楚了。"

苏眠道:"好!"

两人静默片刻。韩沉转头望着她,秋风中,她长发披肩,脸显得越发白皙小巧,唇色玫红柔润,整个人看起来冷冽又精致。

那双漆黑的眼,却是炯炯有神。

韩沉唇角微勾。

摘下手套,将她垂在身侧的手握在掌心。苏眠心头一暖,看着他的眼睛,将他的手反握住。两人看着彼此,都没有说话。

第一名受害者叫刘耀华,四十二岁,算是个个体户,开了两家小超市,家境富足,但绝不算大富大贵,算是这城市中的一个普通人。

对他的调查,很快得到全面结果。竟然的确如A的信笺中所说,他虽不是大奸大恶,在生活中,却也是个十足的浑蛋——

他有个跟自己同岁的妻子,还有个十几岁的女儿,但是平时根本不沾家,回来就对妻女又打又骂,给的钱也很少,全都牢牢攥在自己手里,还在外面包养二奶。

"我早就当他已经死了。"妻子这么说,"要不是那两家店里有我的钱,我要想办法拿回来,早就跟他离了。"虽然这么说,听说了他的死讯,妻子还是掉下了泪水。上中学的女儿却冷冷的没什么表情:"我早就不认这个爸了,死就死吧。"

对刘耀华父母和朋友的调查结果,风向也是一致的。尽管年老的父母哭得歇斯底里,邻居们却都说:"这不孝子死得好!"原来刘耀华根本几年都不来看望父母,父母有什么三病两痛,都要靠邻里救济。而两老多年的积蓄,早就被他拿走了。

而曾经跟他一起合伙做生意的朋友,听到他的死讯,虽有些唏嘘,但提起来却也是满腹鄙夷和怨恨:"说是一起做生意,他管账,那账就一直对不上。当时我老婆生孩子,我也不太顾得上店里。结果告诉我赔了,我的十五万打了水漂。隔年,他自己倒开起了店,告他也没证据没门路。这人……呵呵,够精够狐的,几年的朋友,从此就没了来往。"

至于刘耀华的二奶,是个三十来岁、胆小怕事的女人。两人的姘居里,没搜查出什么异样。她只知道刘耀华昨天晚上八点多出门,说是去按摩,就没有再回来。她以为他又在外面鬼混,就没有在意,也没给他打电话。哪知道等来的,是他凄惨至极的死讯……

刘耀华家小区外,两辆警车旁。

此时已经是中午时分,距离三宗案件发生,已经过去了五个多小时。

唠叨和冷面照旧点了烟,靠在车旁;小篆捧着大叠资料;韩沉和苏眠靠在另一辆车身上。五人做简单的碰头。

"这案子怎么查啊?"唠叨嘀咕了一句。

冷面和苏眠没出声,小篆也有同样的烦闷压抑感,用力点了点头。

"怎么不能查了?"韩沉抬眸看着他们。

他双手插在裤兜里,单腿踩在一只车轮上,那神色有点冷。

唠叨和小篆立马不说话了。

苏眠抬起头看着他,眼眸乌黑:"没什么可怕的。他们做得再花哨再血腥再轰动也好，我只关注行为的证据。只要是他们真实的行为证据，就永远不会骗人，就能帮我们抓到他们。这一点，抓他们跟抓普通罪犯相比，我要做的事没什么不同。"

唠叨和小篆用力点了点头。

韩沉看她一眼，将手搭在车身上："她说的就是我心中所想。物证，也是一样。这案子看起来再难，七人团的犯罪手段再高超，物证也不会骗人。没有完美的犯罪，只有未被发现的证据。"他看着苏眠，重复她的话，"我要做的事，也没有什么不同。"

苏眠看着他墨色浓郁的眼睛，心头一阵悸动。

没有什么事，比两人肝胆相照更温暖。

这时，一旁的冷面淡淡开口："坚持本心，镇定。"

小篆和唠叨已经动容了。

"坚持本心。"

"对，他们搞得再大，我们只要坚持本心，就能抓住他们！"

韩沉抄手而立，目光瞬间放得很远，又重新聚焦在他们身上："相反，这几宗案子他们搞得这么花哨，动作越多，留下的痕迹和证据必然越多。说吧，都有什么发现。"他的目光首先落在苏眠身上。

苏眠接口道："好。按照我之前对 A 的画像，可以有两个初步结论：第一，案发时，他必然在围观人群中。我已经让几个警员尽量多收集现场照片，我会一个个筛查，争取把他找出来。但是还需要时间。"

众人点头。

苏眠又道："第二，他的受害人是经过挑选的。跟 T 的选择标准有所相似，但是又不同。不是十恶不赦的罪人，而是背弃了'情理'的人、自私自利的人。这跟我之前的推论一致：他曾经遭受过背弃。所以才对这样的人无法容忍。如果再次犯案，我相信他依然会挑选这样的人。"

现在线索还太少，她也只能做一些简单的推断。这时却听到韩沉开口："刘耀华脸上的妆，你认为是谁化的？"

苏眠微愣，脱口而出："是 L。"

韩沉一提，她才想起，刘耀华脸上的妆极为精致，绝对是 L 的手笔，A

是化不出来的。

想了想,她又说:"包括广场地上的大写A,虽然跟步行街蜡像案的花体L,字体不同,但是字写得很端正,应该也是L的手笔。A的字迹很丑,写不出来。"

"所以,昨晚A作案时,L配合了他。"韩沉下了结论。

众人静默不语,脑海中,却同时浮现昨晚可能的案发过程——

刘耀华离家后,在某个隐蔽处,被A袭击,或者采用七人团惯用的手法——药物迷晕;

然后A给他换装、绑上炸弹,L给他化妆;

刘耀华醒来后,接收到一系列指令。也许是通过一部电话,也许是通过纸面指令,又或许是神秘人藏在暗处,用诡异可怕的声音,对他进行威胁。

第二名受害者,却与第一人完全不同。

他叫陈得远,三十五岁,是一名普通上班族,也是个很好的父亲和丈夫,是所有人眼中稳重、善良的好人。昨晚九点,他下楼倒垃圾,就没有再回来。而小区的监控已经被人破坏。他失踪后,家人已经找了他一整晚,亲戚、朋友、同事、邻居都在帮忙找。

得知他的死讯后,妻子当场晕了过去,朋友们痛哭流涕:"是谁杀了他?他那么好的人,他的儿子才八岁,今后怎么办?"

警察们静默不语。而他的儿子,被爷爷奶奶抱着,站在远处,望着这边。看他稚嫩而漆黑的眼睛,像是已经懂了,又像是懵懂。

而案发地点——步行街路口的摄像头,照样被人破坏,没有留下证据,也没有目击者。蜡像馆负责搬运蜡像的工人称:今天一大早,那尊蜡像就放在了早已搭好的台上,所以他们都以为是馆里的东西,直至蜡像的双眼流出鲜血。

"L杀的,是个好人。"苏眠说,"尤其,是个好父亲。L幼年的家庭环境非常压抑和严肃,他选择这样一个男人,把他做成蜡像,是否意味着将这个好父亲永远留住?而他犯案时,大概依旧把自己当成个八岁的孩子。"

第三名受害者,叫白安安,也是在昨晚下班回家的路上失踪。据朋友说,她是个非常开朗可爱的女孩,没有男友,过着简单的生活,也没什么过人之处。

海洋馆的水族箱也已勘查过。原来在氧气泵附近,被人装了一个很小的机械装置,里面缠着锋利结实的金属丝线,还装了定时器。

白安安中毒死亡后,被埋在箱底,并缠绕在装置上。尸检还发现了性侵犯的痕迹。到了时间,她被吊起、睁眼。而心脏,根据徐司白的鉴定结果,是早就被挖出的,但是被防水胶体封在肉体内。最后,被弹射出来。

海洋馆的摄像头,同样也遭到了破坏。破坏手法一致。鉴定科的同事表示:这个机械装置的制作,跟那天潜入韩沉家中、破坏报警器的,应当是同一名高手。也就是说,这是 A 的作品。

"R 选择她,倒是符合他一贯的手法。"小篆翻了翻过去的资料说,因为过去 R 的受害者,就是些妙龄女孩。

苏眠点头:"强奸、毒杀、挖心。他是要彻底占有这些年轻的女孩。"

这晚,黑盾组回到办公室,已经是夜里十一点多。

深秋将尽,夜越发寒冷。苏眠从洗手间出来,一眼就看到韩沉站在楼道里,倚在栏杆旁,望着远处。

隔着窗望进去,办公室里,冷面和唠叨还在翻看今天的案件资料,同时吞云吐雾。小篆正在收拾刚才消夜的摊子。

苏眠走到韩沉身边,靠在他肩膀上。

韩沉看她一眼,拉下夹克拉链,将她包进了怀里。

两人就这么静静地依偎了片刻。

苏眠问:"在想什么?"

韩沉的手指在她肩上敲了敲。

"苏眠,我想抽支烟。"

苏眠倏地瞪大眼看着他:"啊?"

韩沉也看着她:"准吗?"

苏眠静默片刻,从他怀里离开,转身就进了屋里。到了唠叨跟前,二话不说就把烟盒和火柴盒夺过来,又走了出去。

她抽出一根,递到韩沉跟前。

韩沉看着烟,伸手接过,偏头点火:"就这一支。"

苏眠轻轻嗯了一声。

夜色静得像深渊,将他们环绕。韩沉甩了甩火柴,丢在地上踩熄。他低着头,眼眸微合,烟光在他指间跃动,他的身材高大而冷峻,侧脸安静又淡漠。

不知为什么,这个男人只是抽一支烟的样子,都叫她倏地心疼起来。

他却很快抽完,将烟头碾灭,眼睛里有点笑意,看着她。

"烟的确是提神醒脑的好东西。他们留下了太多线索,我们可以找到他们的藏身地了。"

苏眠一怔:"啊?"

他却将她的肩膀一搂,走回办公室:"不过,只是昨晚的藏身地。以他们的谨慎,现在应该已经换地方了。先去看看再说。"

办公室里,一张岚市地图悬挂在墙面上。韩沉拈着一支笔,信手在桌面上敲了敲。而后,在地图上圈出三个地点。

其他四人坐着。苏眠看得最迷茫,转头小声问小篆:"他圈出来的是哪儿啊?"

"就知道你认不出。这是三名受害者的住址。"低沉轻慢的嗓音响起。

韩沉的耳朵这样尖,背对着他们,抬手又画了个大圆,将三个点圈了进去,这才将笔一丢,转身看着他们。

苏眠扯了扯嘴角,干吗当着兄弟们的面戳她短处?

韩沉单手插在裤兜里,开口:"搜索这个范围内的一间仓库或者厂房,门前会有一辆厢型货车,就是他们的老巢。"

大伙儿都是一愣。

在座的人中,除了韩沉,最擅长传统刑侦的,就是冷面了。他微微一怔,片刻后,微笑点头:"明白了。"

他俩心心相印,唠叨和小篆却还在云里雾里,苏眠也有点似懂非懂,三人大眼瞪小眼。

韩沉扫他们一眼,在椅子里坐下,不急不缓地说:"遵循'洛卡尔物质交换定律'——罪犯只要实施犯罪,就一定会直接或间接地在受害者身上或者周围环境留下痕迹。犯罪行为越复杂越花哨,留下的痕迹理应越多。而这三起案子,用苏眠的话说,都很花哨。"

苏眠等人点头。这个定律,任何刑警都是知道的。只是任何金科玉律,都是知易行难,所以基本也可以当成是废话。小篆皱眉问道:"可是,他们破坏了所有关键地点的监控,半夜也没有任何目击者,现场也的确没找到任何指纹和痕迹。"

韩沉却淡淡笑了笑:"他们抹掉的,只是我们视野内的痕迹。视野之外呢?"

众人都是一怔,韩沉的手指敲了敲椅子扶手,继续说道:"很简单的逻辑关系。昨晚,L出现在A的罪案现场;A出现在R的现场。"

苏眠点头。昨天已经推理得出:A的爆炸现场,小丑妆是L帮他化的,地上的标记也是L写的。而R的人鱼案现场的机械装置,是A做的。

"而L的蜡像,被发现时没有半点磨损、擦伤,完整无缺,皮肤上也没留下任何指痕。"韩沉道,"如果一个人搬,是很难做到的。所以可以相信L当时也有帮手。这意味着,昨晚,这三个人并不是分头作案,而是始终一起行动。"

他抬眸看着苏眠,目光若有所思。

而苏眠微愣。到底是每天被他耳濡目染传统刑侦、逻辑悖论什么的,她好像明白了!

"就像之前的邵纶案!"她接口道,"A的刘耀华当时还是活着的,比较好窝藏。但是另外两名受害者,死后不久都会发生尸僵。被发现时,他们却全都是直立姿势,没有半点摩擦损伤,所以普通车是运不了的,必须是厢式货车,才能装下这三个凶手、三个受害者。"

小篆和唠叨同时重重地哦了一声,韩沉看她一眼,点了点头:"这辆车昨天一整晚,都在这些地点间跑来跑去。大半夜的这么勤快,全市估计也就他们独一份儿了。他们抹去了案发地点和失踪地点的监控,却不可能抹去道路上所有监控。所以,我们很容易就能把他们找出来。"

众人全笑了，心情也随之振奋起来。看似复杂恐怖的案情，被韩沉抓住细节抽丝剥茧一分析，居然这么简单就找出了重要线索。苏眠也是兴奋又感叹，看着韩沉英俊而安静的侧脸，心想：他的逻辑分析真是个好东西，不管案情怎么错综复杂，他都是清晰而犀利的。

却听韩沉又说道："撇去爆炸案不论，制造蜡像、挖心，都是复杂的过程。所以他们还需要一个作案地点。这个地点必然是独立的场所，不可能是在住宅小区，把蜡像和尸体抬上抬下。而在市区范围内，符合条件的，要么是别墅，要么是仓库和厂房。开着这样一辆货车半夜进出别墅区，必然引人注目。所以，应该是仓库和厂房，这样的伪装更合理。"

唠叨想了想，问："但是，车那么大，他们也可以直接在车里作案，不需要返回老巢折腾啊？"小篆也点头。

韩沉笑笑，却看向苏眠："你认为可能吗？"

苏眠眨了眨眼。

当然不可能。

但是……韩沉既然这么问，说明他现在对犯罪心理也挺有感觉的啊。

居然开始把她的东西，糅进他的推理体系里去了。

"不可能。"她答道，"A估计无所谓，但是你让L跟他们挤在一辆车里，慢条斯理地做精致蜡像？让R跟他们挤在一辆车里，奸杀一个女孩然后挖心？不可能，那太不优雅且破坏艺术感，跟亡命之徒似的，他们还有什么兴致？所以，肯定是需要一个足够舒适的环境的。"

唠叨和小篆异口同声："……哦。"

"但是，为什么一定是在这个区域内呢？"小篆又问道。众人都抬头，看向被韩沉圈出的地图。

韩沉头也不抬地答："三个原因。

"一、无论他们是多么凶残的罪犯，也是人。就像苏眠说的，是人，就会习惯在自己感到舒适的地方犯案。

"二、三名受害者是普通人，但也是经过挑选的。目前并没有发现他们像T那样，进行网络挑选的可能。那他们是怎么找到这些受害者？我相信，这三名受害者，必然生活在罪犯熟悉的环境里。

"第三个原因更简单,他们跑了一整晚,要是老巢在离案发地点很远的地方——只怕是忙不过来的。"

凌晨三点半。

因为有了韩沉的推理,办公室里的气氛仿佛都鲜活起来。苏眠和韩沉都加入了搜索的工作,五人坐在电脑前,不吭一声,密集筛查着昨晚所有相关路段的监控。

"找到了!"小篆一声大喊,满脸激动地站起来。

大家都朝他的电脑屏幕望去。

那是距离海洋馆不远的一条马路。半夜,路上几乎没有车辆行人。一辆喷涂成黄色,写着"××货运"的中型厢车,就这么匀速驶过。小篆调成快进,果然,半小时后,这货车又原路返回,开走了。

"不仅在这里,我在去广场、步行街的必经要道上,也发现了这辆车!"小篆兴奋地说道,打开一段段视频给大家看。

大伙儿全露出笑容,韩沉拍了拍小篆的肩膀:"干得好。"苏眠也撞了撞他的胳膊,以示赞许。

小篆摸摸头笑了:"推理不够眼力补!"

"小白,你看这个司机,会是 A 吗?"唠叨指着画面。

苏眠没出声,低头凑近。因为是道路监控,拍得很模糊。只见货车的驾驶座上坐着个男人,他戴着鸭舌帽和口罩,看不清面容,只能分辨出身形高大,一只手搭在方向盘上,另一只手搭在车门上,显得有些懒散。而两只修长的手上,都戴着白色手套。

"很像。"她答道。

"马上追踪这辆车,找出仓库的位置,就立刻出发。"韩沉道。

清晨五点钟。

路虎带着两辆警车,高速行驶在薄雾未散的公路上。

彻夜未眠,苏眠有些疲惫,可精神却很振奋,单手撑在车门上,看着前方雾气弥漫的城市。

韩沉专心致志地开着车。

仓库已经找到，果不其然，就在韩沉圈出的范围内。那辆货车，此时也正停在仓库门口。武警部队已经出动，向仓库附近包抄。黑盾组也赶过去，指挥现场。

到底是天色未明，城市里的人还很少。当路虎从高架上驶过时，苏眠看到两旁的住宅楼里，稀稀疏疏地亮着灯。有人在阳台上做操，有人在刷牙，有人在下楼。

昨天她看了看网络新闻，蜡像案还好，并没有引起太多关注，只是有目击者在网上发帖；人鱼案因为韩沉当机立断中止了电视直播，所以也没有造成多大影响。唯独爆炸案，这两天几乎成了岚市的网络头条。虽不至于引起大面积恐慌，但也是众说纷纭、人心惶惶。有人猜是黑帮作案，有人猜死者是邪教教徒，反正"小丑"已经成了让人害怕的字眼。

"他们正在影响这个城市。"苏眠转头看着韩沉，"炫耀他们的犯罪手法，让这个城市笼罩上属于七人团的阴云。"

韩沉没说话，不甚明亮的晨色里，黑色夹克领子挡住了他的下巴，脸却显得更加白皙淡漠。

苏眠脑子里突然就冒出，他昨晚抽烟的样子。

阔别已久的那个模样。

他为什么忽然想要抽烟了呢？

是否这个案子，跟她和他生死攸关的案子，也让他感觉到了压力？

可他，却只放纵了自己片刻。一支烟的沉沦时间，他已恢复理智和坚硬。

苏眠静默片刻，待到了红灯，他徐徐停下车，她就凑过去，伸手抓住他的衣领，吻住了他的唇。

她突如其来地索吻，令韩沉立刻低头看着她，同时搂住她的腰，反客为主吻得更深。

片刻后，两人结束了这个无声的吻。她看着他，轻声说："韩沉，我怎么会这么喜欢你呢？"

韩沉眸色微怔，发动车子，看向前方，眼睛里却闪过极淡的笑意。

"就该这么喜欢。"

我恨不得把心掏出来给你,你就该这么喜欢我。

这是间非常干净的仓库。
墙面、天花板、地板,洁净如新,伸手去摸,一粒灰尘都没有。
仓库里什么都没有。
黑盾组众人站在其中,一时都没吭声。
到底是唠叨先开口:"玩我们呢!"小篆也重重地哼了一声。
"甭哼了。"韩沉淡淡地道,"哼哈二将吗?"
他俩立刻都闭了嘴。
苏眠站在韩沉身畔,也有些郁闷。虽说他们逃跑这结果早已被韩沉预料到,但竟然还花大量时间把现场打扫得这么干净,不得不说是一种挑衅了。
一名刑警跑进来,手里拿着个白色信封:"韩组,外面的货车同样干净,什么痕迹都没有。但是找到了这个。"
苏眠等人都睁大了眼,韩沉接过拆开。
依旧是一张精美洁白的信笺。这次的执笔人依旧是严谨讲究的 L。
没有逻辑悖论。
也没有行为证据。
我们才不会输给"洛卡尔交换定律"。
日安,祝你们好运。
A&L&R

第十九章
天荒地老

已是午后时分，仓库地处一个贸易集散中心，门口就是喧哗的马路，车来车往，人流不断。

苏眠走出仓库，远远就见韩沉一个人站在马路旁，背影颀长，不知道在想什么。她刚要走过去，身边却有人喊道："锦曦。"

是徐司白。

他穿着白大褂，手套口罩都已戴上，只露出眼睛。

苏眠问："你怎么来了？"

"来看看。"他答，"别的工作我都暂时推了，全程跟进这个案子。"他顿了顿，又说，"你不用太担心。"

苏眠望着他格外温和的双眼，忽然就明白了。

虽说当年的事她并未对他和盘托出，但 A 那天闯入她的卧室，又在爆炸现场留下写给"姐"的信，他肯定都知道。

所以，他要全程跟进这个案子，保护她吗？

苏眠便冲他笑了笑，伸手拍了一下他的肩膀："你也不用太担心，大伙儿都跟我在一块呢。这案子凶险，你也注意保护好自己。"

他点了点头，眼中也浮现温煦的笑意。他刚要再说话，苏眠心里却挂念着韩沉，没再看他，说了声："回聊啊。"

熙熙攘攘的街头，她眼里只有韩沉的背影，朝他走去。

而徐司白停在原地，静静望着她，目光跟她同样专注。

片刻后，他转身走入仓库里。

"在想什么？"

韩沉一侧头，就看到苏眠关切的眼神。

他的手插在裤兜里，脸上没太多表情："在想，他们对我和你很熟悉，我们却对他们知之甚少。"

苏眠点了点头，没吭声，跟他并肩而立，看着眼前的车水马龙。

"我们怎么办？"她问。

"不怎么办。他们多想一步，我们就多想两步。"这话他说得又轻又快，还带着他惯有的冷酷劲儿。苏眠忍不住转头望着他。

阳光之下，他的眼睛盯着前方。乌黑的短发、笔直的脖子，还有清晰得如同画笔勾勒出的侧脸轮廓，让人一时移不开目光。

苏眠突然就想起了他曾经说过的话。

他说，他们害怕我和你在一起。

这样聪明而执拗的他、心胸深如大海般的他，一旦寻回了她，解开了桎梏，他们怎么可能不害怕？

苏眠用力点点头："好！我也要更努力！"帮他一起，让他们无所遁形。

韩沉转头看着她，漆黑的眼如同墨色晕染，里头却有一片浅淡温和的光。他复又抬头望着前方。

"嗯。夫唱妇随，有点当老婆的样子了。"

"……两句话你就不正经了！"

他眼中闪过淡淡的笑，也不管周围有没有人注意，将她的肩膀一搂，两人走回仓库里。

苏眠没想到，这天中午，韩沉居然决定带黑盾组出去吃饭。而且，是在他第一次请她吃饭的那家雅致又有情调的餐厅。

大概也是想让大家放松一下。

不过，上一次他俩的气氛是暧昧又心悸，音乐、烛光、菜色每一样都动人。这一次带了他们仨来，却硬生生把高端大气上档次的私房菜馆，吃出了大排档的豪爽气魄。

环境幽雅的包间里,方桌正对着窗口,洁白的窗纸外,就是缓缓流动的长江。头顶是一盏柠檬黄的吊灯,旋转的灯光洒在每个人的脸上。

韩沉和苏眠坐在一侧,小篆和冷面坐在另一侧。唠叨话最多事也最多,所以照例让他居中。韩沉敞开外套,一只手搭在苏眠背后的沙发上,翻了翻菜单,就丢到他们面前:"想吃什么自己点。给她点份血燕,她喜欢吃。"

苏眠瞥他一眼,又是燕窝。她什么时候喜欢吃了?明明是……他喜欢点给她吃。她心头微微一甜——从那时候就开始了。

韩沉也看着她,乌黑的眼睛清亮如水。苏眠便往他怀里窝了窝,点头道:"嗯……我最喜欢吃了。"

唠叨最先拿起菜单,嘿嘿地笑:"老大今天放血啊,那我们怎么能客气呢?血燕是吧?先来五例!不够直接端一锅!"又放下菜单瞅着韩沉,"老大,先说好啊,你兜里钱够不够啊?现在可是月底了,我们几个都是月光族啊。"

"够。"韩沉头也不抬,"放开点。"

老大都这么发话了,唠叨哪里还有顾忌?跟小篆两个脑袋凑在一起,哗哗哗地一阵翻一阵点。连冷面都笑了,含着烟,瞥着菜单,时不时地伸手点两下,示意旁边的服务员记下。

苏眠看得那是一阵肉痛。这种饭馆,菜的分量都很小很小的,而刑警的食量却又都很可观,照他们平时在大排档的吃法,那是二十几个菜也喂不饱啊!

眼见他们点了五六个菜了,苏眠瞅准时机,伸手就想抓菜单:"够了!吃不完的!这里的菜分量可多了!白菜都是两斤一盘啊!"

哪知身子刚往前一倾,就被韩沉一把拽住胳膊,又扯回了怀里。他脸上挂着淡淡的笑,一只手紧搂着她的腰叫她无法脱身,另一只手搭在沙发背上,朝他们抬了抬下巴:"我管着她,你们继续点。"

唠叨几个立马露出幸灾乐祸的笑。小篆还屁颠屁颠地举起菜单,朝苏眠挥啊挥。苏眠推韩沉的胸口又推不开,只能恨恨地在他耳边低语:"败家子!"

这顿饭吃得那叫一个酣畅淋漓。苏眠虽然舍不得票子,但菜上来了,下筷那是比谁都快。而他们仨,也是一个比一个猛。唯独韩沉,始终不紧不慢地吃着,随意一个动作画面,依旧倜傥动人。这期间还给她剔了只螃蟹、剥了五只虾,不动声色就将她喂了个肚满腰圆。

吃完后,苏眠几乎是捧着肚子靠在沙发里,韩沉陪在她身旁,唠叨几个则站起来,四处走动消食。

身边没了旁人,苏眠连语气都娇软了几分,斜瞥着他的眉目:"喂,你以前是不是也是个招朋唤友的人,身边总是一大堆兄弟跟着?"

韩沉已脱了外套,只穿着白色衬衫,挽起袖子在喝茶。闻言,脑海中倒是浮现出家中的那些相册,笑笑说:"大概是。"

苏眠打了个饱嗝,哥俩好似的趴在他肩上,任由他揉着她的腰。她想起他的飙车技术,想起上次在北京时,他一开口,那横劲儿,猴子他们都不敢作声。

这个北京来的公子哥儿啊,想必一直就是这么桀骜爷们儿的个性,让人被他管教着欺负着,心里还服服帖帖。

"现在倒是很少看到你跟他们来往了。"苏眠随口说道,话一出口,就有点后悔。

韩沉低眸看着她。

她眨了眨眼。

片刻后,他的头往后一仰,靠在沙发里,倒是慢慢笑了。

"因为我重色轻友。"他说,"这些年所有的时间,都拿来寻你了。"

苏眠心里软得跟豆腐似的,抬眸怔怔地望着他。

他也看着她。

这一刹那,江中的汽笛声、水流声,门外的人声,仿佛都退去。她望着他俊朗而略显疲惫的容颜,想要亲上去,但到底包间里还有别的人。而韩沉的喉结似乎也轻轻动了动,眼眸越发漆黑。

"呼……呼……"

渐渐变得响亮的呼噜声,一下子将两人的思绪都拉回来。他俩同时回头,笑了。

原来包间里还有一组大沙发，临江的窗户开着，徐徐的清风吹进来。到底是不眠不休了几天，现在又茶足饭饱，周小篆占据了最大的一张沙发，大大咧咧地躺在上头，睡着了。这惊天动地的呼噜声，正是从他的小身板里发出来的。而唠叨靠在另一张单人沙发里，头往后仰着，闭着眼，微张着嘴，同样睡得正香，手里的半截烟都还没燃尽。

唯独冷面还醒着，单手搭在沙发上，另一只手夹着烟，望着窗外的景色，慢慢地抽着。像是察觉到他俩的视线，他也没看他们，直接将香烟碾灭在烟灰缸里，然后倒头也睡进了沙发里。

"想亲就亲。"他的声音缓缓传来，"我们都看不见。"

苏眠扑哧笑出了声，低低骂了句："臭冷面！"这才转身，重新看着窗外。韩沉的手搭在她肩上，跟她一起静静地看着。

已是下午时分，阳光照在江面上，反射出粼粼的辉光。大江缓缓流淌，两岸建筑看起来寂静又辉煌。而江水一直往前延伸，延伸到水天交接的地方。那里有蒙蒙的水雾，只见船只和云朵的剪影，什么都看不清晰了。

"你在看什么？"苏眠问。

"没什么。"他闭上眼，揉了揉眉心。过了一会儿，他兀自笑了。

"好像看到了我一直想要的地老天荒。"

苏眠一时没说话。

他睁开眼，低头吻住了她。

餐馆服务员推门进来时，吃了一惊。她才刚进来添水没多久，怎么这就全睡着了？

唠叨和小篆自不必说，此刻冷面也是呼噜声震天。韩沉靠坐在沙发里，双目轻合。苏眠趴在沙发里，枕在他腿上，也睡得正香。

服务员头疼地看了看身旁的大堂经理，小声说："这怎么办？"

经理也看着屋内横七竖八躺着的几个人，其中冷面和小篆还穿着警服，所以很容易就知道他们的身份。

静默片刻，经理伸手轻轻带上了房门，示意服务员离开："让他们睡吧。"

深夜时分。

重新回到工作岗位的黑盾组，个个精神抖擞。唠叨一回来就钻进了鉴证科，发誓要再次梳理现场所有痕迹，不漏掉任何蛛丝马迹；小篆瞪着铜铃般的眼睛，死死地盯着一段又一段的监控视频。

韩沉则带着冷面，重新整理、审视本案所有卷宗、证据和资料，同时指挥外围的刑警，持续进行大规模搜查。

苏眠则果断地把自己关进小会议室。她要平心静气，寻找到关于那三人更多的线索。

墙上的秒针嘀嗒嘀嗒不停地转。苏眠脱了鞋，盘腿坐在会议桌上，手也在桌面上不停地敲。

她面前的白板上，贴满了三名受害者的照片。生活照、尸体照、证件照，甚至女死者的艺术照都被她搜刮过来。一溜地贴下来，就好像展示了他们每个人的生平。

没有逻辑悖论。

也没有行为证据。

这是他们三人留下的、近乎讽刺的话语。

苏眠轻哼一声。没有吗？不见得。

其实自从上次跟韩沉合力进行推理，尝到甜头后，她现在一直有这个意识——将传统推理运用到犯罪心理中，专注于寻找罪犯行为中的逻辑悖论。

现在，摆在她面前的，就有一个悖论点——

既然三名受害者都是经过挑选的、符合凶手喜好的对象，那么凶手又是怎么做到不留下任何行为证据，就将他们从人群中发现、挑选出来呢？

回想当年的陈离江案，尽管现场也是做得了无痕迹，但是陈离江为了锁定受害者的行踪、满足自己的幻想，进行了大量的跟踪——这也是韩沉最终将他揪出来的线索；

T案件也是一样。尽管T靠着职业杀手的素养，始终将自己隐藏在人群中，但他也需要BBS这个途径，去发现狙击目标；

邵纶和司徒熠一案也如出一辙。两人都堪称高智商凶手，但是都需要与受害者进行接触，才能成功进行诱拐。所以他们的车也被视频拍下过。

……………

可这一次呢？

苏眠抬眸，看着面前的照片——被炸死的刘耀华，生前与自己的二奶靠在车旁甜蜜合影；蜡像案的陈得远，站在小学门前，一家三口的幸福样子；还有人鱼白安安，对着镜头比 V 手势……

他们，是怎么发现他们的？

苏眠缓缓闭上眼，躺在了桌子上。

如果，她是 A；如果，她是 L；如果，她是 R……要怎么保证能寻找到自己心仪的谋杀对象，又不跟对象有任何正面、深入的接触，从而做到雁过无痕呢？

天蒙蒙亮。

苏眠的头发乱糟糟的，外套也因她在桌上翻来滚去而显得皱巴巴，可那双眼却是亮如晨星。她一把拉开会议室的门，刚要开口，就见办公桌后的韩沉抬头看着自己，目光清亮。而一旁，冷面不在，大概是外出指挥刑警了；小篆和唠叨，正趴在桌上呼呼大睡。

苏眠快步走到韩沉桌前，就被他拉到双腿之间站着。

"在等你。"他握着她的手，"去吃早饭。"

他一说，苏眠才后知后觉地感到饥肠辘辘。可她迫不及待地想要跟他分享自己心中所想，摇摇他的手臂，眼睛更加亮晶晶："我有重要发现！"

韩沉微怔，刚要说话，两人却听到咕咕两声，然后一起低头，看向……苏眠的肚子。

苏眠摸了摸肚子，熬了一整晚表情有点呆："原来我这么饿了啊。"

韩沉倏地笑了，起身，一手拿起外套，一手揽着她的腰："我也有重要发现。边走边说。"

因为时间太早，警局食堂还没开门，韩沉索性开车带着她，穿了几条街，去吃她喜欢的红油牛肉粉。

铺子刚开门，橘黄的灯光照亮暗暗的晨色，就他们一桌客人。苏眠挑了最偏的一张桌子,她点了碗全红的粉,韩沉则端来一碗全清汤的。两人刚坐下,她就一边呼哧呼哧地吃,一边开口了。

她先讲了自己认定的那一个最大的逻辑悖论点,然后解释道:

"最容易找到答案的,是L。

"如果按照通常的犯罪心理理论,他要怎么寻找受害者呢?他拥有体面的职业,是个严肃而自制的人,他会接触到很多不同的人。从中挑选一个符合条件的受害者,轻而易举。但是这样,就会暴露自己,所以他不会。

"就像你说的,他已经往前想了一步,那么我就多想两步。既然这条路行不通,他又会怎么做?

"答案是——学校。

"没错,他要谋杀的,是一个'好父亲',他一直把自己当成未成年被管教的孩子。孩子,只有两个主要生活地点:家和学校。家庭他深入不了,就会去学校。他只需远远地在学校门口一站,观察几天,哪位父亲总是不辞辛苦地来接送孩子,总是对孩子体贴入微,他就能找到目标。"

讲完这段话,她整个人都显得眉飞色舞,嘴唇也被粉汤辣得红红的。韩沉笑了笑,夹起米粉慢慢吃着:"嗯。有点道理。"

苏眠干脆将筷子一放,继续说道:"知道这一点,我们可以重点搜查死者儿子学校周围的视频,寻找嫌疑人!同时在本市其他重点小学门口巡查——一定要是重点、顶级的小学,搜寻符合画像的男人,说不定就能抓住狩猎下一个受害者的L!"

清晨的雾霭慢慢散去,阳光穿破云层照射下来。韩沉已经吃完了,放下筷子,专注地听苏眠讲述。她又用力地扒了几口,然后说道:

"A的性格跟L完全不同。他比较散漫和自我,做事也没什么章法,还很顽皮,以戏弄受害者为乐,而且是在草根阶层长大。如果不考虑我们这一层,我一定会喜欢跟受害者深入接触,譬如去受害者的店里应聘啊,跟受害者交朋友啊。这样才能享受杀死受害者时的快感。

"但是现在不能跟受害者正面接触了,他又会怎么去寻找目标呢?

"答案是——道听途说。

"以他的性子,说不定走过哪个地方,听说谁谁谁的老公包二奶,谁的儿子忤逆不孝,他再稍微跟踪人家几天,一旦感觉符合要求,说不定就把人绑回来炸死了。

"初一看,他这样的狩猎模式,好像根本捉摸不定。但是仔细一想,如果把我自己当成 A,现在要外出去狩猎,我会去什么地方呢?"

她话语一顿,美眸中波光流转,看着韩沉:"跟 L 一样,他也是个孩子,而且是个更随性、更顽皮的孩子。所以,他的选择模式更简单——他会去自己喜欢的地方狩猎。"

韩沉端着杯白水,慢慢地喝着,手指在桌面敲了敲。

"他喜欢什么样的地方?"

苏眠嘿嘿一笑:"不确定。但是有几个方向可以查:他喜欢戴的那顶鸭舌帽的品牌,全市有多少品牌店?他穿的衣服,还有本市的五金市场,一个爆破高手,一定喜欢这种地方。同样,按照他的犯罪画像进行搜查,很可能就能逮住他!"

韩沉点了点头,却没出声。他看着她清澈而明亮的眼睛,看着她白里透红的漂亮脸蛋。

是否正因为她如此了解他们,他们才想要夺走她?

他将纸杯捏瘪,精准地丢进不远处的垃圾桶,没有多说什么。

这时苏眠叹了口气,说道:"至于 R,了解实在太少,暂时没有别的发现。"

韩沉点了点头:"已经很不错了。"

虽说他是她的男人,这样的赞许却也是极难得的。苏眠立马眉开眼笑,看着他掏出手机,打给刑警队,让他们按照她的结论,进行重点搜查。

等他挂了电话,苏眠还觉得意犹未尽,继续邀功:"你看,我现在想出了两条明路,只需要再多点时间,只要他们再次犯案,就一定能有收获。"

韩沉笑了笑,掏出钱包结账,淡淡地道:"嗯。我早说过了,你的推理比我好。"

苏眠也起身,挽着他的胳膊:"这话一听就没诚意。对了,你说你也有发现,是什么?"

韩沉看她一眼,从裤兜里掏出手机,翻到某段音频文件,放到她耳边,脸色也变得沉静。

苏眠一听就愣住了。

"出事了……这里有个人……身上有炸弹！但是我们哪里会拆炸弹啊……"

"……K……Y……B……天空……白色的……"嘈杂的背景中，传来一个模糊的哼唱声。

"马上把你的衣服脱掉，让我看看炸弹是否能拆除！"韩沉冷冽的嗓音。

…………

这是那天爆炸现场的通话音频。

苏眠抬眸看着他："这音频怎么了？"

韩沉揽着她往前走，答："听到受害者唱歌的声音了吗？"

苏眠点头："听到了，但是很模糊，听不清。"

"昨天我反复听这段音频，发现他一直在重复唱一段歌词。很混乱的歌词，在网上搜不到同样的内容。"他侧眸看着她，"你说这是为什么？"

苏眠一怔。

"说明……这段歌词，是Ａ指定的！"她脱口而出，旋即又蹙眉，"可他为什么要让受害者唱歌，唱的内容对他有什么特殊含义？"

韩沉看着她说道："这就要运用你的犯罪心理学知识了。你不是说，Ａ最喜欢嘲弄受害者和警方吗？鉴证科今天报道，炸弹碎片里，还检验出一些机械制动成分，应该是密码锁。也就是说，当时绑在受害者身上的炸弹，还装了个密码锁。既然他决意杀死受害者，密码锁就是完全没必要的，除非……"

苏眠一下子豁然开朗："我知道了！受害者嘴里唱出的，是能找到解除炸弹的密码线索！"

韩沉看着她，淡笑着点了点头。苏眠一口气说完推论："这才符合他的画像！满足他恶作剧的趣味。你看，解锁的密码，我让他唱出来了，可惜你们没有一个人听。一定是这样，否则就像你说的，他就没必要装这个密码锁。"

这时，路上的车和行人已经多起来，早点铺也有别的客人陆续进来。两人往车那边走，韩沉刚要说话，忽然眸色一怔。

因为他看到对面，早点摊的老板，正伸长脖子，往街的另一头张望。

韩沉回头望去。

苏眠也注意到了，循着他的视线望去。

这一看，两人脚步都顿住了。

天已经完全亮了，路上车喇叭声、喧哗声络绎不绝。相隔数百米的路口，忽然有十多个人，脸色惊惶、咋咋呼呼地朝这边跑过来。他们喊着什么，隔得远，听不清。

而还未到早高峰，路口却堵住了。

"怎么回事？""那边有什么？"身旁的路人纷纷驻足观望，嘀咕着。

韩沉和苏眠对视一眼，都看到彼此眼中的警惕，快步朝那个方向走去。

更多的人跑去路口看情况。

然后更多的人，脸色骤变跑了回来。

这回听清了，他们在喊什么。

"小丑！小丑！"

"妈呀！前面有个小丑，一边哭一边唱歌跳舞！"

也有路人不明所以，拉住一个人问："小丑怎么了？"

被拉住的人一把甩开他："跑啊！炸弹啊！"

苏眠心头猛地一震，低头一看表：6：55！

韩沉也看了她一眼，两人再无言语，如同离弦的箭般逆着大股人流逃窜的方向，向炸弹和小丑所在地点跑去！

吵闹的人流里，混乱的脚步声中，苏眠拼尽全力穿行，低喘着开口："韩沉，我们一定要救下这个人！"

韩沉一把拉住她的手，将她拉出人流，拉到自己身边。他低沉的嗓音中，透着一丝跟她相同的执拗坚定："一定救。"

第二十章
L 的献舞

阳光之下，人流如同溃堤般，朝他们涌来。

韩沉和苏眠被夹在其中，竟是进也不是，退也不是。

相隔百余米的马路对面，就是人民广场，周围商厦林立。今天大概在搞广场舞活动，大清早到处都是人。而韩沉和苏眠要抵达广场，就必须经过这个人行天桥。天桥下方车流不息，又不能跳，跳下去会有生命危险。

所有人都在逃，他俩逆着人流方向，举步维艰。即使大喊"警察！让开！"也没人听。

韩沉干脆一把将苏眠拉进怀里，靠到了旁边的栏杆上，这才稍稍得到喘息的空间。苏眠整颗心都提起来了，远远地盯着广场正中那个跳舞的小丑。韩沉单手抱着她，掏出手机打电话："我和小白就在广场附近，想办法过去。立刻弄清楚小丑唱歌的内容，那是破解炸弹的密码！"

讲完电话，他就将苏眠护在身后，继续拨开混乱的人群，往前穿行。苏眠紧握着他的手，也伸手替他挡开旁边撞过来的人。

黑盾组办公室内。

小丑刚一出现、引起恐慌，黑盾组就立刻收到了消息。此刻，唠叨、小篆、冷面三人，正全神贯注地盯着广场的监控画面。

因为今天有集会，广场上当然也布置了巡逻民警。此刻，几个民警正焦急地疏散着人群，还有两名警察按照黑盾组的指示，冒着生命危险，靠近小丑。偌大的广场上,混乱的人群包围中,这一幕竟显得格外紧张和揪心。

"别怕!别哭了!"通信设备里传来民警安慰小丑的声音,他将一个手机递到小丑面前,"我们一定想办法救你,你要镇定、配合,对着这里唱!"

唠叨立刻把音量调到最大,小篆拿起纸笔,冷面低头闭眼仔细听着,三人大气都不敢出。

小丑呜咽断续的歌声,隔着电话传来:

当天空变了颜色,
云朵在男孩的头顶。
小鸟的翅膀被折断,
用双腿去飞行。
那一天他只有七岁,
没有人爱他,
他也不爱自己。
他在人群中爬行,
直至某一天,
重新还给他翅膀。
他不再飘零。
A、E、I、M、Q、Z、X、V、T……

小篆下笔如飞,很快就记录了完整的一段歌词,递给冷面。

"发到老大手机上!"冷面拿过歌词,开始凝神阅读。唠叨也看着自己记录的歌词,蹙眉沉思。

这突发事件显然也惊动了整个刑警队以及省厅。大屋里的刑警们都站起来,看着屏幕上的监控画面。一队刑警被秦文泷派出,火速赶去现场支援。

徐司白一踏进黑盾办公室,就听到小篆在给韩沉打电话:"老大!老大!听得见吗?歌词发到你手机上了!你和小白一定要注意安全!别靠小丑太近!"

徐司白那清隽的脸庞瞬间变了颜色,转身就朝楼下跑去,上了他那辆雪佛兰，跟着警车，风驰电掣地开往现场。

　　…………

　　"鉴证科之前对密码锁的检验结果显示，密码应该是一组数字。"唠叨道，"老大和小白被困在人群里，现在只能靠我们了。"

　　冷面和小篆点头，目光更加沉肃。

　　"我知道了！"小篆突然大喊一声。

　　唠叨和冷面同时抬头，有些惊讶地望着他。小篆的脸因为紧张而泛红，指着纸面上被自己圈出的那几个字："密码会不会是……21719？！你们看，这首诗里出现了这些数字：'用双腿去飞行'，双就是2；'那一天他只有七岁'，就是1和7……"

　　唠叨和冷面一时都没作声。

　　冷面道："继续想！"

　　此刻，已经是7：00，距离爆炸，还有七分钟。

　　"天空变了颜色……"唠叨抓耳挠腮地思索着，"阴天？云朵在男孩头顶……那是坐飞机，还是在爬山？A之前杀的也是道德品质出问题的人，会不会密码跟什么事故案件有关？"

　　这个推测听起来有点靠谱了，冷面骤然抬头："小丑的身份查明了吗？"

　　"查明了！"外间一名刑警走进来，"他刚才告诉现场民警，他叫曹阳，三十八岁，这是他的资料。"

　　唠叨抢过一看，倏地神色一喜："他开了家户外用品商店，之前因为贩售假冒伪劣产品，被顾客投诉到工商局。他是个流氓地痞，还勾结过混混，将其中一个顾客打成重伤！"

　　"20140721？"苏眠重复着他们发过来的这串数字，"伤人案的时间？"

　　她抬头看着韩沉。

　　此刻，他们已经挤下了天桥，进入了更加拥堵的地下人行通道。韩沉抱着她倚在墙边，彼此对视着。刚刚这短暂的几分钟，两人都没有说话，一边艰难穿行，一边思考。

　　"不，不是这个密码。"

　　"不是。"

两人异口同声地说道。

"日期的思路是对的！但是，是另一个日期！"苏眠眼睛一亮，喊道。

一看到唠叨等人发来的伤人案日期，苏眠就知道不对。

首先，这首诗肯定不是 A 自己写的，他没有这么好的文笔。更可能是 L。

L 是个没有怜悯之心的人，他只在乎自己的感受，完全没有什么惩奸除恶的观念，怎么可能为无辜的人赋诗一首，还写得这样有情怀？

而且就算是 A，他杀这些人也只是凭自己的喜好，不见得是有什么正义的观念。

所以唠叨等人的推测是不可能成立的。

再细观这首诗，"天空变色""云朵在头顶"，还可以象征另一种情况——爆炸。

再加上"人群中爬行"这个显著的标记行为，可以判断，这首诗写的是 A 作的案子。

而"小鸟的翅膀折断""用双腿去飞行"，显然象征着某种沉沦和改变。

"重新还给他翅膀"，是否又象征着心理变态者们所追求的新生？

"那一天""某一天"都是时间的概念，加上密码又是一组数字，所以苏眠判断，密码会是某起爆炸案的日期。

但是，是哪一起呢？

现在有两个日期，是符合要求的。

一个是 A 自己初次作案的日期。苏眠已经不知把卷宗翻了多少遍，所以这个日期她清楚地记得，是 20080630。如果这首诗暗示的是 A 终于开始作案，寻求人生新的意义，就像许滴柏坠崖前所说"生命开始燃烧"，那么这个日期，是符合密码条件的。

但还有第二个日期：20090420。

想到这里，苏眠深吸口气。那是当年七人团与警方对决酿成血案的时间，是她和韩沉诀别的日子，用辛佳的话说，也是七人团分崩离析的开始。

所以，如果这里暗示的是这件事，也是说得通的。

至于那串英文字母，苏眠一时想不透。若说是七人团代码，太多；组合，一时间也想不出什么英文单词或者拼音。

……………

她抬头看着韩沉,抓紧时间刚要说话,就在这时,背后喧嚣的人群中,突然就传来孩子凄厉的惨叫:"啊——疼!"然后是女人撕心裂肺的哭喊:"孩子!我的孩子!不要踩,不要踩她啊!"

苏眠和韩沉同时霍然回头,竟隐隐见到拥堵盲目的人流中,一个七八岁的女孩倒在地上,正在被践踏。她的母亲被人流冲出了两三米的距离,面无人色地惨叫着往她这边挤。而人们看到女孩,都下意识地往旁边避闪,但是后面的人流太汹涌,顷刻间又有不少人挤过来,无数只脚又慌乱地踩过女孩的身体,女孩瞬间就没了声音,眼看不能活了。

韩沉和苏眠哪里还有迟疑?

"让开!人被你们踩死了!"韩沉的脸寒得像冰,一把推开面前的大个子男人,松开苏眠的手,朝女孩的方向挤去。那大个子冷不丁被人一推,脸色也是一变:"推什么推!谁不要活命啊!让开!"伸手就推向韩沉。哪知手还没碰到韩沉的身体,韩沉的动作快如闪电,微微抬起的侧脸如同雕塑般冷漠,一拳就狠狠地揍在他脸上!

苏眠心里那叫一个痛快:打得好!

大个子一下子就被打得满脸的血,倒在后面的人身上,整个人仿佛都吓傻了,旁边的人也有片刻的呆滞,全看着韩沉。就趁着这空当,韩沉和苏眠成功挤到女孩身边,韩沉一把将奄奄一息的女孩抱起来,交到她母亲手里。

人流又开始混乱地往前移动,韩沉再次抱紧苏眠,靠在墙壁上。周围太吵,他掏出手机飞快地发短信:"20090420"。

苏眠心头一块大石落下,同时又觉得困惑。等他放下手机,她立刻问:"为什么是这一天,不是20080630?"

韩沉那白皙的脸依旧很冷,言简意赅地答:"英文字母数列。"

这样的环境,他不方便解释太多。但那些字母的规律,他第一眼就看了出来。

首先是A、E、I、M、Q,在字母表上是顺序排列的,每两个之间,相隔三个字母。按此规律,下一个字母应该是U,中间跳过的是R、S、T。

其次是 Z、X、V、T，它们却是从字母表末尾开始倒序排列，每两个之间，相隔一个字母。按此规律，下一个字母应该是 R，中间跳过的是 S。

尽管不清楚这样的间隔规律有什么含义，但苏眠曾说过，A 和 L，都有孩子气的一面。那他不妨以最直观的感觉来思考，就会发现，这两组字母，其实是围绕着"S"为中心在排列。

而 S，代表着什么？

另一个杀手的代号？

抑或是英文单词"Seven"（7）的首字母？加上诗中有一句，"那一天他只有七岁"，也正是20090420那一天之后，他们的团伙最终只剩下七个人。

所以，韩沉断定是这一个日期。

然而，短信发出去刚两秒钟，他的手机就再次响了。

韩沉立刻接起，苏眠的心也再次提起来。

唠叨的声音无比急促沉痛："老大……已经来不及了！局面失控了！"

韩沉的眸色骤然一敛。

原来，就在韩沉和苏眠抢救被踩踏的小孩时，7：05，距离爆炸还有两分钟，按照之前厅里的统一部署，广场上的民警开始陆续撤离，确保他们的生命安全。仅留一名刑警，志愿留在小丑身边，不放弃最后的救援机会。

然而，大概是被这一幕刺激了，又或者是积压太久的情绪终于崩溃，小丑突然就挣开刑警的手，往广场周围的人群跑来！

"我不要一个人死！为什么我一个人死！你们也别想活！"他大喊着，就这么跑过去。刑警赶紧去追，但是从小丑暴露至今，整个过程都不过几分钟，广场上还有混乱的人群在跑动，刑警一时被阻隔竟追赶不及。所以此刻即使刑警在他身后大喊："拿到密码了，快回来！"他也恍如未闻。

…………

"他往哪个方向跑了？"韩沉冷声问。

唠叨忙答："东北方向！"

韩沉挂了电话就丢给苏眠。苏眠反应过来，一把抓住他的手："东北方向是哪边？你要去吗？已经来不及了！"如果刚刚还剩两分钟，现在还剩多少？一分钟？三十秒？

韩沉没答，眼眸漆黑如墨。

然后不需要他回答了，因为相隔不远的地下通道出口，有阳光照进来的地方，人流突然变得更拥挤、更惊慌。

"天哪！他朝这边跑来了！"

"神经病！自己死还不够！快跑！"

…………

"苏眠，我不能眼睁睁看着一条人命在我跟前丢掉！"这话韩沉说得又低又快又狠，苏眠还没反应过来，他已挥开她的手转身就走，"你待在这里，哪里都不要去。"苏眠哪里肯干，然而人流很快就将他俩隔开。她只看到韩沉一个人的黑色身影，逆着人流，离她越来越远。

苏眠狠狠地骂了句脏话，也不管不顾了，学韩沉挥拳就揍开面前挡着的人，同时回拨给唠叨，朝韩沉追去。

"唠叨！韩沉他一个人去救小丑了！"她大喊道。

电话那头，唠叨几个瞬间吓得脸都变了色："别让他去！炸弹随时会爆炸！"

苏眠整颗心仿佛都抖了起来，抖得她心口生疼。眼看韩沉已经出了通道口不见踪迹，她咬紧牙关，眼泪都快迸出来了，拼命朝前方挤去。

"让开！让开啊！韩沉！"

…………

苏眠全身被挤得快要散了架，刚踏出通道口，到了地面，迎面就见刺眼的阳光照射过来。她不得不低头避开。然而恍惚的视线里，一眼就看到，一个小丑，站在距离她百余米远的位置。而小丑和她中间，那个高大挺拔的身影，正全速朝小丑跑去！

她整个人仿佛都定住了，垂在身侧的双手也紧握成拳。

五秒钟！

只要再给韩沉五秒钟，就足够！

一定！韩沉这么拼了命去救，一定能救下来！

然而。

下一秒,她听到了震耳欲聋的声响。

整个世界的声音,仿佛都被这声响覆盖住。

她看到巨大的火球,从小丑站立的位置升起。而小丑的脸和身躯,瞬间泯灭在火舌里。她甚至仿佛看到了,小丑流泪的表情。

而后,磅礴的气浪朝她和韩沉同时袭来。她看到前方的韩沉,骤然扑倒在地上。而她也同时倒地躲避,然后就感觉到热而重的气浪,狠狠朝自己撞来。她眼前一黑,失去了意识。

…………

其实苏眠只昏迷了几分钟不到。

因为她站立的位置,距离爆炸点比较远。模糊中,她感觉到有人抱住了自己,然后焦急地喊她的名字:"锦曦!锦曦!"

苏眠的头还很重,可强烈的意志却令她倏地睁开了眼睛。

她看到了徐司白。

他的头发和衣领都很凌乱,显然是匆匆赶来的。那双清隽的眼睛,就像是着了火,紧紧地盯着她:"你怎样?有事吗?能不能听到我说话?"

苏眠的耳朵的确因为爆炸嗡嗡嗡的,只能听到他很小很小的声音。她抓着他的手一骨碌从地上爬起来,就看到了前方地面上的韩沉。他一动不动,伏在原处。几名刑警正抬着担架跑向他。苏眠一把推开徐司白的手,跌跌撞撞地就朝他跑去。

到了跟前,苏眠完全不顾别人,将他从地上抱起来。他的双目紧合,英俊的脸上全是灰黑的痕迹。额角大概被弹片所伤,一缕鲜血缓缓地淌了下来。

下午,医院。

韩沉躺在病床上,还没有醒。

苏眠坐在床畔,静静地盯着他的脸。唠叨三人站在她身后。唠叨轻咳一声说:"小白,你不要太担心了。医生说老大只是皮外伤,被震晕了,不会有事。"

苏眠没回头:"我知道。"

小篆按着她的肩膀："我和唠叨先回警局，冷面会在外面守着。你注意身体。"

"嗯。"

他们三个很快就离开房间。

苏眠静默片刻，执起他干燥微凉的手，心中依然有些痛。

她不是担心他的身体。

只是韩沉转身去救小丑前的话，还仿佛火烙般留在她心头。

他说，我怎么能眼睁睁看着一条人命在我跟前丢掉？

可偏偏，就差那么短短几秒钟，却没有救下来。以他执拗的性格，醒来后，又怎么会好受？

想起上午的一幕幕，她心里又有些恨。

若不是……

小女孩倒地时，大家都慌着逃命，那么多人从她身边经过，却没有一个人伸出援手——韩沉又怎会赔上了那宝贵的营救时间？

若不是那大个子挑衅，同样浪费了时间；若不是没人听警察的指挥；若不是小丑本人起了报复社会的心，四处逃窜……当时明明还有一名刑警豁出命陪在素不相识的他身边，与他共生死，他却先疯了！

想到这里，苏眠紧咬牙关。

但是，又怎么能怪这些普通人？谁都有求生的强烈欲望，慌乱之中，谁都会丧失理智、忘却道德……

只是，她几乎可以想象出，此刻的A，还有他的同伴们，会是怎样嘲讽的表情和笑容。

刑警们，你们不是自诩正义使者，保护百姓吗？

可偏偏，是你们所保护的人，暴露了人性的本质，乱了你们的方寸，让你们在最后一秒，救不下这条本该获救的人命。

就像是印证她的想法，口袋里的手机，忽然嘀的一声响。

她拿起一看，有人发来一段视频。发信号码未知。

她的心跳陡然加快。某种阴霾般的预感，袭上心头。

她点开了视频，紧盯着画面。

开始播放了。

她瞬间睁大了眼。

那是一条非常阴暗的小巷,只有很微弱的灯光,从上方照过来。巷口很窄,黑黑的什么也看不到,只能听到隐约的车流声。而上方,是阴沉沉的天,半边月亮,挂在上面。

三个男人,站在画面里。

一个在前,两个在后。个子都很高。

前面那个,穿着一模一样的小丑服,脸上浓墨重彩,完全看不清长相。他站得很直,一动不动。而后方的两个男人,显得随意很多。他们靠在墙壁的左边角落里,那里一团阴影,看不清脸,他们在抽烟。而墙壁的右边,空荡荡的。

几秒钟后,忽然,小丑朝镜头深深一鞠躬,那动作堪称优雅严谨。当他抬头时,苏眠看到他眼中淡漠的笑意。那是一双跟 A 完全不同的眼睛。

L!他是L!

这个认知陡然就撞上苏眠的心头。

阳光明亮的病房,宁静温暖的下午,韩沉就躺在她身旁,可她一个人看着这画面,背后却起了阵阵的冷汗。

然后,L开始跳舞了。

很优雅、很大方的爵士舞。他的眼神变得很开心,也很专注,就这么在镜头前翩翩起舞。每一个动作,都完成得那么漂亮。而且几次向镜头伸出手鞠躬,像礼貌的致敬,又像是某种邀请。

而这期间,苏眠听到后面的两个男人,发出了轻轻的低笑声。

终于,L的舞跳完了。

画面中止在他张开双臂,弯腰谢幕的瞬间。身后的 A 和 R,依旧像是饶有兴致地观看着。

而L抬头,像是作为三人的代表,朝镜头,也就是朝她,露出了诡谲的笑容。

…………

苏眠沉默了很久很久,才放下手机抬起头。

她感受到的,不仅仅是赤裸裸的挑衅。

L的那支舞……分明就是邀请。

以四条人命、举城轰动为见面礼的,认真邀请。

…………

暮色笼罩天空,灰蒙蒙的像是戴着层面纱。屋内灯光很亮,秦文泷、黑盾组、徐司白,以及一些刑警,正聚精会神地盯着屏幕。

L的那支舞,很快就跳完了,却令众人更加沉默。

秦文泷大口大口地抽着烟:"都说说吧,有什么想法?"

"太变态了!"唠叨第一个开口,"赤裸裸的挑衅,简直令人发指!"

其他刑警纷纷点头,小篆也大声道:"这几个人已经疯了!"

徐司白坐在苏眠身畔,眸色静默。而她脸上没什么表情,唯独眼神有点冷。

现下韩沉还昏迷着,黑盾组一切行动听秦文泷指挥。他又吸了几口闷烟,将烟头掐熄丢掉,站起来:"这次遇到的,是我省有史以来最凶悍最狡猾的罪犯。唠叨,你带队在全城范围内搜索画面上这条小巷;冷面,继续指挥全市的搜捕行动。我就不信,抓不到他们!"

尽管秦文泷发了狠话,但是那三个人多狡猾啊,视频中的小巷看起来根本毫无特色,全市范围内符合条件的只怕有数百条。所以到了这天深夜,依旧一无所获。

苏眠拖着疲惫的身躯,推门进入宿舍。一眼就看到韩沉躺在单人床上,盖着她的黄色小花被,睡得依旧很沉。

他还没醒。

今天在医院,黑盾组都被召回来开会。她就非让刑警们把他也抬了回来。因为说好的,两个人的距离,永远不会超过哨声范围。

她在床畔坐下,拿起他的手,亲了亲:"韩沉,你怎么还没醒?答应我,醒了之后,别心里不好受。我知道你这个人,看起来挺酷,其实是个闷葫芦,有什么事儿都喜欢藏在心里,还觉得自己很爷们儿很男人,对不对?"

虽说今天的案件叫人心里沉重,但她到底是个活络性子,这么缠缠绵绵地对着他说了一大堆,他都没醒,她觉得很无聊,不知不觉又开始胡说八道起来:

"……我看这个单人床也不窄嘛,嘿嘿,反正每次睡觉,咱俩也只占一个人的地儿。"

"话说你盖这花被子还挺好看的,有种妖娆的气质,比我还妖娆。"

"韩沉,你快点醒啊。醒了我就……"

她凑到他耳边:"陪你做你想做的事。"

他还是一动不动,睫毛都没眨一下,英俊的脸跟雕塑似的。她叹了口气,自言自语道:"那我去睡沙发了。"

她转身刚要走,倏地手腕一紧,被人握住了。

苏眠心里咯噔一下,一转头,就见韩沉缓缓地睁开了眼睛,那双眼映着灯光,乌黑又氤氲,牢牢地锁定了她。

"你又装睡!"苏眠一下子高兴起来,扑进他怀里。他抱住她,眼中闪过浅淡的笑。

"有个女人太吵。"他的嗓音轻轻的,"想睡都睡不着。"

苏眠嘿嘿地笑,趴在他胸口。他还穿着医院的病号服呢,可那熟悉又清淡的气息,闻着就让人喜欢。

她又伸手探探他的额头,摸摸脖子,问:"有没有哪里不舒服?"要是弄个脑震荡后遗症什么的,就不好了。

他抓住她的手,一个翻身就将她压住,嗓音低低的懒懒的:"睡了一天,精力旺盛。"

最亲密的情人之间,有时候遇到事,反而不需要太多言语去开导解释。而她之前的担忧、怕他不开心的话语,他都听在耳里。此刻,他便恢复了平素的公子哥儿作态,沿着她的娇躯,一寸寸地亲。

慢慢进入时,他的动作格外温柔,眼神也格外沉静。苏眠双手搂着他的腰,絮絮叨叨地还在跟他低声说话。而他也在她耳边,厮磨低语。他们是这样的亲昵,不知不觉便度过了半宿松软的时光。

…………

苏眠再次惊醒时，外头的天还是黑的，一看床头的闹钟：四点。

身畔，韩沉睡得很熟，单手扣着她的腰。她身上，还有属于他的气味。

她微微一笑，转身靠在他的胸口，闭上眼想再次入睡。可是 L 跳舞的画面，就跟刚才梦境中一样，始终在她脑海中回旋。

睡不着。

又辗转了片刻，怕吵到韩沉，她干脆起身，披了外套，推门出去透气。

大概，就要到冬天了。

深蓝的天空，仿佛厚厚的丝绒，沉甸甸地压在头顶。月色星光不甚明朗，就像是看不清的未来和过去。

她伸手握住栏杆，长长地吐了口气。一转头，却见走廊另一头，黑漆漆的阴影里，还站着另一个人。指间一点红光，在抽烟。

这夜半三更的，吓得她一个激灵。

那人却轻声开口："锦曦？"

哎，竟然是徐司白。

认识这么多年，苏眠还是第一次看到徐司白抽烟。他也穿着睡衣，披了件棕色外套。看着他修长的手指夹着烟，侧脸依旧清隽如玉，姿势十分自然。她忍不住又多看了他几眼。

他抽的是万宝路，很常见的牌子，细细长长的香烟，越发显得他斯文。

他也侧头看着她，目光中有温和的笑意："怎么？想抽？"从口袋里掏出烟盒，敲出一根给她。

苏眠是想抽啊，但屋里还躺着个祖宗呢。她笑笑摆手，问："你怎么半夜不睡觉，跑到外面抽烟？"

他低头轻含了一口，眉目清和："不知怎么回事，睡不着。"

苏眠并不能去深究，他的失眠和抽烟是否与自己有关，只是点点头："嗯，我也睡不着。脑子里总想着那段视频，硌硬得慌。"

徐司白转头看着她，眼睛隽黑而清澈，也如同平时那样专注坚定。

"我会一直保护你。"他慢慢地说，"跟他一样。"

苏眠微怔，旋即笑了，转头望着前方："你别总是想着我，你也一样，保护好自己。别忘了，案子破了，还要去你家吃饭呢。哎，我最近挺想吃火锅的,你会不会做?"

他静静地注视她半晌,也转头看着苍茫的夜色,轻声答:"火锅没做过。不过我可以学。"

"那学好一点啊。你厨艺那么好,要做得跟重庆火锅一样好吃。"

"嗯,好。"

…………

苏眠推开门,就看到韩沉已经起床,坐在沙发里,身上搭了件外套,膝盖上放着她的笔记本电脑。

"怎么不多睡会儿?"她问,挨着他坐下。

他端起茶杯喝了口。那茶叶还是从他家带的,清香扑鼻。

"聊得挺开心?"不咸不淡的嗓音。

"……噗。"这醋坛子。她伸手将他的脖子一搂,狠亲了一会儿,算是讨好。他的脸色却始终淡淡的,明显少爷脾气又犯了,苏眠还需努力。

苏眠多机灵的人啊,立马盯着电脑屏幕,转移话题:"你在看那段视频?"画面正定格在L弯腰致敬的那一幕,幽暗的小巷里,只有狭窄天空上的弯月,以及不知从哪里投射下来的、很淡很淡的一缕灯光。

"嗯。"他答,到底是伸手搂住了她的腰,一起看着屏幕,"你们之前有什么发现?"

苏眠摇了摇头:"能有什么发现,画面里什么都没有。这种小巷满街都是,他们三个当然不会留下线索的。"

韩沉不置可否,松开了她,身体微微前倾,手指也前后调整着画面,看得十分专注。认真工作的男人最英俊,苏眠便靠在他怀里,抬头看着他的侧脸:"别告诉我你真的有发现。"

他低头看她一眼,眸色幽淡:"要是有呢?今后你就服服帖帖的?"

这都哪儿跟哪儿啊?还醋着呢?

不过苏眠在他手上栽过几次了,还能不学聪明?立刻打哈哈:"你这话说的,我不是一直很服帖吗?简直都快成了你的周小篆、万能小跟班了!快说快说,到底有什么发现?"

明明这么个亮眼的美人,耍起赖来,总是油腔滑调得让你无言以对。韩沉看着她,笑了笑,转头继续盯着屏幕,手却再次滑到她腰上,将她抱了个满怀。

"画面里,有三条线索。"他说。

"哎?"苏眠头一回觉得自己的智商不够用了。还三条?

韩沉的手指,在画面上轻轻点了三下:"月亮、灯光和声音。"

第二十一章
推理之神

"月亮……"苏眠看着画面里那弯新月,自我感觉顿悟了,"难道是根据月亮的弧度,推测这个月哪一天?"

韩沉却盯着屏幕,眼眸轻合,那表情透出几分桀骜的淡漠:"那有什么用?是根据月亮在天空的高度和弧度,推测出是哪一天的几点钟。"

苏眠睁大眼,最后抬手打了个漂亮的响指:"对哦!"尽管韩沉只说了一条,但是思路一旦打开,她竟隐隐有些激动。看似平淡无奇的画面,韩沉的眼睛却这样毒,推出这么准确的结论。

这时韩沉从面前茶几上,拿起她那花花绿绿的软皮笔记本。苏眠这才注意到,翻开的页面上,全是他漂亮有力的字迹,写满了数字和公式,甚至还画了张简洁的三角函数草图。

嗯,看不懂。

"是前天,半夜三点到三点半左右。"他说。

"嗯嗯!"苏眠简直佩服得五体投地,看着他指间拈笔的样子,也是越看越帅。她敢打赌,韩沉如果不做刑警,肯定会是个帅得惊人的冷面数学教授。

"然后呢?"她问。

他眼中闪过淡淡的笑:"然后是灯。这条巷子其他地方都黑灯瞎火,只有画面里这一点灯光。半夜三点,会亮着灯的地方非常少。"他的手指在电脑上滑动,将画面放大,地面上那片淡淡的灯光,也随之放大。

他继续说道:"从小丑影子的长度和他的身高,可以计算出那盏灯与他的距离和高度。计算结果距离是二十米,灯的高度是十五米。这盏灯是全白色的,光泽均匀,没有花纹,也没有投影出其他摆设的轮廓。所以,它不是住户家里的灯,而是一盏位置空旷的路灯。"

苏眠听得一愣一愣的,又听他不急不缓地说道:"我查过了,去年本市的路灯灯柱进行过统一改造,高度只有两个规格:八米和十二米,没有十五米。而除了灯柱,路灯还会安装在一种地方——楼房毗邻马路的屋檐下,为路人照亮。也就是说,距离小丑站立地点二十米的位置,有一幢五层楼房,安装了一盏白灯,彻夜明亮。"

"你太神了!"苏眠脱口而出,疯了疯了疯了!居然这样就叫他推理出那个地点的显著特征,影子的长度、光泽均匀,所以是路灯,还是装在楼房高处的照明路灯——这样的细节都被他揪出来,逻辑严密到无懈可击。

按照这个条件,刑警们完全不用再大海捞针般搜索,完全可以迅速地就把这个地点找出来。找出来后会查出什么结果?谁知道呢,或许那里离他们的老巢很近,或许至少可以找到他们的一些行踪。——毕竟韩沉说过,罪犯只在自己感觉到舒适的地方犯案,他们发这段视频来,肯定是觉得那个地方十分安全。

只是现在,他们必然万万没想到,就是这段看起来绝对安全、耀武扬威的视频,让韩沉找到了如此重要的线索!

她张开双臂,一把搂住韩沉精瘦的腰身:"你怎么这么能干!你简直就是个奇葩!"

她的措辞令韩沉微蹙了一下眉头,但她眉梢眼角的爱慕佩服却是赤裸裸的。这让韩沉笑了笑,胸口仿佛也缠绕着某种柔软舒服的气息。他往后一靠,搂着她,手在桌面上敲了敲:"至于声音,还需要到鉴证科仔细地分析。但初步判断有两个分辨率比较高的声音。一是A和R的笑声,利用仪器仔细分析声纹,可以计算出他们的笑声抵达这一侧墙面的距离,从而推断出他们站立的这块空地的具体形状;二是马路上的车流声,可以尝试计算出马路到他们站立地点的距离。这样,兄弟们可以更准确地找到这个地方。"

声纹分析，苏眠只是大概听说过，但是也能理解。声音的波纹啊、速度啊，遇到什么东西反弹，从而确定障碍物的形状。没想到韩沉连这个都懂。有了这三条线索，还怕找不出他们的这个集会地点？

次日中午，终于有好消息传来，案件取得重大突破性进展！

按照韩沉的推理结论，经过数小时的不懈努力，竟然真的让刑警们准确找到了那个地方。大范围的搜索随即展开。并且，在调集周边地段、前天夜里三点至三点半的所有监控视频后，周小篆成功找到了一辆嫌疑车。

监控画面时间是3：40—3：41，地点是距离那条小巷约莫三百米的马路边上。而监控，是路旁的银行外面的监控摄像头拍下的。

那个时间，那条偏僻的马路上，根本就没有人。

然后，三个男人，从巷子里走了出来。其中一人，穿着小丑的服装，瞧身形正是L。因为光线很暗，依旧看不清他们的面容。而且他们始终低着头。

L坐进了驾驶位，A和R进了后座。整个过程快速而无声。那是辆这个城市常见的黑色轿车，很快，车辆发动、绝尘而去。而监控摄像头，清晰地拍下了车牌号：KA7×××52。

"罪犯很可能使用假车牌，但他们尚未意识到这辆车已经被拍下，所以很可能还会继续使用。"韩沉冷声下令，"立刻在全市范围内搜索这辆车。"

下午三点。

阳光暖烘烘地照在马路上，这个点儿，车不多，行人也不多。

交通警察小冯，正沿着马路慢慢踱着步，同时注意着周边的交通状况。

前方红灯，几辆车在路口停了下来。小冯不紧不慢地从车旁走过，习惯性地扫了一眼车牌。忽然间，他注意到其中一辆车的车牌号是KA7×××52。咦，怎么有点熟，在哪儿见过呢？

他一个激灵，心跳也骤然剧烈起来。

这不正是昨天局里通报的、特大连环杀人犯的车牌号！

小冯连手指都开始发抖,立刻掏出腰间对讲机,同时紧张地抬头,想要打量那辆车上的人。可是车窗全贴了不透光的深色膜,完全看不清那人的长相,只能辨认出车里就他一个人。

"喂!我是小冯!"他压低声音,"发现重大嫌疑车辆,车牌号……"他重复了一遍。

"收到!"上级的声音也异常严肃,"你注意这辆车的去向,不要轻举妄动,我们马上汇报省刑警队!"

关掉对讲机,小冯尽量装作若无其事,盯着那辆车。他想隔着几十米远,车上的人应该注意不到他。哪知红灯刚变成绿灯,那车突然直接飙了出去!那声音响亮又刺耳,惊得其他车上的人都探头张望。

小冯心想坏了,下意识拔腿就追。可那车瞬间跑远,一个拐弯,就不见了。偏偏拐弯的瞬间,小冯还看到车窗降了下来,一只白皙的手伸出,西装袖口显得很精致,朝他比了个中指。

小冯气得脸都青了,一把抓起对讲机:"他跑了!往中山路方向去了。重复,往中山路跑了!"

四点整,阳光依旧灿烂。

希尔顿酒店的这间总统套房里,却是窗帘紧闭,厚厚的,层层叠叠,将一切光线和视野遮得严严实实。

水晶灯繁复璀璨,墙上的油画诡谲夸张。宫廷式的矮脚茶几上,放着一大篮热带水果,还有瓶打开了的红酒。

A端起高脚杯喝了一大口,又抓了块柞果啃着,问立在窗边的那人:"L怎么还没到?不是他非要约在这么骚包的地方吗?"

R将窗帘挑起一条缝,望着楼下川流不息的车辆,一派宁静祥和的景色。L仍未出现。

"走。"他转身,双手插在裤兜里,朝门口走去。

"不等他了?"A丢掉柞果核站起来,又抓了块榴梿塞进嘴里。

"不等了。L从不迟到,这次已经迟到了两分钟,应该是被警察找麻烦了。"

A戴上鸭舌帽，吃着榴梿走在他身后，点头道："那倒是，L最变态了，迟到一秒钟他都会不高兴几个星期。"他忽然笑了，"谁让他那么自恋非要跳舞？这么快就被找上了，我姐可真厉害。"

R微微低下头，避过楼道里的摄像头，高挑的身形宛如挺拔的树，唇畔倒是浮现笑意："她的确难对付。"

"要去帮L吗？"A又问。

R淡淡道："他又不是小孩子，自己不会脱身吗？况且别忘了，无论发生什么事，无论我们谁死，都不能影响后面的计划。"

"嗯。"

两人不再说话，很快离开酒店，到了地下停车场，各自驱车离去。

与此同时。

市区最繁华的公路上，一场惊心动魄的抓捕，正在进行。

苏眠紧抓扶手，她现在已经比较适应韩沉的车技了。而他眼睛紧盯前方，衣袖挽到手肘上，加速、减速、换挡、急转……操作得灵活又敏捷。那一举一动仿佛都透着股清雅的狠劲儿。

前方，那辆黑色轿车，正被韩沉率领的几辆警车，逼入越来越偏窄的路段。

若不是在闹市区，警方早就能将他抓获。因周围都是超市、居民区和学校，怕他狗急跳墙，对普通百姓造成更大伤害，所以只能一点点地赶，紧咬不放，就真的跟围猎似的，将猎物赶到相对安全的位置，然后一扑而上！

不过，L的车技也是极高超的。眼见他一个甩尾，又把两辆警车"甩"到了另一条路上。唯独韩沉跟上了他的反应速度，甚至比他更快，又往前追近了十余米。

红绿灯已成了摆设，几辆车横冲直撞，整条路上的人都在围观。苏眠也很紧张，瞪大眼跟猫头鹰似的，警惕地注视着周边环境。

"左边有车！"

"右边右边！"

"追追追！他可真快！"

韩沉原本全神贯注，听到她兀自小声嘀咕，反而笑了笑。

"放心踏实地待着。"他淡淡地说，"你老公开车还没认过输。"

苏眠也笑了。

这时，就见L又是一个急转弯，竟然铤而走险开进了一条小巷里。这是极聪明也极危险的法子。一方面，巷道更窄，警方必然顾忌更多，他也有弃车逃入附近民居的机会；另一方面，也容易造成拥堵，那他就会被警方瓮中捉鳖。

韩沉冷着脸，将手伸出窗外，朝后面的警车比了个咬紧的手势，让他们尾随而上。自己却加足马力，冲上了大路。苏眠顿时明白了——他是要绕到巷子那一头，来个前后夹击。

然而飙车这种事，总是会遇到不可预测的突发因素，而且他们是警察，即使是天不怕地不怕的韩沉，顾虑也会更多。刚绕了个大弯，眼见前方不远就是巷子口，却遇到红灯。而一队小学生，正在老师的牵引下过马路。

韩沉的车猛然刹住，修长的手指有些急促地在方向盘上敲着。苏眠立马探头出窗外，朝老师挥手："闪开闪开注意安全！警察哥哥姐姐正在抓坏人呢！"

以苏眠过去经常给小学生培训的丰富经验，这招居然很管用，小学生们立马满脸兴奋和崇拜，把道路空了出来。

就在这时！

黑色轿车从巷口几乎是一跃而出，就朝前方冲去。也不知道L使了什么伎俩，身后空空如也，竟然让他甩开了其他警车。

"坐稳！"韩沉一脚油门。苏眠知道他要下狠手了，要么跟上次似的毫不心疼地撞，要么看准了地形要把L逼入死角。

然而，谁也没想到，苏眠没想到，韩沉也没料到，完全出乎意料的事情发生了。

一只戴着白色塑胶手套的男人的手，从车窗伸了出来，隐隐可以看到精致考究的西装袖口。他手里竟然拿着厚厚一沓——美元！两车还相隔几十米的距离，转瞬间，那人手一扬，大把大把的美元，如同天女散花般，落在整条道路上。

此时已快到晚高峰,车流明显增多。周围又都是居民区,路上行人也很多。这一幕显然震惊了很多人,立马就有人当街停车,一脸兴奋地伸手出来抓美元。更有甚者,韩沉和苏眠前面那辆车,直接踩了刹车,推门下车去一张张地捡。而人行道上多的是老头老太太,这一下还得了!"哟!有人扔钱呢!""美元!是美元!抢啰抢啰!"全都蜂拥而上。

苏眠简直都要摔车门下去骂人了!

眼看就要追到了!可一眨眼的工夫,韩沉的车竟生生地被堵在热热闹闹的路上,前方全是车和人,无法再前进半点。这时巷子里的两辆警车也追了出来,然后也是完全不能再移动。

"让开!都让开!警察办案呢!"她喊道,但是根本没人理她。唯独那帮路旁等候的小学生,看看地上的钞票,又看看韩沉和苏眠,怯怯地没敢动。

黑色轿车的前方却是一路畅通,眼见他加足马力,就要逃掉了。若让他脱身,要将他从人群中找出来就难了。苏眠咬牙切齿,霍然转头看着韩沉:"怎么办?"

韩沉的俊脸此刻冷漠至极,一把拔出腰间的佩枪,推开车门跳了下去:"你待着!"

"当心!"苏眠的心也完全提起来,推门下车,就见韩沉已如黑色猎豹般,持枪穿过人群,朝轿车逃窜的方向追去。

苏眠心里咯噔一下:他要当街射击了!

电视剧里演得夸张,其实这事儿真没几个刑警敢干。也就韩沉的脾气和枪法,敢把这事儿担下来,果断持枪追击。

这时,就见黑色轿车一个急转弯,就要驶离他们的视野。韩沉已跑到轿车后方的人行道上,此刻射程内已没什么人。他骤然停步,双手持枪、偏头、瞄准、扣扳机,一系列动作快得跟眨眼似的。从苏眠的角度,只看到他的身形无比挺拔冷峻,白皙的侧脸上,眼眸漆黑迫人。

砰砰砰!连开三枪,清脆破空。

整条街顿时一静,所有人都惘惘相顾。苏眠全身血脉仿佛也为之小小沸腾了一把。

吱嘎——尖锐的、轮胎摩擦地面的声音。黑色轿车的两个后轮都被打爆，瞬间开得歪歪扭扭。而韩沉的第三颗子弹，竟然打破了后车窗，整面玻璃哗啦破碎。苏眠甚至清晰地看到，主驾驶位上的男人身子往前一扑，趴到了方向盘上，他中枪了！

韩沉拔腿就追，苏眠紧随其后。

然而——

七人团的成员，竟然是这样的顽强。眼见那人身子几乎都挂在了方向盘上，轮胎也在漏气。他竟然一脚油门，硬生生地将车头扭转，往前冲进了车流里，一个拐弯，离开了他们的视线。

韩沉和苏眠足足往前追了二十多分钟，直至熙熙攘攘的街头，再也看不到那车的影子。苏眠扶着一根灯柱，弯下腰，大口大口地喘气。韩沉也低喘着，伸手就将她拉进怀里，让她靠在自己身上休息。过了一会儿，他低低冷冷地骂了一声。

入夜。

黑盾组的办公室里，灯火通明，众人围桌而坐。

秦文泷也在。比起前几天的阴云密布，今天他脸上倒是有了几分笑意。

"好歹把其中一个打成重伤了，只可惜最终让他逃脱了。"他说，"不过总算削弱了他们的实力，破案还是很有希望的！"

唠叨几个也纷纷点头。的确，之前因为敌暗我明，刑警们面对连环罪犯，天然就处于劣势。现在总算一举扭转颓势，给予犯罪团伙沉重打击，算是取得了重大突破性进展。

唯有韩沉脸色淡淡的，没说话。苏眠偷偷在桌下握住他的手。他看她一眼，身子往后一靠，那模样照旧是冷冷的很酷的样子，倒是反手将她的手握得更紧，大拇指一下一下地抚摸着她的手背。

两人好了这么久，苏眠也很了解他的脾性了，还火着呢。她心里其实也挺憋屈，忍不住开口道："秦老大，把那些哄抢钱的人，都以妨碍公务罪抓起来！"

秦文泷无奈地摇头："醒醒吧妹妹，法不责众。"

韩沉眼眸微合，低低地哼了一声，也不知道在哼谁。苏眠在桌下戳了一下他的手，示意他别耍横。

这时小篆挂了个电话，说道："刚收到的消息，路人捡的美金都是假的，全是高仿真的舞台道具。"唠叨嗤笑一声："活该！"苏眠心中却了然——看来车上的人，果然是L。否则谁会随身带着这样的道具呢？

只是这条重要线索断了，又该重新部署了。这时苏眠说出了自己的担忧："L虽然受了伤，但R是医生，应该可以在不惊动警方的情况下，为他治伤。而且以他们的性格，吃了这么大的亏，只怕马上会进行报复性的犯罪。"

"是吗？"韩沉端起茶杯，低头慢慢喝了一口，"动作越多暴露越多。下次他们不会这么好运。"

散会了，众人拖着疲惫的身躯，回宿舍补眠。苏眠最后一个关灯离开，刚带上门，就见韩沉手撑在栏杆上，在等她。

她走过去，拿起他的胳膊，搭在自己肩膀上："喂，别不高兴了。"

韩沉看她一眼，复又看着前方："嗯，心里不痛快。你怎么安慰？"

苏眠轻轻骂了声"流氓"，两人一起望着茫茫夜色。

其实很多事，要经历了才知感觉如何。起初她得知了自己的身份和过往，悲痛之余，只想着与七人团不共戴天，有生之年一定要将他们抓捕归案，哪怕付出生命代价，也不惧怕。这一点，不用说，她想韩沉也是同样的想法。

而现在，真的遭遇七人团了。他们的确比任何罪犯都要残忍和狡猾，比任何人都嚣张和自负。

也比任何人，都了解她和韩沉。

与他们的对峙过程，是冰冷而空旷的，也像今天这样，生死跌宕。你的心好像覆盖上了一层漫无边际的寒气。而你的心，还需要保持坚硬的棱角，才能在这个漫长而凶险的对峙过程中，屹立到最后，将他们斩于马下。

最穷凶极恶的罪犯，不是靠最聪明的神探抓到的，而是靠最坚忍的意志去击败的。

正因为是这样的现实,她才会更加想要珍惜今后与他共度的每一秒钟,想要保重生命长长久久地陪伴他。再也不要让他像过去那几年,除了寻她,几乎是沉沦在这样的刑警生涯里。

夜色静深,两人都是了无睡意。过了一会儿,韩沉低头吻她。这样寥寥的长夜,没有什么比他的拥吻更温暖更热烈。橘黄的灯光下,投射出两个人长长的影子。恍惚间苏眠就感觉好像回到了很多年以前,不知是何时,不知是何地。他就是这样拥吻着她,辗转这么多年,终于没有改变。他们还可以这样安静地拥抱,一秒钟都觉得万幸。

…………

然而静好的时光,总是太容易被打扰。

韩沉缓缓移开唇,眸色幽黑地盯着她。

她依旧挂在他身上,有些烦躁地掏出响了一声的手机。

进了条短信。

她一看,就倏地睁大了眼。

是未知号码发来的,措辞语气却熟悉得不能再熟悉:姐,你们打伤了L,他很生气。而且你们在小学周边设防太多,他已经很久不能杀爸爸了。所以,明天一早,我要杀两个人。